大唐雙龍傳

【修訂版完結篇】

黃易作品集

卷二十

【目錄】

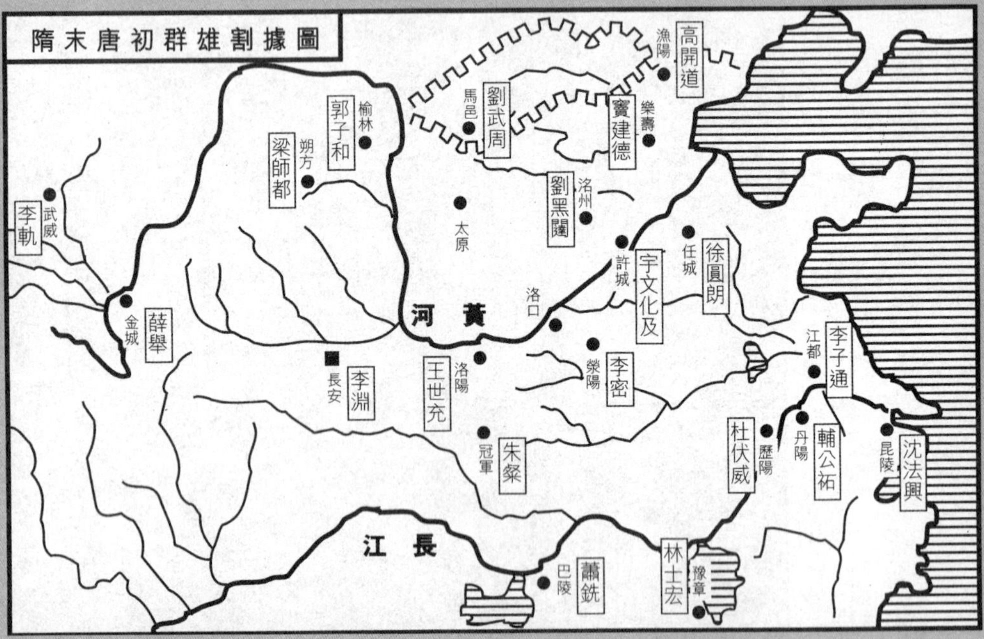
隋末唐初群雄割據圖
高開道
漁陽
劉武周
馬邑
竇建德
樂壽
郭子和
榆林
梁師都
朔方
李軌
武威
劉黑闥
洛州
太原
徐圓朗
任城
宇文化及
許城
洛口
黃河
金城
薛舉
長安
李淵
洛陽
王世充
滎陽
李密
江都
李子通
冠軍
朱粲
杜伏威
歷陽
丹陽
輔公祏
昆陵
沈法興
長江
巴陵
蕭銑
林士宏
豫章

第一章

愛之眞諦

黃易作品集

第一章　愛之真諦

徐子陵沿龍池放開腳步，往花萼樓方向邁去，由於李淵把興慶宮南區的巡衛撤走，只留衛士把守大門，以示對他們的尊重，所以對他們或敵人來說，都出入方便，而花萼樓本身當然由王玄恕指揮的飛雲衛精銳輪番值衛。倏地徐子陵停下腳步，事實上心中早現警兆，只因不知敵友，故裝作若無其事。

一身夜行衣的玲瓏嬌掠到他身前，神色凝重的道：「你們怎可到長安來？」

徐子陵微笑道：「讓我看你的右手掌。」

玲瓏嬌愕然道：「手掌有甚麼好看呢？你的心情似乎很好？」

徐子陵心忖我的心情當然非常好，且是從未有過的好，柔聲道：「信任我好嗎？」

玲瓏嬌略作猶豫，終舉掌攤開。徐子陵從懷內掏出五采石，放到她手心。玲瓏嬌露出不能相信、不敢相信的驚喜神色，另一手自然探出，兩掌相掬珍而重之的捧著五采石，俏臉散發著神聖潔美的光輝，「啊」的一聲嬌呼，目光再不能從五采石移離。

徐子陵心中湧起物歸原主的欣慰，輕輕道：「長安已成是非爭戰之地，任何事均可發生，嬌小姐不宜留此，更不用擔心我們，我們既敢來此，自有活著離開的把握。馬吉現在正在長安，美艷夫人更不會甘心五采石為我奪去，可慮者尚有奸狡多智的烈瑕，嬌小姐千萬要聽我的勸告。」

玲瓏嬌雙手合攏，把五采石緊捧手內，頭往他瞧來，感動至淚花滾動，顫聲道：「謝謝你，玲瓏嬌謹代表教內同人拜謝徐公子的大恩大德，波斯聖教終有望再次團結合一。」

徐子陵道：「這是老天爺的意旨，讓我在機緣巧合下取回聖石。」

玲瓏嬌小心翼翼的把五采石貼身收藏，道：「我今晚來找你們，沒想過可得回聖石。我正猶豫該不該入樓，幸好見著你回來。」

徐子陵明白她是怕見到寇仲傷情，故在樓外徘徊，只恨在這方面他是愛莫能助。寇仲已因尚秀芳痛苦到想自盡自毀，豈能加添他的精神困擾？

玲瓏嬌續道：「董小姐仍是關心你們的，故爲你們的處境非常擔心。秦王的事發生後，她召我去說話，著我向你們提出警告，指秦王命不久矣，你們必須立即離開長安。」

徐子陵立時眉頭大皺道：「竟是董淑妮著你來的嗎？」

玲瓏嬌道：「皇宮寸步難行，若非得她安排，我實無法到這裏來。」

徐子陵更是眉頭深鎖道：「那你如何回宮去？」

玲瓏嬌疑惑地道：「董小姐的侍衛長在宮外等候我，有甚麼不妥當的地方嗎？」

徐子陵嘆道：「希望是我多疑，但若沒有猜錯，這該是一個陷阱，目的是經由你把五采石從我手上奪回去。」

玲瓏嬌劇震道：「董小姐該不是這種人，她雖是刁蠻任性，但從不害人。」

徐子陵道：「我先要弄清楚兩件事情，首先是董小姐怎會知秦王的性命危在旦夕，在著你來之前她曾見過甚麼人？」

玲瓏嬌道：「秦王之事該是獨孤鳳告訴她的，董小姐與我說此事前，據我所知她們談了近半個時辰，接著董小姐便喚我去。第二件要弄清楚的是何事？」

徐子陵道：「其次是董淑妮的侍衛長是否那叫顏歷的人？」

玲瓏嬌一呆道：「你怎會曉得的？顏歷昨天才被李淵任命負責保護董小姐。」

徐子陵嘆道：「那我的猜測將有八、九成準繩，此事乃楊虛彥在幕後一手策畫，五采石最後會交到烈瑕手上。由此看來，獨孤家已站到建成、元吉一方去。」

玲瓏嬌駭然道：「那我怎辦好？」

徐子陵肯定的道：「嬌小姐必須立即離開長安，我們會爲你作出最妥善的安排。」

四人徒步離開興慶宮，轉入光明大街，朝朱雀大門油然走去。他們分作兩組，寇仲和徐子陵居前，跋鋒寒與侯希白在後。玲瓏嬌則由飛雲衛暗地送往司徒府，再連夜由寶庫祕道讓她出城，遠走高飛。

寇仲一副心事重重的樣子，向身旁的徐子陵嘆道：「今晚將是漫長難捱的一夜，我眞害怕明天醒來，我會後悔作出來長安的決定。」

徐子陵記起石青璇對幸福的定義，有感而發道：「幸福是要由人爭取的，千萬不可失去鬥志，不論事情如何發展，我們務要沉著應變，直至我們能煩惱盡去的倒頭大睡，並且期待充滿希望新一天的來臨。」

寇仲聽得一知半解，訝道：「你似乎比我更有信心？」

徐子陵道：「自離開揚州後，我們經歷過無數次的狂風暴雨，每一次我們總能在跌倒後站起來，並比以前更堅強。這回我們面對的雖是前所未有的危機，但只要我們像以往般奮鬥不休，終可把形勢扭轉過來，事實會證明我這番話。」

寇仲明顯精神一振，湊到他耳旁道：「告訴我，你是否對未來生出感應，所以有這番話？」

徐子陵沒好氣道：「我但願能說些違心之言，以增加你的信心，可惜不忍騙你。」

寇仲笑道：「坦白承認吧！我敢肯定你自己也分不清楚究竟是憑對未來的預感還是過度樂觀？所以至少有五成機會。唉！他奶奶的熊，只要有一線機會，我已心滿意足，何況是五五之數。哈！我的心情好多哩！」接著忽然停步，累得尾隨在後正聆聽他們對答的跋鋒寒和侯希白差點撞上來。

侯希白咕噥道：「少點功夫也不要跟貼你這傢伙。」

寇仲反手一把摟著侯希白肩頭，道：「我們先去找人出口鳥氣。」

三人見他轉入橫街，都摸不著頭腦。跋鋒寒抗議道：「我們現在要見的是傅采林，你似乎走錯方向？」

寇仲笑道：「費不了多少時間，一場兄弟，把你老哥的寶貴時間給我些許行嗎？」

三人無奈下，加上侯希白又被他「挾持著」，只好隨他去了。

在東市西北入口處，停有一輛馬車，以顏歷為首的十多名禁衛早等得不耐煩，見到寇仲四人忽然出現，無不露出驚疑不定的神色。東市早在一個時辰前收市，家家門戶緊閉，這段白天熙來攘往的繁華大街靜如鬼域，倍添四人直逼而來的氣勢。

寇仲故意敞開楚楚為他縫製的外袍，露出內藏的井中月，哈哈笑道：「竟然這麼巧碰上顏侍衛長，相請怎及偶遇，看刀！」

徐子陵、跋鋒寒和侯希白終於明白寇仲所謂出一口鳥氣是要找顏歷祭旗，心中叫妙，因爲不論顏歷吃甚麼虧，不是弄出人命，又或手腳傷殘，肯定他只好硬咽下這口氣，不敢張揚。否則如何向李淵解釋他不在宮內執勤，而到這裏吹風？

人的名聲，樹的影子，寇仲一聲「看刀」，包括顏歷在內，無不大吃一驚，紛紛掣出隨身兵器。「鏘！」寇仲此時井中月出鞘，人隨刀走，三丈的距離，倏忽間完成，漫天刀光望顏歷等人撒去。奇怪地除顏歷一人仍佇立原地，其他禁衛紛紛後撤，狼狽非常。徐子陵三人暗讚，讚的不是寇仲而是顏歷，因寇仲此刀最厲害處是虛實難分，刀氣籠罩每一名敵人，令每一名敵人均以爲自己是首當其衝，只顏歷一人能看破此招虛實，知道絕不可退。

顏歷暴喝一聲，長矛在天上一個迴旋，忽然矛作棍使，往寇仲沒頭沒腦的疾打，招數出人意表。寇仲哈哈笑道：「原來是棍來的！」刀光忽斂，井中月斜削迎上，刀尖命中矛頭。「嗆！」顏歷全身劇震，矛往回收，跟著「蹭！蹭！」連退兩步。寇仲刀舉半空，閃電分中下劈，威勢十足，大有無可抗禦之勇。其他禁衛被刀氣所懾，竟無一人敢助顏歷一臂之力，可見此刀的凌厲逼人。

顏歷也是了得，挫退半步，改爲雙手握矛，斜沖而起，利用長矛長度上的優勢，要破寇仲必殺的一刀。寇仲欣然一笑，竟中途變招，直劈變爲迴旋橫削，中間全無半絲斧鑿痕跡，一切合乎自然，天然變化，刀法至此，確臻出神入化之境。顏歷立時大爲狼狽，倉卒變招應付。「噹！」顏歷一聲悶哼，踉蹌橫跌，潰不成軍。若寇仲再來一刀，保證他鮮血飛濺。「鏘！」井中月回鞘。

寇仲好整以暇的整理外袍，氣定神閒，像沒動過手的樣子，瞧著勉強立穩的顏歷笑道：「得罪！得罪！不過能領教顏兄高明，仍是值得開罪顏兄。事實上小弟是一番好意，來告訴顏兄不用苦候嬌小姐，董貴妃若想要人，請她來找我寇仲吧！哈！我們走！」

抵達朱雀大門，韋公公竟在恭候他們大駕，領他們到太極宮內的凌煙閣。

寇仲一副不好意思的態度道：「怎敢事事勞煩韋公公，隨便派個小公公便成，我們都是隨便慣的！」

韋公公正與老相識侯希白客氣寒暄，聞言恭敬答道：「這是皇上旨意，以示皇上對少帥的尊敬。我們這些作奴才的勞碌慣哩！多謝少帥關懷。」

侯希白笑道：「公公肯定是宮內睡得最少的人。」

韋公公道：「小人每晚從不睡過兩個時辰，曾有過連續五天沒闔過眼。」

寇仲道：「公公的功力要比我深厚，我兩天沒睡肯定撐不開眼皮子。」

韋公公垂下頭去，雙目精光一閃而沒，顯是被寇仲觸怒，只是忍而不發，低聲道：「小人怎敢和少帥相比。」

寇仲哈哈一笑，領先而行。

深夜的宮禁寧靜莊嚴，只有更鼓的響音和巡衛的足聲，迴盪著皇城廣闊的地域。前後各八名禁衛，提著燈籠照路，沿天街直抵橫斷廣場。徐子陵的心神卻繫在石青璇身上，這美女有足夠的力量使他忘掉一切，全情投入，還忘掉因師妃暄離開而留下的傷痛。石青璇對他的愛是沒有保留的，俏皮地和他遊戲，更不時作弄他，使他受窘，令他們的相處充滿生活的趣味。

男女間的愛戀究竟是怎麼一回事？那並不重要；重要的是與她一起時總嫌光陰苦短，剎那間又到依依不捨的告別時刻。他可以觸摸她、親她、放縱地沉浸在甜蜜醉人的滋味裏，讓她撫慰自己寂寞的心靈，也讓她把心靈完全開放，兩個孤獨的人不再孤獨。在這充滿鬥爭、虛僞和仇恨的冷酷世界裏，他從她身上體會到純樸幸福的未來，他們會是這世上最美好的一對。人生至此，尙有何憾？幸福已來到他掌心之內，而他的幸福亦與天下萬民的苦樂榮辱掛鉤，所以不論如何艱困，他會堅持下去，爲人爲己，直至幸福和平的來臨。

寇仲止步。徐子陵從沉醉中警醒過來，發覺抵達凌煙閣入口處。「弈劍大師」傅采林究竟是怎樣的一個人？一股清新芳香的氣息從靜寂沉睡的凌煙閣透出，鑽進他們靈敏的鼻子內。

侯希白仰臉一索，道：「是沉香的香氣。」

寇仲搖頭道：「我今天到過沉香亭，氣味不同。」

跋鋒寒哂道：「興慶宮的沉香亭只能聞到牡丹花的香氣，何來沉香。」

一眾把門的侍衛聽他們討論從凌煙閣泛出來的香氣，人人泛起茫然神色，因他們並沒有嗅到任何香氣。

韋公公道：「有人來哩！」

四人聞言朝閣內瞧去，卻不見任何動靜，忽然現出兩點燈火，兩名提燈的素衣女正嬝嬝婷婷，姿態嫺雅的現身林道深處。寇仲等心中凜然，知韋公公露了一手。雖說他們因香氣和說話分心，但韋公公顯然在內家功夫的聽覺一項上勝他們一籌，令他們更感到韋公公的功力密藏不露、深不可測，大有重新估計的必要。

素衣女郎逐漸接近，在兩盞燈籠的映照下，被蒙在一片光暈裏，她們從頭飾到鞋子，一身潔白，配著秀美的花容，立把凌煙閣轉化為人間仙界。

寇仲趁機向韋公公道：「我們今晚說不定要留個通宵達旦，公公不用在這裏等待我們。」

韋公公本意顯然是要陪他們一起去見傅采林，好向李淵報告。但寇仲這麼說只好點頭答應，對被寇仲支退毫無辦法。

兩女來至門後，動作劃一的向眾人躬身致意，以她們嬌滴滴的動聽聲音說出一串他們並不明白的高麗語，他們慌忙還禮。寇仲道：「兩位姊姊懂漢語嗎？」兩女含笑搖首，表示不明白他的說話，只作出手勢，請他們內進，然後轉身引路。寇仲向韋公公揮手道別，領頭追在兩女身後，徐子陵等忙舉步隨行。

月夜中的凌煙閣又是另一番情境，分外使人感到設計者工於引泉，巧於借景的高明手法。作為園林樓閣，使人生出「雖由人作，宛自天開」的醉人感受。從遠處瞧去，樓閣在林木間乍現乍隱，彷如海市蜃樓，掩映有致，長橋小溪、假山巧石，臘梅、芭蕉、紫藤、桂花於園圃精心布置，雅俗得體，風韻迷人。在主建築群的另一邊，隱隱傳來歌樂之音，更使人心神嚮往，想加快腳步到該處看個究竟。只是兩女仍然不徐不疾的在前提燈領路，他們只好耐著性子，來到今早與烈瑕碰頭的橋子，乍見一身素白的傅君瑜立在橋頭。傅君瑜向兩女吩咐兩句，兩女領命自行去了。

傅君瑜神情冷淡的掃過跋鋒寒，最後目光落到寇仲身上，道：「秀寧公主來見過秀芳大家，請她向你轉述一句話。」

寇仲一呆道：「她說甚麼？」

傅君瑜淡淡道：「秀寧公主請你設法救她二王兄一命。」

寇仲愕然道：「秀芳她……」

傅君瑜嘆道：「秀芳大家怕見今晚凌煙閣旁的夜會出現她不想見到的場面，所以故意避開。唉！看你們把事情弄得多糟。」

寇仲惟有以苦笑回報，掩藏心如刀割的痛苦；不但因尚秀芳，更因李秀寧，李淵對待李世民的不仁，肯定傷透李秀寧的心，而自己直至此刻仍沒有十足把握可扭轉李世民的厄運。

傅君瑜垂首低聲道：「師尊在等候你們，隨我來吧！」

寇仲勉強振起精神，追到她左旁並肩過橋，道：「烈瑕那小子會不會出席？」

傅君瑜道：「我還不夠煩嗎？怎容他來火上添油。」

寇仲道：「情況不致那麼惡劣吧？我和小陵不但問心無愧，還有可使金石爲開的誠意。」

傅君瑜再嘆一口氣，沉默不語。領他們繞到通往閣北的走廊，朝前深進。

後面的徐子陵輕推跋鋒寒一記，著他追前與傅君瑜說話。跋鋒寒先是堅決搖頭，到徐子陵再狠推他兩下，終於軟化，微一點頭，卻仍是腳步猶豫。徐子陵往前伸手，生出一股扯勁，寇仲應勁會意，慌忙退後。徐子陵同時湊近跋鋒寒，束音成線傳入他耳內道：「約她明日辰時中到西市福聚樓吃早點。」

跋鋒寒搖頭苦笑，搶前兩步，低聲下氣道：「我可以和君瑜你說句話嗎？」

傅君瑜嬌軀微顫，語氣卻非常冷淡，道：「現在是適當時候嗎？」

跋鋒寒正要打退堂鼓，徐子陵一縷指風輕戳在他腰間，只好厚著臉皮道：「那不如明早辰時中我在西市福聚樓恭候君瑜如何？」

傅君瑜像聽不到他說話般，逕自領前緩行，長廊轉折，廣闊的凌煙池映入眼簾，其情其景，看得四人為之一呆。

飛閣流丹、蒼松滴翠。凌煙閣非只一閣，而是環繞凌煙池而建的建築群，每座建築以樓、殿、亭、閣簇擁，景中有景，凌煙池旁遍植老松。主閣坐落池南，雙層木構，朱戶丹窗，飛檐列瓦，畫棟雕樑，典雅高拙，氣勢非凡。寇仲等經由的長廊遊走於主閣西面園林，直抵凌煙池。接連池心亭台的聯拱石橋，造型奇特，從南端至北端分置小拱、大拱，再相連大拱和小拱，兩頭的小拱與大拱成聯拱之局，充滿節奏和韻律感。橋面兩側各置望柱十五根，雕刻精細，全橋直探湖心，彷如通抵彼岸仙境的捷道。

凌煙閣造園手法不落常規，池水支流繚繞園林樓閣之間成溪成泉。臨水複廊以漏窗溝通內外，不會阻礙景觀視野。主湖碧波倒映的樹影、花影、雲映、月映，融會游魚擊起的漪漣，形成既眞似幻的迷離畫面。樓閣煙池，互為借景，以廊橋接連成不可分割的整體。就在如斯景致裏，池心方亭四角各掛三盞綵燈，亭旁臨池平台處鋪滿厚軟的純白地氈數十張，合成一張大地氈，把冷硬的磚石平台化為舒適且可供坐臥的處所，地氈上擺放巨型蒲團，可枕可倚，使人感到一旦臥下，會長睡下去不願起來。十多名素衣高麗美女，或坐或臥，或輕弄樂器，或低聲吟唱，把湖心的奇異天地，點綴得活色生香，倍添月夜祕不可測的氣氛。

亭內圓石桌上放置一個大銅爐，沉香木煙由爐內騰昇，徐徐飄散，為亭台蒙上輕紗薄霧，香氣四逸。但吸引四人注意力的卻是正挨枕而坐，長髮披肩的白衣男子，正仰望星空，雖因背著他們而見不到他容顏，衆人仍可從他不動如磐石的姿態，感到他對夜空的深情專注。「弈劍大師」傅采林。

傅君瑜腳步不停，領他們直抵池心平台，在厚軟白地氈外，止步道：「師尊在上，寇仲、徐子陵、跋鋒寒、侯希白求見。」

傅采林像聽不到傅君瑜的說話，全無反應，傅君瑜亦沉默不語。四人交換個眼色，同感傅采林的架子比皇帝還要大。不過衆女以高麗話隨著樂聲鼓聲和唱的小調確是迷人，多等片刻絕不會氣悶。

久違的傅君嬙倚枕橫臥在傅采林右側，爲衆女中最接近傅采林者，可見極得傅采林溺愛。而諸女中亦以她顏容最是秀麗，只傅君瑜堪與比擬。令四人又好氣又好笑的是她連眼尾也不往他們瞧上一眼，擺出不瞅不睬的神態。傅采林即使背著他們半坐半臥，無法得睹他的體形，仍能予人異乎尋常的感覺。在他左右兩旁放著兩個花瓶，插滿不知名的紅花，使他整個人像瀰漫著山野早春的氣息。縱使半臥地氈上，仍可見他骨架極大，然而沒有絲毫臃腫的情態，更令身上的白衣具有不凡的威嚴氣度，使人不敢生出輕忽之心。由傅采林到衆女，人人赤足，一派閒適自在，自由寫意。

歌樂終罷，餘韻仍縈繞平台上的星空不散。傅采林依然凝望夜空，忽然道：「生命何物，誰能答我？」他沉厚的聲音像長風般綿綿送入各人耳鼓內。

寇仲等大感愕然，不知傅采林在問何人？應否由他們回答？更頭痛的是這應屬連大羅金仙下凡也難提供答案的問題。包括傅君嬙在內，十多道明亮的眼神齊往他們投來，不用說傅采林正在等待他們其中之一作答。

侯希白灑然一笑，排衆而出，來到擺滿白鞋子的地氈邊沿外，欣然道：「生命眞正是甚麼？恐怕要你老人家親自指點。對我來說，生命就像藏在泥土裏的種子和根莖，綻放在外的花葉縱有榮枯，地下的生機卻永遠長存。」

寇仲、徐子陵和跋鋒寒均心中叫絕，侯希白這小子肚內的文墨確遠勝他們，虧他想得出這不是答案的答案。

傅采林淡淡道：「說話者何人？」

侯希白恭敬道：「小子侯希白，是個仰慕大師的窮酸。」

寇仲等心中好笑，若侯希白這一畫值千金者算是窮酸，天下還有富貴的讀書人嗎？

傅采林平靜的道：「坐！不用拘禮！」

侯希白見自己立下大功，得意地朝他們打個眼色，寇仲三人亦喜能順利過關，到前面去看看傅采林究竟是何模樣。正要集體脫鞋，傅君瑜低叱道：「只是侯希白。」

寇仲、徐子陵和跋鋒寒均愕然以對，終明白過關的只是侯希白，而非他們。

傅君瑜朝似被人點中穴道動彈不得的侯希白微嗔道：「還不脫靴找座位？」

侯希白無奈向三人苦笑，呆立不動，顯出進退與共的義氣。

傅采林又道：「生命何物？」

寇仲、徐子陵兩人你眼望我眼，心中叫苦。跋鋒寒卻是雙目精芒大盛，右手握上偷天劍柄。

寇仲和徐子陵見跋鋒寒的手握上劍柄，大吃一驚，兩雙眼睛同時射出請求他高抬貴手、暫忍一時之氣的神色。傅君瑜更是秀眉緊蹙，雙眸含煞。

跋鋒寒苦笑搖頭，手離偷天劍，沉聲道：「我跋鋒寒認爲不論任何人，包括傅大師在內，對生命根本沒法作出超然或終極的判斷。我們既不知生命從何而起，更不知生命的結果是甚麼？否則我們會是無所不知的神仙。」

傅采林發出一聲嘆息，平靜的道：「說得坦白，坐！」

四人交換個眼色，始明白傅采林非是希冀得到準確的答案，只是藉此秤秤他們的斤兩，看有無入座的資格。寇仲輕推徐子陵一記，著他先說話，暗示自己仍需時間思索。

徐子陵收攝心神，凝神沉思片刻，輕輕道：「對我來說，生命雖是沒有人能解開的謎，卻並非無跡可尋；線索隱藏於每一個人的自身，卻因生死間無法踰越的鴻溝而中斷。此正為佛道兩門中人努力追尋的方向和目標，只有悟透自身存在的祕密，生命之謎才有機會被解開。」

傅采林道：「說話的是否徐子陵？」

徐子陵心中浮現師妃暄的玉容，想像從她仙心可提供的答案。聞言恭敬道：「正是晚輩！」

傅采林柔聲道：「答得不錯，難怪君婥看得入眼，坐！」

寇仲和徐子陵交換個眼色，心中泛起希望，因為傅采林對他們並不如猜想中那麼差。

寇仲心中暗叫他奶奶的熊，然後豁出去的道：「小子的答話肯定及不上子陵，唉！我怎麼說才好？因為這是我不願費神甚或害怕去思索的問題。生命稍瞬即逝，又是如此漫長；如此不足，卻又可以非常圓滿。我常希望生命只是一場大夢，夢醒後尚有其他，而非是絕對的黑暗和虛無！那是在我小腦袋內轉轉也教人不寒而慄的可怕念頭。」

傅采林默然片晌，最後道：「若無所感，豈有這番說話，坐！」

傅君瑜低聲吩咐道：「脫靴後隨便找個位子坐下，不用拘禮，舒適便成。」

跋鋒寒苦笑搖頭，見三人乖乖聽話，無奈下只好遵從。

寇仲第一個踏上白地氈，目光先往位於傅采林右下首倚枕半臥、盡展嬌態的傅君嬙投去。傅君嬙立知不妙，杏目圓瞪，露出強烈的抗議神色時，寇仲笑嘻嘻來到她旁，竟就那麼只隔兩、三尺的躺下去，與她共享同一個大蒲團，還叫道：「嬙姨你好！」

他不理傅君嬙氣得半死的動人表情，改向名列天下三大宗師之一的「弈劍大師」傅采林瞧去，立時看呆眼。徐子陵來到他身旁盤膝坐下，侯希白在斜對面找到一組軟枕，跋鋒寒舉步移至離傅采林最遠的一端，最後一個入位，目光先後往傅采林投去，也像寇仲般爲之愕然。

看傅采林魁偉完美的背影，聽他充滿奇異魅力並能使人甘心遵從的動聽聲音，配上眾高麗美女的花容嬌態，四人都是聯想到他有一張英偉至沒有任何瑕疵的臉孔，事實卻剛好相反，傅采林擁有一副絕稱不上俊美、且是古怪而醜陋的長相。他有一張窄長得異乎常人的臉孔，上面的五官無一不是任何人不希望擁有的缺點，更像全擠在一堆似的，令他額頭顯得特別高，下頷修長外兜得有點兒浪費，彎曲起折的鼻樑卻不合乎比例的高聳巨大，令他的雙目和嘴巴相形下更顯細小，幸好有一頭長披兩肩的烏黑頭髮，調和了寬肩和窄面的不協調，否則會更增彆扭怪異。此時他閉上雙目，似在聆聽只有他法耳能聞得天地間某種仙韻妙籟。池心平台上鴉雀無聲，凌煙池波紋蕩漾，微風拂過沿岸園林樓閣圍起的廣闊空間，面對如此奇特的一個人和深具異國風情的各個高麗美人兒，四人早忘掉這不但是唐宮深處，更是主宰著現時天下形勢且是戰雲密布，形勢凶險的長安城。

傅采林仍沒有張開深凹下去、眼皮搭拉的細長雙目，悠然道：「你們喜歡沉香的香氣嗎？」

侯希白回過神來，點頭道：「我一向喜歡這香料。」

傅采林淺嘆一口氣道：「沉香的香料來自沉香木中，木質沉重，顏色深暗，且有病害的部分，因飽含樹脂，故香氣馥郁。這種由病態形成的芳香木質可呈人形或獸形之狀，最罕貴的是作仙人形的黑沉香。」

四人均聽得心有所感，傅采林有著絕不完美近乎病態的長相，偏是這張臉孔的擁有者卻創出完美的弈劍術，事事追求完美。

侯希白吟唱道：「裊裊沉水煙，烏啼夜闌景。曲沼芙蓉波，腰圍白玉冷。」

歌聲在夜空下迴旋纏蕩，繞月不去，不但眾女聽得神往，傅采林亦動容道：「唱得好！」終於張目往侯希白瞧來。

四人又看呆了眼。原本因翕聚而顯得侷促和比例不當的五官，竟一下子像蜷曲的人舒展四肢變成昂藏漢子般，整張臉孔立時脫胎換骨般化成極具性格的形相，雖然鼻仍是那個鼻，嘴仍是那張嘴，眼仍是細而長，額過高頷較長，可是此時湊合起來後不再難看，令人感到極美和極醜間的界線不但可以含糊，更可以踰越。而造成如此效果的最大功臣，肯定是眼眶內靈動如神的一雙眸珠，有如夜空上最明亮的星子，嵌進恰如其分的長眼內，天衣無縫。

傅采林像剛於此時活過來般，目光落在與傅君嬙只是一枕之隔的寇仲臉上，淡淡道：「我喜歡沉香，非只是因它的香氣，而是它令我聯想到大地上生命最大的恩賜，少帥可願一猜嗎？線索就在沉香兩字上。」

徐子陵心中湧起孺慕之情，不但因傅采林是傅君婥的師尊，更因傅采林雙目內閃動著那永恆深邃對生命無限戀棧的神采。自出道以來，他還是首次遇上如此的一個人物。

寇仲卻心叫不妙，傅采林原來是這麼愛玩問答遊戲的，不過總好過動刀動槍，問題是在不知答不出或答錯的後果，會不會是被逐離場，忙道：「大師千萬勿要叫我作少帥，若論關係……嘿！」見到對面坐在侯希白不遠處的傅君瑜狠狠朝他盯來，及時改口道：「我只是後進小輩，叫我小仲便成。哈！沉香沉香，我聯想到甚麼東西呢？」目光投往身旁的傅君嬙，靈機一觸哈哈笑道：「當然是像嬙姨般的美人兒哩！人說女兒香嘛！」

傅君嬙鼓腮怒道：「你再敢喚一聲嬙姨，我就斬掉你的臭頭，看你以後如何多嘴？」

寇仲嘻皮笑臉道：「嬙大姐息怒。」再往侯希白望去，見他露出嘉許神色，信心倍增，向正南而坐的傅采林恭敬道：「小子這答案對嗎？」

傅采林似全不介意傅君嬙和寇仲間的爭鬧，平靜地微笑道：「任何問題均可以有不同答案，少帥的答案直接得令我感到欣悅，美麗的女子肯定是上天對人的恩賜。」轉向寇仲左下方的徐子陵道：「你又從沉香聯想到何物？」

徐子陵還以為問答告終，正思索三大宗師的分別，如寧道奇的恬淡無為，畢玄崇尚武力和戰爭，那傅采林肯定是對生命的追求、體會和好奇。聞言一愕後，沉默片刻，一個意念浮現腦際，答道：「若要沉香，須有水才成，大師指的是否水？」

傅采林出乎四人意料的雙目射出沉痛神色，仰望夜空，以充滿傷情的語調道：「你兩人均是天資卓越之輩，令我幾可重見當年君婥遇到你們時的情景。」

傅君嬙嬌嗔道：「師尊！」一副撒嬌不依的女兒家動人神態。

寇仲和徐子陵給傅采林勾起心事，頓感神傷魂斷，說不出話來，更無暇計較傅君嬙的不悅。

傅采林亦像聽不到傅君嬙不滿的表示，緩緩道：「水是活命的泉源，生命的根本，是能令人毫無保留讚美的神跡。若水是因，花便是果。像我身旁的金蓬萊，在早春的山野，最先開花的是它，有如美麗的大自然裏朵朵紅雲，美女正是最燦爛的花朵。白日是屬於火的，晚夜是水的天地。沉香因超過水的比重，置水則沉，故名沉香，若沒有水，何來沉香。」

侯希白仰首深吸一口香氣，心神皆醉的道：「不論香氣與名字，均是那麼動人，素煙思暖降眞香，好名字！好名字！」

連跋鋒寒也大感得侯希白及時隨來之幸，因爲四人中，以侯希白的性情最接近傅采林，宛是同一類人，而他自己則截然相反。

傅采林往侯希白瞧去，雙目回復神祕莫測的靈燄，微一點頭，朝居於另一端地氈邊緣，背靠平台石欄，與他遙相面對，目不邪視的跋鋒寒道：「自知爾等來長安一事後，君嬙在我這一邊耳朵說一套，君瑜在我另一邊耳朵說另一套。兩姊妹還爲此不瞅不睬，水火不容，可見這世界因異而生爭，生而爲人勢難避免，跋鋒寒對此有何看法？」

寇仲和徐子陵知傅君瑜爲他們說盡好話，感激的眼光往她投去，傅君瑜卻是木無表情，垂首不語。侯希白則在飽餐秀色，衆高麗美女人人神態恬靜，似是非常享受今夜的氣氛和對話，只不知她們中有多少人聽懂漢語？

跋鋒寒雙目精光閃閃，迎上傅采林懾人至極的眼神，從容笑道：「正如大師所言，日是火夜是水，日夜水火的對立，正是天地萬物推移的動力。作爲一個人，其個體是有局限性的。但正因我們的有限，才讓我們感受到無限；有對生的體會，才有對死亡的恐懼和認知。個人是有限，擴張卻可以是無限。此爲跋鋒寒一偏之見，請大師指點。」

不看僧面看佛面，由於寇仲和徐子陵與傅采林的關係，這番話在跋鋒寒說來算是客氣有禮，但仍充滿反駁的意味，最後那句「一偏之見」，似在謙遜，更見可圈可點。寇仲和徐子陵聽得心驚膽跳，傅采林說話行事教人難以測度，眞怕一言不合，跋鋒寒立要捱他的弈劍術。

寇仲旁的傅君嬙低聲罵道：「夏蟲豈可語冰？哼！無知之徒。」

這幾句話該只得兩人聽到，因是以束音成線的功夫向兩人傳遞，豈知傅采林右耳微微聳張，向傅君嬙瞥上一眼，露出責怪神色，然後往跋鋒寒瞧去，唇角逸出一絲漣漪般逐漸擴大的笑意。寇仲和徐子陵暗呼厲害，如此「耳功」，他們尙是首次遇上，由此推知，師公的感官何等靈銳。難怪可以人弈劍，以劍弈敵。

傅采林深情專注的望著嵌掛著美月的動人夜空，悠然神往的思索著道：「你能從人的局限看到無限，已非常人之見。若人能睜開心靈的眼睛，穿透一切貪嗔、迷惘、恐懼、私欲，他將可看到自身和環繞在四周的神跡。不論你如何卑微或偉大、愚頑或智慧，本身都是一個神跡。生命是整個存在的巔峰，衆生中只有人有自由的意志，能爲自己的存在作出反思，作出決擇。生命同時包含著有限和無限，覺知自己就是通向認識存在的唯一途徑。每一個生命的存在，都是在永無休止的生長和衰敗中燃起的火花，生命長河的片段零波。」

四人不由自主隨他望向美麗的夜月，生出深刻的感受。傅采林述說的是對生命和存在的哲思，一種超乎常人的宇宙觀，由深黑的星空，到地上的一草一木、白雲流水，於其間存在的生命，自身的存在確如他所言的是不可思議的神跡和奧祕。人因受到自身的局限，並不曉得這一切從何而來？往何而去？大多數人的選擇是視而不見，埋首沉迷於人世的生榮死辱而不能自拔，只有像傅采林這種智者，才能從認知自己，睜開心靈內的眼睛，看到存在背後的謎團。連跋鋒寒也因他的話現出深思的神色，一時說不出話來。

傅采林續道：「自出娘胎後，隨著生命的成長變化，我們從迷蒙中逐漸甦醒過來，有如從一個夢醒過來般，踏進此一我們視之爲『清醒』的另一個夢裏，隨著個人的偏好作出不同生存方式的選擇，甚至忽略生命的神蹟。可是在每一個人內心深處，我們均曉得盲目地去追求物欲，只是無可奈何的苦中作樂，是生命的沉溺，故常感不足，偏又別無他法。這便是我們此時此刻的處境。」

頓了頓接下去道：「我的生命一直在尋找某種不得而知的東西，因爲它可以爲生活帶來更深層次的意義。當我注視夜空，又或一朵金蓬萊，甚至一位動人的女性，我會感到更接近我想追尋的東西。佛陀提出一切皆虛，對比出生命存在的無奈和希望、痛苦與快樂，是覺知存在的方法。我對宗教的興趣亦止於此，生命的意義只能在內在追尋，外在發生的事，只是內心的一種感受。」

跋鋒寒目光轉柔，往傅采林望去，長長吁出一口氣道：「多謝大師指點。」

徐子陵留意侯希白，後者聽得目瞪口呆。心忖在他們四人中，感受最深和得益最大的肯定是侯希白。他與傅采林都是追求完美的人，分別在侯希白沉溺在美麗的本身和形相，透過藝術的手段去捕捉美麗的眞貌；而傅采林追求的卻是美麗背後的眞義，妍醜間的界限更因其超卓的看法和體會而不存在。

寇仲長嘆道：「到今夜此刻，我才眞正掌握到娘轉述師公你所說的『每個人均暗藏一座悉具自足的寶庫』是甚麼意思，唉！多少年啦！」

傅君嬙出奇地沒有立即出言斥責他，只是冷哼一聲。

傅采林目光落在寇仲身上，訝道：「你們仍把君婥視作娘嗎？」

徐子陵暗鬆一口氣，至少傅采林沒有因寇仲稱他爲師公而動氣，不過傅采林是否不咎既往，則仍無任何把握。因爲他更懷疑傅采林是永不會動氣的人，故不能以此作準。

寇仲苦笑道：「娘對我們恩重如山，她永遠是我們心中最敬愛的至親。唉！希望師公你能明白，我們沒有殺宇文化及而讓他自行了斷，其中實另有苦衷，絕非我們忘本。」

傅君嬙終按捺不住，怒道：「事實俱在，還要狡辯？」

徐子陵忙解釋道：「事情是這樣的……」

傅采林舉手打斷他的話，神色恬靜的道：「你們可知我因何修練劍術？」

寇仲和徐子陵兩顆心立時直沉下去，暗呼不妙，一個對生命有如此深刻和超凡體會的人，自可本著他們無法揣測和超然的意念，修成名震塞內外絕世無雙的劍法，更無法預料他會怎樣處置他們。

跋鋒寒雙目亮起來，淡淡道：「願聞其詳！」

傅采林目光重投夜空，以絲毫不含任何情緒波動的平靜語調道：「這是一個充斥著瘋子和無知的世界，沒有足夠的力量，你將被剝奪享受生命神跡的權利。國與國間如是，人與人間如是。我們今夜的對話就止於此，我想靜靜地思索。」

寇仲見他下逐客令，忙道：「可否容小子多說幾句話呢？」

傅采林沒有看他，像變成不動的石雕般道：「說吧！不過若是解釋君婥和你們間的事，可就不必！因爲我已曉得你們是怎樣的人。」

寇仲弄不清楚自己該高興還是失望，因不知傅采林內心對他和徐子陵的眞正看法。沉聲道：「我可以向師公你保證，只要我和子陵有一天命在，絕不會讓人重演當年楊廣的惡行，彼此可成友好邦國，大家和平共存。」

傅采林淡淡道：「你們之後又如何呢？」

寇仲差點語塞，苦笑道：「現在對高麗最大的威脅，不是我們而是以擴張和征服爲最終目標的突厥人。惟有中土變成一個統一的強大國家，突厥人始能被抑制。楊廣給我們的教訓還不夠慘痛嗎？且數百年戰亂早令我們大傷元氣，動極思靜，誰都希望在未來一段悠長歲月，可好好休養生息。未來的事沒有人能預知，只希望老天爺有點兒同情心。中土渴望和平統一，高麗何嘗不是如此？這番話我寇仲字字出自肺腑，請傅大師垂聽。」

傅采林淡淡道：「這問題我曾思索良久，今夜不想在這方面再費心力。明晚子時請少帥大駕再臨，讓我見識一下少帥的井中月，希望那是另一個神蹟，君瑜送客！」

踏上杏木橋，寇仲忍不住問默默在前方領路的傅君瑜道：「這究竟算怎麼一回事？」

傅君瑜止步道：「他喜歡你們。」

寇仲抓頭道：「他明晚指明要看我的井中月。這叫喜歡嗎？那我情願他討厭我。」

徐子陵三人在寇仲身後停下，其中侯希白搖頭苦笑道：「傅大師喜怒難測，大家談得好好的，卻忽然逐客。」

傅君瑜緩緩別轉嬌軀，面向四人，溫柔的月色下，她臉龐迎上月光，閃閃生輝，卻有點心灰意冷的道：「我早著你們離開，只是你們忠言逆耳，致陷如此田地。師尊再不會和你與子陵計較大師姊的事，原因正如他所說的，是他明白你們是怎樣的人，更明白大師姊為何肯為你們犧牲生命。」

跋鋒寒皺眉道：「既然舊怨已釋，何解仍不肯罷休？」

傅君瑜首次望著跋鋒寒，平靜答道：「你們不能設身處地，從師尊的立場去看整件事，我不會怪你們，因為你們並不明白師尊的情況。」

侯希白顯然對傅采林大有好感，關切的問道：「大師有甚麼難解決的問題呢？」

傅君瑜雙目透出悲痛神色，低聲道：「師尊壽元已過百歲，自知時日無多，大限即至。師尊若去，將沒有人能遏止蓋蘇文的野心，高麗現在新羅、百濟、高麗三足鼎立的局面立告冰消瓦解，戰火會蔓延至半島大陸每一寸的土地，此為師尊最不願見到的局面。不過他更看到這是無可改變的趨勢，大亂之後始有統一和平，可是這情況須在沒有外族干預下始能出現。你們明白我的意思嗎？」

寇仲苦笑道：「明白一點，所以你們最理想的情況是突厥人入侵中原，致泥足深陷，與我們來個兩敗俱傷，對嗎？」

傅君瑜道：「大致如此。」

侯希白搖頭道：「這並不公平！」

傅君瑜俏臉泛起一片寒霜，沉聲道：「你們漢人有甚麼資格和我們說公平？在高麗沒有人能忘掉楊廣賊兵的獸行。若非師尊出山號召，趁隋軍忙於姦淫擄掠之際全面反擊，逐走隋軍，情況還不知會發展至何種地步？在我們來說，你們遭受任何懲罰，都是活該的。」

徐子陵怕侯希白被搶白而動氣，插入道：「瑜姨息怒。我們確曾犯下彌天大錯，但仇恨並不能帶來和平，我們雙方將來能和平相處才是最重要。」

傅君瑜嘆道：「你們見過師尊，該明白他是怎樣的一個人。問題在師尊無法曉得未來統治中土的不是另一個楊廣。如最後勝出的不是寇仲而是李唐，那李建成會繼承李淵之位。師尊對李建成絕無好感，在這個可能性下，師尊寧願讓突厥人和你們互相殘殺，互相牽制。」

寇仲大惑不解道：「師公既有這樣的看法，何不全力助我，反要與我動刀動槍，想取我小命？」

傅君瑜淡淡道：「少帥誤會哩！師尊怎忍心取認大師姊做娘的人的性命呢？從他今晚對你們的態度看，他是生出愛惜之心，要在明晚令少帥你知難而退，放棄與李淵結盟，免致被李淵害死。將來中土若由你寇仲統一天下，將可牽制突厥人，爲高麗的統一爭取得充裕時間。我原本很擔心他今晚會出手取你之命，現在再沒有這顧慮，因爲他喜歡你們。」

寇仲道：「我現在立即去找蓋蘇文算賬，取他狗命，讓師公安心。」

傅君瑜不悅道：「若師尊要殺蓋蘇文，蓋蘇文焉能活到今天？在無可選擇下，蓋蘇文已成統一高麗的希望。這種事只有一方面心狠手辣，一方面又懂恩威並施的人方辦得到，蓋蘇文正是這樣一個人。師尊肯讓他隨行，對他的聲望大有幫助，正隱含支持他之意，你們不可碰他。」

寇仲失聲道：「不可碰他？那他來惹我又如何？」

傅君瑜冷冷的道：「你自己去想吧！」

說罷悄然離去，剩下四人呆立橋頭，說不出話來。

除侯希白外，寇仲、徐子陵和跋鋒寒接二連三的受到來自各方面的打擊和挫折，情緒意志均有點吃不消，生出縱有鋼鐵般的意志也招架不來的頹喪感覺。

朝著凌煙閣外門走去，寇仲苦笑道：「今晚肯定睡不著覺，明天會比今天更難捱，過得李淵懲處李世民一關，也過不得師公的一關。」

侯希白道：「傅大師既無殺你之心，你大可拒絕應戰，即使應戰，輸掉也沒有大問題。」

跋鋒寒搖頭道：「你可以作如此想，少帥卻絕不可以，因爲他輸不起。現在長安形勢微妙，少帥必須保持不敗強勢，始可鎮著李淵，同時令有心支持李世民者前來投効。而傅采林這次不遠千里的到中土來，擺明是爲高麗揚威，若寇仲變成不敢應戰的懦夫，又或是傅采林的手下敗將，如何有資格成爲『天刀』宋缺的繼承人？」

寇仲雖明知事實如此，聽跋鋒寒道來，仍禁不住愁上添愁，長嘆一口氣。

此時抵達外門，一員將弁迎上來施禮道：「得韋公公吩咐，末將預備好馬車，恭送少帥返興慶宮。」

寇仲閉上眼睛，仍可認出他是常何，韋公公派出今晚於皇宮當値的將領中最高軍階的人來伺候他們離開，似乎有點不合常理。

常何見寇仲定睛瞧著他，竟避開寇仲的目光，垂首道：「請少帥登車起駕。」

他的神態落在徐子陵等人眼中，不覺有何異樣，可是曾與他患難與共深悉他爲人的寇仲，卻感到他是心中有愧。說到底，常何肯定是個有良知的人，若受建成壓迫來害他們自會受良心責備。

心念暗動，趨前兩步，低聲以醜神醫的語調聲音道：「常大人，是莫一心，別來無恙。」

常何聞言色變，往他望來。由於常何獨自進入門內相迎，與把守外門的禁衛相距數丈，負責守護馬車的常何親隨離他們更遠，所以不愁唐軍方面有人能聽到他們的說話。

寇仲道：「常兄可通知劉政會大人，說莫一心回來啦！」

常何面色再變，忽晴忽暗，倏又垂下頭去，卻不敢答他半句話。

寇仲不忍心逼他，哈哈笑道：「韋公公眞周到……」

常何忘形地急道：「不要登車！」

寇仲連忙改口，接下去道：「不過我們想漫步夜長安，不用勞煩常大人。」

常何裝出錯愕神色，道：「這個嘛，這個嘛，悉隨少帥心意，不過請容末將引路，免致遇上巡軍時有不必要的誤會。」又低聲道：「不要回宮！天亮便沒事！」

寇仲心中寬慰，常何確是義薄雲天之輩，不枉自己與他一場兄弟，亦可看出他內心不願被建成利用來暗算他們。因常何成爲統領後，該只服從李淵的命令，由此可以推知，這只是建成、元吉的陰謀詭計，與李淵無關。

徐子陵對兩人的對答聽得一清二楚，心中浮起一個念頭，建成、元吉既膽大至敢暗布陷阱殺他們，當然不肯放過李世民，插入道：「我們想到宏義宮與秦王打個招呼，有勞常將軍安排。」

常何現出震動神色，欲言又止，最後裝作爲難的道：「宏義宮在城外西面十里許處，少帥可否待至明天，讓小將有時間作妥當安排。」

寇仲此時肯定護送馬車的隨行禁衛裏，有建成、元吉的人在，故常何裝模作樣，說話給那些人聽，好向建成等作間接交代。而常何之所以會露出震駭神色，是看穿他們與李世民的關係，更從他的提示推想到李世民正陷身危險中，因而提供保護。

常何忽然現出堅定神色，先向他打個眼色，然後道：「少帥有命，末將豈敢不從，只不過牽涉到城門開啓，小將必須上報韋公公。且由於路途遙遠，頗爲不便，少帥請先行登車。」

寇仲與他合作慣了，微笑道：「入鄉隨俗，當然一切都要依足規矩辦事。但坦白說，我很不慣坐馬車，總覺氣悶，怎比得上放騎騁馳痛快。不如讓我們在這裏等候常大人的消息。」

常何領命而去後，跋鋒寒沉聲道：「你這樣會不會害了常何？」

寇仲道：「放心吧！可達志方面當不會在今時今日洩漏我乃莫一心的事，使李建成曉得突厥方面曾瞞騙他。既沒有這條線索，常何又是李建成扶持下坐上統領位置者，故今晚詭計不成，李建成只會怨老天爺不合作，不會降罪常何。」

侯希白道：「子陵的腦筋轉得眞快，如今的秦王，肯定是建成、元吉除我們外另一攻擊目標，眞狠！」

寇仲喜道：「如此看來，李淵該是對應如何處置李世民仍猶豫不決，否則李建成豈會冒著李淵重責鋌而走險？」

跋鋒寒搖頭道：「只要布局成殺我們者是突厥人，李淵便拿建成、元吉沒法。至於對付李世民，以楊虛彥的刺客經驗和融合《御盡萬法根源智經》與《不死印法》的身手，攻其不備下，不是沒有成功機會。」

寇仲嘆道：「這小子確是第一流的混蛋，唉！希望能及時趕到宏義宮，今晚果然沒覺好睡，他娘的！」

衆人再苦候近一刻鐘，常何終於回來，遣手下牽來四匹駿馬，欣然道：「稟上少帥，一切如少帥所示，請上馬！」

馳出皇城後，在常何與十多名禁衛簇擁下，四人轉右朝金光門馳去，蹄聲打破黑夜的寧靜，更鼓聲從遠處傳來，提醒他們此刻正值三更時分。越過跨河的長橋，抵達金光門外，金光門的吊橋早已放下，除守門的百名唐軍，尚有一支近八十人的騎兵隊，在門道內外列隊恭候，出乎他們意料的大陣仗。

一名武將策馬過來施禮道：「城衛統軍劉弘基，參見少帥、徐先生、跋先生和希白公子。」

寇仲、徐子陵和跋鋒寒尚是首次與他碰頭，知他和殷開山乃城衛系統的兩大指揮將領，是李淵的親信，不由對他特別留神。劉弘基既高且瘦，蓄著深黑的小鬍子，眼神冷冷的，典型職業軍人的冷靜表情，使人不會懷疑他在接到殺戮敵人的命令時，可毫不猶疑地立即執行，其信念更非可以輕易被動搖的。最特別是濃黑的長眉直伸至兩鬢，在鼻樑上印堂處眉頭連結起來，更添其悍狠之氣。

侯希白笑道：「又要勞煩劉大將啦！」

劉弘基淡淡道：「希白公子真客氣，職責所在，是弘基分內的事。」轉向常何道：「皇上有令，少帥交由弘基接待，常大人請立即回宮。」常何微一錯愕，不敢說話，向寇仲等請罪後掉轉馬頭與親隨回宮去也。

四人早猜到此事會驚動李淵，如今只是由劉弘基證實無誤。由於寇仲要出城往見李世民，此事可大可小，誰敢擅拿主意？即使李淵已睡覺，韋公公也要冒犯天威之險把他吵醒，讓他決定。亦有很大可能李淵因心事重重，此刻尚未上龍床就寢。現在既得李淵放行出城，顯見李淵仍不願與他們鬧翻，因為嚴格來說，一天兩方沒正式結盟，少帥軍和大唐軍仍處於戰爭狀態。李淵如不讓寇仲出城，寇仲會疑心被軟禁城內，這後果將成災難性的演變。李淵當然會因此事不高興，卻拿寇仲沒法，即使他擺明干涉李淵家事，除非李淵放棄結盟，否則亦惟有任他放肆。

劉弘基道：「少帥請起行！」同時打出手號，在城門候命的騎兵分出三十餘人，領先出城。

寇仲策馬來到掉頭恭候的劉弘基旁邊，微笑道：「劉大將軍不用拘禮，我們並騎閒聊兩句如何？」

劉弘基雙目射出複雜神色，垂首無奈道：「少帥有命，弘基怎敢不從！」

在近七十名戰士前後簇擁下，四人馳出城門，進入城西原野朝西的官道，清麗的月色蓋地鋪天的籠罩大地，夜風拂體而至，別有一番滋味。

寇仲策騎緩行，向劉弘基沉聲道：「劉大將軍可知我為何沒有待至天明的耐性而急於去見秦王？致勞煩劉大將軍？」

前後護衛的騎兵與他們有一段距離，故不虞劉弘基的手下聽到他們的對話。

劉弘基露出一絲苦澀的笑容，垂首道：「弘基不敢揣測。」

寇仲淡淡道：「道理很簡單，因為我怕長安驟生急變，關中生靈塗炭，我寇仲若坐視不理，勢成歷史罪人。」

劉弘基長軀一震，往他瞧來。寇仲知道語出驚人收到預期的效果，迎上他的目光道：「大將軍定會以為我危言聳聽，語不驚人死不休，事實卻是每字每句均出於我肺腑。現今天下形勢分明，已成二分之局，而關中能令我寇仲顧忌者，惟只李世民一人而已。我寇仲若只圖私利，此刻只須坐視不理，唐主明天必褫奪秦王兵權，甚至將他貶謫遠方，你我雙方結盟將變得毫無意義，因我寇仲絕不會與勾結突厥人的李建成和李元吉合作。突厥人既知李世民已去，我們的盟約功虧一簣，定將大舉南下，直撲長安。在長安軍心動搖下，大將軍是知兵的人，當悉結果如何，還認爲我寇仲是危言聳聽嗎？」

劉弘基聽得面色忽晴忽暗，最後垂首道：「少帥這番話何不直接向皇上提出？」

寇仲微笑道：「因爲我不想命斃長安。」劉弘基駭然往他瞧來。

在說出「我不想命斃長安」這句話的一刻，寇仲心中湧起萬丈豪情，無人可改移的堅強鬥志，入長安後種種挫折和失意，一掃而空。這句話字字發自真心，若他還不堅強起來，以捨刀忘刀的無畏精神，在劣境中奮鬥不懈，後果不堪想像。誰夠狠誰就能活下去這句跋鋒寒的名句，於此時此地更是無可置疑。跟在後面的徐子陵、跋鋒寒和侯希白默然不語，有會於心，曉得寇仲正向這長安重將展現他懾人的魅力。劉弘基呆看著馬背上的寇仲，措手不及，無言以對。

寇仲露齒微笑，回復從容道：「請恕我寇仲交淺言深，假設我們應付得不恰當，中土將大禍臨頭，此爲危急存亡之秋。對我寇仲來說，能否登上帝位實在無關痛癢，最重要是吃盡苦頭的老百姓能過和平統一的好日子。在關中我看得上眼的只有一個李世民，所以我絕不容他任人魚肉。煩大將軍稟上唐主，我們到宏義宮後不再離開，直至你們皇上撤徐一切欲加於秦王身上的懲罰。」

劉弘基色變道：「少帥！」

寇仲雙目神光劇盛，語氣平靜而堅決，淡然道：「我意已決。沒有李世民，就沒有甚麼勞什子的聯盟。沒有人比我更清楚塞外聯軍的可怕。面對如此勁旅，還要日防夜防被無恥之徒在後面暗扯我後腿，任人做這種蠢事肯定沒我寇仲的份兒。我何不返回梁都，來個坐山觀虎鬥，再撿便宜收拾殘局，怎都勝過像秦王般被鼠輩害死。」

劉弘基垂下頭去，邊策騎邊沉思，忽然道：「少帥這番話發人深省，不過請恕弘基不能如實稟告皇上，我只會說少帥留在宏義宮開解秦王。唉！事情怎會弄至如此田地。」

寇仲哈哈笑道：「原來大將軍是性情中人，吾道不孤矣！」

一夾馬腹，坐騎加速。劉弘基像要盡洩心頭怨氣般一聲呼嘯，立即全力加速，馬蹄踢起揚天塵土，在月夜下朝宏義宮旋風般捲去。

宏義宮是建於一座小丘上的宮城，規模及得上興慶宮，外牆卻更堅固，每隔五丈設置箭樓，正門向著長安方向，有斜道直抵丘頂上的宮殿群，氣勢磅礡。徐子陵心忖這地方除僻處長安城，遠離長安宮城的權力中心外，論地方形勢則著實不錯，充滿原野的清新氣息，且有足夠的防禦力。單憑建成、元吉的兵力，要對付堅守此城的李世民肯定是力有未逮。由此觀之，李淵該仍未有置李世民於死地之意。值此夜深之時，宏義宮外門城牆仍是燈火通明，人影幢幢，忽然一通鼓響，宮城外門大開，數十騎衝出，領頭者赫然是秦叔寶和程咬金，迎上寇仲等人。

程咬金隔遠叱喝道：「原來是少帥大駕光臨，老子還以爲是那甚麼娘的長林軍，正要以滾油勁箭伺候。他奶奶的！誰敢來惹我秦王，我程咬金第一個和他拚命，天王老子都沒有面子給。」

秦叔寶與一衆玄甲精兵人人神情憤慨，可以想像若來的眞是長林軍，甚或李淵的禁衛，李世民的精兵猛將定是拚死護主，直戰至最後一兵一卒，絕不退讓。寇仲心忖這番話若一字不差傳入李淵耳內，老朋友程咬金已犯下死罪。朝劉弘基瞧去，見他只露出苦澀無奈的神色，顯是對李世民的處境生出同情心。要知李世民正直仁愛的形象，早深植於大唐國軍民心內，又屢立大功，而於甫返長安的第一天，立即發生掖庭宮火器爆炸事件，時間的巧合，充滿以牙還牙的味道，令人可疑。只有李淵不是這麼看，還厚彼薄此，自然激起李世民這方親兵愛將的公憤。在這一刻，寇仲猛地感到李世民被逐至此，非如先前想像中那麼不利。

兩方人馬，在門外官道相遇。秦叔寶見到劉弘基，冷漠地打個招呼，道：「少帥交由我們接待，請劉統軍回城。」

劉弘基搖頭苦笑，向寇仲施禮道：「弘基有機會當再向少帥聆教。」一聲告罪，領著手下原路而回。

寇仲問道：「秦王在哪裏？」

秦叔寶嘆道：「我從未見過秦王如此沮喪失意，他仍把自己關在書齋內，不肯見任何人，你們可能會例外。」

程咬金怒火燎天的道：「照我的意思目前最好的辦法是反出關中，橫豎洛陽仍在我們手上，又有你們支持，就看誰的拳頭夠硬。」

寇仲苦笑道：「意氣用事本身就不是辦法，當然更非最好的辦法，程老哥你仍是這副脾性。」

轉向徐子陵三人道：「我想一個人獨自去見秦王，說幾句交心話。」

李靖在門外報上道：「少帥求見！」

好半晌後，緊閉的門張開，露出李世民蒼白木然的面孔，目光落到李靖旁的寇仲處，先示意李靖離開，然後默默回到齋內去。寇仲明白他的心情，緊隨在他身後，順手關門。

李世民的聲音傳入他耳內道：「子陵呢？」

寇仲轉身倚門而立，瞧著以背向他木立齋內的李世民道：「他在外面，因我想單獨和秦王談話。」

李世民轉過身來，心疲力倦的道：「坐下說。」寇仲到一旁坐下。

李世民仍呆立書齋中心，仰天嘆一口氣道：「或因是我一生人太順利吧！特別受不起挫折和打擊，現在我有失去一切的感覺！」

寇仲聳肩輕鬆的道：「你沒有失去一切，只是失去對令尊最後的幻想和希望，從這角度去看應是好事。因爲再也不用我們鼓勵你，你也該知只有堅持和奮鬥下去。」

李世民隔几在他身旁頹然坐下，默默無言。

寇仲淡淡道：「還記得我說過的話嗎？」

李世民皺眉道：「你指的是……」

寇仲笑道：「哈！竟當我的金石良言是耳邊風？你當日對我們發動兵變之事猶豫不決時，我不是說過你返回長安後，形勢會逼得你沒有選擇餘地嗎？只是連我都沒想過一切會在第一天發生。你的王兄王弟擺明要將你趕盡殺絕，故而計畫周詳。令尊亦以去你而後快，只是一直苦無藉口，現在機會來臨！所以你才會悶在這裏自怨自艾。」

李世民搖頭道：「我沒有自怨自艾，只是感到難以接受。」

寇仲道：「換成是我或子陵，肯定沒有接受不接受的問題。現實就是如此殘酷，誰夠狠誰就能活下去。」

李世民苦笑道：「你罵夠了嗎？」

寇仲嘆道：「差不多哩！」

李世民往他瞧來，沉聲道：「你們在這時候毫不避嫌的來見我，不怕令人起疑？」

寇仲道：「這叫隨機應變，也是改變策略。不瞞你老哥，你被逐於此，我們也不好過。幸好現在想通一切，索性向令尊擺明我們之所以肯和他結盟，全看在妃暄和你份上，他若敢降罪於你，我們就拉大隊走人。他奶奶的！令尊當我寇仲是甚麼腳色？惹怒我包他吃不完兜著走。」

李世民呆想片刻，沉聲道：「我的心很亂，你有甚麼新的計策？」

寇仲露出充滿自信的笑容，道：「建成、元吉這一毒招是弄巧反拙，明眼人均瞧出你是遭他們陷害的。而令尊不公平的處理手法，更引起公憤，只是敢怒不敢言。像剛才領我來的劉弘基便是其中之一，由此推知，懷此心態者大不乏人。所以我索性賭他娘的一鋪，向整個長安以行動表明我們的盟約繫於你老哥身上，這叫置之死地而後生。」

李世民雙目神光漸復，道：「若父皇沒法下台階，把心一橫，我們定無僥倖。」

寇仲微笑道：「沒有寇仲還有個宋缺，可是大唐國肯定四分五裂，在關外忠於你的手下勢將一窩蜂的投向梁都，巴蜀更不用說。在這樣的情況下，沒有李世民的大唐能同時頂得住陣容鼎盛的塞外聯軍和矢志復仇的少帥雄師嗎？」

李世民雙目閃閃生輝，回復生機，凝望寇仲好半晌後，道：「那父皇豈非更害怕我謀奪太子之位？」

寇仲點頭道：「說得好！事實上經此事後，你與令尊再無轉圜餘地，只看誰先被放倒，形勢更趨微妙。我們肯定正處於下風劣勢，稍後我會將最新情況、好消息或壞消息一一向你老哥彙報。現在我只想問你一句話，你現在能否視長安為戰場？」

李世民愕然道：「我不明白你的意思。」

寇仲嘆道：「若你肯把長安視為戰場，將可把戰場上那成則為王，敗則為寇那一套，照本宣科的搬過來，明白嗎？」

李世民先呆看著他，好一會後嘴角逸出笑意，逐漸擴大，點頭啞然失笑道：「對！罵得對！我之所以因父皇待我不仁而心痛欲絕、失去鬥志，皆因並不視長安為戰場。在戰場上，豈會因受挫於敵而頹唐不振？戰爭是不擇手段的，重要的是最後的勝利，世民受教哩！」

寇仲離開時，清楚曉得李世民終於對李淵死心。

寇仲來到徐子陵身旁，與他並立平台，倚欄遙望遠方宏偉的長安城。

徐子陵瞥他一眼，淡淡道：「秦王肯聽你的勸告嗎？」

寇仲低聲道：「我罵了他一個狗血淋頭，他奶奶的，直至今夜他才肯拋開對李淵的幻想，腳踏實地的去做人，為妻兒手下著想。老跋和小侯呢？」

徐子陵道：「他們去爭取休息時間，因怕明天有惡戰。」

寇仲皺眉道：「你好像也沒闔過眼，為何不上床睡覺？」

徐子陵道：「我在等你，唉！累得你陷入這種九死一生的劣局，我的心很不安樂。」

寇仲哈哈一笑，摟著他肩頭，道：「一世人兩兄弟，說這些話來幹甚麼？坦白告訴你，我們絕不會輸的，我還認為形勢愈來愈有利，愈來愈清楚分明。我們是別無選擇，李淵也別無選擇，最後只有退讓。他娘的！我現在最想先宰的人是香小子。」

徐子陵道：「我剛才望著長安，忽然想起一事，就是要小心對方用毒。昨天我在長安城東市門外遇伏，射來鋼針上淬的毒非常霸道，令我差點不能消受。可知對方有用毒高手，而此人大有可能是烈瑕那小賊。」

寇仲點頭道：「大明尊教除《御盡萬法根源智經》外可能還有本《毒經》，所以人人善於用毒，烈小子的心那麼毒，用起毒來當然更勝其他人。」

徐子陵道：「我很少想到殺人，但烈瑕卻是例外，我可以放過任何人，卻不可以放過他。」

寇仲明白他的感受，烈瑕殺宋金剛，令徐子陵無法釋懷，種下解不開的深仇。道：「勿要盡想這些令人不快的事，改爲我們光明的將來動腦筋。我們在這裏，可是玄恕和三十名飛雲衛卻在李淵手上，變成誰都奈何不了誰的僵持局面。我剛才來時邊走邊想，假若李淵任我們在這裏發呆，我們該怎辦好？」

徐子陵道：「難道你沒想到辦法嗎？」

寇仲笑嘻嘻道：「笨辦法倒有一個，我們就呆他娘的一天，待到晚上從寶庫潛回城內，著玄恕和雷九哥等從祕道離開，我和你、老跋、侯小子四人蒙頭蒙面的從祕道潛入皇宮，宰掉香小子，來個他奶奶的下馬威。哈！夠痛快嗎？」

徐子陵道：「那豈非要和李淵決裂？世民兄的妻兒親眷全留在掖庭宮，肯定會遭殃。」

寇仲道：「所以我才說這只是逞匹夫之勇的笨辦法，較高明是暫時放過香小子，只著一衆人等開溜了事。」

徐子陵搖頭道：「這樣只會壞事。因爲李世民，我們不但事事投鼠忌器，還失去擊退突厥人的機會，最稱心的人是頡利，因爲我們只餘殺出關中一途。」

寇仲嘆道：「想起殺香小子我便手癢，若非快要天亮，我便和你立即趕回長安行事。」

徐子陵道：「小不忍則亂大謀，照我看李淵面對來自佛道兩門和你少帥的雙重壓力，只好暫忍這口鳥氣，不會愚頑至任我們在這裏呆上一整天的。」

寇仲苦笑道：「我也希望你的預感靈光，那我們現在該不該回去睡覺？」

徐子陵淡淡道：「我想在這裏看日出，你先睡吧！」

寇仲放開摟著他的手，細審他的神色。

徐子陵皺眉道：「有甚麼好看的？」

寇仲抓頭道：「眞奇怪！師仙子的離開似乎對你影響不大，你現在的樣子似甜蜜得可滴出蜜糖來，究竟是怎麼一回事？快從實招來。」

徐子陵嘆道：「你這小子，總要知道別人的私隱。說給你聽又如何？青璇已答應委身下嫁我徐子陵爲妻。」

寇仲一聲歡呼，彈上半空連翻三個觔斗，落回徐子陵旁，大笑道：「這是我這次回長安後唯一的好消息。我明白哩！妃暄是要成全你們，也同時成全自己，無牽無掛的回靜齋去哩！」

徐子陵不敢肯定師妃暄是否再無牽掛，至少自己便永沒法忘掉與她的精神愛戀。但事情發展至如今的地步，他能做的只是不辜負她的美意，全心全意的去愛石青璇，令石青璇得到女兒家最大的幸福。

寇仲興奮過後，頹然道：「我忽然睡意全消，可否留在這裏和你一起等待黎明，希望明天運道好上些。」

徐子陵目光越過長安城，落在其後方東邊天際，道：「不用等，天開始亮哩！唉！你是不是想起尙秀芳？」

寇仲道：「我的心事怎瞞得過你？這方面你比我本事，可否指點一二？」

徐子陵淡淡道：「在玉致來前，千萬不要和尙秀芳共度春宵。待玉致來後，再把整件事和盤奉上，盡告致致。」

寇仲失聲道：「甚麼？我剛與致致修好，便這麼傷害她，試問我於心何忍？」

徐子陵道：「她或許會明白的。只要得她同意，答應她只風流一晚，下不爲例，你不是可心安理得的了結你的風流孽賬嗎？唉！早知如此，何必當初？我早警告過你，不過我眞的沒有怪你，男女間的事實非人力所能控制。」

寇仲呆望東方，說不出話來。

徐子陵探手搭上他寬肩，微笑道：「天眞的亮哩！想不通的事，就由老天爺安排，希望我們的運道不是至此而絕，除此外我們還能幹甚麼呢？」

寇仲雙目隨天色亮起來，猛一點頭，道：「說得對！我要向致致做個誠實的乖孩子，全看她旨意辦事。天亮哩！睡覺去吧！」

第二章

邪王本色

作品集

第二章　邪王本色

寇仲睡夢正酣，忽然被遠方某處傳來的馬嘶人喊聲吵醒，猛地從臥榻坐起。

侯希白氣急敗壞的搶門而入道：「報告少帥，大事不妙，大批人馬從長安方面殺至，小卒奉徐、跋兩位大人之命請少帥立即動身。」

寇仲稍作定神，笑道：「這等時刻，你這小子竟來耍我，哈！難怪我忽然夢到上戰場，李淵眞好膽。」

倏地彈離睡榻，拿起放在床邊，內藏井中月和刺日弓的外袍，就那麼搭在肩上，衝出房門，問道：「徐小子、老跋何在？」

侯希白追在他旁笑道：「所有人均聚到東門去，他們先行一步去湊熱鬧，著我來不理你是醒是睡都把你弄去。」

寇仲忽然停步，站在通往東門的廊道間，向侯希白訝道：「你該是比任何人更戀棧生命才對！爲何你卻像全不把生死放在眼裏滿不在乎的樣子？」

侯希白欣然道：「生命此來彼往，有若季節轉移，是自然之道，沒有値得恐懼的地方。生命之所以令人感到珍貴，全因死亡每一刻均在虎視眈眈，在戰場上這感覺尤甚，使我分外珍惜生命，感受到生命的美好。恍然原來活著本身竟是如斯動人。哈！我既然在享受生命的賜予，心情怎會不好呢？」

寇仲一手摟上他肩頭道：「事實上你是不用來蹚這渾水的，只因你夠兄弟。哈！不過小心中了我師公的毒。」

侯希白笑道：「中他的毒不會太差吧？我們先上戰場去！」

寇仲和侯希白登上牆頭，李世民、跋鋒寒、徐子陵和李靖、尉遲敬德、長孫無忌、秦叔寶、龐玉等十多名天策府大將，正佇立牆頭，遙觀從長安開來的大隊唐軍。旌旗飄揚下，來者達三千之眾，清一色騎兵，似是先頭部隊，因爲宏義宮與長安城雖是小巫大巫之別，但守城的是李世民和他麾下能征慣戰的兵將，又有寇仲四人助陣，以這樣的兵力攻打宏義宮實與自殺沒有絲毫分別。

寇仲尚未在李世民身旁站穩說話，李世民喝道：「撤去防禦、開門！我要親自出迎。」手下傳令開去。

寇仲仍未弄清楚是怎麼一回事。徐子陵長長吁出一口氣，嘆道：「成功哩！來的是世民兄的尊翁，而他並非來攻打宏義宮。」

寇仲凝神瞧去，來軍仍在里許遠處，在揚起的塵頭裏，一枝大旗高舉，飄揚的正是代表李淵的徽號。大喜道：「又過一關，他娘的！」再看看天色，轉向跋鋒寒道：「別忘記你佳人有約，現在立即趕去，該可準時赴會。」

跋鋒寒搖頭道：「我已失去赴約的心情。」

徐子陵不悅道：「大丈夫有諾必守，你怎可言而無信？」

跋鋒寒苦笑道：「她有答應去嗎？」

李世民訝道：「我從沒想過鋒寒竟會約會佳人，這位美人兒是誰？」

侯希白欣然道：「老跋是怕獨坐呆等，這樣吧，大家一場兄弟，讓我捱義氣陪老跋去，她若爽約我們便當吃早點好啦！」一手抓著跋鋒寒手臂，硬把他扯下城樓。

手下來報戰馬備妥。李世民道：「我們出宮迎駕如何？」

寇仲笑道：「這個當然，耍戲當然要耍全套，我們去也！」

陪同李淵來的，除劉弘基和常何兩名大將外，出乎寇仲等意料的尚有李建成和李元吉，不過後兩者都是木無表情，笑容勉強。顯是此行非是甘心情願，只是不敢違反李淵聖意。李淵穿的是輕騎便服，腰佩長劍，看似精神抖擻，但眉宇間隱露倦容，看來昨夜並不好受。

兩方相遇，李淵拍馬而出，呵呵笑道：「待我先處置家事，再重迎少帥和徐先生入城。」

李淵方面全軍勒馬停下，建成、元吉兩人策騎來到李淵馬後，成品字形。

寇仲方面只有他和徐子陵、李世民三人，後者聞言立即滾下馬背，跪地垂首高聲道：「孩兒願負起昨夜掖庭宮爆炸一切責任，請父皇處置。」

李淵俯視馬前地上的李世民，雙目殺機一閃，瞬即斂去，換上笑容，沉聲道：「昨夜之事，本是罪無可恕，但朕念在王兒多年來立下無數汗馬功勞，戰功彪炳，功可抵過，賜你帶罪立功，可重返掖庭宮，一切如舊，平身。」

寇仲和徐子陵聽他一字不提李建成的東宮怪火，心中暗嘆，均知李世民心中的恨意正如火上添油。

李世民高呼「謝父皇隆恩」，緩緩立起。寇仲正要說話，李淵欣然笑道：「少帥心意，李淵清楚明白，一切待回宮再說如何？」

寇仲以微笑回報道：「我寇仲終於相信閥主確有誠意合作，疑慮盡去，當然悉從閥主之意。」轉向徐子陵道：「子陵不是約了老跋和侯小子在福聚樓吃早點嗎？」徐子陵會意，向李淵施禮告罪，逕自策馬先一步回長安城。

李世民神情肅穆的踏蹬上馬，得李淵賜准後，策馬掉頭先回宏義宮，處理返回長安事宜。當寇仲與李淵並騎回城，心中想到這場風波不是成功化解，而是曉得對立的情況更趨尖銳，李淵已選擇站在建成、元吉的一方，長安城內的凶險實有添無減。

徐子陵先馳返興慶宮，弄清楚王玄恕等一眾兄弟無驚無險，度過表面平靜、暗裏波濤洶湧的昨夜後，換馬趕往西市。經過躍馬橋，在馬背上欣賞無量寺、永安渠和兩岸的林木華宅。在春陽照射下，渠堤柳絲低垂，芳草茵茵，綠樹扶疏，市橋相望，碧波映日，巍峨的寺廟與高院大宅襯托起一派繁華安逸，不由想到地下的楊公寶庫和這宏偉都城未來的不測命運，心內感觸叢生。現在才是打正旗號重返長安的第二天早上，但他們的心境已有很大的變化，形勢的劇轉令他們再沒有必勝的把握。

徐子陵在福聚樓前下馬，幾名專伺候乘馬客人的馬伕大喜迎來，徐大俠、徐大爺的不停叫著，爭著爲他安置馬兒，弄得徐子陵很不好意思。眾馬伕對他的恭敬崇慕全發自眞心，使他進一步感受到負在肩上對長安全城人民的艱巨重任。

堂倌早得報，搶到大門迎客引路，不住打躬道：「徐大爺大駕光臨，是福聚樓的榮幸，跋大爺和希白公子正在三樓，請讓小人引路。」

踏入大門，更不得了，滿堂過百食客倏地靜下來，談笑聲急潮般消退，接著爆起漫堂掌聲和喝采聲。徐子陵抱拳回禮，以微笑回報，心事卻大幅加重，暗下決心，不會令對他抱著希望和熱切期待的老百姓稍有失望。對於長安城的軍民來說，他們這次到長安來商談結盟，為面對塞外聯軍嚴重威脅的平民百姓，帶來最大的希望和轉機，有如在暗黑世界見到第一道曙光。

好不容易登上三樓，一眼掃過去，吸引他注意的不是靠東窗對坐的跋鋒寒和侯希白，而是坐在另一角的一對男女。以徐子陵的修養，亦禁不住無名火起，不理會自己成為眾人目光的目標，向跋鋒寒揚手打個招呼後，逕自往那對男女走去。

在太極宮書齋大堂，李淵寇仲兩人分賓主坐下，一片春日清晨的寧和靜謐，可是他們談話的內容，每字每句均關係到中土未來的得失榮枯。

李淵嘆道：「少帥可知你昨夜這麼硬要到宏義宮去，令我既為難更是窘惑嗎？」

寇仲正暗怨剛才上床瞌睡的時間不足半個時辰，聞言苦笑道：「閥主啊！請你大人有大量，我是沒有選擇的餘地，否則怎向子陵交代？子陵肯來說服我，是看在妃暄份上，妃暄則是看在秦王份上，若秦王給你老人家嚴懲不赦，例如貶謫遠方，我們間合作的基礎再不復存。唉！你要我怎樣說呢？我和太子的關係並不好。在戰場上我們唯一信任的人是秦王，只有他的軍事才能始可與我們配合無間。若明知要打一場必敗之戰，我不如返梁都來個倒頭大睡，再來個坐山觀虎鬥，怎都勝過被迫退守揚州。所以我昨夜的行動雖對閥主不敬，但最終為的仍是我們的聯盟。」

李淵凝視著他，沉聲道：「少帥可知頡利已開出條件，只要我們肯照辦，他們將依約退軍。」

寇仲很想問他是哪些條件，但仍忍著不問及這方面的情況，微笑道：「閥主相信頡利嗎？」

李淵淡淡道：「我想聽少帥的意見。」

寇仲啞然失笑道：「若條件中包括須獻上我寇仲人頭，頡利或者會暫時退兵。」

李淵不悅道：「少帥言重，若條件中有此一項，我李淵根本不會考慮。」

寇仲微俯向前，目光灼灼的迎上李淵眼神，道：「那其中一個條件，定是不可與我結盟，令我們反目決裂，如此頡利在收得損害閥主國力的重禮後，暫且退兵，待我進攻洛陽時，他即與突利大舉南下，再不用倚仗其他外族，完成他們夢想多年征服中土的壯舉。這是我寇仲的看法，也是秦王的看法，太子和齊王當然另有想法，此正爲我只肯與秦王合作的原因。中土未來的命運，閥主一言可決。」

李淵長身而起，在寇仲面前來回踱步，忽然停下，仰望屋樑，似是喃喃自語的道：「今早天尚未亮，淨念禪院的主持了空大師在東大寺的荒山引介下，到宮內見我。」

寇仲坦然道：「我早知此事，若非在他力勸下，我已拂袖而去。在這樣的情況下，子陵很難怪我。」

這叫打蛇隨棍上，於適當時機，儘量淡化與李世民的關係。

李淵別頭往他瞧來，雙目精芒爍閃，沉聲道：「少帥竟是如此不滿我李淵？」

寇仲絲毫不讓地回敬他的銳利神光，道：「這不是滿意或不滿意的問題，而是戰略上的考慮。若我寇仲只是孑然一身，捨命陪君子又如何？可是現在我手下超過千萬兒郎，他們的生死操控在我一念之間，我怎能不爲他們著想？」稍頓續道：「我之所以接受子陵提議，除玉致的因素外，更重要是認爲此舉行得通。而這看法大半是建立在秦王身上，因爲我比閥主更清楚秦王是怎樣的一個人。」

李淵冷笑一聲，盯著他道：「我絕不會認同少帥這句話，他是我一手養大的親生兒子，他是怎樣的一個人，誰比我李淵清楚？」

寇仲從容笑道：「請恕小子冒犯，閥主眼中的李世民，大部分是別人的看法，是別人眼中的李世民。而我對李世民的認識，卻是最直截了當，因爲他是我生平所遇到最強頑的勁敵，我之所以能活到今天，是因爲我了解他的強項和弱點，那是生死攸關的問題。例如昨夜掖庭宮的火器爆炸，我以人頭保證，絕不該由他負責。我可以十成十地肯定的告訴閥主，這是個移贓嫁禍的陰謀。火器大有可能來自梁師都，因爲子陵和希白曾親眼目睹梁師都的兒子梁尙明從海沙幫接收大批火器，若我有一字虛言，地滅天誅。」

李淵聽得面色一變，好半晌才壓下聲音道：「竟有此事？」

寇仲嘆道：「閥主的眞正敵人，是突厥人而非我寇仲。我早說過，擊退外族後我們可坐下來從詳計議，我根本沒有做皇帝的興趣，只是不願天下落入禍國殃民、私通外敵的昏君手上。昨晚我曾對了空明言，我的耐性愈來愈小，日防夜防，不如索性返回梁都操練兒郎，大家在戰場上刀來槍往的拚個痛快。閥主不是說過不會讓我空手而回嗎？那就拿出行動來，公布我們正式結盟，把畢玄的使節團趕回老家去，大家在戰場上見個眞章。」

他確是失去瞎纏下去的耐性，這番話可說是對李淵最後的忠告，暗示若除去私通外敵的建成和元吉，一切好商量。

李淵回到龍座，神思恍惚的坐下，呆望前方片刻，目光往他投去，點頭道：「我會好好思索少帥這番坦白的說話，不過請給李淵一點時間，快則五日，遲則十天，李淵會予少帥一個肯定的答覆。」

寇仲心中暗嘆，不過無論如何，李淵該暫時不會和他翻臉動武，該算是個好消息。

女的訝然往徐子陵瞧來，男的卻慌忙起立，笑容滿面的道：「相請不如偶遇，今天就讓愚蒙作個小東道，子陵兄請賞臉。噢！差點高興得忘記禮節，這位是芷菁，長安望族沙家的四小姐。」

沙芷菁大方的起立欠身施禮，姿態優美，一派大家閨秀的風範。

烈瑕又道：「這位是我的老朋友，現時長安城內人人談論的徐子陵徐公子。」

沙芷菁「啊」的一聲嬌呼，顯是被徐子陵的名聲震懾。

徐子陵強按下燒髮衝冠的怒火，微笑還禮，心中卻恨不得把這卑鄙奸徒碎屍萬段。烈瑕昨日口中的有約佳人，大有可能是沙芷菁，如此日日相見，可知他們關係的密切。他敢肯定烈瑕應是從趙德言處得知沙芷菁和寇仲的關係，甚至是在趙德言慫恿下，故意接近沙芷菁，攫取她的芳心，以這種卑劣的手法打擊和惹怒他們作報復，以擾亂他們陣腳，增添他們的煩惱。

烈瑕拉開椅子，笑道：「大家坐下再說。」

徐子陵目光落在他臉上，立即變得鋒銳冰寒，淡淡道：「烈兄不用多禮，我來是想告訴你，五采石已物歸原主，烈兄不用再為此費神動歪念頭。」

沙芷菁大為錯愕，始知徐子陵和烈瑕間的關係並不簡單。

烈瑕雙目殺機一閃，笑道：「子陵兄有心哩！愚蒙但願采石能無驚無險，安返波斯。」

徐子陵目光轉投沙芷菁，微笑道：「沙小姐請安坐，我這位老朋友最愛宣揚邪教教義，甚麼黑暗與光明相對，諸如此類，引人入彀，沙小姐務要明辨是非曲直。」又探手往烈瑕肩膀拍去，笑道：「對嗎？烈兄！」

烈瑕感到他看似簡單隨意的一拍，竟籠罩著他頭頸肩膊所有穴道，如讓他忽然變招，實有一舉制他死命的威脅力，雖明知他不敢如此當衆行凶，但豈敢拿自己的命去豪賭，駭然閃往剛坐下的沙芷菁椅背後。

徐子陵啞然失笑道：「人道生平不作虧心事，夜半敲門也不驚，烈兄何事慌惶，是否怕含恨黃泉的宋金剛來找你索命呢？」轉向沙芷菁正容道：「沙小姐請恕在下交淺言深，我徐子陵極少討厭一個人，烈兄卻是其中之一。」言罷不待烈瑕反駁，施施然去了。

寇仲甫離御書房，給韋公公在門外截住道：「秀寧公主請少帥往見。」

寇仲心中嘀咕，不明白李秀寧因何在這時刻明目張膽的要求見他，當然是有要緊的事，只希望不是他承擔不起的另一個壞消息，於願足矣。

韋公公引路領他直抵公主殿庭，在忘憂樓上層見到李秀寧。摒退左右後，李秀寧不避嫌的輕扯著他衣袖，到一角坐下，還親自奉上香茗。

寇仲靈魂出竅似的喝了一口熱茶，放縱地軟挨太師椅背，感受著脊骨的勞累得以舒緩，向靜坐一旁的李秀寧道：「幸不辱命！」

李秀寧喜孜孜的橫他一眼，道：「秀寧和你不說客氣話，人家早知你神通廣大，無所不能。」

寇仲笑道：「太過獎我哩！事實卻是我們差點陰溝裏翻船，一敗塗地。全靠老天爺可憐，勉強過關，希望老天爺肯繼續關照我們。」

李秀寧「噗哧」嬌笑，如盛放的花朵，柔聲道：「有你解悶兒多好！昨晚秀寧未闔過眼，天剛亮就被父皇傳召，詳細問及關於你們和二王兄間的交往經過，接著起程往宏義宮。」說至此玉容轉黯，垂首道：「但秀寧仍是很擔心。」

寇仲不解道：「秀寧因何如此擔心？」

李秀寧妙目往他瞧來，輕輕道：「出發往宏義宮前，父皇發出命令，著柴紹立即啓程往太原，探聽塞外聯軍的動靜，然後回來向父皇彙報。」

寇仲明白過來，點頭道：「這種事該不用勞煩柴兄。擺明是要把他調離長安，免他被捲入長安的鬥爭內。唉！你可知剛才我向你父皇提起梁尚明向海沙幫買火器一事時，他怎樣反應？」

李秀寧茫然搖首，雙眸射出令人我見猶憐的懼意，顯是不堪再受刺激。

寇仲隔几探手，抓著這金枝玉葉的尊貴粉臂，沉聲道：「秀寧勿要惶恐，長安已成權力傾軋、不講倫理人情的戰場，我們必須勇敢面對一切。」

李秀寧從衣袖伸出纖手，按上他手背，似從這充滿情意的接觸中得到鼓勵和力量，道：「說下去！」

寇仲反手握著她柔若無骨的手腕，緊握一下，依依不捨地收回手，苦笑道：「他只是一句『竟有此事』便算數了事。既不追問細節詳情，更蓄意避過此話題，由此可知他不但有殺你二王兄之心，連我也不會放過。」

李秀寧出奇地平靜，輕輕道：「你打算怎麼辦？」

寇仲露出充滿信心的笑容，欣然道：「我本來心疲力竭，再無鬥志，幸好握過秀寧的手兒，竟似立即得賜神奇力量。哈！他有張良計，我有過牆梯，大家走著瞧好哩！」

李秀寧霞生玉頰，嗔怪的白他一眼，嬌羞的道：「你這人嘛！從沒有正經話。」

寇仲幾乎樂翻，湊過去低聲道：「秀寧還有甚麼心事話兒向我傾訴？」

李秀寧大窘道：「快給我滾，小心我向宋家小姐告你一狀。」

寇仲樂不可支的去了。

沙芷菁繃緊俏臉離開，烈瑕追在她旁，到下樓梯前還故意向徐子陵三人擺出個不在乎的表情。連一向愛風花雪月，不理人間恩怨的侯希白也感吃不消。

跋鋒寒皺眉道：「這小子是否一心找死？」

徐子陵淡淡道：「他比任何人更貪生怕死，目的只在激怒我們。」

侯希白不解道：「惹怒我們有甚麼好處？我們對付起他來絕不會講甚麼江湖規矩，必是不擇手段務要令他橫屍街頭。」

徐子陵道：「說說容易，但真實的情況卻是無從入手。他住的地方是有我師公坐鎮的凌煙閣，又與趙德言等人結成一氣，加上他行蹤飄忽，我們哪來下手的機會？」

跋鋒寒道：「縱使他有恃無恐，這樣千方百計的逼我們收拾他，對他仍是有百害無一利，他該不會如此不智。」

徐子陵道：「這個很難說，凡事因人而異，即使聰明如他者，也會被仇恨蒙蔽理智。照我看他正進行一個陰謀，目的是藉畢玄或師公兩方面的夾攻來對付我們，至於真正的情況，我們耐心等候。」

寇仲此時在梯階現身，登時吸引全廳食客的注意，只見他神采飛揚的在徐子陵旁坐下，數名夥計忙殷勤招待，少帥前少帥後的叫個不停，招呼周到。

跋鋒寒道：「少帥沒碰上烈瑕和沙家小姐嗎？」

寇仲正回敬每一道投向他的目光，頷首微笑，一副心情大佳，刻意收買人心的模樣，在座者不乏達官貴人，富商巨賈，更有不少是他扮醜神醫莫一心時的舊相識。可是當他目光落在另一角桌子圍坐的四個人時，立即目光轉寒，適在這時跋鋒寒的話傳入他耳內，劇震道：「甚麼？」

跋鋒寒淡淡道：「聽不清楚嗎？要不要我重複一遍？」

寇仲雙目殺機閃閃，低罵道：「這殺千刀的直娘賊，一次又一次的在我太歲頭上動土，敢情是活得不耐煩。」轉向徐子陵以目光示意道：「你看！」

徐子陵朝他目光瞧去，立即面色一沉，坐在對角桌子者赫然是梅珣、諸葛德威、王伯當和久違了的獨孤策，美人兒幫主雲玉眞的陳年舊情人。這幾個人分別與他和寇仲有解不開的仇怨，這樣聚在一起，說的當然是如何對付他和寇仲的話。四人裏除諸葛德威垂下目光，不敢看他們，其他三人均以惡毒的目光回望，並掛著看你們如何悽慘收場的輕蔑笑意。

寇仲沉聲道：「我對烈瑕這小子是忍無可忍，你們有甚麼好計謀可收拾他？」

侯希白嘆道：「他雖是依附傅大師驥尾到長安來，終是李淵的貴賓，擺明著對付他會令我們與李淵的關係更惡劣。」

跋鋒寒冷然道：「做得手腳乾淨點不就成嗎？」

寇仲以目光徵詢徐子陵的時候，後者苦笑道：「烈瑕這小子奸狡似鬼，想令他投進羅網難度極高。而我們正當四面受敵的時候，更不宜輕舉妄動，以防因小失大。」

寇仲沉聲道：「容忍像烈瑕這種狼心狗肺的人，不是我寇仲一貫的作風。不過三位老哥的話各有道理，我們就來個折衷之計，一邊等待和製造機會，一邊透過種種途徑對他作出反擊。」

跋鋒寒皺眉道：「如非動刀動槍，如何反擊他？」

寇仲壓低聲音道：「例如尙秀芳，又例如常何，他們都可分別影響他與師公、沙芷菁的關係，最理想是能令他失去靠山。他被驅離皇宮之日，就是他命喪於子陵眞言手印之時。他娘的，我會施盡渾身解數，令他不能壽終正寢。」

徐子陵道：「李淵有甚麼話說？」

寇仲道：「他仍是心中猶豫，因頡利開出騙人的退兵條件，令他心存僥倖。他奶奶的！我們只有五天到十天的時間，一是捲鋪蓋回家，一是發兵舉義。」轉向侯希白道：「侯公子可打著仰慕我們申文江大爺的幌子，登門求見，公然成爲我們和福榮爺間的聯絡人，此事非常重要，細節由你自己決定。」

侯希白欣然道：「這等小事包在我身上好哩！我不去見申文江，別人才會奇怪。」

寇仲轉向徐子陵道：「陵少負責去與未來嬌妻談情說愛，對付的當然是我們的頭號勁敵石之軒，更要設法聯繫上老封，讓他老人家曉得事情的緊迫性，務要在五天內弄清楚誰是支持我們的人。」

跋鋒寒道：「希望我也有任務分配，因爲我現在很想殺人。」

寇仲苦笑道：「我本想說你的任務是等待瑜姨，例如獨坐此處直至等到她來見你，但卻知你定然不肯答應。」

跋鋒寒吁出一口氣，微笑道：「不瞞各位兄弟，實情是我感到如釋重負，因爲我曾盡過力，她既選擇爽約，我該算是已有交代，不用心存歉疚，感覺上好多哩！我和君瑜間的事就這麼了斷，你們以後不要枉費心機，明白嗎？」三人聽得你眼望我眼，拿他沒法，說不出話來。

就在此時，可達志現身樓梯處，一面凝重的朝他們走過來。寇仲連忙起立，拉開空椅子，笑道：「達志請坐。」

可達志卻不領情，冷銳的目光掃過四人，才在空椅後止步，最後盯著跋鋒寒。

跋鋒寒眉頭輕皺，目光轉厲，淡淡道：「你在看甚麼？」

徐子陵怕兩人一言不合，大動干戈，忙插入道：「有甚麼話，坐下再說。」

可達志像聽不到徐子陵的話般，與跋鋒寒眼神交鋒，沉聲道：「我在看你如何反應，芭黛兒剛抵長安。」

跋鋒寒色變道：「甚麼？」

可達志轉向寇仲道：「我來找你們不是通風報信，只是念在昔日龍泉的情分，順口說上一句。」

寇仲正爲跋鋒寒擔心，苦笑道：「那甚麼事能勞駕你呢？」

可達志淡淡道：「聖者要見你，只限你一個人，就看你是否有此膽量。勿怪我不告訴你，不論在陶池發生任何事，即使李淵也干涉不了。」

寇仲道：「見你們聖者須大膽才成嗎？這該是文會而非武鬥，聖者總不能逼我下場動手，又或設伏殺我。」

跋鋒寒像聽不到他們的對話般，直勾勾瞧著桌上碗碟，臉色轉白，可見芭黛兒在他心中所佔的位置和分量。

可達志沉聲道：「我這麼說，是要你明白我只是個奉命行事的小卒，臨池軒非是由我作主話事。少帥若認為沒有冒險的必要，大可拒絕聖者的邀請，包括我在內，沒有人認為你是膽怯，反只會認為是你的明智之舉。」

寇仲心中一陣溫暖，可達志肯這樣提點他，擺明是內心深處仍視他為兄弟。欣然道：「聖者既開金口，又派出你老哥作使者，我當然不可令他老人家失望，也很想聽聽他有甚麼話好說的。」

可達志嘆道：「早曉得你如此。馬車在正門恭候少帥大駕，請少帥動身。」

寇仲向徐子陵和侯希白打個眼色，著他們好好開解跋鋒寒，偕可達志去了。

寇仲和可達志離開後，徐子陵和侯希白目光落在跋鋒寒身上，均不知說甚麼話好。

跋鋒寒露出苦澀的笑容，嘆道：「她為何要來呢？大家不是說好的嗎？」

徐子陵輕輕道：「感情的事不是人力所能控制的，鋒寒該藉此機會，把事情弄清楚。」

跋鋒寒頹然道：「還要搞清楚甚麼呢？」

侯希白道：「要弄清楚是自己的心，坦然面對心底的眞情，勿要欺騙自己，以致害己害人。」

跋鋒寒搖頭道：「在與畢玄的決戰舉行前，我不想分心想其他事。」

侯希白道：「逃避並不是辦法，心結難解反會累事。」

徐子陵道：「照我看，芭黛兒於此時刻到長安來，是要阻止你和畢玄的決戰。」

跋鋒寒搖頭道：「她不是這種人。她到長安來是要目睹我和畢玄的決戰，若我落敗身亡，她將為我殉情而死。唉！」徐子陵愕然無語。

跋鋒寒回復少許生氣，迎上侯希白熱切關懷的目光，點頭道：「希白的話很有道理，我現在只想回興慶宮一個人獨自思索和她兩者間的事。坦白說，我自離開芭黛兒後，從沒有拿出勇氣面對或反省，此刻得你提醒，竟然大感有此必要。」頓頓續道：「畢玄只邀寇仲一人往見，擺明在羞辱我跋鋒寒，我會令他後悔。」接著長身而起，道：「你們不用送我回興慶宮，做人當然有做人的煩惱。」

跋鋒寒去後，兩人你眼望我眼，頹然無語。此時梅珣離桌而來，笑吟吟的走到兩人身旁，兩人依禮起立歡迎。

梅珣笑道：「徐兄侯兄不必多禮，小弟說兩句話便走。」

徐子陵道：「梅兄請坐。」

梅珣欣然入座，坐好後，梅珣道：「小弟有一事相詢，兩位若不方便回答，小弟絕不介意。」

徐子陵心中既擔心寇仲，更記掛跋鋒寒，哪有與他磨蹭的心情，只想早點把他打發走，道：「我們正洗耳恭聽。」

梅珣一副勝券在握的神態，好整以暇的道：「宋缺不留在梁都，忽然趕返嶺南，且自此足不出戶，即使少帥動身來長安，他仍不到梁都主持大局，此事很不合常理，兩位請予指教。」

徐子陵心中暗嘆，這叫紙包不住火，敵人終於對此起疑。要知寇仲在長安的安全，一半繫於宋缺身上，若被人曉得宋缺與寧道奇決鬥致兩敗俱傷，需一年半載始有望復原，對他們的處境當然大大不利。淡淡道：「宋閥主一向行事難以測度，我們這些作後輩的不敢揣測。」

梅珣聳肩笑道：「果然不出我梅珣所料，徐兄不但沒有一個合乎情理的答案，還閃爍其詞，小弟明白哩。」

哈哈一笑，長身而起，道：「江湖上有一個傳聞，說宋缺與岳山決戰，後者落敗身亡，而宋缺亦在岳山反擊下負上重傷，必須閉關靜養。初聽時我還以爲是好事之徒造謠生事，但目前看來其中不無道理。哈！小弟說完哩！請代小弟向少帥問好。」

哈哈大笑，回到獨孤策、王伯當和諸葛德威那席去了。徐子陵和侯希白對視苦笑，此正是一波未平，一波又起。

馬車朝皇宮駛去。寇仲和可達志並肩坐在車內，都找不到要說的話。

右轉進入光明大道，望東而行，寇仲終於開腔，道：「可兄怎可容烈瑕這種卑鄙之徒攪風攪雨？」

可達志木無表情的道：「現在主事的是趙德言，又或暾欲谷，聖者不會理這些閒瑣事，何時輪到我可達志表示意見？要怪就怪你自己，偏要到長安來胡混。」

寇仲苦笑道：「少罵我兩句行嗎？你怎能不助我對付烈瑕那狗娘養的小賊？」

可達志道：「不理他不成嗎？給他個天作膽，他也不敢公然來惹你少帥寇仲吧！」

寇仲道：「若他肯來讓我餵刀，我是求之不得，何用央你幫忙？他最不該是去糾纏沙芷菁，對她你該比我有辦法。」

可達志愕然道：「甚麼？」

寇仲重複一遍，道：「你說這小子是否可惡？」

可達志的面色直沉下去，沒再說話。馬車駛進朱雀大門。

一貫看似冷漠無情、專志劍道的跋鋒寒，事實上他的感情極爲豐富，只因受過往的經歷磨折，故把感情深深埋藏，因爲害怕再遭這方面的打擊。在這強者稱雄的時代，他發現「誰夠狠誰就能活下去」的道理，更希望能練成感情上刀槍不入的鐵布衫功夫，不受任何感情的牽累。可是傅君瑜和芭黛兒的接連現身，使他躲在保護罩裏的心兒受盡傷痛。徐子陵在往玉鶴庵的途中，心中卻在思索跋鋒寒的境況，包括他童年時的淒慘遭遇與現在的苦況。當年赫連堡之役，徐子陵、寇仲和跋鋒寒三人面對頡利和他所率領的金狼軍，以爲必死無疑時，跋鋒寒曾眞情流露，心中惦記的正是芭黛兒，由此可知他對芭黛兒未能忘情。若跋鋒寒不能解開心結，與畢玄之戰將必敗無疑。

玉鶴庵出現前方，即可見到石青璇的喜悅湧上心頭，與心中的憂慮匯合而成的複雜難言心境，感觸倍生，不由暗嘆一口氣，正要舉手叩門，就在此時，心生警兆。此念剛起，兩股凌厲的刀氣，從後方上空分襲頭背而來，速度驚人。殺氣刀氣，一時把他完全籠罩其中。只從對方發動攻擊後他才生出感應，可知對方是一等一的高手，不易應付，如對方尚有幫手，此戰實不樂觀。心念電轉下，他的心神晉入井中月離而不離的武道至境，一覽無遺、無有遺漏地精確掌握到身處的境況，同時曉得正陷身九死一生的險局。

正如李淵所言，臨池軒的景色不在凌煙閣之下。陶池大小與煙池相若，不同處是陶池由大小不一的十多個湖池串連而成，形狀各異，殿宇亭台或臨水、或築於河溪、貼水藉水而建，高低錯落於園林之內，在日照下綠波反映著鑫窗粉牆，倍添優致，令人大感可居可遊，享盡拾景取靜的生活情趣。更動人處是半圓形的石拱橋倒映水中，虛實相接，綠瓦紅牆的走廊接連橋畔更把美景延續開去，半隱半現的穿行於婆娑林木間，令人心迷神醉。可是吸引寇仲注意的卻是位於陶池北岸草坪上一個特大的充滿突厥民族風情的大方帳，它與周遭的環境是如此格格不入，偏又像天衣無縫地與整個環境渾融爲一體。環目掃視，不見人蹤，寧靜得異乎尋常。

可達志領他踏上往北的一座半圓拱橋，止步嘆道：「若我可達志是主事者，定會明刀明槍與少帥來個清楚分明的解決，而不會用謀行詭，徒令少帥看不起我們。」

寇仲來到他旁，低頭下望水裏魚兒活動的美景，沉聲道：「達志何不學水中游魚，自由自在，忘情於江湖爭逐。」

可達志一震下別轉雄軀，往他瞧來，雙目精芒劇盛，狠盯著他道：「香玉山果然沒有料錯，少帥和子陵這次到長安來，是要玉成李世民帝皇霸業的夢想，而非只是與李淵聯手結盟。我們一直半信半疑，直到此刻親耳聽到少帥羨慕水中游魚忘於江湖爭逐之樂，還以此相勸我可達志，始知香玉山看得透徹精準。」

寇仲心中苦笑，自己終於洩漏底蘊，並非由於疏忽，而是當可達志是知交兄弟，沒有防範之心。撇開敵對立場不論，香玉山可算是他兩人的「知己」，充分掌握他和徐子陵心中的想法。

可達志續道：「子陵不用說，香玉山堅持少帥根本對帝座毫無興趣，只當爭霸天下是個刺激有趣的遊戲，一旦勝券在握，將感索然無味。加上子陵對你的影響，會生出退讓之心，但你憑甚麼可說服宋缺？」

寇仲嘆道：「大家一場兄弟，我實不願瞞你，即使你拿此來對付或挾制我。我之所以能說服宋缺，全因你們大軍壓境，令我們覺得扶助李世民變成唯一選擇。好啦！照我看你在頡利底下混得並不得意，憑你老哥的人才武功，何處不可大有作爲，縱橫快意，偏要與奸徒小人爲伍，更要看頡利的喜惡臉色做人，如此委屈，何苦來由。」

可達志容色轉緩，雙目射出複雜神色，再把目光投往橋下暢游的魚兒，頹然嘆道：「少帥爲的是中土百姓的生命財產，我可達志爲的是大草原的未來，突厥戰士的榮辱，兩者間並沒有相容的餘地。不過請少帥放心，可達志絕不會洩漏少帥眞正的心意。」

寇仲道：「達志可知說服宋缺的關鍵，在於李世民抱有視華夷如一的仁心。這與宋缺敵視外族的心態截然相反，更與我中土歷代當權者南轅北轍，代表著華夷混合的新一代精神。所以達志所提出你我間的矛盾並非沒有彼此相容的地方。我們是新的一代，自該有新的想法去處理民族間的衝突。所謂知足常樂，大草原和中土各有優點特色，強要侵佔對方領土，只會帶來永無休止的災禍，哪一方強大，另一方便遭殃。」

可達志搖頭道：「太遲哩！楊廣的所作所爲，令中土和我草原各族結下解不開的血仇大恨，一切只能憑戰爭解決。我對少帥的勸告是不要對此再作任何妄想，聖者正在帳內恭候你的大駕，你能活著離開，我們再找機會說話。唉！小心點！」

徐子陵不用回頭，仍可清晰無誤地在腦海中勾勒出有如目睹契丹年輕高手呼延鐵眞持雙刀來襲的圖畫。他並不明白自己怎會有此異能，不過事實正是如此。他的靈應並不止此，呼延鐵眞不是單獨行事，同時來襲者尚有馬吉的頭號手下拓跋滅夫和韓朝安，正分別從後方兩側潛至，在呼延鐵眞凌厲的刀氣吸引自己的注意下，意圖神不知鬼不覺的進行更狠毒的突襲。

敵人先後發動兩次刺殺，均發生在去見石青璇途中，可見對方的處心積慮，布置周詳，利用他因戀慕石青璇而心神分散的當兒，來個攻己不備的突襲。刺殺的部署本身實是無懈可擊，呼延鐵眞雙刀之威確勢不可當，兩股刀風把他完全籠罩，且是凌空下撲，於他前有門牆擋路、進退無地的要命時刻，硬逼他倉卒回身全力接招。即使他能接下呼延鐵眞的凌厲招數，也難逃拓跋滅夫和韓朝安緊接而來的殺著。

這些念頭以電光石火的高速閃過腦海，他清楚掌握呼延鐵眞看似同一時間襲至，其實卻有輕重先後之別的雙刀攻勢，他甚至透過他對雙刀刀氣的感應，一絲無誤地把握到敵人雙刀攻來的角度、力度和攻擊點，達到瞭如指掌的知敵至境。

徐子陵灑然一笑，暗捏大金剛輪印，身體旋動，兩手幻化出彷如千手觀音無窮無盡、變化萬千的手印，緊護全身，無隙可尋。靈覺的圖畫，換成現實的情景。三名敵人一式黑頭罩夜行服，在光天化日下分外使人感到與環境的不協調，甚至有種荒謬可笑的感覺。當然三人全力聯攻的威脅力絕非等閒，此時呼延鐵眞雙刀正像兩道閃電般凌空下擊，忽見徐子陵像倏然長出千百對手掌，而每隻手掌又不住生出不同法印，使刀鋒如生感應般顫震起來，本是變化精奇、凌厲無比的高明刀法，若兩條欲尋隙而入凶惡的毒蛇，不過速度上終因此受制而稍緩，即使只是毫釐之別，恰是徐子陵要爭取的空隙。拓跋滅夫手執長矛，他和韓朝安一直斂藏掩飾，此刻再無顧忌，全力刺往徐子陵右側，手上長矛如怒龍出洞，帶起的勁氣，把徐子陵右方完全封死，矛氣隔丈已鎖緊徐子陵，幻出象徵著力道臻達極峰的凌厲軌跡，似拙實巧，毫不留情地全力攻刺。韓朝安雖爲高麗有數的高手，可是比對起兩個搭檔卻明顯遜上一籌，但所持長劍挽起破空而來的一球劍花，足以硬阻徐子陵左方去路，造成極大的威脅。

徐子陵哈哈笑道：「三位來得好！」左手一指點出，正中呼延鐵眞右手刀鋒，蓄滿的寶瓶印氣以尖針的形態銳不可當地送入對方長刀去。同一時間他往拓跋滅夫的方向移去，右手一掌拍下。即使以石之軒之能，遇上徐子陵的針刺式寶瓶印氣，也會感到大吃不消，何況是差上一大截的呼延鐵眞，這位契丹高手立時悶哼一聲，往後拋退，能不受傷已非常難得，更遑論左手長刀繼續攻擊。

徐子陵既力退呼延鐵眞，威脅大減，更是得心應手，拍下的一掌忽然變化，就在接觸對方矛尖的前一刻，改爲內獅子縛印，變化之精微神妙，堪稱神來之筆，任拓跋滅夫施盡渾身解數，矛勢屢改，仍被他以印法封得難作寸進，且欲卸無從。「砰！」兩勁雙擊，拓跋滅夫全身劇震，往後挫退，控制不住的連退兩步。

在拓跋滅夫退出第一步時，徐子陵不但絲毫無損，還從他霸道雄渾的矛勁借得小部分眞氣，又憑逆轉眞氣之法，借勢往韓朝安反撞過去，同時飛起一腳，疾踢對方腹下要害，左手大金剛輪印，惑敵護體。稍退的呼延鐵眞亦是了得，竟能於此時重整陣腳，二度攻來，不過比起先前，對徐子陵的威脅已大大不如。韓朝安哪想得到徐子陵在力拚己方兩大高手後，仍能施出如此凌厲招數，原本針對徐子陵應接不暇下的妙著狂攻，立即變成魯莽失著，慌忙變招，劍花消去，拖劍撤招。

就在徐子陵這勝券在握以爲可脫身溜走的當兒，異變忽起。徐子陵忽然感到周遭空氣猛被抽空，而這虛無一物的空間卻化爲實體，一股可怕駭人至極點的勁氣如萬斤重石的向他壓來，不但全身針刺般劇痛，且呼吸困難，踢往韓朝安的一腳登時給牽制轉緩，有如在噩夢中感到有鬼魅來襲，偏是有力難施的無奈感覺。他心中先想起許開山的大明尊教魔功，接著聯想到其《御盡萬法根源智經》，然後腦海裏浮現出「影子刺客」楊虛彥的鮮明形象。

又是此子！楊虛彥不負「影子刺客」的盛名，竟可在他毫無所覺下藏身院門內，值此生死懸於一線的要命時刻，以隔山打牛的高明陰損招數，透門施展他大有長進，融合「不死印法」和《御盡萬法根源智經》的可怕功力，試圖配合三大高手，一舉置他於死地。眞氣相牽下，楊虛彥再難「隱形」，徐子陵幾可「看」到他變黑的魔拳即將透門而出，狂轟他背心，取他小命。

右方的拓跋滅夫終站穩陣腳，雙腕一振，長矛顫盪，又再攻來。徐子陵空靈通透，縱在這等絕對的劣勢下，仍平靜寧和似如井中明月，照見一切變化玄虛，掌握到四方齊來的殺著攻勢。他收回踢出的腳，放在另一腳之後，形成單足柱地。螺旋勁起，卻非要攻敵克敵，而是施於己身，似緩實快，閃電般擺脫楊虛彥可怕魔功的牽絆，兩手則化出千萬手印，令人不知其所攻，更不知其所守。「噗」的一聲，漆黑的拳頭像搗破一張薄紙般穿門而出，木屑激濺四飛，院門其他部分卻是絲毫無損，情景詭異至令人心寒。徐子陵就在四方攻勢及體前，陀螺般拔身而起，昇往高空。玉鶴庵外院杳無人影，寧靜至極。

位於離地三丈高空處的徐子陵，一口眞氣已盡，事實上剛才他應付呼延鐵眞、拓跋滅夫和韓朝安的連番狂攻，看似從容，內中眞元卻難免損耗。到楊虛彥隔門狂施殺著，如非他從拓跋滅夫處借得部分勁氣，化為己用，必受創於楊虛彥魔功之下，故此時窮於支絀，軟弱的感覺侵襲全身。但他的心靈仍保持在空靈透徹的境界，無憂無懼，因為他終爭得緩一口氣的珍貴時間，憑他融渾《長生訣》、和氏璧、邪帝舍利的奇異功力，使他有十足信心在敵人追擊而至前，回氣脫身。旋勢告終。面向玉鶴庵，院牆外三敵先後騰身而起，凌空攻來。院牆內的黑罩蒙頭只露雙目的楊虛彥亦收回由黑轉白的魔手，「錚」的一聲拔出背負的影子劍，仰頭往他瞧來，一對眼睛射出詭異莫名的異芒。

徐子陵大感不妥時，一股凌厲無匹的刀氣以驚人的高速橫空擊至，搶在呼延鐵眞一衆高手之前，從院內右側方一株老樹之巓破空襲至，刀氣把他完全鎖死籠罩。一時間徐子陵全身有如刀割針刺，如入冰窖，耳鼓貫滿刀氣破空的呼嘯聲。徐子陵一眼望去，目之所見盡是懾人刀光，見其刀而不見其人，心中想到的是「蓋蘇文」三個字和即將降臨的死亡，更知自己已失回復元氣的保命良機，身心均為對方凌厲可怕的刀氣所懾，難有反擊餘地。

就在此身陷劣境的時刻，石之軒的聲音不知從何處傳來，冷喝道：「誰敢傷他！」下一刻徐子陵已感到給人攔腰抱個正著，接著是兵刃勁氣不絕如縷的交擊響音，夾雜著敵人的悶哼怒叱，然後被石之軒帶得凌空而起迅速遠離令他九死一生的凶險戰場。

寇仲直抵巨帳，隔著垂下的帳門施禮道：「小子寇仲，拜見畢玄聖者。」

畢玄的聲音傳出來道：「少帥終於來哩！不用多禮，請入帳見面。」

寇仲挺起胸膛，哈哈笑道：「聖者明鑑，若聖者是要說服小子，取消與李淵的結盟，可免去此舉。」

畢玄沉默下來，好半晌才道：「少帥是怎樣的一個人，我怎會到現在仍弄不清楚。金子愈磨愈亮，木炭愈洗愈黑，人的性格一旦成形，沒有任何人力可加以改變。不過少帥亦應該明白，我們是狼的民族，長期生活在雄奇壯闊的大草原上，在連綿不斷的戰爭中成長茁壯，到今天雄霸大地，亦形成本身不可更改的民族性格。戰士的光榮是以鮮血和生命爭取回來的，認清目標後，從不會退縮改變。我畢玄本不欲多言，只因看在突利可汗分上，不得不親耳聽少帥一句話，少帥究竟要選擇作我們和平共處的兄弟朋友，還是勢不兩立的死敵？」

寇仲終明白畢玄這次召他來見，不但是要他作出是友是敵的選擇，更是動手或不動手的生死決定，深吸一口氣道：「我的心意早清楚告知言帥，若獲得公平決戰，我寇仲必力爭到底，死而無憾。得聖者垂青，是我寇仲的光榮。」

畢玄發出暢快的笑聲。帳門無風自動，左右分開，一陣灼熱至使人窒息的氣流，排帳而出，縱使在這春暖花開的美麗院落裏，寇仲仍生出處身乾酷荒漠的可怕感覺。

石之軒放開徐子陵，後移三步，淡淡道：「子陵不用謝我，我救的其實是自己而非你。坦白說，自青璇抵玉鶴庵後，我沒法遠離她半步，你說我肯不肯容你被人殺死？」

徐子陵苦笑道：「你又在偷聽我們談話，曉得青璇肯委身下嫁我這配不上她的人，對嗎？」

他們身在玉鶴庵內東南角的榕樹園中，楊虛彥等早遠遁去也。

石之軒微笑道：「我高興得要哭起來，因我忽然靈機一觸，想到一個能解開我和子陵間死結的方法，且是一舉兩得。」

徐子陵頓忘本要向他興問罪之師，大訝道：「這種事怎可能有解決的辦法，更是一舉兩得？」

石之軒雙目閃動著智慧的火燄，凝望徐子陵好半晌後，道：「方法簡單至極，只要我傳你不死印法，一切問題可迎刃而解。當作是我給青璇的嫁妝吧！」

徐子陵一呆道：「甚麼？」

石之軒欣然道：「即使聰明如子陵，恐也猜不到我此刻的心意，且聽石某人詳細道來。我之所以對你屢起惡念，皆因直至此刻，我仍有毀掉你的能力，可是假若你學懂不死印法，我縱欲殺你亦有心無力，以我的爲人，自會斷去此念，不再爲此縈懷。」頓了頓續道：「我既不願殺你，當然更不願見剛才的情況重演，讓別人幹掉你，你亦只有學成不死印法，才有機會在重重圍困下逃生保命，不讓青璇守寡。」

徐子陵聽得目瞪口呆，邪王行事，在在出人意表，苦笑道：「聽前輩的語氣，似乎幾句話即可令我學曉不死印法。但請恕我愚魯，恐怕有負所期。」

石之軒傲然道：「我女兒看上的男子，會差到哪裏去？別人不成，卻一定難不倒你徐子陵。之前你差點命喪蓋蘇文之手，皆因你不懂生之極是死，死之極是生，窮極必反之道。」

徐子陵聽得摸不著頭腦。他對不死印法的認識，雖或比不上楊虛彥或侯希白，也下過一番思考上的工夫，明白其化死爲生的訣要，可是從未想到石之軒剛說出來的竅妙，更不知如何能運用在武功上？

石之軒淡然笑道：「蓋蘇文此子刀法不在寇仲之下，且有謀有略，像在剛才那種情況下，確有置子陵於死地的能力，不過若非你正陷左支右絀，他焉有得逞的機會。石某人創的不死印法，正是令剛才的情況永不會出現的功法。天道循環，陽極陰生，陰消陽復，生之盡是死，死之盡自生，此天地之理，子陵明白嗎？」又冷笑道：「虛彥雖是天分過人，且從安隆處得聞不死印全訣，可是自我創出不死印法後，即使石某人也要經十多年的實踐，始竟全功，他算甚麼東西？」

徐子陵道：「據前輩所言，難道不死印法竟是能令眞氣用之不盡、永不衰竭的方法？」

石之軒點頭道：「這只屬其中部分功夫，以子陵的長生訣氣，只要我把不死印法箇中運轉的奧妙傳你，包保你能在短時間內融會貫通，更練成徐子陵式的幻魔身法，到時我再也奈何不了你，不過你也依然拿我沒法，我們兩翁婿豈非能和平相處。」接著面色一沉，肅容道：「我知你極重兄弟之情，朋友之義，可是爲了青璇，你有責任在明知不可爲的情況下保命逃生，不讓她痛失夫婿。至於青璇的安危更不用你擔心，我石之軒絕不容任何人傷害她分毫。」

徐子陵感到婠婠仍沒有向他洩露楊公寶庫的祕密，否則以石之軒目前因愛屋及烏，不顧一切的心態，定爲此向他發出警告。忍不住問道：「前輩說過我們以爲最可憑恃的強處，恰是我們的弱點破綻，根本不堪一擊，究竟意何所指？」

石之軒凝望著他，好半晌後輕嘆道：「若我坦然說出，等於叛出聖門，出賣聖門。故只可以告訴你在長安你們絕無成功的希望，最好的辦法是立即離開，不過我亦曉得子陵聽不入耳。」忽然笑容滿面，欣然道：「子陵準備，我即將對你出手，只有從實戰中，你才可明白生死循環的至理。」

「鏘！」寇仲掣出袍內暗藏的井中月，心靈立即與手上寶刀連成一體，無分彼我。天地在頭頂和腳下延伸開去，直抵天極地終的無限遠處，畢玄籠天罩地的炎陽大法，再沒法困鎖他的心靈，他有如脫出枷鎖囚牢，感覺非常動人。灼熱消去，代之而起是不覺有半滴空氣、乾涸翳悶至令人難以忍受的虛無感覺。寇仲由外呼吸轉爲內呼吸，心底湧起寧道奇「創造不佔有，成功不自居」兩句話，就在這一刻，他終於明白宋缺「忘刀」的境界。與手上井中月結合後的寇仲，進而與天地結成一體，不但無刀，更是無人，只賸下天地人結合後不著一物的心靈。

身穿高領、長袖、寬大鑲金色紋邊袍的「武尊」畢玄腳不沾地的從分開的帳門破空而出，飛臨寇仲上方，雙手化出連串無數精奇奧妙的掌法，但不論如何變化，總是掌心相對，彷似宇宙所有乾坤玄虛，盡於掌心之間；而萬變不離其宗，一切玄虛變化，均是針對寇仲而來。寇仲一聲長嘯，井中月破空而起，迎向畢玄。在畢玄能驚天地、泣鬼神的玄妙招數的龐大壓力下，他只餘全力迎擊一途，更曉得畢玄沒有留下任何餘地，力圖在數招內分出勝負，置他於死地。若換過是目睹寧道奇與宋缺決戰前的寇仲，畢玄或能得逞，可是寇仲再非以前的寇仲，足有反擊的力量。

寇仲此刀沒有帶起任何風聲，真氣全蓄藏於寶刀內，包括他全心全靈的力量，天地人三界結合後的精、神、氣。「蓬！」勁氣交擊，發出悶雷般爆破使人膽戰心寒的激響。兩人在空中錯身而過，刀掌在剎那間交換十多記你攻我守，我守你攻的凌厲招數。寇仲落地後一個踉蹌，閃電旋身，像宋缺般全由手上井中月帶動，彎出刀勢優美至無懈可擊的弧度，迎向眼前威震域外的一代宗師。畢玄現身於刀鋒所指處，全身衣服和長髮展現出逆風而行，往後狂舞亂拂詭異至使人難以相信的情景。這本是沒有可能的，卻是眼前的事實。寇仲信心十足的連消帶打，立即變成破綻處處的失著。

畢玄的「炎陽大法」確是威力無儔，最可怕處是以他為核心生出的氣場，可模擬出種種影響戰場變化的氣流。寇仲變成順風而攻，畢玄更營造出把他吸攝過去的氣場。寇仲的刀鋒先一步感應到順逆之勢會隨畢玄心意隨時逆轉而改變，若他仍是招式不變，當逆順掉轉的一刻，將是他命喪畢玄手下的剎那。畢玄一拳擊出，拳頭在寇仲前方不住擴大，使他感到自己的心靈已被這可怕的對手所制。寇仲立施出真氣互換的奇法，倏地立定，不動如山，刀往後收，刀背枕於左肩膊，沉腰坐馬，竟來一招「不攻」。以不變應萬變，正是唯一化解的方法。

畢玄長笑道：「果然了得！」忽然收拳，與左手交叉成斜十字護胸，接著陀螺般旋轉起來，忽左忽右，周遭的氣流立生變化，一股股龍捲風的狂暴氣流，從四面八方向寇仲吹襲。寇仲發覺自己陷身於風暴攻襲的核心處，不動之勢再難繼續保持，竟閉上雙目，一刀劈出。井中月帶起的刀氣，神跡般把及體的勁流搗散。

畢玄出現在左側丈許處，兩手環抱，送出一股氣勁，水瀑般照頭照臉往他衝擊而來，果然是招招殺著。寇仲腳踏奇步，天然變化的改下劈之勢爲橫刀削出，立成「方圓」。「轟！」寇仲應勁往後蹌踉倒退，直至九步終於立定，體內五臟六腑血氣翻騰，肝腸欲裂，到噴出一口鮮血，壓力始減。畢玄亦向後一陣搖晃，雖沒有挫退半步，但亦因而不能乘勢追擊，予寇仲喘定的機會。

寇仲長刀垂下指地，另一手揩掉嘴邊血跡，雙目神光電射，狠盯著畢玄微笑道：「聖者要殺我不是那麼容易吧？」

畢玄面容古井不波，平靜至令人見之心寒，一對眼睛卻是殺機大盛，淡淡道：「少帥認爲自己尚能捱多久呢？」

寇仲右手抬刀，遙指畢玄，天地間的殺氣似立即被盡收刀內，刀鋒發出勁氣破空的嘶嘶鳴響，長笑道：「我練的若非長生訣氣，這次必死無疑，可是我的長生氣卻令我有比聖者更能抗傷和延續的能力。正如聖者自以爲已取跋鋒寒之命，事實卻證明聖者錯了。聖者現在有此問語，正是一錯再錯。」

畢玄立時雙目眦起，瞳孔收縮。寇仲曉得心戰之術，終於在畢玄本來無隙可尋的心靈打開一道縫隙，氣機牽引下，一聲長嘯，井中月破空擊去。畢玄遠在三丈過外，可是寇仲卻似能透過井中月，一絲不誤的掌握畢玄最細微的動靜反應。井中月再非井中月，寇仲亦非寇仲，人和刀結合後，昇華成另一層次的存在，得刀後忘刀，他甚至感應到畢玄心底的震駭，然後他再感應不到畢玄。

畢玄仍站在那裏，可是寇仲再不能掌握著他，能熔鐵化鋼的灼熱風暴，又從畢玄一方滾捲而至，襲打他面向畢玄身體的每一寸的肌膚，如此可怕的氣場，比之天魔氣場，又是另一番夢魘般的情景。他的刀勢和鬥志不斷被削弱，當他到達可與畢玄動手的距離位置，他將變爲不堪一擊。寇仲再感應不到天和地，他和井中月亦分解開來，刀還刀，人還人。寇仲倏地立定，旋風般轉身，背著畢玄一刀劈在空處。

石青璇坐在院落間一方青石上，目不轉睛地盯著草地，嘴角掛著一絲淺淡的笑容，身旁放著她採擷草藥的籃子，一派悠然自得的模樣，風姿綽約。

徐子陵來到她身旁蹲下，循她目光瞧去，找不到任何可吸引她注意力的事物，例如一隻螞蟻又或一頭甲蟲，訝道：「青璇在想甚麼？這麼入神。」

石青璇白他千嬌百媚的一眼，頑皮的道：「想徐子陵嘛！你以爲我還會想其他東西。」

徐子陵湊近她晶瑩雪白的小耳，壓低聲音欣然道：「我並不是東西，青璇也不是在想我。」

石青璇喜孜孜的咬著他耳朵回敬道：「算你有自知之明，你喜歡這樣和人家說話嗎？我可以奉陪到底。」

徐子陵領受著與石青璇親熱依戀的動人滋味，苦笑道：「我怕他又在偷聽。」

石青璇玉容一沉，道：「他！」

徐子陵點頭道：「不要爲他心煩。青璇剛才在想甚麼呢？」

石青璇伸手纏上他脖子，下頷枕到他寬肩去，在他耳邊呵氣如蘭的柔聲道：「思念是一種折磨，所以我必須找些事情來做，總好過想著你此一刻在幹甚麼事情，會不會遇上凶險，甚麼時候來見我。」

徐子陵把她擁緊，想起剛才庵門遇襲的險死還生，更感此刻的珍貴。衝口而出道：「青璇隨我返興慶宮好嗎？寇仲一直怨我不帶你去見他。」

石青璇離開他坐直嬌軀，用神地審視他，輕嘆一口氣低聲道：「讓我先解決他的事情好嗎？」

徐子陵一呆道：「如何解決？」

石青璇垂下螓首，語氣平淡的道：「還有三天，就是娘的忌日，我會吹奏娘爲他而作的簫曲，那曾是他百聽不厭的。」

徐子陵大吃一驚道：「萬萬不可！」

石青璇愕然朝他瞧來。

寇仲的心神全集中到下劈的井中月上，刀勢由快轉緩，高度的精神匯集，令他徹底駕御和控制下劈的速度，直至成功重演當日宋缺決戰寧道奇的拔刀起手式，每一個動作均是上一個動作的重複。他終於明白宋缺當時的境界。在這一刻，他忘記了背後的畢玄，忘記了正拂背狂捲而來的驚人氣場勁道，甚至忘記勝和敗，心靈與天地幻化冥合爲一，得刀然後忘刀，體內眞氣澎湃，無有窮盡，就像天地的沒有極限。一聲長嘯，寇仲橫刀後掃，那是完全出乎自然的反應，有如天降暴雨，山洪崩發。「蓬！」井中月砍中畢玄全力攻至的一拳。

畢玄往後飄退，寇仲挫退五步，橫刀立定，哈哈笑道：「我不是吹牛皮吧？要殺我豈是那麼容易。」

氣場消去。一切回復原狀，春意盈園，陶池風平浪靜。

畢玄雙手負後，仰天笑應道：「要殺少帥當然不容易，否則何須我畢玄出手！少帥刀法之神奇，爲我平生僅見，令我不由生出愛才之念。少帥若肯返回梁都，不再過問長安的事，我可以作主讓少帥安然離開。」

寇仲微笑道：「小子差點忘記聖者是可爲頡利大汗拿主意的人，順口多問一句，聖者召我來受死，是否得到李淵默許呢？」

畢玄雙目精芒爆閃，淡淡道：「少帥現在自顧不暇，還有興趣理會這些枝節嗎？」

「鏘！」寇仲刀回鞘內，好整以暇的道：「想不到聖者到此等時刻仍要隱瞞，可見聖者並沒有殺我的絕對把握，故怕我曉得眞相。」

畢玄雙目殺機大盛，語氣仍保持著一種能令人心顫的莫名平靜，柔聲道：「我先前出手，意在測試少帥的能耐，就像狼在攻襲獵物前，必先擾敵亂敵以達到知敵的目標。現在少帥的長處缺點盡在我畢玄掌握之內，再度出手將不容少帥有喘息的機會，少帥請小心。」

寇仲心中大懍，如畢玄所言屬實，那他勢將凶多吉少，因爲剛才他已施盡渾身解數，仍險險落敗，佔不到絲毫上風，卻已差不多把壓箱底的本領全祭出來，接下來情況之劣，可想而知。畢玄是大宗師的身分，該不會在這事上誆他。雖明知如此，寇仲仍是毫無懼意，收攝心神，夷然抱拳施禮道：「聖者不用留手，請！」

徐子陵有些不知從何說起的感覺，珍而重之探手握著石青璇一雙柔荑，迎上她疑惑的美眸，嘆道：「因爲後果難測，他可能不堪刺激重陷精神分裂，那就糟糕透頂。唉！怎說好呢？他因青璇在此而不斷軟化，剛才還出手救我，更傳我不死印法的訣要，好令他因沒法殺我而斷去惡念，更重要是不論長安的情況如何發展下去，我們能活著離開的可能性又多一層。」

石青璇花容轉白，香軀前俯，櫻唇貼靠他右耳旁，以極大的自制力把聲音維持平靜的輕輕道：「徐子陵你錯哩！事實與你的猜估恰恰相反，他不但立下決心毀滅你，更要毀滅我。娘臨終前曾警告我，石之軒這個人天生有自我毀滅的傾向，他不能容忍完美的結果，對人對己亦是如斯。當他與我娘共醉於愛果情花燦爛盛開般最幸福動人的美滿生活，正是他下手害死我娘的時刻。大隋國由他扶助楊堅而成，亦由他一手摧毀。這是他性格最可怕的地方，千萬不可對他有任何憧憬和幻想。現在他是蓄意令你和我生出希望，正是代表他要毀去一切的先兆，包括他自己在內。」

徐子陵心中一顫，兩手從她脅下穿過，把她摟個溫香暖玉滿懷，道：「幸好得你提醒，我正奇怪為何他不提婠婠會出賣我們，原來他竟是心存邪念。放心吧！我絕不讓任何人傷害你。」

石青璇柔聲道：「他傳你不死印法背後實隱含深意，使你有機會成為唯一能破他不死印法的人，好結束他痛苦的生命。」

徐子陵聽得糊塗起來，道：「這豈非矛盾？他究竟是要殺我們還是讓我殺他？」

石青璇道：「此是他邪惡和良知不能妥協的天性，就像他毀掉娘，同時毀掉自己。石之軒並不是一個正常的人，從來不懂掌握平淡中見眞趣心安理得的生活。只有通過破壞和毀滅，始可滿足他邪惡的思想和心靈。」

徐子陵想起他對大明尊教雞犬不留的殘酷手段，道：「青璇隨我回興慶宮好嗎？」

石青璇平靜答道：「事情已到非解決不可的時刻，否則你們這回將是一敗塗地、全軍盡墨。三天後的子時是娘的忌辰，若要動手必在這時刻，子陵請到這裏來與青璇祭奠娘，我要石之軒得到他應有的報應，那是娘離世後青璇在她墳前立下的誓言。」

徐子陵心中狂震，難以相信石青璇一直對乃父存有報復之心，道：「青璇要殺他嗎？」

石青璇移離少許，微笑道：「那是他最希望發生的事，我怎能償他心願？不要問好嗎？記著準時來這裏陪伴青璇，萬勿牽涉你的兄弟於其中，這是石青璇和徐子陵的事。」

寇仲再度陷身炎陽大法那乾涸、炎熱、沙漠般沒有任何生氣的氣場內，目所見只餘畢玄似天魔煞神般的高挺雄軀，此可怕的對手就像風暴中永遠屹立不倒的崇山峻嶽，沒有人能擊倒他，克制他。寇仲心知肚明在氣勢抗衡上處於下風，原因在剛才曾對自己失去信心，被畢玄乘虛而入，致形成敗勢。若不能把這情況扭轉過來，當畢玄發動攻勢，他是必敗無疑。手握刀柄，心神立進萬里一空，天地人合一的境界，來得如此不假人力，自然而然，又是那麼理所當然。畢玄生出感應，雙目殺機更盛。

就在這千鈞一髮的時刻。「皇上駕到！」寇仲像沒有聽到般眼睛心神全鎖緊畢玄，防他以一擊分勝負。

畢玄哈哈一笑，斂收氣場，毫不動氣的道：「少帥今天怕是命不該絕，希望少帥下回仍有這麼好的運道。」說罷逕自回帳，對正由內侍禁衛簇擁而來的李淵不屑一顧。

寇仲回到興慶宮，在雙輝樓門外碰到正欲外出的侯希白，後者鬆一口氣道：「你老哥能活著回來，令我放下一樁心事。」

寇仲一呆道：「難道你還有甚麼煩事？」

侯希白苦笑道：「不是我而是我們，老跋離開福聚樓後根本沒有回來，我正要去找他。」

寇仲聽得眉頭大皺，思忖半晌，先問道：「陵少呢？」

侯希白道：「他剛回來，在主樓見胡小仙。他的神情很古怪，看來有點心事，可惜我沒有機會問他。」

寇仲早看到主樓前廣場停著馬車，只沒想過是胡小仙的香車，把侯希白拉往一旁，道：「你這樣去找老跋，和大海撈針沒有分別，我另有要事須你幫忙，先告訴我雷大哥方面的情況。」

侯希白道：「他們黃昏時將乘船離開，只雷大哥一人獨自留下。麻常已開始運走寶庫內的兵器，還著我告訴你兵器箱內改放石頭，只在最上層鋪放少量兵器，那除非有人翻箱檢查，否則會以爲仍是完封未動。」

寇仲讚道：「麻常這傢伙確有智謀，我便沒他想得那麼周詳。」

侯希白道：「少帥還有甚麼吩附？」

寇仲道：「現在形勢發展愈趨惡劣，我們可能隨時被迫動手，請希白立即通知雷大哥，著他知會麻常，再由他和麻常擬定入城計畫，必須是兩手準備，一是由寶庫祕道入城，另一是借助黃河幫的力量，此事關係重大，不容有失。」

侯希白道：「可否大約定下一個日子？」

寇仲道：「就在三天之內吧！」

侯希白色變道：「竟是如此緊迫！」

寇仲嘆道：「先發者制人，後發者制於人。自入長安後，我們便被建成、元吉牽著鼻子走，現在是被迫來個大反攻，我和李小子商量好後，該可定下舉事的良辰吉日，他娘的！」

徐子陵立在台階上，目送胡小仙馬車離開，寇仲出現他旁，笑道：「美人兒是否來向陵少撒嬌呢？」

徐子陵道：「差不多是這樣。」接著對他上下打量，訝道：「畢玄請你去只是喝兩口羊奶嗎？」

寇仲微笑道：「怎會有這般好的招待，他是想要我的命。若我所料不差，李淵該是默許畢玄殺我，只是後來改變主意，親移龍駕來中斷差點要掉我小命的決鬥。」

徐子陵愕然道：「竟有此事，李淵如此出爾反爾，畢玄還不拂袖離城？」

寇仲道：「畢玄當時的反應出奇地輕鬆，只是笑咪咪的躲回他的狼洞去。我猜是李淵並沒有親口同意畢玄的行動，可能是建成、元吉在其中穿針引線，慫恿李淵容許畢玄對付我。既可坐山觀虎鬥，更可討好突厥人。唉！我更擔心畢玄已摸清我的底子，有十足殺我的把握，所以不須急在一時。」

徐子陵露出凝重神色，低聲道：「入樓說吧！」

兩人登上三樓，在靠湖一方坐下。寇仲道：「老跋不知到哪裏去呢？」

徐子陵道：「我反不擔心他，先不說他有足夠保護自己的力量，關鍵處在敵人正分身不暇，畢玄對付你的同時，楊虛彥夥同蓋蘇文、韓朝安、呼延鐵眞、拓跋滅夫四大小子在玉鶴庵門外伏擊我。」

寇仲倒抽一口涼氣道：「你怎能仍沒半點傷的坐在這裏說話？」

徐子陵淡淡道：「你的顧慮差點成爲事實，幸好得石之軒出手營救，令楊虛彥等無功而退。」

寇仲失聲道：「甚麼？」

徐子陵道：「不用大驚小怪，很明顯我們再次闖過敵人精心布局的另一輪攻勢。我們同時遇險不是巧合，而是一個陰謀。如果成功，我們先後歸西，敵人將大獲全勝，幸好我們都僥倖過關。」

寇仲狠狠道：「我們再不能坐著等死，定要還以顏色，先揀幾個扎手的來祭旗。」

徐子陵搖頭道：「小不忍則亂大謀，我們追求的是最終決定性的勝利，而非好勇鬥狠地逞一時之快。唉！我的故事尚有下文，石之軒把他不死印法的精要傳給我。」

寇仲聽得瞠目結舌，說不出話來。

徐子陵苦笑道：「他傳我不死印法的動機很古怪，好讓他沒法殺我，也讓別人增加殺我的難度，原因是他曉得青璇肯委身下嫁小弟。」

寇仲喜道：「這麼說，我們是否再也不用擔心他那方面的威脅呢？」

徐子陵嘆道：「此爲另一令人頭痛的問題。」接著把石青璇的看法說出來。續道：「青璇準備在三日後她娘的忌辰與石之軒來個了斷。唉！坦白說，我對青璇的看法抱有懷疑。石之軒再非以前的石之軒，他對青璇確是眞心實意，但青璇對他卻成見太深，若眞的到該日該時吹奏起追魂簫音，後果實不堪想像，若石之軒再陷於精神分裂，誰都預料不到會發生甚麼事！」

寇仲苦笑道：「難怪你說令人頭痛，我的頭現在正痛得要命。嗯！你學懂了不死印法嗎？」

徐子陵沉吟片刻，道：「你還記得我們初學長生訣時，每逢力竭氣盡，回復過來後更有精神的古怪情況嗎？石之軒之所以不懼群戰，除在偵敵知敵、借勁卸勁方面有獨步天下的神通外，更關鍵處在於他能化死爲生、轉生爲死的玄妙功法，那就是不死印法的精義。」

寇仲不解道：「化死爲生當然了不起，但轉生爲死不是等於自盡嗎？有甚麼好學的？」

徐子陵微笑道：「竅妙恰在這裏，所以我和侯小子一直想不通。原來眞氣盡處是死，眞氣復還處是生。生能轉死，死能轉生。其訣曰：『一點眞陽生坎位，離宮補缺；乾運坤轉，坎離無休；造物無聲，水中火起；上通天谷，下達湧泉；天戶常開、地戶常啓』，你聽了有何感受？」

寇仲生出興趣，點頭道：「此訣說的似是我們長生訣奪天地精華的狀況，眞氣或貫頂而入，又或從雙足湧泉升起，天氣地氣匯聚丹田氣海。」

徐子陵道：「只要把我們氣盡而復的過程千百倍地人爲加速，變成在戰場上指顧間便能達致的事，我們至少學得石之軒不死印法和幻魔身法的一半境界。」

寇仲一震道：「我明白哩！」

徐子陵道：「別人縱使明白，但因功法有異，能知而不可及。但我們一旦明白，立即可見諸實效。你再細心咀嚼以下的口訣：『後天之氣屬陰，先天之氣屬陽，陰盡陽生，陽盡陰生，眞息調和，周流六虛，外接陰陽之符，內生眞一之體。』明白嗎？」

寇仲拍几讚道：「石之軒確是魔門不世出的武學天才，這樣合乎天地理數的功法也給他發掘出來。憑我們吻合天道的長生氣訣，可以人爲的手段令體內眞氣消斂極盡，達至陰極陽生的臨界點，而去得愈速來得亦愈猛，天地之氣貫頂穿腳而生，生可復死，死可復生，像天道的往還不休。他娘的！眞想立即再去見畢玄，讓他一嘗石之軒心法的滋味。」

徐子陵道：「我們還要勤練一番，到得心應手才成。李淵和你有甚麼話說？」

寇仲道：「來來去去都是廢話。時日無多，我現在立即去祕訪常何，昨晚他當值，現在該在家中睡覺，跟著還要找我們的世民兄。」

徐子陵點頭道：「千萬不要被人發現，否則常何會是抄家大罪。我留在這裏等老跋回來。」

寇仲得悉不死印祕法，心情轉佳，笑著去了。

寇仲去後，徐子陵仍呆坐樓內，心中思潮起伏。今天只不過是抵長安後的第二天，可是他徐子陵已是兩次遇襲，且均是發生在往會石青璇途中，布局精妙。由此可見敵人情報準確，準備充足，謀定後動，務要不擇手段，不但要破壞他們和李淵尚未成事的結盟，還要置他和寇仲於死地。建成、元吉與以畢玄為首的突厥人、還有蓋蘇文一夥共同結成聯盟，動用手上一切力量無所不用其極地打擊他們和李世民的一方，而明顯地他們正處於被動和劣勢中，直至此刻仍反擊無力。石之軒和婠婠的意向難測，令他們劣無可劣的形勢雪上加霜，連楊公寶庫也不再足以憑恃，妄然舉事無疑以卵擊石，自取滅亡。幸好李淵雖一心支持建成，但對該不該完全投向突厥人仍是猶豫不決，否則他們一切休提。

還有是令他們情仇兩難全的師公「弈劍大師」傅采林，只能希望他異於常人，且看穿匡助突厥人對高麗是有百害無一利，不會站在建成的一方。這麼多不利的因素和尚未明朗的情況結合起來，正是他們現在面對的局勢，他們不但要掙扎求存，還要扭轉乾坤，爭取最後的勝利。想到這裏，暗嘆一口氣。

王玄恕登樓而來，道：「董貴妃又來哩！」

徐子陵皺眉道：「董貴妃？呵！告訴她寇仲不在便成。」

王玄恕憤然道：「早告訴她哩！她卻堅持見你也成。哼！看她氣沖沖的樣子，該是來大興問罪之師。」

徐子陵記起玲瓏嬌的事，苦笑道：「著她在樓下大堂等我，我稍作整理後下去見她。」

寇仲悄悄從後院離開常何的將軍府，心中一片茫然。常何並不如他所料的在府內睡覺，這小子到哪裏去了？若得不到常何和長安城內幾位關鍵將領的支持，他們絕無可能對抗建成、元吉，更遑論手握重兵的大唐皇帝李淵。只是李淵安置在西內苑那支一萬五千人的部隊，力已足可把任何形勢扭轉過來。即使與建成、元吉相比，只三千長林軍配合突厥、高麗諸股勢力，其實力已在天策府和少帥聯軍之上。他們的突然舉事或可在起始時稍得優勢，但最後在敵人的反撲下，必然將他們粉碎瓦解。時間愈趨急迫，他愈沒法預料建成下一輪的攻勢在何時策動？幸好得石之軒傳授不死印法的竅要，令他和徐子陵在保命上多點把握，問題在他們並非憑開溜可解決問題，即使有不死印法傍身，他們終是血肉之軀，會因傷耗過重敗亡。

唉！現在該怎麼辦才好？該不該去找李神通商議，看他聯繫群臣諸將的發展？還是應直截了當去見李世民，商量一個舉事日子，來他奶奶的一個孤注一擲，看老天爺是否仍站在他們這一方。正猶豫不決間，腦際靈光一閃，想到常何可能的去處。寇仲收拾心情，先審查有沒有被人跟蹤，肯定沒有問題後，憑記憶朝離常府不遠的另一大宅潛去。

第三章

群魔亂舞

黃易作品集

第三章　群魔亂舞

王玄恕尚未有下樓機會，董淑妮殺至，大發嬌嗔道：「你和寇仲算甚麼意思？我現在來要人，給我立即把人交出來。」

可是她的手勢卻與她的話絕不配合，頻指樓下，王玄恕看得莫名其妙，徐子陵終於會意，回應道：「在下有密事奉稟貴妃，貴妃明白後當認爲我們情有可原，不過只能讓貴妃曉得。」接著向王玄恕打個眼色道：「不准任何人上來打擾我們，貴妃的從人可到最下層候命。」

王玄恕一面狐疑的領董淑妮的隨從下樓去也。董淑妮還故意大聲道：「好！我就聽你有甚麼話好說的。」一屁股坐到剛才寇仲坐的位子上。

徐子陵靜心細聽好半晌，點頭道：「貴妃可放心說話啦！」

董淑妮探手過來，扯著他衣袖，以急得想哭的樣子和語調道：「你們要立即走，皇上已在建成、元吉、尹祖文、裴寂等人慫恿下，接受畢玄的條件，要你們不能活著離開長安。」

徐子陵直覺感到她字字出於肺腑，非是假裝，大訝道：「這般機密的事，怎會讓你知道？」

董淑妮放開他的衣袖，淒然道：「你們怎都要信我一次。昨晚皇上召我去伴寢，接著韋公公來報，說你們要到宏義宮去見秦王，皇上大爲震怒，後來和韋公公一番細語後，勉強按下怒火。接著他召來建成、元吉、裴寂和尹祖文四人，談了近整個時辰才返回寢宮休息，一副心不在焉的樣子，且不時目露凶光，任人家怎樣討好他，他仍是那副神氣。最後更召來韋公公，我偷聽到他是要去見畢玄和趙德言。若非關乎到你們的生死，他怎會在三更半夜去驚動畢玄？」

徐子陵感到整條背脊骨涼颼颼的，沉聲道：「你這樣冒險來警告我們，不怕啓人疑竇嗎？」

董淑妮嘴角露出不屑神色笑道：「他們只是把我視爲沒有腦袋的玩物，我定要他們後悔。」

徐子陵皺眉道：「你就爲這個原因背叛他們？」

兩人雖沒有明言「他們」是所指何人，但心中均明白說的是李淵和楊虛彥。

董淑妮雙目射出深刻的仇恨，低聲道：「玄恕表兄是王家現在僅存一點血脈，我董淑妮絕不容人把他害死。子陵啊！信任奴家吧！你們在長安是全無機會的，還要立即溜走。畢玄是個很可怕的人，是突厥人裏的魔王，我很怕他哩！」

徐子陵一顆心直沉下去，董淑妮說得對，他們在長安再沒有成功的機會，因爲李淵已完全靠攏建成和畢玄的一方，如非董淑妮冒死來告，他們仍對李淵存有一絲僥倖的希望。李淵今早肯按捺怒火，親到宏義宮寬恕李世民，只是爲騙他們回城。至於中斷畢玄和寇仲的決鬥，大有可能因刺殺他徐子陵的行動失敗，覺得尚未是適當時機，又或是另外的原因，因而畢玄才表現得那麼輕鬆。

董淑妮的低語續傳進他耳內道：「我恨李淵，更恨楊虛彥，寇仲說得對，是他們害死我大舅全家。」

徐子陵道：「你不是不肯相信寇仲的話嗎？」

董淑妮的熱淚終奪眶而出，滿臉淚滴的悲聲道：「我是回去後找玲瓏嬌吐苦水，得她提醒你們是怎樣的人，就像從個糊塗的噩夢中清醒過來，想通以前所想不通的事。你們快走吧！」

徐子陵記起梅珣在福聚樓試探他們和宋缺情況的話，李淵之所以忽然改變態度，令事情急轉直下，極可能是誤以為宋缺因與岳山決戰受了重傷，無法過問北方發生的事，所以現在若能殺死寇仲和他徐子陵，又能暫解塞外聯軍的入侵，將是他乘勢一統天下千載一時的良機，以他如此戀棧權力的人，怎肯輕易錯過。

董淑妮舉袖拭淚，道：「玲瓏嬌在哪裏呢？」

徐子陵道：「我們派人護送她回塞外去。淑妮你現在立即裝作憤然回宮，再也不要理我們的事，我們自有打算。」

寇仲避過下人和府衛耳目，潛至府第內劉政會書齋旁的園林，功聚雙耳，果然皇天不負有心人，劉政會與常何在密語，說的正是他寇仲。

只聽常何道：「此事真教人左右為難，你來告訴我吧！現在我該怎辦好？」

劉政會沉吟片刻，道：「寇仲不論少帥或莫一心的身分，均是義薄雲天，我看他該不會洩露與你的關係。只要你和我當作不知情，應可免禍。」

常何嘆道：「若我是這麼想，便不會來找你，徒然把你牽涉在內。令我為難處是昨夜太子盡起長林精銳，埋伏在興慶宮門外，務要把少帥四人一舉擊殺，幸好少帥及時對我表露莫一心的身分，否則後果不堪想像。」

劉政會駭然道：「竟有此事，太子不怕皇上降罰嗎？」

常何沉聲道：「照我猜皇上應是默許此事，否則太子豈敢如此大膽？聽說頡利向皇上開出條件，只要獻上少帥人頭，保證三年內不會進犯中原。」

劉政會顫聲道：「頡利狼子之心，他的話豈能輕信？且若少帥遇害，定觸怒宋缺，更令天下群情激憤，皇上怎可如此甘冒天下的大不韙？」

常何道：「江湖上盛傳宋缺決鬥岳山身負重傷，短期內難以領兵上戰場，這個傳言影響皇上對結盟的心意。」

外面的寇仲聽得心中一震，心忖原來如此，難怪李淵竟容畢玄對付他。

劉政會道：「如少帥遇害，長安還有秦王容身之所嗎？」

常何嘆道：「所以你現在應明白，為何我要來找你商量。」

「篤！」寇仲彈出指風，擊中窗門。窗門張開，露出常何和劉政會震駭的面容。

化身為醜神醫莫一心的寇仲現身窗外，微笑道：「兩位老哥大人好，讓我進來說幾句話好嗎？」

董淑妮去後，徐子陵失去呆候的心情，匆匆下樓，正思忖該不該去找寇仲，告知他這關乎生死成敗的重大消息，跋鋒寒神態優閒的回來，微笑道：「子陵欲外出嗎？須否跋某人送你一程？」

徐子陵暫把心事撇開，訝然審視跋鋒寒神情，道：「你究竟溜到哪裏去，為何心情竟似大佳？」

跋鋒寒聳肩笑道：「我剛去向畢玄發出挑戰書，跨過可達志這討厭的障礙逼他決戰，當然心情大佳。」

徐子陵一呆道：「你如何向畢玄發挑戰書？」

跋鋒寒一拍外袍內暗藏的射月弓，欣然道：「當然是以神弓送書，我在皇宮旁的修德坊一所寺院揀得最高的佛塔，一箭射越掖庭宮，直抵陶池，以突厥文寫明畢玄親啓，保證挑戰書可落在他手上。若他有點羞恥心，只好準時赴會。」

徐子陵色變道：「決戰定於何時何地？」

跋鋒寒若無其事道：「就在明天日出前，地點任他選擇，我正靜候他的佳音。」

徐子陵大感頭痛，心忖一波未平一波又起，事情如脫韁野馬，再不受控制。

常何和劉政會把老朋友「莫一心」從窗門迎入書齋，都有百感交集、心情矛盾爲難，不知從何說起的感覺。

寇仲以莫一心的招牌和難聽的聲音反客爲主道：「兩位大人坐下再說，我這次來是念在兄弟之情，爲你們和全城軍民的身家性命財產著想，提供唯一可行之法。你們萬勿猶豫，因爲活路只有一條。」

常何和劉政會憂心忡忡的在他左右坐下，前者嘆道：「我們早因你犯下欺君之罪。唉！你叫我們怎辦好？」

劉政會道：「在現今的情勢下，莫兄……噢！不！少帥根本不可能有任何作爲。」

寇仲淡淡道：「假設我立即拉隊離開，兩位以爲長安會是怎樣的一番局面？」

常何和劉政會欲言又止，說不出話來。

寇仲肅容道：「你們不敢說的話，由小弟代你們說出來，那時我唯一選擇，是趕返梁都，全力備戰，待塞外聯軍南來攻打長安，即揮軍洛陽。而李淵在那時只好褫奪秦王兵權，甚或以叛國罪處死秦王，大樹既去，長城已倒，軍心渙散，大唐國不但無力抗拒塞外聯軍入侵，更沒有能與我頡頏之人，我可保證秦王轄下諸將領會逐一向我寇仲投誠，因爲那是最明智的選擇，那時中土的安危將是我和頡利之爭，大唐國只餘待宰的份兒。」

他的樣子是醜神醫莫一心，聲音神態卻是名震天下的少帥寇仲，對常劉兩人生出詭異的震懾力。

常何道：「這對少帥有百利無一害，爲何仍要留在這裏冒險？」

寇仲撕下面具，納入懷內，雙目閃著光輝，正容道：「我爲的不是自己，而是中土的老百姓，他們已苦透了，再不堪大規模連年累月的戰火摧殘。你們或已猜到，我不是要自己做皇帝，而是希望在統一天下後，讓有德有能者居之，此君正是李世民。我寇仲若有一字虛言，教我不得好死。我曉得兩位是忠君愛國的人，不過民爲重，君爲輕，値此動輒國破家亡的時刻，有志爲民生著想者均應作出正確的取捨，否則錯恨難返，更要爲可怕的後果負上責任。」

常何苦笑道：「我們絕對相信少帥的誠意，但問題是即使我們肯投向少帥，於此皇上、太子、齊王全力防備的時刻，我們仍是心有餘而力不足。」

寇仲喜道：「有常大人這番話，我已感不虛此行。首先我想問你們，像你們般看不過皇上厚建成薄世民者有多少人？大唐臣將裏又有多少人認同建成不顧羞恥地討好和勾結對我們懷有狼子野心的突厥人的所作所爲？」

劉政會道：「少帥是否準備行弒……嘿……」

寇仲搖頭道：「我要殺的是建成與元吉，但李淵必須退位讓賢。」

常何頹然道：「這是沒有可能辦到的。」

寇仲從容道：「你們仍未答我，若秦王與建成、元吉公然衝突，有多少人會站在秦王的一方？」

劉政會坦然道：「長安城的軍民，大部分是支持秦王的。」

寇仲一抬手道：「這就成哩！我有批能以一擋百的精銳部隊，正枕戈城外，隨時可開進城內助陣，配合秦王的玄甲精兵，力足以讓長安變天。在民族大義的前提下，你們必須作出抉擇，否則我立即離城遠去，再不管長安的事。」

「砰！」常何一掌拍在身旁几上，道：「好！我常何相信少帥和秦王，就這麼決定，政會你怎麼看？」

劉政會道：「只看少帥不殺我們滅口而只選擇離開，可清楚少帥是怎樣的一個人，我劉政會一向自許飽讀聖賢之書，當知擇善而從的道理。好吧！請少帥賜示。」

徐子陵呆坐雙輝樓大門石階頂盡處，苦候寇仲回來。跋鋒寒返回臥室閉門靜修，作好應戰的準備。侯希白此時步履瀟灑的回來，縱使在如此沉重的心情中，徐子陵仍因他天生優雅閒適的神態感到繃緊的神經得到舒緩，侯希白不但文武雙全，且是個樂天知命的妙人。

侯希白在他旁坐下，笑道：「這叫近朱者赤，我從沒想過會坐石階的，竟是這麼清涼舒服。」旋又神祕兮兮的道：「你猜我帶了些甚麼東西回來。」

在午後溫柔的春陽下，置身於興慶宮園林內，令人沒法想像宮外繁囂的城市街道情況，更難聯想到兵凶戰危的緊迫氣氛。

徐子陵微笑道：「不如你來猜猜，我腦袋裏準備好甚麼東西招呼你？」

侯希白一呆道：「我怎知道？」

徐子陵道：「你正說出我的答案。」

兩人對視一眼，相與大笑，充滿知己兄弟的情意。

侯希白喘著氣道：「好！我說吧！我在福榮爺的府第見過麻常，這人確是能擔當重任的人才，早看穿我們形勢不妙，故在過去兩天透過黃河幫把部分兄弟和兵器運進城來，他們主要藏身於泊在碼頭的船上秘艙裏，除非敵人有確切情報，否則不虞會被人察覺。」

徐子陵點頭道：「他做得很好，非常好！」

侯希白道：「聽到我的傳話後，他決定放棄楊公寶庫的祕道，改爲加速潛入城內，只要我們的少帥大爺發出訊號，他可憑信號呼應。哈！你猜到我懷內的救命寶貝哩！」

徐子陵皺眉道：「是否發信號的煙花火箭？」

侯希白大力一拍他肩頭，另一手掏出以臘紙包裹的煙花火箭，道：「煙花火箭分紅、綠、黃三色，每式四箭，如見紅色，麻常會領人朝火箭昇空處殺去，綠色則以太極宮後大門玄武門爲進攻目標，黃色則攻佔永安渠出城的關閘，接應我們從水路逃生。」

徐子陵讚嘆道：「麻常想得很周到。」

侯希白道：「麻常說最好讓他們與天策府取得直接聯繫，那起事時可與玄甲兵互相配合。現在他倚賴黃河幫廣布城內的眼線耳目，對城內兵力分布瞭如指掌，可是皇宮內的情況，特別是駐於西內苑由唐儉指揮的部隊，卻所知不多。」

徐子陵道：「待寇仲回來，他會與麻常碰頭，作出指示和安排，這方面他比我在行。」

侯希白擔心道：「老跋呢？」

徐子陵道：「他回房睡覺。」

侯希白大喜，繼而打個呵欠，笑道：「回來就好哩！我也想倒頭睡一個大覺，今晚還要去見師公。嘿！你腦袋內有甚麼想告訴我的東西？」

徐子陵淡淡道：「不死印法。」

侯希白愕然以對。

徐子陵凝望他好半晌，道：「令師已傳我不死印法，現在我轉傳予你，到你感到有把握時，楊虛彥就交由你去負責清理門戶，如何？」

侯希白難以置信的道：「師尊竟傳你不死印法？老天！這是怎麼一回事，是好消息還是壞消息？」

徐子陵想起石青璇，苦笑道：「別問我，因為我也大感糊塗。到現在我才眞正掌握甚麼是化生為死、化死為生，為何令師自認不死印法是一種幻術，而宋缺亦有相同的看法。」

侯希白呆聽無語。

徐子陵淡淡道：「不死印法眞是出神入化後的一種幻術，針對的是我們腦袋內的經脈，可令人產生種種錯覺，知敵後惑敵愚敵，配上能化死為生、能令眞氣長時間處於巔峰狀態的獨門回氣方法，故能立於不死之地。」

侯希白長長呼出一口氣，道：「子陵請指點。」

寇仲從後門進入興昌隆，迎接他的是段志玄，後者低聲道：「少帥請！」領路往後院一座似是貨倉的建築物走去。

興昌隆的大老闆是卜萬年，身在關外，長安的鋪子由二兒子卜傑主理，屬關中劍派的系統，當年徐子陵首度混入關中，便是透過他們的關係。寇仲往見常何前，通過聯絡手法，約李世民於此密會。

倉房的大門張開少許，露出龐玉的俊臉，神色凝重的道：「秦王恭候少帥大駕。」

寇仲似老朋友的拍拍他肩頭，輕鬆笑道：「不用緊張，直到此刻，鹿死誰手，尚未可知。」

半晌後，他在堆滿貨物的一角，與李世民碰面。

李世民神色沉著的揮退龐玉與段志玄兩人，道：「世民正要找少帥。」

寇仲微笑道：「是否因令尊頒令，以後你們三兄弟出入太極宮，必須經由玄武門。」

李世民愕然道：「密諭在午時頒布，消息竟這麼快傳入少帥耳內？」

寇仲道：「我剛從常何那裏聽來的。長安的大臣均爲此議論紛紛，不明白皇上爲何有此一著，只知絕非好事。」

李世民雙目精光大盛，振奮道：「常何？」

寇仲點頭道：「正是玄武門四大統領之一的常何，他現在是我方的人，已宣誓向秦王效死命。」

李世民大喜道：「這消息是久旱下遇上的第二度甘霖，雖然我們回長安只不過兩天的光景。」

寇仲欣然道：「尙有其他好消息嗎？」

李世民道：「正午前劉弘基來找我說話，直問少帥是否全力支持我李世民。在父皇的心腹將領中，他一向與我關係較佳，且爲人正義，所以我沒有瞞他。」

寇仲道：「我支持你的事現在是全城皆知，他要問的大概是若生異變，天下統一，當皇帝的是你還是我。」

李世民點頭道：「少帥看得很準，值此成敗存亡的緊張關頭，我必須把他爭取到我們一方，所以我直言相告，動之以國家興亡的大義，他立誓向我效忠。」

寇仲喜出望外道：「這確是天大的好消息。」

李世民激動道：「劉弘基肯歸順，全賴少帥昨夜赴宏義宮途中與他的一席話，深深地打動他。他對我說，以少帥一個外人，且實力足以和我唐室抗衡，在塞外聯軍壓境的情況下，不但不乘我之危，還捨帝業力求中土免禍，如此大仁大義的行爲，更突顯建成、元吉甚至父皇的只求私利，令他義無反顧的靠向我們的一方。」

寇仲謙虛道：「這只是其中一個誘因，秦王你仁義愛民，在戰場上不顧生死的爲大唐屢立奇功而成的那面金漆招牌，才是招徠貴客的本錢。」

李世民啞然失笑道：「想不到少帥的話會令人聽得這般舒服。」

寇仲笑道：「我拍馬屁的本領，不在我的刀法之下。」

兩人對視而笑。

李世民正容道：「得常何和劉弘基加入我們陣營，令我們勝算大增。尙有一個至關重要的消息，不過連我也難以判斷好壞。」

寇仲皺眉道：「竟有此事？」

李世民沉聲道：「畢玄的使節團，於正午前離城北去，據說守護宮門和城門的將士均不知情，一時手足無措，只好眼睜睜的放行。」

寇仲愕然道：「難道畢玄因令尊中斷他和我的比武，令他惱羞成怒，故率衆拂袖而去？」

李世民問道：「甚麼比武？」

寇仲解釋清楚後道：「若畢玄確與令尊決裂，反目離開，那便代表令尊確有結盟之意，情況並不如我們想像般惡劣。」

李世民沉吟片晌，道：「你的推想合乎情理，不過正因合情合理，令我總覺得有點不妥當。」

寇仲道：「這是你們的地盤，應可確知畢玄是否眞的返回北疆。」

李世民搖頭道：「他們乘的是突厥快馬，離城後全速馳往北面的河林區，事起倉卒下我來不及派人偵查，實無法弄清楚他們的去向。」

寇仲道：「可達志是否隨團離去？」

李世民道：「現在仍不曉得。」

寇仲苦笑道：「畢玄這一手非常漂亮，我感到又陷於被動下風，更使我們在心理上難以立即舉事，而這本是我來見你的初意。」

李世民雙目精光流轉，緩緩道：「畢玄的離開，會在長安引起極大的恐慌，代表塞外聯軍即將南侵，我們再沒有別的選擇，必須及早動手，否則後悔莫及。」

寇仲欣然道：「你老哥終於把長安視作戰場，故能重現戰場上成王敗寇、當機立斷的爽颯風姿。對長安的情況你比我清楚，應於何時發動？」

李世民道：「楊公寶庫既不可靠，你們只好由黃河幫掩護入城，當少帥方面準備妥當，我們可於任何時刻舉事，只要我們行動迅速，可以雷霆萬鈞之勢一舉控制皇宮，再憑玄武門力阻唐儉的部隊於玄武門外。」

寇仲道：「經常駐守皇宮的御衛軍力如何？」

李世民道：「軍力約一萬人，另太子的長林軍有三千之衆，若不計宮外的護城軍和西內苑唐儉的部隊，我們仍須應付的是在我們一倍以上的敵人，所以必須謀定後動，以快制慢，事起時必須佔據宮內各軍事要塞，而最關鍵的必爭之地就是玄武門，只要能奪得玄武門的控制權，至少有一半成功的希望。」

寇仲道：「幸好有常何站在我們這一方，大增事成的機會。」

李世民嘆道：「我剛才說準備好後隨時舉事，可惜我無法定下日子時辰。因爲若由我聯同你們主動策反、血染宮禁，實情理難容，所以我們必須等待一個機會。」

寇仲皺眉道：「甚麼機會？」

李世民道：「當太子和齊王欲置我於死地的一刻，我們的機會就來哩！」

寇仲道：「他要殺我們又如何？」

李世民道：「皇兄多番嘗試，仍沒法奈何你們，故何必捨易取難。先除去我後，結盟之議再不可行，父皇將別無選擇，必全力把你們留在長安。故此太子若能成功，是一舉兩得。否則將來聯軍南來，太子、齊王連戰失利，形勢所迫下，我大有可能重掌兵權，而這是太子、齊王甚至父皇最不願見到的。」

寇仲苦惱道：「我不得不承認你把形勢看個透徹，令尊厚彼薄此之舉，令全城軍民對你深表同情，若再來個保命反擊，沒有人可說你半句閒話。問題在我們怎知太子在何時策動？那豈非主動完全掌握在敵人手上。」

李世民道：「這正是我們現在最精確的寫照，我們必須枕戈待旦、蓄勢以待的靜候那時機的來臨。

而我們並非完全被動，我們可通過魏徵、常何、封德彝、劉弘基等幾個關鍵的人物，監視和掌握對方的動靜。現在情勢微妙，沒有人曉得少帥何時失去耐性拂袖而去，故對方必須速戰速決，儘快打破這僵持不下的局面，若我所料不差，我們該不用等多久。」

寇仲道：「好！我們分頭行事，聯繫魏徵等人由令叔淮安王負責，務要快敵人一步，在這個賭命的遊戲中勝出。」

李世民道：「我們的情況絕非表面看上去的悲觀，假設現在開始，我的活動縮窄至只在早朝時出入太極宮，那對方能設伏之處，已是呼之欲出。」

寇仲點頭道：「玄武門！」

李世民道：「若畢玄的離去是個得父皇首肯的幌子，便顯示父皇完全站在太子一方，且已接受頡利開出的條件，獻上少帥人頭。而下令我和太子、齊王三人以後須經由玄武門出入太極宮，正是針對我們而來。父皇的轉變，應是因宋缺決鬥岳山致負重傷的謠傳所引發，令他再無顧忌，以為除去少帥後，天下唾手可得。」

寇仲道：「謠傳從何而來？」

李世民道：「此傳聞是從林士宏一方廣傳開去，而林士宏全力反擊宋軍，進一步令父皇對此深信不疑。」

寇仲暗罵一聲他奶奶的，皺眉道：「若是如此，令尊首要殺的人是我寇仲，希冀藉此討好突厥人，解去塞外聯軍的威脅，然後全力掃蕩群龍無首的少帥軍。說到底你終是他的兒子，怎麼都會念點骨肉情分。」

李世民苦笑道：「楊廣殺兄弒父的先例，令父皇沒法忘記，故一旦認定我是另一個楊廣，父子之情反變為疑忌難消。少帥初入長安時扮作與我沒有任何聯結，忽然又親到宏義宮見我，擺明與我共進退，更堅定父皇對我們暗中結盟謀反的懷疑。若我向你投誠，父皇將失去關外所有土地，他的天下岌岌可危，在這種情況下，若你是他，會作如何選擇？」

寇仲點頭道：「若我是他，會製造一個可同時把你和我殺死的機會，一了百了，那時最惡劣的情況，只是突厥人反口南下，而他卻不用再擔心關東的牽絆。」

李世民道：「去掉我們兩人後，父皇會封鎖長安，消滅一切與我們有關係的人，使消息不致外洩，再派元吉出關接收洛陽，穩定關內外的形勢，倘若突厥人依諾守信，天下幾是父皇囊中之物。這想法令我感到很痛苦，不過自被父皇逐到宏義宮，我對他不再存任何幻想。」

寇仲苦思道：「他怎樣可以製造出一個可以同時收拾你和我的機會呢？」

接著一震下朝李世民瞧去。李世民亦往他望來，相視頷首，有會於心。

蹄聲傳至。徐子陵向侯希白笑道：「畢玄的回覆到哩！」

侯希白嘆道：「唉！眞令人擔心。」

一名飛雲衛策馬馳至，翻身下馬，雙手奉上一枝長箭，箭上綁著原封未動的信函。

徐子陵接過飛箭傳書，雖不懂其上的突厥文，仍可肯定是跋鋒寒箭寄畢玄的挑戰書，登時大惑不解，問道：「誰送來的？」

手下答道：「由一位相當漂亮的突厥姑娘送來，要立即交到跋爺手上，還說畢玄聖者在箭到前已率眾離城北返，說罷匆匆離開。」

徐子陵和侯希白聽得面面相覷，大感不妥。手下去後，兩人入房把傳書交到跋鋒寒手上。

跋鋒寒捧箭發呆半晌，苦笑道：「究竟是怎麼一回事？」

徐子陵道：「或者因李淵干涉畢玄對付寇仲，故畢玄反目離開，芭黛兒卻選擇留下來。」

跋鋒寒搖頭道：「若畢玄一心要殺死寇仲，沒有人可橫加干涉，寇仲亦不得不硬著頭皮應戰到底，此事必有我們尚未想通的地方。」說罷長身而起，披上外袍。

侯希白道：「你要到哪裏去？」

跋鋒寒正要跨步出房，聞言止步淡淡道：「我想到宮外隨意逛逛，好舒緩心中鬱結的悶氣。」就那麼邁開步伐去也。

侯希白擔心道：「他不會出岔子吧？現在的長安城，總給人步步驚心的危險感覺。」

徐子陵沉聲道：「若我沒猜錯，他該是去找芭黛兒，與畢玄的決戰既暫擱一旁，他對芭黛兒的心不由自主的活躍起來，說到底芭黛兒仍是他最深愛的女人，即使瑜姨也難以替代。今早瑜姨爽約，對他的自尊造成沉重的打擊，希望他能跨越民族仇恨的障礙，與芭黛兒有個好的結局吧！」

侯希白長長呼出一口氣，道：「小弟也感到氣悶，有甚麼好去處可散散悶氣？」

徐子陵笑道：「你給我乖乖的留在這裏，一切待寇仲回來後再說。最黑暗的一刻是在黎明前出現，暴風雨來臨前正是最氣悶的時候。告訴我，你回巴蜀後幹過甚麼來？」

侯希白苦笑道：「你當我是小孩子嗎？竟沒話找話來哄我留下，這樣吧！分派點任務給我，否則我便到上林苑好好消磨時間，今晚才回來陪你們去見師公。」

徐子陵拿他沒法，沉吟道：「好吧！你乘馬車去上林苑打個轉，設法把麻常祕密運回來，我們必須定下種種應變的計畫，以免事發時手足無措。」侯希白含笑領命去了。

寇仲一腦子煩惱的回興慶宮，宮門在望時，橫裏閃出一人，道：「少帥請隨奴家來。」

寇仲定神一看，赫然是金環眞，冷笑道：「你也有臉來找我？」

金環眞苦笑道：「少帥愛怎樣罵奴家也好，奴家可發誓沒有任何惡意，只希望我們夫婦能稍盡棉力，報答少帥和徐公子的救命大恩。」

寇仲心忖難道我怕你嗎？且看你們又能弄出甚麼花招，沉聲道：「領路吧！若有事情發生，休怪我手下不留情。」

金環眞淒然一笑，領他轉進橫巷去。

徐子陵獨坐跋鋒寒房內，心中思潮起伏。此回抵長安後，諸般事情接踵而來，令他們應接不暇。畢玄忽然率衆離開，令局勢更趨複雜和不明朗，吉凶難料。董淑妮說的話究竟是實情，還是她對李淵的誤解？於他們來說，任何錯誤的判斷，均可能帶來意想不到的災禍。魔門中人一向擅長玩陰謀手段，他們的布置如何，若弄不清楚這點，極可能成爲他們致敗的因素。想到這裏，心現警兆。

徐子陵朝房門瞧去，人影一閃，美艷不可方物的婠婠現身眼前，微笑道：「人家可進來爲子陵解悶嗎？」

在一座位於勝業坊的宅院裏，寇仲見到周老嘆夫婦，三人在廳內坐下。

寇仲肯定沒有埋伏後，肅容道：「我可以不計較你們在龍泉恩將仇報的事，不過請勿和我玩手段，因爲我再也不會相信你們說的話，明白這點便不要浪費我寶貴的時間。」

出乎寇仲意料之外，兩夫婦對望一眼後，一言不發的同時起立，並肩跪對南方，齊聲道：「聖門弟子周老嘆、金環眞，向聖門諸代聖祖立下聖誓，若有一字瞞騙寇仲，教我們生不如死，死不如生，永世沉淪。」

寇仲聽得呆在當場，瞧著兩人重新在桌子另一邊坐下，抓頭道：「你們爲甚麼忽然對我好至如此地步？」

周老嘆臉上密布的苦紋更深了，愈發顯得金環眞的皮光肉滑。他正容道：「少帥雖然對我們印象極差，但我們夫婦是有恩必還、有仇必報的人，若少帥仍不肯相信我的話，我們也沒有辦法。」

金環眞道：「我和老嘆已決定離開這是非之地，歸隱田園，好安度餘生。自聖舍利的希望幻滅後，我們一直有這個想法，只是身不由己，現在機會終於來臨，且要借助少帥一臂之力。」

寇仲道：「說吧！只要你們有這個心，我定可玉成你們的心願。」

徐子陵安座床沿，一言不發的盯著鬼魅般飄進來的婠婠，後者笑靨如花，神態溫柔的在他旁坐下，輕輕道：「師妃暄走哩！子陵傷心嗎？」

徐子陵有點害怕她如此接近，因婠婠深悉他的長生氣的底細，若不懷好心，以她已臻極致的天魔大法，可對他造成難測的傷害。自親眼目睹她瞞著他們祕會石之軒，他無法再信任她。兼且她一直避開自己，如今忽然現身，事情絕不尋常。長身而起，步至窗台，目光投往外面的園林美景，淡淡道：「爲何要說這種話？」心中隨即升起答案，是要亂他心神，這推斷令他大感震驚。

婠婠如影隨形的來到他身後，呵氣如蘭的幽幽道：「算婠兒不對好嗎？撩起子陵的傷心事！幸好子陵仍不愁寂寞，因爲石青璇來了！」

徐子陵嘆道：「你來見我，就是要說這些話嗎？」

婠婠語調更轉平靜，道：「子陵不想聽，人家不再說這些話吧！聽說宋缺與岳山決鬥，兩敗俱傷。岳山竟能傷宋缺？眞教人難以置信，是否確有其事呢？」

徐子陵心中劇顫，表面卻不露絲毫痕跡。他直覺感到自己的答覆事關重大，若能令婠婠深信她仍能成功騙倒他和寇仲，他絕不應在此事上說謊，如此一來其他的話，均可令婠婠深信不疑。徐徐道：「使宋缺負傷的不是岳山，而是寧道奇。」

以婠婠的鎮定冷靜，仍忍不住嬌軀輕顫，失聲道：「寧道奇？」

徐子陵道：「他們決戰於淨念禪院，確是兩敗俱傷。宋缺在不欲同歸於盡下，故而九刀之約尚欠最後一刀。宋缺依諾退返嶺南，不再過問世事，否則何來結盟之事，我們更不會待在這裏。」

婠婠不悅道：「你們爲何不早點告訴我？」

徐子陵平靜答道：「你該明白原因，此事愈少人知道愈好。不過既然你垂詢，我只好如實奉告。」

婠婠道：「宋岳決鬥的消息雖與事實並不完全符合，但已傳進李淵耳內。你們有甚麼打算？」

徐子陵早擬備答案，從容道：「寇仲對李淵的耐性已所餘無幾，若非畢玄率眾離開，他今晚便拂袖離城，可是若李淵明天仍沒作下決定，我們也再不會在這裏坐以待斃。」又低聲道：「如不是與傅采林有約在先，恐怕我們不會等至今夜。」

婠婠道：「你們不是要扶助李世民登帝位嗎？爲何又有離去打算？」

徐子陵暗運不死印法，在婠婠無法察覺下進入高度戒備的狀態，因他視婠婠爲另一個祝玉妍，爲振興魔門無所不用其極，不可不防。苦笑道：「在現今的情勢下，我們除此還可以做甚麼呢？了空向寇仲表明立場，若我們選擇離開，他絕不會怪我們。故與其一起在此等死，結盟破裂反會對李世民生出一線機會，當外族聯軍南下，建成、元吉連連失利，李淵不得不再起用李世民，那時我們仍有成功的可能。」

婠婠淡淡道：「你們認爲李世民的小命可留至那一刻嗎？」

徐子陵道：「那要由老天爺來決定。寇仲這次肯來長安，大半是由我徐子陵促成，我怎忍心令他冒生命之險留在這裏作此沒有意義的事？何況李淵是不敢在這種情況下對付李世民的，不但徒使軍心不穩，更會令關外天策府系諸將投向寇仲，我們的離開，反可保他一命。」

婠婠默然片晌，然後平靜的道：「你們眞的完全沒有還擊的打算嗎？」

徐子陵嘆道：「坦白說，直至剛才我們對李淵仍心存幻想。到之前在福聚樓梅珣來問及宋缺的事，始知此事流傳開去，我們再無可恃，才決定頂多再等一天。此刻寇仲不在這裏，是爲要去知會秦王我們作的決定。我已爲妃暄盡過心力，無奈形勢不就，她該明白我的爲難處。」

婠婠又沉默下去。徐子陵則全力戒備。

婠婠輕輕道：「子陵！」

徐子陵裝作想起師妃暄，心不在焉的道：「甚麼事？」

婠婠柔聲道：「我要你記著，天下間你是唯一能令我心動的男兒。」

徐子陵感到婠婠雙掌按上他背心要穴，天魔勁發。

周老嘆輕聲道：「不要信那妖女！」

寇仲立時明白過來，周老嘆和金環眞仍然是以前的周老嘆和金環眞，仍是那麼自私自利，並沒變成有恩必報的大好人。說到底他們只是基於對祝玉妍刻骨銘心的仇恨，藉報恩之名，利用自己爲他們報仇。可以肯定的是在魔門陰謀下，他們定然得益不多。蓋以他們的作風，是自己得不到的，亦希望別人得不到，何況仇人？心中一動，問道：「婠婠是否與趙德言重歸於好？」

周老嘆和金環眞不能掩飾地露出震駭神色。周老嘆只提「妖女」兩字，寇仲不單猜到是婠婠，還直指婠婠與趙德言已拋開因爭奪邪帝舍利而起的嫌隙，重新攜手合作。他們不知寇仲早已曉得，婠婠既可與「殺師仇人」石之軒合作，當然也可以與趙德言狼狽爲奸。魔門講的是絕情棄義，在振興魔門的大前提上，沒有人或物是不可以犧牲的。寇仲察神觀色，曉得說話得收奇效，兩人被迫不敢隱瞞，因摸不清他寇仲還曉得多少內情。

金環眞故作恍然道：「原來少帥早有防那妖女之心。」

寇仲再來一著奇兵，問道：「先說出要我寇仲如何助你們？」

周老嘆不敢猶豫，道：「我們沒法離城，尹祖文那狗娘養的在我們身上做了手腳，即使能成功逃往城外，終難逃那妖女追殺。」

寇仲皺眉道：「甚麼手腳？」

金環眞苦笑道：「那是滅情道七大異術中的『千里索魂』，尹祖文把從索魂草提煉出來的毒素，注進我們體內去，令我們在百天內不斷排出一種獨特的氣味，敵人可憑此輕易追蹤我們。」

寇仲不解道：「既不信任你們，何不乾脆把你們殺掉？」

周老嘆道：「因爲我們尙有利用價値，更重要的是天邪宗只剩下愚夫婦，他們若殺掉我們，《道心種魔大法》將隨我們雲散煙消。故婠婠和趙德言雖疑忌我們，仍不得不給我們一點甜頭，讓我們在心甘情願下說出《道心種魔》的祕訣。」

金環眞厲聲道：「可是我們怎能忍受這種屈辱？」

寇仲明白過來，以鼻狠嗅幾下，皺眉道：「爲何我嗅不到異樣的氣味？」

周老嘆道：「你試試默守準頭和人中兩處地方。」

寇仲依言照辦，點頭道：「我不但嗅到來自你們的古怪氣味，更嗅到全屋瀰漫同樣的氣味，魔門祕功，確是層出不窮。」

金環眞道：「少帥或者會奇怪，尹祖文等既不信任我們，爲何又肯讓我們參與他們的事？」

寇仲笑道：「我在洗耳恭聽。」

周老嘆沉聲道：「道理很簡單，因爲我們一直和趙德言關係密切，所以趙德言把我們安插在長安，以替他出力爲名，監視尹祖文等人爲實，以保障趙德言的安全與利益。」

金環眞憤然道：「可是趙德言竟容尹祖文向我們施術，我們對他的相好之情已蕩然無存。」

寇仲道：「我明白啦！這甚麼娘的『千里索魂』確是陰損至極。我雖有辦法把你們弄出城外，但對這手法卻是一籌莫展。」

周老嘆陰惻惻的笑道：「尹祖文太低估我們夫婦，應說是低估先師，先師博通魔門諸種手法，早研究出破解之術，只恨我們力有不逮，若得少帥肯幫忙，破解易如反掌。」

寇仲哈哈笑道：「成交！快說些有用的話兒來哄哄我。記著老老實實，我寇仲絕非容易欺騙的人。」

婠婠陰柔至極的眞氣直摧徐子陵心脈，但其力道輕重全在徐子陵掌握之中，不過若非他學懂不死印法，絕不敢冒此奇險。肯捱婠婠此擊，因他要顯示對婠婠的信任，以身犯險，令婠婠完全相信他剛才說的每一句話。更重要的是令婠婠誤以爲他受創重傷，那魔門將慫恿建成、元吉甚至李淵在誤判己方情勢下倉卒發難。一如所料，婠婠的一擊因怕他先一步察覺，故眞勁直到按實他背心才發力，不過她能催發的卻只是她二、三成左右的功力。當然這一擊已是非同小可，徐子陵身不由己的往前撲跌，乘勢破窗掉向窗外的迴廊，滾到草坪。

生之極是死，死之極是生。徐子陵本是全身氣血翻騰，眼冒金星，心脈將斷，不死印法卻全力展開，倏地全身虛虛蕩蕩，那股摧心欲裂的眞氣被他體內眞氣融合淡化，在刹那間以高速排往體外，下一刻先天眞氣貫頂透腳而來。此時婠婠飛臨上方，淒然呼道：「子陵勿要怪我，這是先師的遺願。」雙掌下擊。徐子陵單掌按地，橫飛開去，險險避過連不死印法也難以化解婠婠這全力一擊，同時脫出婠婠剛凝起的天魔場。徐子陵硬逼自己噴出一口鮮血，再一掌按地，彈上半空，往主樓逸去。婠婠正要追去，兩道人影掠至，其中一人正是侯希白，婠婠一閃而沒。

侯希白一把抱著徐子陵，大驚道：「子陵你中了她的暗算？」

麻常見徐子陵面無血色的垂危駭人模樣，手足無措，亂了方寸。

徐子陵閉上雙目，臉色漸轉紅潤，吁出一口氣道：「她走啦？」旋即站直虎軀，微笑道：「你們不用擔心，難道忘記我是另一個石之軒嗎？」

寇仲回到興慶宮，立即登上雙輝樓頂層見徐子陵、侯希白和麻常，笑道：「你猜我遇上甚麼人？」由李世民供應的長安城卷正攤在桌子上。侯希白待寇仲坐定，亦笑道：「你也猜猜子陵遇上甚麼人？」

寇仲愕然道：「甚麼人？」

徐子陵把婠婠遽下毒手的事說出來，並下結論道：「最早今夜，最遲明天，李淵定會對付我們。」

寇仲大喜道：「子陵眞棒，我和李小子正憂心對方何時肯動手，現在當然煩惱全消。他娘的，天下間只有子陵一人有騙過婠婠的能耐。你的故事當然精采，不過我的收穫也差不到哪裏去。」

遂把周老嘆和金環眞的事說出來，然後道：「在尹祖文的大力策動下，以石之軒、婠婠和趙德言爲首的魔門兩派六道，終於連成一氣力圖君臨天下。陰癸派重新確認婠婠爲祝玉妍的繼承人，魔門現在空前團結，並擬好全盤奪取天下的計畫。」

徐子陵道：「在這樣的情況下，楊虛彥會扮演怎樣的角色？」

寇仲道：「他並不被視爲魔門中人，只是有利用的價值，透過他去影響李元吉而已。他們的如意算盤是先幹掉李小子和我們，再由白清兒施美人計憑魔門祕法害死李淵，接下來的一步是煽動建成、元吉兩大傻瓜互爭皇位而內訌。由於元吉名不正言不順，不得不藉助魔門，魔門遂可乘虛而入，反把建成和元吉控制。此時塞外聯軍南下直撲長安，建成、元吉不敵下只好棄守長安躲避。楊虛彥可憑楊勇遺孤的身分擁長安復辟大隋，在頡利全力支持下，這並非沒有可能的事。」

麻常皺眉道：「魔門當然不會讓楊虛彥眞的當皇帝，那誰來當皇帝呢？」

寇仲道：「我們首先要分析形勢，頡利雖有橫行中原的實力，但霸地爲王仍是力有未逮，只好依趙德言的提議扶植一個傀儡皇帝，這個人就是楊虛彥，打出舊隋的旗號。假設我葬身長安，少帥軍肯定也潰不成軍，抵不住頡利出關東侵。南方的林士宏則夥同蕭銑，全力牽制宋家軍，由於我岳父不能征戰，只能坐看塞外聯軍摧殘北方。而梁師都蓄勢以待的大軍將由太原南下，攻城佔地，蠶食大唐，你們可想像那幕天下大亂，生靈塗炭的可怕情況嗎？」

頓頓續道：「讓楊虛彥一嘗當皇帝的滋味，只是權宜之計，頡利屬意的人是梁師都，因爲他不但有突厥人血統，算得是半個突厥人，且得趙德言全力支持，因爲他眞正的祕密身分乃趙德言的師弟，兩人師事長孫晟，故擬定當楊虛彥失去利用的價値時，由梁師都取而代之。不過據周老嘆夫婦的看法，婠婠和石之軒深明倚突厥人之力而起者很難得天下認同，但爲穩住頡利和趙德言，故暫時詐作同意，他們的理想人選卻是林士宏，倘能除去宋家和蕭銑，林士宏終有一天可以南統北。」

徐子陵皺眉道：「難道這就是婠婠所謂能完成祝玉妍遺願的大計？可是那時她仍受盡魔門諸系的排斥。」

寇仲道：「管他的娘！現在我們最重要的是找來李小子，大家坐下對著城圖想出整個不成功便成仁的舉事大計。先假設李淵會於今晚在我們去見師公時下手如何？」

徐子陵搖頭道：「若我是李淵，絕不會親自介入此事，而是默許建成、元吉在畢玄等突厥高手助陣下行事，那事後任何人也很難怪到他身上。他還可詐作懲罰兩子以息民憤，所以他將不會讓事情發生在太極宮內。」

寇仲點頭道：「還是你清醒，我是興奮得過了頭。今晚由我單刀赴師公之會如何？」

徐子陵道：「我既『身負重傷』，當然不能赴會，老跋也該留下來保護我，讓小侯陪你去吧！他可以舒緩你和師公間的緊張關係。」

寇仲搖頭道：「仍是不妥，敵方高手如雲，只留老跋一人，即使加上玄恕和三十名兄弟，實力仍不足夠，會令人懷疑你是否眞的受傷。」

侯希白道：「那就索性由我一個人去向師公解釋，改爲明晚赴約，如此更可一舉兩得。他的弈術可不是說笑的。」

徐子陵道：「此不失爲可行之計，就這麼辦。希白不用見師公，只要立即入宮，由瑜姨知會師公便成。」

侯希白欣然起立道：「我立即去！」

樓梯足音傳至，王玄恕匆匆而來，道：「封大人爲李淵傳話來哩！」

寇仲立即精神大振，拍桌笑道：「果如我和李小子所料，李淵終對結盟點頭。」

徐子陵等聽得大惑不解。寇仲欣然道：「當我們完全失去防範之心時，便是敵人下手的時刻，這叫攻我不備。哈！一切問題迎刃而解，我們已可掌握舉事最適當的時機，給皇上一個驚喜。」轉向一臉茫然的王玄恕道：「還不立即請封大人上來。」

封德彝獨自登樓，寒暄一番後，坐下欣然道：「今天我是……」

寇仲笑著截斷他道：「若小子所料無誤，唐主該是請封公來傳話，肯定結盟之事，結盟的儀式將在明早舉行，對嗎？」

封德彝大訝道：「少帥確是料事如神，教人難以置信。剛才皇上召集太子、秦王、齊王和一眾大臣，公布明天與少帥於太極殿外舉行隆重的結盟儀式，並命我來通知少帥，明早派馬車來迎駕。」又壓低聲音道：「看來他應是在與畢玄決裂後倉卒下此決定，你們爲何能早一步知曉？」

寇仲雙目精芒大盛，道：「如我們連李淵的陰謀也看不破，只好捲鋪蓋回家。此後能否享受勝利的成果，就看明朝。爲減去所有不必要的變數，我們現在立即入住秦王的掖庭宮，明早與秦王一道入宮，請封公通知李淵那執迷不悟的老糊塗。」

封德彝一面茫然道：「究竟是怎麼一回事？」

經徐子陵解釋一遍後封德彝明白過來，輕鬆的心情一掃而空，皺眉道：「你們有把握嗎？既然李淵完全站在建成、元吉的一方，兵強將悍，高手如雲，兼擁壓倒性的優勢兵力，且有畢玄等突厥高手助陣，宮城的防禦更是牢不可破，憑你們現在的力量，採奇兵之計或有險中求勝的機會，像這樣的以堂堂之陣正面硬撼，我看是絕沒有僥倖的。」

寇仲胸有成竹的道：「只要敵人意想不到，便是奇兵。首先我要令對方生出輕敵之心，今晚悄悄避到秦王的掖庭宮，可使人深信子陵負重傷而不疑。皆因像香玉山之輩，會明白我寇仲只肯爲子陵才會幹如此示弱的窩囊事。更重要的是明天我們將由玄武門進入太極宮參與結盟典禮，秦王統一天下，擊退外侮的大業，將由玄武門開始。」

封德彝色變道：「玄武門？」

徐子陵道：「封公放心，常何是我們的人。」

封德彝稍舒愁懷，旋又皺眉道：「玄武門四大統領輪番當值，若玄武門由常何主事，當然沒有問題，可是李淵倘作出臨時換將調動，我們豈非優勢盡失？」

寇仲微笑道：「常何一向是太子系的人，由建成保薦坐上這重要位置。且適値他主理玄武門之期，隨意更改必引起深悉宮廷運作的秦王系人馬警覺，所以換將之事該不會發生。」

封德彝苦笑道：「控制玄武門，確能拒唐儉的大軍於西苑。可是若李淵盡起禁衛，由太極宮反撲玄武門，內外猛攻下，玄武門也捱不了多久。說到底李淵是大唐之主，秦王的部將或會爲主子効死，但常何麾下的兵將卻很難堅持下去，我對此並不樂觀。」

寇仲淡淡道：「這情況絕不會發生，關鍵在對方以爲正臥床養傷的徐子陵，性命已朝不保夕，戒心盡去，正好來個擒賊先擒王。我們明天的目標不單是建成、元吉，還有李淵。」

封德彝凝視寇仲，好一會後點頭道：「看來少帥確有周詳計畫，城軍方面又如何應付？」

寇仲道：「劉弘基剛向秦王投誠，屆時他會按兵不動，再看情況行事。」

封德彝終被說服，沉聲道：「那我該如何配合你們？」

寇仲道：「封公要有一套完美說詞，令李淵確信我們對結盟一事沒有疑心，這方面封公該沒有問題。而事發之後，封公須爲我們散播消息，令聚集於太極宮的臣將都聽得建成、元吉因意圖謀反，殺害我們和秦王，破壞結盟而遭反擊並伏誅，秦王已繼位爲太子。由封公口中說出來的話，誰敢認爲不是李淵意旨，而李淵將永遠沒有否認的機會。」

徐子陵問道：「每天早朝前，李淵習慣到甚麼地方去？」

封德彝道：「通常他會先到御書房，披閱重要的奏章案牘。但明早情況異常，我卻不敢肯定。」

徐子陵道：「他爲令人不疑心他參與伏擊行動，應一切如常。」

封德彝長身而起，四人忙起立相送。

封德彝道：「不怕一萬，卻怕萬一，若情況發展非如少帥所料，你們須保命逃生，始有捲土重來的機會，不要只逞勇力。」

徐子陵想起石之軒傳他不死印法的背後原因，正是要他在明知不可爲的情況下，憑印法突圍逃生，俾能與石青璇偕老。

寇仲微笑道：「多謝封公指點，不過這情況絕不會出現。明天的長安將是李世民的長安，也是我們的長安。」

馬車開出興慶宮，王玄恕率飛雲衛前後護駕，朝掖庭宮馳去。侯希白先一步往淩煙閣，通知傅君瑜把約會延至明夜。麻常則祕密潛離，依照計畫安排舉事的諸般行動。另有兩侍衛留在興慶宮，等侯外出未歸的跋鋒寒。

車廂內，寇仲透帘外望，道：「太陽下山哩！希望宋二哥、小俊他們平平安安的離開，不要出岔子。」

徐子陵道：「曉得他們身分的只有石之軒和婠婠，值此時刻，他們該不願節外生枝，引起我們的警覺。我有信心宋二哥他們可安然離開，並配合雷大哥對付香貴。」

寇仲別頭瞥他一眼，目光重投窗外，道：「婠婠這麼對你，你會不會心傷？」

徐子陵淡淡道：「坦白說，她雖是欲置我於死，可是我沒有怪她。振興魔門的願望在她心中是柢固根深，難以改變。石之軒的情況如出一轍，直至此刻，石之軒仍不肯放棄理想，只因青璇才肯放我一馬。」

寇仲苦笑道：「想起石之軒我便頭痛，你道明天他會不會親自出手？」

徐子陵道：「李淵對他深惡痛絕，尹祖文等絕不容李淵曉得他們與石之軒的聯繫，且要隱瞞自己也隸屬魔門的身分。所以石之軒或雖在背後暫爲李淵出力，卻不會直接參與其事。何況石之軒還要保護青璇，讓她能與仍活著的我會合。」

寇仲吁一口氣道：「我可否問你一句話，我們勝算如何？」

徐子陵微笑道：「寇仲善攻，李世民善守，如此組合天下難尋。玄甲精騎則是大唐軍中最精銳的部隊，麻常的三千勁旅集少帥、宋閥兩方頂尖人才，一正一奇，更妙是常何和劉弘基一內一外，天衣無縫地配合我們，此戰必勝無疑。」

寇仲聽罷舒展四肢的攤在車廂椅內，望著廂頂油然道：「有子陵這番話，我立即信心大增。你道婠婠有沒有向尹祖文、趙德言等人透露楊公寶庫的祕密呢？」

徐子陵緩緩道：「我有個奇異的想法，唯一可令婠婠洩露寶庫的人是石之軒，因爲她要爭取石之軒毫無保留的全力支持，這不是沒有可能。且因她曉得石之軒最欣賞她，更知石之軒和趙德言間的矛盾只是暫且壓下來，卻永遠不會消除。何況不論婠婠或石之軒，都肯定不甘心讓趙德言系的梁師都坐上皇位。婠婠既向我出手，楊公寶庫再難爲我們發揮作用。以婠婠的爲人，當把寶庫留爲己用，將來在魔門的自相殘殺中，或可發揮到意想之外的妙用。」

寇仲道：「有你老哥這番透徹的分析，我可以安心哩！他奶奶的熊！眞希望時間能走快一點，因爲小弟手癢得很。」

徐子陵笑道：「你這小子從小便沒有耐性，乖乖的給我在秦王府好好休息，養精蓄銳以應付明天，那時夠你忙哩！」

馬車稍停後駛過朱雀大門，繼續行程。寇仲閉上雙目，道：「你猜蓋蘇文等會不會與建成、元吉同流合污，參與明天對付我們的行動。」

徐子陵嘆道：「這個很難說，蓋蘇文和韓朝安既與楊虛彥聯手在玉鶴庵外伏擊我，當然可直接參與其事。」

馬車加快速度，往掖庭宮奔去。寇仲猛然坐起來，精神大振道：「我想到一個好玩意，乖乖的到秦王府休息的是你而非我。」

徐子陵皺眉道：「你又想到甚麼鬼主意？勿要給我節外生枝，壞了大事。」

寇仲道：「別忘記我是不死印法的第三代傳人，不會歸西。」

徐子陵不悅道：「給我坐著！」

寇仲道：「你有沒想過另一可能性，就是嬙姨會瞞著師公，與蓋蘇文等明天齊來湊熱鬧，刀箭無情下，有人錯手把她幹掉，那時我們怎對得起娘？」

徐子陵欲語無言，好一會嘆道：「我投降哩！你速去速回。」

寇仲昂然步出朱雀大門，左轉朝通化門的方向邁步。毛毛細雨忽從天降，長安城一片煙雨迷濛，像給攏上掩人耳目的輕紗，使途人不會覺察剛擦身而過的正是能主宰中土榮辱，名動天下的少帥寇仲。他的心神進入井中月得刀忘刀，天地人合而爲一的境界，無勝無敗，但任何人物均要臣伏在他腳下。與畢玄一戰後，目睹寧道奇與宋缺交鋒的得益由思維化爲實際的經驗，他甚至有點怨恨李淵中斷他們的決戰，不能和畢玄見個眞章。

涼園出現前方。寇仲想起宋缺登上淨念禪院時的豪情壯氣、從容大度，哈哈一笑，來到院門外，大喝道：「寇仲在此，蓋大帥請給我滾出來。」

井中月離鞘而出，閃電下劈，像破開一張薄紙般嵌入門縫，破開門閂，接著舉腳踢門。涼園立即中門大開，露出幾張倉皇的臉孔。

掖庭宮後院的貴賓寢室內，徐子陵盤膝坐在床上，李世民偕一眾心腹謀臣大將，分坐床的四周，由於空間有限，雖臨時搬來多張椅子應用，仍有多人須站著。出席者包括長孫無忌、杜如晦、房玄齡、尉遲敬德、李靖夫婦、龐玉、段志玄、侯君集、程咬金、秦叔寶、高士廉等眾。人人面色凝重，愈顯天策府與府外勢力更趨尖銳化的對立情況。整座原屬招待重要外賓，比鄰李世民寢宮的貴賓閣，由王玄恕率領的飛雲衛和李世民特派的玄甲精兵重重把守布防，要騙的是掖庭宮中潛藏的建成、元吉的眼線，讓對方不會懷疑徐子陵沒有負傷。徐子陵不厭其詳的把自今早返回長安後的情況逐一解說，不敢有絲毫遺漏，聽得人人心頭沉重，而坐於最接近徐子陵的李世民仍是神態冷靜從容，且不斷發問，好將事情弄個清楚。

徐子陵說罷，總結道：「現在形勢漸趨明朗化，畢玄的離去只是個幌子，爲的是安我們的心，能在我們沒有戒備下大施屠戮。皇上已完全站在太子和齊王的一方，默許他們的一切行動。明早入宮參與結盟大典，會是決定誰活誰亡的關鍵時刻。」

李世民沒有表示同意或反對，道：「衆卿可隨意發言，說出心裏的想法，子陵絕不會介意，而我更想多聽點不同的看法。」

徐子陵心生感受，當李世民面對天策府群將，其表現與和他單獨相對時就像變成另一個人，絲毫不透露內心負面的情緒，充分顯示其決斷、自信、智勇雙全的一面。其任由手下發揮提供意見，更能鼓勵士氣，令衆人精誠團結。

房玄齡乾咳一聲，打開話匣道：「適才照徐公子所言，少帥與畢玄的較量是落在下風，假如皇上有意除去少帥，何不讓畢玄有充裕的下手時間，除去少帥，一了百了。」

徐子陵微笑道：「首先我們要肯定畢玄倘有殺死寇仲的決心，即使皇上駕臨，畢玄仍可堅持下去，至少再試其時蓄勢已滿的全力一擊。而事實上他卻是立即放棄，從而可推知他並沒有殺死寇仲的把握。事後寇仲亦言在決鬥的過程裏，他不住有新的體悟，故雖一時落在下風，可是最後鹿死誰手，尚未可知。」

衆人齊聲讚嘆，要知畢玄乃天下三大宗師之一，縱橫數十年從無敵手，寇仲如能令畢玄沒勝過他的把握，此事足可震驚天下。

李世民淡淡道：「聽子陵的話，似猶有餘意未盡，何不繼續說出來，好讓我們參詳。」

徐子陵暗讚李世民看破整件事的智慧，否則難以如此配合他，讓他作出全面的分析。點頭道：「能否清楚皇上的心意非常重要，乃堅定我們決心的關鍵。皇上一直對結盟的事舉棋不定，當然是因爲太子妃嬪黨的強烈反對，突厥人的威逼利誘兩方造成的沉重壓力所致。可是因他是大唐之主，此事更直接牽涉秦王，加上長安臣民的渴望和期待，使他不得不愼重考慮接受結盟或不結盟的後果。任何一個決定，都會出現截然不同的局面。」

說到這裏，停頓下來，他說的似乎與李淵中斷畢玄和寇仲的事沒有直接關係，但因有關李淵的立場，故人人用神聆聽。

李世民呼一口氣道：「結盟與否的抉擇，牽涉到不同的考慮和變數，不結盟的話必須把少帥和子陵留在長安，好削弱和打擊少帥、宋家與江淮軍的聯結力量。更要設法穩定臣民之心，不致成爲天下戟指唾罵不仁不義的目標，我們必須清楚此點。」

徐子陵欣然道：「秦王說的是眞知灼見，皇上絕不願予人積極參與加害寇仲的想法，所以他中斷決戰，極可能只是一個姿態；在時間上他該是去收屍，只沒想過寇仲仍是絲毫無損，出乎他意料之外。」

杜如晦皺眉道：「畢玄的佯作拂袖而去，該不會是事前預定的陰謀。因爲以畢玄的身分地位，應有十足壓伏少帥的把握，不用另施他計。」

衆人紛紛點頭，因爲杜如晦的分析合情合理，畢玄若早認爲難取寇仲之命，故意虛耍幾招，再讓李淵來中止武鬥，反不合情理。

李靖沉聲道：「畢玄在武鬥後個許時辰始率衆離城，中間這一段時間可讓他們與太子商討，從容定計，且將計就計，令我們對皇上不生懷疑。」

李靖的分析，予人柳暗花明的感覺，同樣可解釋畢玄的離開是深思熟慮下的陰謀。

程咬金大力點頭道：「說得好！突厥人怎會安好心。」

徐子陵道：「皇上心裏肯定充滿矛盾，但宋缺負傷致不能帶軍的消息傳來，登時把他的猶豫一掃而空。若能除掉寇仲，少帥軍不戰自潰，宋缺既傷亦不足慮，天下幾是皇上囊中之物，唾手可得。即使頡利毀諾南來，頂多是遷都以避，且可避往洛陽。太子新近又成功解去劉黑闥的威脅，使他再不用倚仗秦王。在這樣的情況下，遂使皇上生出一舉除去我們和秦王之心。只要皇上不是親身參與，事後可把責任全推在太子和齊王身上，至於對他兩人如何處置，當然悉隨龍意。」

李世民嘆道：「我和少帥先前密議時，想到父皇有一個可同時把我和少帥除去的辦法，那就是明天的結盟大典。由於父皇頒令我和太子、齊王以後須經由玄武門入宮，明早當我們由玄武門入宮之際，太子和齊王可於宮門設下重伏，突施狙殺，當前後都無路可逃下，即使以少帥、子陵之能，亦只餘力戰而死一途。」

本是坐著的長孫無忌在李世民後方站起，失卻平時的儒雅瀟灑，激動的振臂叫道：「明天的玄武門，將是決定我大唐盛衰、華夏榮辱的關鍵時刻，我們必須赴湯蹈火，死而無懼。」

衆人除李世民和徐子陵外，全體起立，轟然應喏，氣氛激烈沸騰。李世民連說幾聲「好」後，從容點頭道：「不愧爲我天策府良臣猛將，長安再不是昔日的長安，而是決定我華夏中土的殺戮戰場。少帥和子陵的大仁大義，宋閥主他老人家對我的另眼相看，實乃中土萬民的福祉。我李世民於此立下誓言，誓與少帥和子陵同生共死，開創一番新局面。」

徐子陵心頭一陣激動，李世民雖沒有明言大義滅親，但這番話已清楚明白表明他拋開父子兄弟親情的立場，他不再視對方是父親兄弟，而是殘酷無情的戰場上敵人。他可以想像李世民在這方面所受的困擾，幸好在這生死關頭，決定天下命運的一刻，他終成功拋開。眾人再次應喏，士氣昂揚，對李淵的心意沒有任何懷疑。

徐子陵道：「至於行事細節，待寇仲收拾蓋蘇文回來後，我們從長計議。」

蓋蘇文領著韓朝安、金正宗、馬吉、拓跋滅夫和一眾手下從宅門湧出，與獨立外院廣場、刀回鞘內的寇仲成對峙之局。

蓋蘇文仰天笑道：「少帥大駕光臨，是我蓋蘇文的榮幸，只要通知一聲，我定大開中門迎接，何用破門而入？」

寇仲微笑道：「我對大帥那扇門看不順眼，故隨手劈一刀，大帥不用介懷。就像對大帥我也有點看不順眼，尤其是想到大帥曾蒙頭蒙面見不得光地以眾凌寡的去偷襲我的兄弟，我也想對你劈一刀洩憤，不知大帥的五把寶刀是否仍留在高麗貴府的珍藏庫內呢？」

馬吉雙目凶光大盛，冷哼道：「死到臨頭仍在揚威耀武，可笑至極。」

寇仲哈哈一笑，閃身掠前，一掌往馬吉拍去，似是針對他一個人，掌勢卻把對方十多人全籠罩其中。蓋蘇文一方哪想得到寇仲如此大膽，不但不懼己方人多勢眾，且是說打就打，可是寇仲快如電閃，只前排的蓋蘇文、韓朝安、金正宗、拓跋滅夫有出手機會。馬吉駭然退避，蓋蘇文已攔在寇仲前方，舉手擋格。另一邊的金正宗和韓朝安從寇仲左側攻至，前者飛腳疾踢寇仲左腰，後者撮指成刀，斬向寇仲頸側。後方的高麗武士紛紛亮出兵器，卻一時無法加入戰圈。

寇仲哈哈一笑，臨場實驗石之軒生可死、死可生的幻魔身法，蓋蘇文擊在空檔時，他已閃到馬吉退身之處。此時能保護馬吉的只有他的頭號手下拓跋滅夫，他正趁蓋蘇文三人圍截寇仲的一刻，掣出長矛欲要偷襲，不料寇仲出現前方，無奈下吐氣揚聲，長矛急挑。寇仲並不是眞的要殺馬吉，事實更是不屑殺他，只意在立威，忽然退後，往前直踢一腳，恰中矛頭。「啪」一聲，勁氣爆響，寇仲是蓄滿勢子，拓跋滅夫是倉卒應變，加上兩人間功力的距離，高下立見。拓跋滅夫慘哼一聲，全身劇顫，踉蹌跌退，差點倒坐地上，仍禁不住噴出一口鮮血，當場受創負傷。不是他不堪一擊，而是寇仲手段高明，戰略出衆。

寇仲全速飛退，乍看要飛往破開的大門後，倏地立定，大喝道：「停手！」

蓋蘇文立時張手攔著各人，神態仍是冷靜沉著，一派高手風範，哂笑道：「動手的是少帥，現在叫停手的又是少帥，少帥在說笑嗎？」

寇仲啞然失笑，目光掠過氣得胖臉煞白的馬吉，恨得雙目噴火的拓跋滅夫，灑然道：「當是說笑也無妨，我寇仲何時怕過人多？即使頡利的金狼軍也不放在我眼裏。他奶奶的，你們若要一窩的上，我寇仲定會欣然奉陪。」

蓋蘇文登時語塞，寇仲早以行動事實表明不懼他那方人多勢衆，若他下令進攻，再給他傷一、兩個人後始揚長而去，他還有顏面留在長安嗎？對寇仲適才鬼魅般的身法他仍是猶有餘悸，圍攻實起不了作用。

蓋蘇文緩緩垂下雙手，雙目神光束聚，道：「少帥有甚麼好的提議？」

寇仲豎起拇指，嘻皮笑臉的道：「大帥果然是明白人，令我這小帥打心坎佩服。哈！我今天來是要和大帥豪賭一鋪，就看大帥是否有那個膽量。」

蓋蘇文聞弦歌知雅意，先向手下喝道：「點燈！取刀來！」

在漫空細雨下，燈籠亮起。蓋蘇文油然道：「少帥想下甚麼賭注？」

寇仲指指蓋蘇文，再指自己的胸口，淡淡道：「我們昨晚宮內未竟之戰，就在今夜此刻此地進行。敗者立即捲鋪蓋回家，不守賭約的就是不顧羞恥的賤種，大帥有這膽氣嗎？」

五名高麗武士，分別捧著式樣不同、大小有異的五柄寶刀，從府內奔出，來到蓋蘇文身後。

蓋蘇文踏前兩步，於離寇仲三丈之遙處仰天笑道：「這麼有趣的一場豪賭，教我蓋蘇文如何拒絕？只恐怕敗的一方根本沒法憑自己的力量回家，故何來守約不守約的問題。」

寇仲嘆一口氣苦笑道：「坦白說，我對你不但沒有惡感，反感到大帥是個值得結交的英雄人物。這樣好嗎？我讓你五把刀逐一施展，在動手時能否放倒我大帥應心中有數，不用見血收場。若大帥五刀連施後仍無功而回，大帥只好返高麗繼續修行，大帥意下如何？」

這番話令蓋蘇文大感愕然，與寇仲對視片晌後，緩緩點頭道：「好！就依少帥之言。刀來！」

寇仲欣然點頭道：「大帥眞爽快。」

待要細察蓋蘇文從手下接過的兵器，忽然心生警兆，一道凌厲的劍氣從後方及背而來。

第四章

算盡機關

黃易 作品集

第四章　算盡機關

徐子陵定睛瞧著李世民，好半晌後道：「我想問世民兄一個問題？」

李世民微笑道：「眞巧，我也有一事相詢。」

此時天策府將士已全部離開徐子陵詐作養傷的貴賓寢室，爲明天的決戰作準備，獨李世民留下與他密談。貴賓樓內外守衛森嚴，處處明崗暗哨，以防敵人來犯，愈顯徐子陵「傷勢」的嚴重。

徐子陵欣然道：「世民兄請直言。」

李世民目光落在對面掛牆宮燈，柔和的光色輕柔地照耀著寧靜的寢室，道：「剛才子陵雙目射出似有所感的傷情神色，未知有何心事？」

徐子陵想不到他有此一問，微一錯愕，輕嘆道：「我起初是想到今晚不能赴師公的子時之約，不知他老人家會不會不高興，繼而憶起昨夜見他的情景，想到他昨晚之所以沒有動手，是因我們以致勾起他對娘的思念，故以生死作話題，又談及沉香。唉！香本不沉，可是娘卻早香埋黃土，使我不由想起當年遇上娘時諸般情景，一時情難自已，惹得世民兄多費猜想。」

李世民露出歉然神色，道：「對不起！」

徐子陵雙目充滿傷感之色，道：「沒關係。」

李世民低聲道：「輪到子陵問我哩！」

徐子陵現出古怪表情，道：「我這輩子還是首次這麼用神去推敲敵人的虛實手段，當我從回憶和思念返回現實後，我的腦袋不住比較敵我雙方的關係和強弱，生出連串的問題。」

李世民苦笑道：「你終嘗到我和寇仲與敵周旋時那種日夜提防，寢食難安的滋味。好哩！說吧！我在洗耳恭聽。」

徐子陵沉吟片晌，道：「若不把麻常指揮那支三千名結合少帥和宋家精銳而成的部隊計算在內，一旦正面對撼，而對手則是長林軍和突厥人，尙有常何站在太子一方，世民兄有多少成勝算？」

李世民認眞地思考，一會後微笑道：「那要看我們是否全無準備，又於玄武門遇伏後有多少人能突圍逃回掖庭宮。若在最佳狀態下，長林軍根本不被我李世民放在眼內，此正爲王兄一直不敢輕舉妄動的原因。由於誰都知道天策府將士人人均爲我効死命，只要憑掖庭宮堅守，在糧絕前我可保證沒有人能攻入宮內半步。」

徐子陵點頭道：「這正是令尊最不願見到的情況，所以敵人會於今晚不擇手段地來削弱打擊我們的力量，免致明天會出現動搖全城，不可收拾的局面，那是現在的長安城負擔不起的。」

李世民皺眉道：「今晚理該平安無事，因爲敵方任何行動，勢將引起我們的警惕，生出打草驚蛇的反效果。」

徐子陵淡淡道：「用毒又如何？」

李世民愕然道：「用毒？」

徐子陵道：「我是從烈瑕身上想到這個可能性，觀乎太子可把大批火器神不知鬼不覺放在掖庭宮內，要下毒應是輕而易舉，有內奸便成。烈瑕精於用毒，只要毒性延至明早生效，可把我們反擊的力量癱瘓，這方面不可不防。」

李世民一震道：「子陵的憂慮很有道理，掖庭宮內共有二十四口水井，宮內一切飲用全來自這些水井，如在水井偷偷下毒，殺傷力會非常可怕！」長身而起道：「說不定我們可反過來利用敵人的毒計，使對方錯估我們的實力，待我先著人去弄清楚井水的情況，回來時再聽子陵餘下的問題。」

寇仲的心神空靈通透，往橫稍移，想起寧道奇背向宋缺，以拇指破解宋缺天刀的精采情景，側身反手一掌往來襲長劍劈出，就在劈中對方劍鋒前的一刻，掌勢再生變化，直劈改爲以掌指掃撥，雖仍是背向反手，卻有如目睹，瞧得蓋蘇文一方人人目瞪口呆，大感難以置信。「叮！」寇仲哈哈一笑，施出剛從不死印法領悟出來的不死印法卸勁法門，對手積蓄至滿盡的驚人勁力與眞氣，全收進他掌內，死氣殺氣轉爲生氣，自己夷然無損，對方還被卸帶得直往蓋蘇文投去。

獨孤鳳的香軀與寇仲擦身而過，寇仲旋身退後，順手掣出井中月。獨孤鳳不但暗襲無功，更要命的是被寇仲掃著劍鋒的一刻，所有氣力像忽然石沉大海般消去得無影無跡，全身虛虛蕩蕩，難受得要命，最沒面子的是長劍竟不由控制的朝蓋蘇文刺去。蓋蘇文手中寶刀收到背後，左手迅疾無倫的前伸，掌心貼上獨孤鳳離胸口只餘三尺距離的劍身，施出精微手法，下壓變爲上托，獨孤鳳立即連人帶劍升上半空，來到衆人頭頂上，有如馬球戲的馬球。

寇仲心中暗讚蓋蘇文化解的手法，既不傷獨孤鳳分毫，且能不讓她陷於窘局，致自己有可乘之機，哈哈再笑道：「看刀！」井中月劈在空處。蓋蘇文寶刀移前，遙指寇仲，刀身金光閃閃，竟是把長度只尺半的錯金環首短刀，流轉的金光，來自刀身線條流暢的錯金渦紋和流雲圖案，直脊直刃，刀柄首端成扁圓環狀，刀柄刀身沒有一般刀劍護手的盾格，令人可想像出當近身搏鬥時所能發揮的凶狠險辣的緊張情況。井中月離地三尺而止，螺旋勁氣以刀鋒爲核心，形成暴勁狂飆，往四方捲擊，正是寇仲式的螺旋勁場。此時獨孤鳳終回過氣來，在空中連翻兩個觔斗，落在大後方。氣場到處，韓朝安、金正宗等紛紛後撤，只餘衣衫狂拂的蓋蘇文環首刀正指前方，面向寇仲。

蓋蘇文大喝一聲，環首刀化爲點點金光，繞護全身，腳踏奇步，不徐不疾的往寇仲逼去，似乎是掌握著主動之勢，事實上雙方均曉得他摸不到寇仲的招數變化，故以守勢融於攻勢內，試探虛實。寇仲吟道：「刀，到也。以斬伐到其所乃擊之也。」井中月提起，螺旋勁場倏地消失，似如場內空氣，包括生氣死氣，重被收蓄回刀內。

李世民回到房內，在床沿坐下，道：「我問清楚井水的詳情，原來掖庭宮設有水事官，專責宮內用水供應，每日定時檢查井水和儲水，早、午、晚均作例行檢查，水事官由玄齡監督管轄，是他屬下的一個小部門。不過於井水下毒並不容易，因爲井內養的魚會首先中毒，發出警告。」

徐子陵笑道：「世民兄對此該胸有成竹。」

李世民欣然道：「幸得子陵提醒，對這方面豈敢輕疏，不但囑玄齡對水井密切監視，還旁及一切可吃進肚內的東西，如對方眞的要從這方面入手，我們可反過來令對方大吃一驚。」

頓頓續道：「子陵尙有甚麼指示？」

徐子陵道：「我想知道唐儉是怎樣的一個人？」

由於唐儉指揮駐於西內苑一萬五千人的部隊，故成爲明天舉事時最舉足輕重的人物，若讓他率軍入宮平亂，可把形勢扭轉過來。

李世民雙眉攏聚，沉聲道：「此人有智有謀，對父皇絕對忠誠，因父皇曾於楊廣手上救他全族，故沒有任何方法可打動他。」

徐子陵從容道：「至少尚有一個辦法，就是假傳聖旨，對嗎？」

李世民一拍額頭，笑道：「子陵確是一言驚醒我這個夢中人，只要能取得父皇手上的虎符，再加父皇蓋璽簽押的敕書，且頒旨的是常何，肯定可騙過唐儉，子陵不是想今晚入宮偷符吧？」

徐子陵搖頭道：「今晚絕不宜輕舉妄動，因稍有錯失，明天便變數難測，我可向世民兄保證，能騙得唐儉深信不疑的法寶，明天一件不缺。」

李世民頹然道：「眞的要向父皇下手嗎？」

徐子陵道：「此乃成敗關鍵所在，我們別無選擇。否則若讓令尊下令燃起太極宮十六座烽火台的烽煙，將是噩夢的開始。本來這是沒可能辦到的，幸好有分別通往御書房和皇城西南角禁衛所的祕道，把這一切變成有可能。」

李世民默然片刻，雙目射出緬懷的神色，苦笑道：「自我在洛陽初遇妃暄，我便曉得踏上一條沒法回頭的不歸路。唉！她終於回去哩！」

徐子陵給勾起心事，一時說不出話來。

李世民苦澀一笑，道：「我眞的弄不清楚有多少事是爲師妃暄做的？還是爲天下？或是爲自己？又或爲追隨我的人？」

徐子陵沉聲道：「這並不重要，最重要的是最後的結果。只要天下和平統一，其他一切都不重要。

太極宮內令尊以下，能號令一切的人是否韋公公？」

李世民振起精神，答道：「韋公公因一向奉旨辦事，爲父皇傳話，所以沒有人敢不給他面子。可是正式指揮父皇親兵者是我的堂弟李孝恭，他爲人英明果斷，在宮內有很大的威信，比韋公公更難對付。」

徐子陵道：「設法知會令叔李神通，說我今晚會和他碰頭，明天須藉助他在宮內的影響力，此事至爲關鍵。」

李世民點頭道：「這個沒有問題。唉！我擔心子陵是否應付得來？屆時子陵不但要應付韋公公、宇文傷、李孝恭、『神仙眷屬』褚君明、花英夫婦、顏歷，還有是尤楚紅，倘若稍有錯失，後果難料。父皇本身更是身手高明，非是易與。」

徐子陵淡淡道：「世民兄請放心，我們這次潛入長安的人，集少帥和宋家兩軍精銳，宋家由宋缺親手悉心栽培出來的宋邦、宋爽、宋法亮是宋家新一代最出色的年輕高手，無不具備獨當一面的資格和本事，只要能攻其不備，可在瞬眼間控制大局。正如世民兄常提的我專而敵分，任宮內千軍萬馬，仍只餘俯首聽命的份兒。」接著微笑道：「幸好楊文幹現在潰不成軍，否則我們還要分神應付他呢。」

此時足音在門外響起，親兵在門外道：「稟上秦王，行軍總管李世勣夫人沈落雁求見徐先生。」

李世民應道：「請她進來！」長身而起，逕自去了。

寇仲暗忖這該算得是蓋蘇文運道欠佳，若於昨晚比鬥，鹿死誰手，尚難逆料，現在卻是肯定被自己牽著鼻子走。因明白了不死印法的精義後，他的長生氣不但更上一層樓，出神入化，且從畢玄處偷師得來，學懂以氣場控敵克敵，將不死印法的「幻術」更發揮得淋漓盡致。此時蓋蘇文臉上現出錯愕神色，勁度因壓力消去而不由自主的增加，手上環首刀別無選擇地化作金芒，向對方當頭劈至。寇仲早蓄勢已待，一陣震耳長笑，似是老老實實的橫刀掃擊，但其中卻是變化萬千，刀隨身意，意附刀行，人刀合一，無人無刀。「噹！」兩刀交擊，火花激濺。

蓋蘇文於此勝敗立分的時刻，表現出他高麗刀法大家的分量，環首刀似不堪井中月劈擊般往左側震開，人卻藉勁被刀帶得隨刀移位，倏忽間遠離寇仲尋丈，接著一個急旋，環首刀重化金芒，竟以波浪般的線路直搠寇仲，退而反進，不但全無落於下風的姿態，且進退無隙可尋，妙若天成。寇仲心知肚明適才搶佔的優勢，已在對方這式連消帶打的反擊下化為烏有，仍是從容自若，長笑道：「好刀法！」

就在韓朝安、馬吉等人為蓋蘇文喝采讚嘆的當兒，寇仲寶刀下沉，斜指向上，刀鋒顫震，人卻如變成不動的磐石，似在非在，天地人融為一體。他的心神清明澄澈，從罩體而來的刀氣一絲不漏地掌握到蓋蘇文手上環首刀最後的落點，嚴陣以待。蓋蘇文臉上二度現出錯愕神色，感到不但刀招已老，且是送上門去的讓寇仲懲罰教訓，更不曉得寇仲隨之而來的後著，駭然下作波浪前進的寶刀立變成化身而走的金光，於離寇仲半丈近處騰身而起，刀光再變作漫天金雨，照頭照腦往寇仲灑下去。

寇仲心知終迫得蓋蘇文再被壓到下風，這招能籠天罩地的攻勢只是倉卒變招下的強弩之末，竟不接招，往前衝刺，脫身後驀然立定，反手橫掃不得不從虛空回落實地的對手。蓋蘇文雙足踏地，寇仲井中月掃頸而來，竟不覺絲毫刀氣勁力，詭異至令人難以相信，在摸不清楚寇仲虛實下，蓋蘇文往後急退，環首刀卻不斷朝寇仲的方向劈出，布下一道又一道的刀氣，務使寇仲無法挾勢追擊，不負高麗刀法大家的威名。韓朝安等變得鴉雀無聲，誰都不敢肯定蓋蘇文能否扳回上風。寇仲橫刀立定，含笑瞧著蓋蘇文往後退遠，護身勁氣化成離體而去的氣牆，像車輪輾過陶瓷般把蓋蘇文朝他攻來的無形刀氣，摧爲碎粉。到蓋蘇文在兩丈外立定，他們間虛虛蕩蕩，再沒任何障礙。

蓋蘇文刀勢變化，正重整陣腳，組織反擊，寇仲「踏！踏！踏！」的移動三步，忽左忽右，忽前忽後，可是每一步均脫出蓋蘇文意欲鎖緊他的刀氣之外，令蓋蘇文變招三次，重新釐定攻守的最佳應敵方法，無法反擊。他們相距兩丈，可是在氣機感應下，有如近身攻擊，任何一方的失誤，均會被對手覷隙而入，立分勝負，其凶險緊湊處，非是筆墨所能形容。寇仲長笑道：「大帥果是高明！」刀往前指，挽起刀花黃芒。

蓋蘇文終站穩陣腳，健腕一擺，環首刀朝前探指，待要發動攻勢，寇仲黃芒消去，井中月彷如從別個空間移轉過來，出現在寇仲手上，生出詭異至使人心寒的感覺。蓋蘇文三度露出震駭神色，觀者雖衆，卻肯定只他一人感受到寇仲刀鋒發出的眞氣，正後發制人的鎖緊鎖死他環首刀最後定位的刀鋒，此亦成了他唯一應變的空隙，若寇仲此際全力攻來，他只餘硬拚一途；當然寇仲非是具備未卜之能，而是能把他的刀勢變化掌握無誤。

蓋蘇文四度色變，寇仲的高明處出乎他意料之外，無奈下刀往後收，橫移兩步，橫刀而立暴喝道：「這是甚麼刀法？」

韓朝安、馬吉、獨孤鳳等人對蓋蘇文此話摸不著頭腦，哪有如此去問正以刀鋒對向的敵人，但均清楚蓋蘇文又再失著，落在下風。

寇仲另一手握上刀柄，刀往下垂，提刀打躬，微笑道：「這是娘傳我的弈劍術，惹得大帥見笑。」

蓋蘇文雙目精芒大盛，凝望寇仲好半晌，沉聲道：「傅君婥？」

換成自己是李世民，曉得來見他徐子陵的是沈落雁，怕怎都有一言半語，又或至少使個眼色，提醒他沈落雁已是李世勣的嬌妻，而李世勣卻是坐鎮洛陽的主將，故千萬不可越軌，即使沈落雁採取主動他仍要堅拒到底。但李世民沒有半句這方面的說話、半個眼神，表現出他對徐子陵絕對的信任，此正為李世民的過人處，因為他「知人」，明白徐子陵是怎樣的一個人。

思忖間，沈落雁熟識的芳香氣息撲鼻而來，身穿素黃羅裙的沈落雁笑意盈盈，毫不避嫌的在床沿坐下，伸出纖手按在他手背處，細看他的面容，柔聲道：「看秦王神采飛揚的氣色，我本不樂觀的心情一掃而空。不過仍未明白子陵在這裏詐傷的作用？」

徐子陵迎上她使人心顫的美眸，微笑道：「明天的成敗，將決定於我們能否挾李淵以控制長安，我正負起這任務，而……」

沈落雁玉手往上移，按上他嘴唇，搖頭道：「不要告訴我細節，那只會提供我擔心的材料。張婕妤召我今晚入宮陪她，所以明天的事我只能作個旁觀者。這次回長安後，李淵透過張婕妤籠絡奴家，現在李淵行動在即，當然不想我捲進此事而受到傷害，因秦王若有甚麼三長兩短，世勣是李淵第一個要爭取的天策府大將。」

徐子陵一顆心不由自主地忐忑的跳起來。以往不是沒有嘗過沈落雁對自己依戀親熱的滋味，不知如何這次她的誘惑力特別強大，或者是因為自己正在思索這方面的問題，又或因自己與石青璇嫁娶已定，故分外感受到偶一出軌的刺激。

沈落雁續道：「我本要來警告你們提防明早的結盟大典，現在當然不用多此一舉。究竟是誰人傷你，令你能有詐傷之事？」

徐子陵感覺她收回按唇玉手，重按在他手背上，神志回復清明，答道：「傷我的是婠婠，她現在與趙德言、尹祖文等暫時重修舊好，爲魔門的命運奮鬥。唉！這是另一個令人頭痛的問題，宮內肯定有婠婠的臥底，所以對宮內的事瞭如指掌，我更懷疑她藏身宮內，當然用的是另一個身分。」

沈落雁俏臉現出凝重神色，道：「你是當局者迷，可能爲此錯猜婠婠的心意，子陵可否把這兩天發生在你們身上的事，扼要詳述一遍？」

寇仲竟還刀鞘內，正容道：「我寇仲之有今時今日，全拜娘所賜，對娘的族人，娘的國土，更是懷有親切深刻的感情和愛慕。若大帥明白我是怎樣的一個人，該明白我寇仲只希望能與大帥做兄弟而非做敵人。我寇仲一天健在，絕不容任何人冒犯娘的祖家，請大帥明察。」

馬吉厲聲道：「大帥勿要被他的花言巧語迷惑。」

寇仲別頭往遠方馬吉瞧去，從容笑道：「你可否舉出實例，我寇仲出道後何時有過言而無信？負過甚麼人來？」馬吉爲之語塞。

寇仲目光移回蓋蘇文處，微笑道：「大帥胸懷壯志，當不會斤斤計較一時一地的得得失失。我和子陵確把高麗視爲半個祖家，維護只恐不周，如有絲毫違心之言，娘在天之靈絕不會放過我們這對不孝的兒子。」

蓋蘇文雙目一瞬不瞬地盯著他的眼神漸轉柔和，忽然苦笑搖頭，環首刀下垂指地，道：「朝安和正宗有甚麼話說？」

金正宗的聲音在寇仲的背後響起道：「正宗深信少帥字字出自肺腑，當日在龍泉，如非少帥眷念舊情，我們絕難全身而退。」

蓋蘇文微微點頭時，韓朝安嘆道：「少帥確非輕諾寡信的人。」

蓋蘇文仰天一陣長笑，隨手把刀拋掉，任它「噹」的一聲掉到地上，沉聲道：「另一把刀！」

聽罷，沈落雁秀眉緊鎖的思索道：「敵方數次行動，全是針對子陵而來，此事頗為不合常情，要知寇仲若遇害，建成等人立即大功告成，何用如此轉折地三番四次向你下手，難道認為子陵比寇仲更易對付嗎？」

徐子陵道：「兩次偷襲伏擊，均發生於我去見青璇途中，所以伏擊我較為容易，因是有跡可尋。」

沈落雁分析道：「這只是其中一個原因。事實上以你和寇仲的實力，雖不免受傷，總有辦法突圍逃走。敵人的目標只是要重創你，從而嚴重拖累寇仲，不單令寇仲沒法說走便走，當正面衝突爆發，寇仲更不能撇下你不顧而逃，此著可說算盡機關，務要把你們兩人永遠留下。」

徐子陵一震道：「說得對！」

沈落雁道：「照情況，楊虛彥的刺殺行動被石之軒破壞後，不得不請婠婠出馬，故只是要重創你，目標仍在寇仲，否則若讓你和寇仲聯手突圍，即使畢玄親自出手，恐亦攔不住你們。」

徐子陵沉吟道：「石之軒該不曉得婠婠會來對付我，更不曉得楊虛彥與婠婠正祕密合作。不過也很難說，石之軒喜怒無常，五時花六時變，無人能揣摩他的心意。」

沈落雁收回按著他的手，微笑道：「你太高估石之軒哩！有石青璇在，他已變回肯為女兒作任何犧牲的慈父。婠婠比任何人更明白此點，故婠婠和石之軒間才因此出現不可彌補的分歧。」

徐子陵欣然道：「若如你所言，我們會少去石之軒這難測的變數。」

沈落雁盈盈起立，充滿溫柔的眼神凝望著他，輕輕道：「也許你並不知道，每次大戰逼近，我都會感到害怕和緊張，所以我並非是寇仲那種天生的將帥，但我從未像今夜般那麼害怕和恐懼。小心點！任何一個錯失，我們將一敗塗地。」

徐子陵微笑道：「放心吧！寇仲加上李世民是絕不會輸的。寇仲回來後，我們會研究出完美的戰略，以最少的代價，獲取最大的勝利果實，穩住我們的京城長安。」

蓋蘇文緩緩把刀從鞘內抽出，整個人立生變化，不但神采飛揚，且生出一種宏偉壯闊的氣魄，顯示他疑慮盡去，專志克敵，人與刀結合為一。寇仲從未見過這麼樸實無華，重厚至此的長刀，比井中月長上半尺，厚闊倍之，刀體呈烏黑色，閃閃生輝。

蓋蘇文從容笑道：「這把是我國製刀名師金希應本人要求製成的四十九煉清鋼刀，把清鋼鍛造後折疊反覆鍛打四十九層而成，刃鋒淬火。清鋼乃烏鋼的元精，剛中含柔，本人名之為盾擊刀，鞘為盾、刀為擊，鞘刀合重一百二十斤，少帥留神。」

寇仲攤開雙手，搖頭苦笑道：「大帥既不肯罷休，寇仲只好奉陪，且讓我領教以鞘為盾，以刀為擊的超凡刀法。」

蓋蘇文微笑道：「蘇文非是好鬥之人，只因少帥刀法出神入化，令人心動，當面錯過實在可惜，少帥請不吝賜教，讓蘇文見識名震中外的井中八法，使蘇文不致空手而回。」

寇仲湧起豪情，更明白蓋蘇文的心態。若蓋蘇文於落在下風之際接受他寇仲修好的提議，等於害怕他寇仲，更何況他或許尚有壓箱底的本領，爲沒機會施展不甘心。微笑道：「大帥既然這麼看得起小弟，小弟就把井中八法由頭到尾耍一遍，讓大帥過目指點。」

「鏘！」井中月再次出鞘，寇仲整個身體像給刀帶動般往前俯探，刀鋒遙指左鞘右刀的蓋蘇文，卻沒有發出絲毫刀氣寒飆，似是擺個沒有實質的姿態，可是包括場內的蓋蘇文和所有旁觀者，沒有人不清楚感受到寇仲人刀合一，且更與天地融爲一體，天地的力量，就是他的力量，盡奪天地造化。蓋蘇文頓發覺以往誘敵制敵的招數全派不上用場，生出進退兩難的感覺，只好擺出架式，左手鞘盾牌般斜護胸口，右手橫刀高舉過頭，坐馬沉腰，凜冽的勁氣，狂風似的往兩丈外的寇仲逼去，冷靜平和的淡淡道：「敢問此式何法？」

寇仲生出天地人合一，無人無刀的渾然感覺，雖面對蓋蘇文驚人的氣勁，卻像魚兒得水般閒適自然，像魚兒對水中變化無有遺漏，只要對手稍有異動，他下招擊奇會立即迎頭痛擊。微笑道：「此招名爲『不攻』，下一招將是『擊奇』，大帥留神。」

蓋蘇文笑道：「若我守而不攻，少帥如何擊奇？」

寇仲逆氣勁傲立，文風不動，哈哈一笑，道：「那我只好使出『方圓』，就在大帥改守爲攻之際，我自是有機可乘，覓奇而擊。」

蓋蘇文皺眉道：「我此守式名爲封天閉地，無隙可入，少帥有本領令我變招，蘇文將心服口服。」

寇仲嘴角逸出一絲詭異的笑意，道：「『方圓』是井中八法最後一法，乃我寇仲壓箱底的本領，若不能令大帥變招應付，小弟立即棄刀認輸，不過大家仍是兄弟，大帥請饒我一條小命。」

蓋蘇文欣然道：「想不交你這朋友也不成，少帥請賜教。」

寇仲一陣長笑，手上井中月忽然黃芒大盛，螺旋氣勁從刀鋒發出，捲旋而去，成方中之圓，自身卻發出驚人氣場，如牆如堵的往對手壓去，再成圓中之方，且是一先一後，教蓋蘇文窮於應付。蓋蘇文哪想得到他的方圓非是刀招而是眞氣的變化，可遠距侵襲，最駭人的是一方面螺旋氣勁破空而來，另一片氣勁則把他發放的眞氣吸納，使他再沒法從眞氣的交觸去掌握寇仲的虛實，如此可怕的招數，他還是平生首次遇上。蓋蘇文厲叱一聲，左手鞘凝起十成眞勁，人往橫移，往首先襲來的螺旋勁掃擊。「蓬！」眞氣交擊，兩人同時劇震。寇仲似欲撲前，氣牆正力壓蓋蘇文，後者再喝一聲，橫在頭頂的清鋼重刀疾劈而下，氣牆翻滾往兩邊，就若大海的水往兩旁牆立而起，現出水底的通行之路。蓋蘇文別無選擇，因怕寇仲乘勢殺來，只好先發制人，以勢就勢，從氣牆被破開的無形通道全速飛掠，右手重刀化爲閃電似的精芒，橫過兩丈的空間，以雷霆萬鈞之勢直擊寇仲。他終於被迫化守爲攻，不得不變。

豈知作勢攻擊的寇仲並沒有如他所料的施出「擊奇」，眞正用的是「兵詐」，引得對手變招來攻。其中微妙精采處，瞧得金正宗等人目爲之眩，嘆爲觀止。寇仲面對重刀破天開地的駭人攻擊，仍是不慌不忙，井中月朝前虛刺十多記，發出十多道刀氣，每一注刀氣均先一步擊中對方刀體，正是活學活用，把寧道奇散手招內的其中一撲，用在他八法的「棋弈」上，以人弈刀，以刀弈敵。「叮！」狂猛的攻勢忽然消失得無影無蹤，寇仲的井中月不但成功擋格蓋蘇文驚天地泣鬼神的一擊，還成功地把重刀吸個牢實。蓋蘇文暴喝一聲，左手鞘照頭照臉往寇仲掃劈，寇仲一聲長笑，暗施不死印心法，體內眞氣死化爲生，氣流逆轉，「嗆！」無可抗拒的刀勁怒濤狂浪般侵入蓋蘇文的重刀，硬把他震開三步，左手鞘掃在空處。

蓋蘇文隨手拋掉刀鞘，仰天笑道：「若我尚要堅持下去，將變成卑鄙無恥之徒。領教啦！我蓋蘇文今晚便走，再不過問長安的事。」

沈落雁去後，侯希白從凌煙閣回來，在床旁坐下嘆道：「這回有麻煩哩！」

以徐子陵的灑脫，由於牽涉到師公，也頗聽得心驚膽跳，苦笑道：「說吧！希望我受得起。」

侯希白頹然道：「該說是寇仲是否受得起。」

徐子陵大吃一驚，道：「怎麼一回事？」

侯希白道：「剛才到凌煙閣得見你們瑜姨，長話短說的告訴她我為你們傳話，須把今夜子時之約延至明晚，豈知她大發雷霆，說你們師公最痛恨不守信約的人，這樣胡來會令你們與師公的關係惡化。唉！我迫於無奈下只好坦言虛假的眞相，告訴她你被婠婠重創。你們瑜姨著我稍等片刻，讓她好去向師公請示，回來時告訴我，師公令示，如若寇仲今晚子時不到凌煙閣湖心亭見他，他會親到掖庭宮尋寇仲晦氣。」

徐子陵聽得眉頭大皺，他情願約戰者變成畢玄，那寇仲至少可全力與之周旋，但對傅采林卻是顧忌重重，有敗無勝，因不能不看娘的情分。

侯希白頭痛的道：「怎辦好呢？」

徐子陵苦笑道：「一切待寇仲回來再說吧！」

寇仲心情輕鬆的離開涼園，連自己也滿意處理蓋蘇文的手法，既保留對方顏面不傷和氣，又使蓋蘇文不致捲入明天的大戰內，削弱李建成方面的實力。不由想到自己下一步的行動，應否假作因徐子陵受重創，他寇仲急怒攻心下四處找人洩憤，乘機直闖東宮，挑戰楊虛彥，宰掉這小子，但又怕會影響明天的行動，正猶豫間，別頭回望，跋鋒寒從後方趕上來，笑道：「好小子，竟被你捷足先登，搶去我的蓋大帥。」

寇仲讓他來到身旁，大家並肩舉步，欣喜的道：「你瞧著我從涼園出來嗎？」

跋鋒寒油然道：「看你趾高氣揚的模樣，是否殺得蓋蘇文棄戈曳甲的滾回老家？」

寇仲微笑道：「高手過招，何用分出勝負？我只是逼得他兩度落在下風，五把刀掉剩三把，兼之痛陳利害，大家和氣收場，他立即率隊離城。哈！你剛才到哪裏去？」

跋鋒寒道：「算他走運，我絕不會像你那麼好相與。」

寇仲道：「快答我的問題，勿要顧左右而言他，你之前是否去追芭黛兒？」

跋鋒寒搭上他肩膊，嘆道：「兄弟的心意怎瞞得過你，我和芭黛兒有一套聯絡手法，若她想讓我找到她，會在東門留下暗記，現在她已遷離皇宮，在朱雀大街一間客棧落腳，我仍未決定該不該去見她。正在街上無主孤魂的閒蕩，忽然想起蓋蘇文，豈知遇上你。」

寇仲正要說話。跋鋒寒道：「看！」

此時兩人來到皇城附近，寇仲循跋鋒寒目光瞧去，烈瑕正施施然步出朱雀大門，朝與他們相反的方向舉步。

寇仲大喜道：「天網恢恢，疏而不漏，這小子時辰到哩！」

瞧著烈瑕的背影沒入明堂窩，跋鋒寒沉聲道：「原來這小子愛賭兩手。」

寇仲聞言心中一動道：「他不似好賭之徒，或者是找人吧？」

跋鋒寒皺眉道：「找誰？」

兩人伏在對街店鋪屋脊處，監視著明堂窩人來人往的大門。

寇仲道：「剛才你說起愛賭兩手，登時令我想起沙家大少爺成就，沙芷菁的大哥。沙四小姐因子陵與烈瑕鬧翻，烈瑕只好由沙成就那裏入手，希望能與沙芷菁言歸於好。烈瑕若想在長安混出名堂，沙芷菁是個理想的選擇。」

跋鋒寒道：「希望你猜得對，若讓烈小子從後門溜走，我們將痛失良機。」

寇仲笑道：「我像子陵般此刻充滿靈感，知道自己絕不會錯，老天爺既使我們無意碰上他，當然不會令我們掃興，哈！掃興？」

跋鋒寒道：「如他與沙成就一起返回沙府，我們可精確掌握他的路線，尋得最佳下手的地點，這方面自當由你負責。」

寇仲欣然道：「沒有問題。」頓頓續道：「當年我和子陵在揚州作小扒手時，每天都憧憬著揚州以外的大城市，外面遼闊的天地，希望可以碰到一些特別點和較刺激的事，打破日常的重複和沉悶。不住嚷著想著要去投靠義軍，又或參加科場考試，說到底是希望有新的轉變，不想渾渾噩噩的過日子。」

跋鋒寒想不到他忽然岔到陳年舊事去，有點摸不著頭腦的應道：「現在希望已成事實，試問誰及得上你現在般多姿多采，驚濤駭浪變化多端的生活？」

寇仲的目光仍落在明堂窩車水馬龍的正大門，但跋鋒寒可肯定他是視而不見，心神飛越神遊，只聽他夢囈般呢喃道：「直到今天，這天地對我仍是無限的，大地之外另有大地，草原外另有草原，在這廣闊無邊的天地裏，存在著風俗各異的國家，擁有自己信念和特色的國度民族，黃河大江神祕的源頭，最高的山，最大的海，還有以歌舞名傳天下盛產美女的龜茲國，都足夠我們窮一輩子之力去尋幽探勝。當你如此地心神超越，人世的仇恨將變成微不足道的事。明天我們的成功，將代表一個全新時代的來臨，頡利被趕回老家，李世民的崛起標識著民族間的和解，武力將用來維持和平而非侵略和巧取豪奪。你老哥明白我的意思嗎？你和芭黛兒間的分歧再不復存，若你仍拋不開甚麼他娘的仇恨或階級，徒成作繭自縛，眼睜睜瞧著幸福從手上飛走，讓自己心愛的女人繼續受折磨，浪費掉寶貴的生命！」

跋鋒寒苦笑道：「原來你拐個大彎，竟是來向我說教，狠狠訓斥我一頓。」

寇仲朝他瞧去，雙目射出熾熱的神色，道：「不要再欺騙自己，你最喜歡的女人是芭黛兒，所以在赫連堡你心中只記掛她一個人，此刻她正在城內一所客棧苦心等候你的回心轉意。你可以選擇作一個無情的劍手，也可搖身化為可愛的情人，孤寂和快樂決定於你老哥一念之間。相信我吧！立即給我滾到芭黛兒膝前，拋下你的驕傲和強硬，以最謙虛虔誠的方式向她下跪懺悔，求取她的諒宥。小弟便差點因甚麼奶奶的鴻圖霸業失去下半輩子的幸福，實不願瞧著你重蹈我的覆轍。」

跋鋒寒沉吟片刻，嘆道：「一切待明天事了再決定好嗎？」

寇仲搖頭道：「你若不能把芭黛兒當作頭等大事，將顯不出你對她的愛和誠意。烈瑕這臭小子交由我全權處理，老跋你立即滾去見芭黛兒，照著老子的指示去做，然後把芭黛兒帶到秦王府，讓兄弟好好看清楚。」

跋鋒寒回敬他灼熱的目光，一時說不出話來。

寇仲微笑道：「只有消除心障，面對自己眞正的心意，且付諸行動，才能消除我執。否則像你現在這樣子，肯定命喪畢玄手上。還不給我滾到你應去的地方？不是要我放過烈瑕強把你押到她跟前去吧？那還算甚麼英雄好漢？大家一場兄弟，我不會讓你走錯路子的，劍道的突破，沒有另一個辦法。」

跋鋒寒苦笑道：「我現在終明白你憑甚麼說服常何和劉弘基，你這小子確有一套作說客的本事，七情上面的，唉！」

寇仲道：「你拗不過我，是因爲我把心兒掏出來給你看。還留在這裏幹啥？你怕我收拾不了烈瑕嗎？」

跋鋒寒默然片刻，終點頭道：「好吧！我去啦！手腳乾淨點，勿要影響明天的大事。」

李世民神色沉著的進來，於侯希白旁坐下道：「我們逮著個內奸，全賴子陵提醒。」

徐子陵訝道：「井水眞的被人下毒？」

侯希白一頭霧水道：「怎麼一回事？」

李世民微笑解釋，然後道：「待井水被下毒，時間便所餘無幾，所以我們直截了當向那名字叫張元的水事官下手，先遍搜其身，沒有所獲後再搜他的宿處，發現了這瓶東西。」言罷從懷裏掏出一個灰藍色、高約四寸以瓷蓋密封的瓷瓶。

豎立在李世民掌心處的瓶子在燈火映照下閃著詭異的光芒，當聯想到烈瑕和大明尊教，分外有種邪惡陰毒的意味。

李世民一面以滿意神色盯著手上小瓶，從容道：「勿要小看這瓶毒液，只一滴即可把數十人毒倒，無色無味，且要在事後近一個時辰才發作，中毒者手足無力，頭暈嘔吐，即使功力高強者亦要大幅削減戰力，非常厲害。」

徐子陵欣然道：「聽世民兄這麼說，那叫張元的水事官已把內情招出。」

李世民點頭道：「哪由得他不招供？還樹纏藤、藤接瓜的把與他同被王兄收買的人找出來，去卻內憂之患，子陵一句提示，功德無量。」

徐子陵笑道：「敵人肯定會爲以淬毒的鋼針偷襲我而後悔莫及。」

侯希白興奮的道：「秦王該憑此反施巧計，令敵人大大失算。」

李世民微笑道：「正是如此。這批人現在反成爲我們惑敵誘敵的好棋子，我會透過他們送出假訊息，當對方以爲十拿九穩的時候，會發覺中計的是他們自己。」

侯希白有點不耐煩的道：「寇仲那小子，爲何仍未回來呢？還有老跋，究竟滾到哪裏去？」

李世民道：「不用擔心，只有他們去惹人，誰敢來惹他們？特別是今夜，天明前對方絕不敢輕舉妄動。」

徐子陵不由想起傅采林，心中苦笑。

一輛馬車駛出明堂窩正大門，於這賭場老字號來說是每天均發生數百次的事，本該不會引起寇仲注意，可是其御者帽子低壓至把眉眼蓋在暗黑裏，一副神祕兮兮的模樣，寇仲不由落足眼力，登時認出駕車者赫然是楊文幹。對此君他只在廷宴那類場合見過，否則早看破他的偽裝。

心中一陣猶疑，魚與熊掌，皆我所欲，究竟該不該捨烈瑕而追楊文幹？楊文幹車內又究竟是何方神聖？爲何楊文幹不選擇自己的地頭六福賭館而反在明堂窩裝神弄鬼？想到這裏，寇仲曉得難抵誘惑，暗嘆一口氣，決定先弄清楚楊文幹的勾當。

挨坐椅子，閉目養神的徐子陵被足音驚醒，睜開眼睛，寇仲在侯希白陪伴下，一臉興奮的入房。

徐子陵訝道：「希白尚未告知你師公的約會嗎？」

寇仲和侯希白分在他兩旁坐下，後者道：「早告訴他哩！不過他似乎仍未明白是怎麼一回事。」

寇仲笑道：「怎會弄不清楚，他奶奶的熊！兵來將擋，水來土掩，師公要來頂多向他打……嘿！是打躬作揖，擔心是白擔心。哈！我今天是一舉三得，不過任你陵少智慧通天，頂多猜中其中一項，其他兩項包保想破你的小腦袋也猜不著。」

侯希白欣然道：「不要賣關子，快長話短說，秦王正召集手下將領謀臣，於議事堂待我們去商量大計。」

寇仲欣然道：「先說第一得，我終與蓋蘇文和氣收場，這小子答應今晚離城回國，再不過問我們的事，幸好如此，否則我或可把他宰掉，卻肯定須付出沉重代價。」

徐子陵喜道：「幹得好！至少可對師公有好的交代。」

寇仲道：「所以我並不太擔心師公子時之約，老蓋離城前定要向師公稟報情由，師公的氣該下了一半，另一半氣當然易應付多哩！」

徐子陵點頭道：「理該如此。」

寇仲道：「第二得更是令人欣喜，小弟憑三寸不爛之舌，向老跋曉以大義，著他放開民族階級的仇恨，去向芭黛兒下跪求宥。」

侯希白一呆道：「跋鋒寒向芭黛兒下跪？」

徐子陵道：「不要聽他誇大。」轉向寇仲道：「老跋眞肯聽你的話嗎？」

寇仲正容道：「你不覺得老跋自在畢玄手下死過翻生後有很大的改變嗎？不但劍法變，性情思想更是不同。換作以前的老跋，你拿刀子架著他的小頸也逼不到他去約會我們的瑜姨。幸好瑜姨不肯原諒他，令他更感到芭美人對他死生不渝的愛，所以我才有說動他的本領。」

侯希白讚嘆道：「少帥這回做得非常好，在下欣賞至極。」

徐子陵打從心底生出愉悅的感覺。事實上跋鋒寒是個重情義的人，全因慘痛的經歷故把一切隱藏在冷酷無情的外表下。

寇仲道：「第三得更是精采，且是誤打誤撞下碰個正著。我本是去跟蹤烈瑕，直跟蹤至明堂窩，在門外苦候時，卻看到楊文幹那小子扮御者駕車離開。他娘的！你猜車內載的是甚麼人？」

侯希白攤手道：「你不知我們正洗耳恭聽嗎？」

寇仲壓低聲音道：「若我沒有猜錯，那人該是林士宏，因爲陪伴他的是『雲雨雙修』辟守玄，而林士宏則稱老辟爲師尊。」

兩人爲之愕然，林士宏怎會有暇分身遠道到長安來？

侯希白懷疑道：「會不會是辟守玄另一個徒兒？」

寇仲信心十足的道：「我怎會看錯人？此人氣定神閒，一派領袖主帥的格局，其武功造詣看來更是了得，該是接近婠婠的級數。更清楚的是他密會的人是李元吉。」

徐子陵點頭道：「他們在甚麼地方碰頭？」

寇仲道：「他們在城西一所華宅見面，我並沒有見到李元吉那小子，只是因把風者中有薛萬徹、宇文寶和隴西派的人，從而推斷是李元吉。」

侯希白不解道：「林士宏怎會搭上李元吉的？你沒有潛進去偷聽嗎？」

寇仲嘆道：「我想得要命。卻怕楊虛彥那小子又或我們的婠美人亦在屋內，故不敢冒險入宅。」

侯希白皺眉道：「他們在搞甚麼鬼呢？」

徐子陵道：「假設在明天的舉事中，李世民和李建成同歸於盡，會出現怎樣的局面？」

寇仲哈哈一笑，道：「英雄所見略同，此正爲元吉的妄想，希望混水摸魚，自己登位。他力有不逮，惟有藉助魔門的力量，而魔門則利用他，故一拍即合。」

徐子陵色變道：「不好！」

寇仲和侯希白給嚇得一跳，齊聲追問。

徐子陵道：「林士宏絕不會孤身而來，若我所料無誤，該有一支他的精銳部隊隱伏城外，伺機而動。」

寇仲倒抽一口涼氣道：「楊公寶庫！」

侯希白仍未掌握到他們擔心的事，一臉茫然道：「在李元吉的掩護下，林士宏不難在神不知鬼不覺下偷入關中，但這和楊公寶庫有甚麼關係？在眼前形勢下，林士宏能起甚麼作用？」

徐子陵沉聲道：「楊公寶庫是進入長安的捷徑，林士宏既從婠婠那裏曉得寶庫的存在，於必要時自可透過祕道把大批人馬運進城內，以雷霆萬鈞之勢控制全城。在正常情況下林士宏此舉當然是以卵擊石，心有餘而力不足，可是若逢上明天那種全城大亂的情況，只要計畫周詳，加上裏應外合，說不定會有成功的機會。」

侯希白搖頭道：「李元吉怎可能如此愚蠢？這叫引狼入室，養虎爲患，縱然他能坐上皇位，一旦被揭破與林士宏勾結，肯定臣民不服。」

寇仲分析道：「現在形勢複雜混亂，不過仍有脈絡可循，總括來說，是李淵有李淵的想法，建成、元吉各有自己的奸謀；魔門亦分裂爲兩大陣營，分別以婠婠和趙德言爲首，各懷鬼胎，目標均是操控長安，以遂謀取天下的目的。倘若我們能把五方勢力的陰謀手段弄清楚，再施以針對性的策略，我們將會成爲最後的勝利者。」

徐子陵道：「不要讓秦王久候，這些事留待會議桌上研究如何？」

寇仲從椅內彈起來，雙手合什笑道：「感謝老天爺，如非祂老人家開恩讓我誤打誤撞的遇上林士宏，我們肯定會被害慘，甚至功虧一簣！」

徐子陵長身而起，苦笑道：「若給婠婠發覺我們把庫內兵器移走，箱內除上面兩層外底下全是石頭，我眞不敢想像那後果。」

侯希白一拍額頭，恍然道：「難怪子陵剛才大叫不好。」

寇仲信心十足的笑道：「卻有可能是要到林士宏的人進入寶庫，開箱取兵器時才發覺只能取出石頭作暗器通城亂擲，哈！眞有趣。即使我們，由於早有定見，打開箱子看到滿箱兵器，也不會翻箱倒篋般檢查，還不是多瞧兩眼後門蓋了事，陵少不用擔心。」

寇仲領先出門，與回來的跋鋒寒碰個正著，三人見他獨自一人回來，沒有如所料的攜美同行，心呼不妙。

寇仲皺眉道：「我們的嫂夫人呢？」

跋鋒寒淡然笑道：「回家哩！」

三人失聲叫道：「甚麼？」

跋鋒寒哈哈笑道：「眞想騙騙你們，不過現在我心情舒暢，無法作奸打誑。我可以坦白告訴你們，由今天開始，芭黛兒將是我的終身伴侶，我有幸活著，會回到她身邊去。」

三人大喜過望，齊聲祝賀。

跋鋒寒沉聲道：「寇仲說得對，芭黛兒的諒解，令我心中再無障礙，現在我比任何時刻更有與畢玄硬撼的信心。你們要到哪裏去？」

寇仲摟著他肩頭往外舉步，道：「你回來得正是時候，我們要立即舉行自舊隋滅亡後最重要的軍事會議，明天長安將變成決定中土榮辱的戰場，誰夠狠誰便能活下去，再沒有另一可能性。」

今夜的星空顯得特別美麗，密密麻麻充滿層次感的大小星辰漫天罩地，掖庭宮一片寧靜，從外表看絕察覺不到內裏正緊鑼密鼓地籌畫明天決定中土誰屬的大戰。會議在子時前結束，將士各有任命，天策府默默進入最高戒備狀態。李世民、寇仲、徐子陵、跋鋒寒、侯希白五人立在議事廳外的廣場上，不約而同仰望迷人的星空。

寇仲有感而發道：「難怪師公迷上夜晚，確比白晝多上無限的神祕感覺。最古怪的是在白晝天空上虛虛蕩蕩，惟只藍天白雲，當艷陽高照時更令人難以睜視。可是黑夜降臨，竟會冒出這麼多星子，就像排列於天上的神祇，默默注視著我們這人間世，是多麼奇妙的事。」

徐子陵不由想起石青璇，人的故鄉是否眞的是夜空中某一顆星辰？

李世民嘆道：「孩提時對天上的星辰總是充滿遐想和憧憬，反是人長大後，對美麗的夜空變得麻木或少了留心意趣，只懂營營役役，迷失在人世塵俗中，此刻給少帥提醒，忽然生出失落錯過的感覺。」

跋鋒寒點頭道：「這或許是成長的代價，失去了孩子的童眞和幻想！現在每當我仰望夜空，想的總是自己的事，又或劍道上某個難題。」

侯希白苦笑道：「我的情況和老跋大同小異，只不過他在想劍，我卻在作詩繪畫，犯下所有窮酸書生的老毛病。」

衆人聽得啞然失笑。李世民收拾心情，向寇仲道：「時間差不多哩！記著不求有功，但求無過。」

寇仲微笑道：「放心吧！我自出道以來，從未像此時此地般信心十足，感到生命和前途全掌握在手心內。」

跋鋒寒道：「若你今晚去見的是畢玄，我反不爲你擔心，明白我的意思嗎？」

寇仲點頭道：「當然明白。幸好師公不但是有大智慧的人，更重感情，我肯定可安然回來，不致壞了大事。坦白說，不論事情如何發展，中土的榮辱會被排於首位，子陵有甚麼話說？」

徐子陵默然片晌，沉聲道：「動之以情，盡力而爲。」

寇仲哈哈一笑道：「我去哩！」大力一拍李世民肩頭，由早恭候一旁的四名提燈玄甲戰士引路下，往掖庭宮南大門舉步去也。

瞧著他背影遠去，李世民道：「子陵和希白負責的部分最是艱難沉重，要小心行事。」

侯希白欣然道：「秦王不必把我與子陵相提並論，我只是依附驥尾，對子陵我比任何人更有信心。」

跋鋒寒沉聲道：「寇仲和徐子陵均是能屢把不可能的事變為可能的人。不過這次事情關係重大，我決定改為參與子陵的行動，與子陵和希白並肩作戰。」

三人大感愕然的瞧著他。由於明天最有可能遇上畢玄的地方，是玄武門而非任何其他處所，為償跋鋒寒要硬拚畢玄的心願，寇仲安排跋鋒寒明天陪他經玄武門入宮，可是若跋鋒寒轉為與徐子陵一起行事，大有可能錯失面對畢玄的機會。

跋鋒寒微笑道：「該沒有人懷疑我是怯戰吧？我不是放棄與畢玄決戰的天賜良機，而是要保證子陵能先一步控制太極宮，倘若這情況能在玄武門之戰前發生，我仍有與畢玄分出高下的機會。」

李世民露出思索的神色，點頭道：「結盟大典於辰時中舉行，我和少帥可拖至辰時二刻進玄武門。父皇每天卯時中起床，卯時七刻抵達御書房，你們仍有三刻鐘的時間。」

徐子陵道：「我們會好好利用這段寶貴的時光。」

此時李靖來報：「馬車準備就緒，子陵和希白可以起行。」

李世民抓起徐子陵雙手，沉聲道：「拜託！」

徐子陵心中湧起無限感觸，李世民從忠於李淵，到此刻反對李淵，其中過程漫長且歷盡辛酸。當他在李靖掩護下離開掖庭宮，明天之戰已成離弦之箭，即使李世民亦難作任何更改，一切只能朝單一方向發展，成王敗寇。李世民的一聲「拜託」語重心長，不但著他小心行事，更希望他不要傷害李淵。微笑道：「世民兄放心，徐子陵定不負厚望。」

四名玄甲戰士兩前兩後，步履整齊劃一的提著燈籠，把寇仲映照在光暈的核心處，進入橫斷廣場。寇仲感覺著踏出的每一步，均令他更接近身為天下三大武學大宗師之一的傅采林，更接近面對弈劍術的時刻。他雖說得輕鬆，目的純為安慰徐子陵，令他減輕憂慮。事實上他心知肚明傅采林是一意要殺他，他打不過便得飲恨淩煙閣。

傅采林思想獨特，一旦形成的信念絕不會因任何人事而改變，所以傅君瑜苦口婆心的勸他們離開。傅采林並不信任漢人，高麗人與漢人更因楊廣結下解不開的仇恨，傅采林當年派傅君婥來中土正是要行刺楊廣，此正為傅采林務要令中土大亂的一貫方針策略。當蓋蘇文向傅采林請辭離城，傅采林會曉得今晚是唯一殺他的機會，如輕易放過，明天將是一番新局面！所以這是在他與李淵結盟前的最後一個機會，因此不肯把約會延期至明天。傅采林愈看得起寇仲，殺他的心愈烈。可是寇仲卻是一無所懼。自今早與畢玄一戰後，他終於明白宋缺的必勝信心，那是經歷無數惡戰培養出來經得起考驗的信心。即使強如傅采林，他對自己仍是信心十足。他的心神進入天地人渾融一體的境界，不但天地在腳下頭上延伸擴展至無限遠處，時間亦往前伸展，即將來臨與傅采林的一戰，以及明天決定長安誰屬的激戰，還有其後接踵而來的塞外聯軍大舉入侵，盡在他的掌握之中。捨刀之外，再無他物，得刀忘刀，經宋缺的循循善誘，他清楚明白在弈劍術下他必須全力反擊，盡展所能，始有活著應付另兩場大戰的機會。這並非表示他不眷念娘的深情，而是這是唯一達致雙贏結果的辦法。想到這裏，更是神識通透，解開心結。

寇仲昂然穿過承天門，把門禁衛全體舉刀致敬，使寇仲更感迫在眉睫的連場大戰。甫入太極宮，燈籠光在前方出現，一隊十多人的禁衛迎面而至。

車廂內，李靖和侯希白坐前排，徐子陵和跋鋒寒居後排，在李靖親兵前後簇擁下，馬車馳出掖庭宮西門，轉入安化大街，在寂靜無人的街道上緩行。他們並不怕建成、元吉方面派人監視跟蹤，因爲對方絕不敢在今晚有甚麼激烈行動，免得打草驚蛇地令他們生出警覺。何況天策府臣將進進出出，即使有人在暗裏監視，也要眼花撩亂，欲跟無從。徐子陵閉上雙目，全神感應途經處周遭的動靜。

跋鋒寒的聲音在他耳邊響起道：「寇仲肯爲宋玉致做一件令她忘掉他過去一切錯失的事，令我生出深刻的感受，更反思自己的過去。現在我心障消失，享受到寇仲當日的輕鬆和愉快。」

徐子陵睜開眼睛，剛好見到侯希白別頭回望跋鋒寒充滿欣喜的俊臉，只聽侯希白笑向跋鋒寒道：「人非草木，孰能忘情，在下忽然感到與鋒寒的距離拉近很多，那是使人非常欣慰的感覺。」

李靖不知是否想起素素，垂下頭去，木然不語。

徐子陵抓上跋鋒寒肩頭，微笑道：「希白這兩句話發人深省，人非草木，孰能忘情，即使大奸大惡之徒，亦有其本性，何況是外冷內熱的跋鋒寒。由這刻開始，我們拋開一切，投入長安之戰吧。」轉向李靖道：「劉弘基可靠嗎？」

李靖沉吟道：「我對他認識不深，不過當皇上要處決劉文靜，劉弘基是皇上嫡系的大將中，肯爲劉文靜說好話的兩人其中之一，另一人是李孝恭，皇上的近身御衛統領，秦王的族弟。」

侯希白接口道：「我曾爲劉弘基的夫人作肖像畫，知道他多一點，此人崇信孔孟，少有大志，絕非搖風擺柳之徒。」

徐子陵鬆一口氣道：「這就成哩！希白設法立即去見他，最重要是不能引人注意，楊公寶庫的破綻由他填補，他如守著出口，林士宏的人來一個殺一個，出一對殺一雙，可省去我們很多工夫。」

李靖精神一振道：「可由我安排希白與他見面。」

跋鋒寒道：「還是不用勞煩李將軍為上策，希白在長安交遊廣闊，這在他是小事一件。」

侯希白欣然道：「我弄醒一個朋友便成，小弟去哩！」

徐子陵一把抓住他，閉目靜聽，跋鋒寒透簾外望，當馬車駛經一道橫巷，跋鋒寒道：「去！」

徐子陵卻沒有放開侯希白，已推開車門少許好讓侯希白閃身而出的李靖訝道：「子陵？」

徐子陵雙目猛睜，閃動著智慧的異采，道：「或者另外有個更精采的辦法，我們先找著麻常再說。」

車門關上，馬車繼續前行，像沒有發生過任何事，但車內四人都清楚知道，長安之戰已拉開序幕。

領頭而來的將領氣宇軒昂，年輕俊偉，隔丈止步施禮道：「末將御前指揮使李孝恭，得秦王通知，曉得少帥來見傅大師，奉皇上之命特來迎迓。」

寇仲心中暗懍，李淵算是甚麼意思，竟派出近身御衛之首來「歡迎」自己，而非韋公公。表面當然堆上笑容，道：「我只是和師公敘舊，皇上太客氣哩！」說時步履不停。李孝恭一聲令下，十多名御衛掉頭在前領路，他則跟在寇仲左方稍後處，默默追隨。

當抵達凌煙閣院門入口處，寇仲止步道：「李大人不用守候，因為我也不知時間長短。」

李孝恭對手下打出留守此處的軍令手勢，向寇仲道：「請容許末將再送少帥一程，抵杏木橋為止。」

寇仲心中一動，點頭道：「李大人客氣哩！」舉步入門。

李孝恭追在他身側，到遠離院門，杳木橋在望之際，忽然嘆一口氣。

寇仲訝然往他瞧去，李孝恭亦往他瞧來，沉聲道：「少帥請立即離開長安。」

寇仲大感愕然，道：「李大人是甚麼意思？」

李孝恭雙目射出複雜神色，再嘆一口氣道：「你們是絕沒有機會的。唉！淮安王叔曾向我多番暗示，所以我已略知大概。」

寇仲在橋頭立定，心念電轉，這番話肯定不是李淵教他說的，而是發自李孝恭的眞心，只此他已犯下欺君的殺頭大罪。

李孝恭面對他站立，雙目神光大盛，道：「秦王是我李孝恭一向尊敬的人，少帥更是我最心儀的好漢子。只可惜皇上誤信讒言，現在唯一化解之法，是少帥立即率衆離城，否則後果不堪想像。」

寇仲沉聲道：「我想先問李大人一個問題，在長安城內，誰最有資格繼承皇位？誰最有擊退塞外聯軍的本領？誰最有心有力爲統一後的中土平民百姓謀取幸福和平？」

李孝恭頹然道：「在利害關係下，這些全是廢話，但若少帥肯離開，危機自解，請少帥三思。」

寇仲淡淡道：「李大人可曾想過我離開的後果？天下勢將成四分五裂之局。當塞外聯軍長驅南下，中土將永無寧日。李大人或者仍不曉得，若天下一統，坐上皇位的肯定不是我寇仲，我說過的話，從沒有不算數的。」

李孝恭露出震動神色，旋又搖頭道：「我們李家的事，只能由李家解決，少帥橫加插手，只會帶來不測的大災禍。我寧願和少帥明刀明槍的在戰場分出勝負，也不願看到少帥和秦王以卵擊石。」

寇仲微笑道：「李大人知否齊王之前剛與潛入長安的林士宏碰頭？」

李孝恭色變道：「不會吧？」

寇仲肅容道：「若有一字虛言，教我天誅地滅！我是親眼目睹，穿針引線者是叛賊楊文幹。所以即使我和秦王明早齊齊喪命，你們李家仍難避分裂的局面。李家之主既受蒙蔽，太子、齊王則分別勾結突厥和林士宏，長安城內唯一能服眾者只有一個李世民，只有他能撥亂反正，我會盡全力助他擊退塞外聯軍，更會把天下拱手讓他。我寇仲爲的不是李家或宋家，而是天下長年受苦的無辜子民，大義當前，李大人該知取捨。」

李孝恭露出震駭神色，道：「少帥曉得明早會有危險？」

寇仲從容笑道：「若愚蒙至此，我寇仲早死去多次。李大人以爲我們是任由宰割，事實上主動全操控在我們手上。自畢玄殺我不遂，率眾詐作離開，我便知皇上完全投向太子一方，任由太子放肆。他奶奶的！你們皇上當我寇仲是魚腩嗎？可以那麼容易入口？到長安來我確有與他結盟共抗外侮的誠意，但合作者必須是李世民。可是你看太子如何陷害秦王，皇上更是厚彼薄此，現在更因曉得宋缺受傷，連老子我也想幹掉。他娘的！李世民加寇仲豈是好惹！只有我們才可帶來長治久安，只有我們才有擊垮塞外聯軍的能力。太子不行，齊王不行，你們皇上也不行，你尊敬的秦王是眼前唯一的選擇。」

李孝恭呆瞧著他，好半晌後道：「少帥可知明早皇宮內最凶險之地？」

寇仲暗吁出一口氣，只聽這個警告，便知李孝恭至少半隻腳已踏在他們一方，微笑道：「當然是玄武門，李大人放心，我打過有把握的仗，亦打過全無把握的仗，不過現在仍是生龍活虎的活著。我對李大人全無要求，只希望李大人在緊要關頭，爲天下著想，作出最明智最正確的選擇，如此則是萬民之幸。」又壓低聲音道：「李大人若信不過我，也該信任淮安王、秦王甚至秀寧公主。我們要收拾的人並非你們皇上，而是所有與突厥和魔門勾結，背叛李家的叛徒，皇上既受蒙蔽，當然該由你們李家內有志之士撥亂反正。若得李大人臂助，明天的事會逢凶化吉，動亂傷亡將減至最低，轉眼雨過天青。然後在李家的旗號下，李家、宋家、少帥和江淮四支勁旅合而爲一，共禦外敵，這是多麼光明的前途。」

明知李孝恭是忠於家族者，所以寇仲動之以家族榮辱，比說任何利害更能打動李孝恭的心。

李孝恭先是俊臉陰晴不定，沉聲道：「我可在哪方面幫忙，你們如何應付唐儉那支軍隊？」

寇仲拍拍他肩頭道：「你甚麼都不用理，只須掌握自己該走的方向，其他事明早自見分曉。」

寇仲踏上杏木橋，心中仍盤旋著剛才與李孝恭的對答。最妙的是即使李孝恭出賣他們，仍無法告訴李淵他們方面有任何具體的計畫。唯一能損害他們的是揭露李神通站在他們的一方，但他相信忠於家族的李孝恭不會這樣做，否則他早告訴李淵。要李孝恭背叛李淵難之又難，可是當形勢發展至某一地步，深受打動的李孝恭還是會發揮出正面的作用。

繞過主建築，踏上通往凌煙閣的迴廊，湖心池現在前方，在漫空星斗下，傅采林安坐亭內，彷若神人。廣闊的白石平台在星夜下閃閃生光，環繞的湖水波光粼粼，湖岸兩旁的建築燈火全滅，融入黑沉沉的林木中，亭內石桌點燃一爐沉香，愈接近傅采林，香氣愈濃。寇仲的心神進入天地人合一的忘刀境界，心中無勝無敗，不喜不懼，明天即將來臨關乎天下的大戰也給拋到無限遠處，在他心湖內沒佔半分席位。他的步履穩定有力，每一步尺寸相同，輕重如一，自然地生出一種異乎尋常的節奏和韻律，陪伴他橫過湖心橋，直抵安坐亭內身爲天下三大武學宗師之一的傅采林前方。傅采林張開的雙目一眨不眨的凝視著他，名傳天下的弈劍平放桌上，沒有劍鞘，長四尺五寸，闊兩寸，劍體泛著熒熒青光，握柄和護手滿布螺花紋，造型高雅古拙。

寇仲忽然跪下，「咚！咚！咚！」連叩三個響頭，伏地道：「師公在上，娘的恩情我寇仲永誌不忘，縱使師公一心殺我，寇仲絕不敢怪怨師公。」

傅采林沉默片刻，柔聲道：「起來！」

寇仲從地上彈起，目光投向高坐亭上的傅采林。

傅采林仰首夜空，雙目射出沉痛悲哀，道：「我年過八十，始收下君婥這個徒兒，想不到造化弄人，唉！俱往矣！」目光回到寇仲臉上，淡然自若道：「少帥怎曉得我要殺你？」

寇仲苦笑道：「師公難道是要找我來閒聊解悶，又或傳兩手弈劍術的精華嗎？只從師公稱我為少帥而非小仲，可知師公你心意已決，小子只好捨命陪師公。」

傅采林不解道：「對著蘇文你可慷慨陳詞，分析利害，把他打動，為何面對我卻一副甘心認命的神態？」

寇仲道：「我想說的話，蓋大帥該早代我轉稟師公，我怕師公不耐煩，故不敢重複。」

傅采林微笑道：「有道理！不過你仍未直接答我的問題，你怎知我要殺你？或者我會因蘇文的傳話回心轉意？」

寇仲正容道：「那純是一種刀手的感應，自我見到師公獨坐亭內，小子立知此戰難免，沒有甚麼道理可言。」

傅采林點頭道：「說得好！難怪畢玄奈何不了你。聽說你曾得『天刀』宋缺親身指點，天刀之名，我傅采林聞之久矣，希望可從少帥刀法中得窺天刀之祕。」

寇仲露出燦爛笑容，道：「希望小子不會令師公失望。小子更斗膽請師公指定條件，假設小子能通過考驗核試，師公便放我一馬。如我落敗，則任從師公處置，例如廢去我武功諸如此類，那師公和我都會愉快一些。」

傅采林啞然失笑道：「難怪君瑜說你機靈，君嫱斥你爲狡猾，秀芳的評語則是足智多謀，念在君婥份上，只要你能在百招內逼我離座，明天我便立即回國，再不管你們的事。」

寇仲哈哈一笑，忽然舉步登階，直抵石桌另一邊，安然坐下，欣然道：「劍如棋弈，此桌恰好作爲棋盤。」

傅采林不但不以爲意，雙目還不能掩飾地露出驚詫神色，點頭道：「智慧果然異乎尋常，只此一著，立令勝負難測，若有人旁觀，必以爲少帥是因心高氣傲，不想佔我便宜，事實卻剛好相反。」

寇仲目光投往橫擱桌上的弈劍，嘆道：「因爲你老人家是我的師公，而我和子陵自從娘處曉得弈劍術三字後，不斷研鑽推敲，不知算不算小有所成，但至少想到弈劍術的每一種可能性。以師公的絕世劍術，坐著不動和騰挪閃躍並沒有分別，大小遠近也沒有分別，對嗎？請師公指點。」

傅采林閉上雙目，面容立即變回無比的醜陋，柔聲道：「在我活過的日子裏，我一直爲某一種祕不可測和不得而知的東西努力尋找、思索；我隱隱感到這東西存在於思感某一祕處，在某一刹那甚至感觸到它的存在，而它正是生命的意義，可以爲我打破平庸和重複的悶局。而在我作出對此思索的同時，我從仇恨罪惡和爭權奪利的泥淖中爬出來，清楚看到存在於人與人間種種醜惡和沒有意義的愚蠢行爲；看著其如何構成人的陰暗面，如何破壞生的樂趣。少帥明白我的意思嗎？」

寇仲吁一口氣道：「不但明白，還聽得非常感動，師公要找尋的是打開人身內那神祕寶庫的鎖匙。」

傅采林猛地張目，立即變回古拙奇特的懾人容相，凝視他道：「傅采林不但不喜歡戰爭，且厭惡戰爭，可是在亡國亡族的威脅下，卻不得不作出反擊。若你與君婥全無關係，我可以因憐才而放過你，但因你的生命和武功均來自君婥的恩賜，反令我不得不親手除去，皆因你是由我而來，我當然須負上責任。」

寇仲開始了解傅采林，在三大宗師中，寧道奇清靜無爲、謙虛自守；畢玄一派突厥人強悍暴力的作風，冷酷無情；傅采林則是專情至性，畢生尋找最美麗的某種事物。苦笑道：「師公你既一直在尋找美好的東西，爲何處置我卻不能循此一方向去想，難道不相信我寇仲確有化解民族仇恨的誠意嗎？」

傅采林淡淡道：「蘇文肯接受你的和議，皆因他深信少帥是言出必行的人，而他則是從自身的利益考慮，判斷出與你和解對他有莫大好處，且認爲你最後將成爲中土的霸主。他的想法我完全同意，只不過著眼點不同，我想到的是整個民族的長遠利益，想到由你一手建立的強大帝國的可怕處。凡人皆要死，死後又如何？對我們來說，只有重現楊隋之前中土四分五裂的局面，我們才有和平安樂的日子。楊廣正是最好的例子，一旦中土強大，就是中土以外的國家遭殃的時候，而眼前卻是我傅采林爲我國奠立長久和平的唯一機會。」

寇仲咽喉艱澀的道：「這麼說，師公是鐵定要殺我。」

傅采林微笑道：「正是如此！」

桌上弈劍忽然跳起來，落入傅采林手上，同一時間，寇仲把井中月連鞘橫舉胸前，一手握鞘，另一手抓著刀把，緩緩抽刀。兩人目光交鋒，只隔著直徑八尺的圓石桌，不覺絲毫勁氣狂飆。

楊公寶庫、圓形石室。徐子陵領著跋鋒寒、侯希白走到位於石室中央的圓桌坐下，寇常則往藏寶室查核。進入寶庫後，他們仔細搜查，直到肯定沒有敵人藏身寶庫內任何角落，始到此處集合。壁上八盞牆燈燃燒著，燈光通明。

跋鋒寒細審繪於桌上圖文並茂的寶庫形勢圖，微笑道：「子陵一副成竹在胸的樣子，究竟葫蘆裏賣的是何藥？」

徐子陵道：「待寇常來再說。」

侯希白擔心的道：「若婠婠或林士宏適於此時入庫，豈非大家碰個正著？對他們和我們均沒有半分好處，至少子陵會被揭破沒有負傷。」

徐子陵欣然道：「現在的寶庫空無一人，證明我的想法無誤，我們怕碰上林士宏，林士宏何嘗不怕碰上我們。所以未到必要時刻，林士宏絕不會進入此庫。其次是寶庫內的警報系統，可令我們曉得是否有外人入侵。」

此時寇常來到坐下，道：「三個箱子曾被掀開，但卻沒移動箱內的兵器，所以下面的石頭該仍未被發現。」三人齊鬆一口氣。

寇常進一步解釋道：「我在箱側不覺眼的合縫位置黏上頭髮，揭開會把頭髮扯斷，因只有三個箱子的頭髮斷掉，所以知道對方曾掀過這三個箱子。」

跋鋒寒頷首讚道：「寇大將軍的心思縝密至教人叫絕。」

麻常謙虛道：「多謝跋爺讚賞。」

跋鋒寒顯然心情暢美，向徐子陵笑道：「是揭開謎底的時候哩！」

徐子陵道：「楊公寶庫由魯大師一手設計，以魯大師精密的思考，寶庫的設計肯定完美，可應付任何突發情況。不妨試想以下一種情況，假設楊素兵變失敗，必須藉寶庫逃離長安，在那種情形下，城內通往寶庫的三條祕道肯定曝光，追兵隨來，仍是沒法倖免，魯大師定有針對這情況的應變方法。」

三人目光不由落在桌面的形勢圖，跋鋒寒同意道：「子陵的推測合情合理，城內地道共有三條，西寄園的井內祕道可以不論，因爲此道充滿有毒沼氣，另兩道分別爲永安渠祕道和沙府祕道，倘能以機關封此兩條祕道，將餘下出城的祕道，那時楊素可安然逃命。哈！封閉城內祕道的機關在哪裏呢？是否該把雷大哥請來？」

徐子陵本在想著正應付著師公的寇仲，但卻沒有擔心，事實上他比任何人對寇仲更有信心，微笑道：「魯大師機關學的眞傳弟子是寇仲，不過即使請他來也沒有用處。綜觀整個寶庫的機關設計，全建基在心戰之術，這逃亡機關亦是如斯，該設計於我們最容易忽略之處。」

侯希白喜道：「這麼看，子陵已智珠在握。」

徐子陵探手輕撫石桌，道：「此桌往上拔起，立成可轉動的機括，往左旋轉，會打開聖舍利的藏處。」

跋鋒寒精神大振道：「那說不定往右旋便是封閉城內祕道的機關。」

徐子陵道：「應是繼續左旋，否則若有人先往右旋，不是把通道關閉嗎？此是心戰的精要，我等庸人能開啓聖舍利的寶洞，早大喜若狂，哪想得到尙有再旋的機關。」

麻常嘆道：「這才眞叫算盡機關。」

侯希白道：「還不動手？」

徐子陵道：「我們必須先想清楚後果、關閉城內三條祕道後的情況，說不定封閉後再不能還原，那我們只能從通往城外的祕道離開，回城勢要花一番工夫，動輒會被人察覺，弄來一身麻煩。」

跋鋒寒道：「城內祕道該可還原，魯大師若未經試驗，怎知機括是否有效？」

徐子陵道：「這個很難說，若魯大師蓄意令祕道不能重啓，自有他的辦法。以他驕傲的性格，絕不容別人來對他的機關指點說話，故大有可能連城外祕道亦會在一段時間後關閉，然後沼氣入庫，以他的學究天人，沒有可能的事也變爲可能。」

侯希白點頭道：「有道理。現在我給你說得不由對魯大師生出仰慕之心，世間怎會有超卓至此的天才？」

麻常道：「封閉祕道對我們有利無害，至少可令敵人陣腳大亂，更清楚說明我們在城外沒有伏兵。婠妖女則大吃一驚，更無法曉得我們弄甚麼玄虛。」

侯希白道：「趁祕道尙未關閉，我先溜去向劉弘基打個招呼，有他照應，回城該沒有問題。」

徐子陵道：「且慢！先讓我們肯定所料是否不差。」

在他雙手運作下，石桌往上昇起，兩寸而止。

跋鋒寒笑道：「這是非常刺激有趣的感覺，來吧！」

桌往左旋，發出機括響動的聲音。桌旁地板重陷下去，現出沒有邪帝舍利的地洞。

徐子陵繼續左旋石桌，桌子果然繼續旋動，忽然停下，喜道：「成哩！我感覺到另一個機括。」

眾人齊聲歡呼，像一群童心未泯的大孩子。

徐子陵道：「猜是這麼猜，但坦白說我是緊張得要命，皆因後果未必一如所料，那就糟糕。我們今晚實負不起任何行差踏錯的代價。」

侯希白道：「我現在該不該去找劉弘基？給我半個時辰便成。」

跋鋒寒沉聲道：「石之軒會不會出賣我們？」

徐子陵搖頭道：「不會吧！」接著臉色劇變，顯是給勾起別的問題。

侯希白摸不著頭腦道：「明爭暗鬥確非我的老本行。老跋爲何忽然提起風馬牛不相關的石師，他出賣我們與否和寶庫有甚麼關係？」

跋鋒寒臉色凝重的道：「我是從楊公寶庫的祕道，想到尹府的入宮祕道，石之軒是唯一曉得我們曾進出祕道的人，若他把這消息透露予尹祖文和婠婠，我們明天天亮前將無法經祕道偷入皇宮。換句話說我們將無法控制李淵更沒法控制皇宮皇城，倘或禁衛和唐儉的大軍內外夾擊，我們必然全軍覆沒。」

麻常張口，卻說不出半句話來。

侯希白舒一口氣，笑道：「石師肯定捨不得害子陵……噢！」接著往徐子陵瞧去，駭然道：「難道這才是婠婠狠心重創你的原因，是要教你不能參與明天的行動？」

跋鋒寒苦笑道：「石之軒正因已把入宮祕道的祕密洩露，又怕子陵因此喪命，故傳子陵不死印法，這與婠婠不謀而合，均是爲保子陵的命。」

侯希白捧額道：「聽得我頭痛起來。」

麻常道：「若侯公子的師尊與婠妖女碰頭，豈非會曉得徐爺沒有受傷？」

徐子陵道：「這方面我反不擔心，因為在攻我不備的情況下，即使不死印法亦挨不住天魔大法的攻擊，且婠婠絕不會向石之軒透露此事。我仍認為婠婠的目的既在削弱寇仲的戰鬥力，更以我牽制寇仲，而非為保我的命。而她更猜到我們會利用祕道入宮，挾天子以令諸侯，故我們若仍照計畫行動，勢必飲恨尹府，且是自投羅網。」

跋鋒寒沉聲道：「婠婠的智謀不在我們任何人之下，她不單會在尹府迎頭痛擊我們，且會利用祕道效法我們挾持李淵之計，一舉顛覆李家的天下。」

麻常道：「若石之軒參與此行動，再多兩個尤婆子和宇文傷，恐怕仍攔他不住。」

徐子陵搖頭道：「石之軒不會離開青璇半步的。」

跋鋒寒道：「那我們更要再試明這機括，在封閉城內三條祕道後，我們再由剩下的祕道出城，找到該是藏身祕道出口外近處的林士宏，把他宰掉，一了百了，至於如何潛回城內，是難不倒我們的。時間無多，須立即實行，否則若讓林士宏此刻率人進來，我們將錯失時機。」

徐子陵嘆一口氣，點頭道：「林士宏若要和他的人從容進駐尹府，會在任何時刻入庫，好吧！希望魯大師在天之靈庇佑我們。」

抓著桌沿的手猛往左扭，整座石室立時顫動起來，機關響動的聲音從腳底下傳上來，地底處更有水流轟隆的悶音。不半晌，似是巨石降下的隆隆聲，分由各方送入眾人耳內。徐子陵和跋鋒寒同時色變，大叫不好。

第五章 唐宮遇險

第五章　唐宮遇險

寇仲感到石桌、桌上的香爐，從爐內裊裊升起的沉香煙，至乎整座石亭，就在傅采林出劍的一刻全消失掉。它們當然不會眞的消失，皆因他的精神感覺全集中到傅采林的弈劍上，不以目視，只以神遇，故變成其他一切再不存在。最微妙是他竟然循傅采林劍勢的移動，「間接地」把兩人間客觀眞實的事物，於他與天地結合後的心內重新「描繪」出來，重得回石桌、香爐和石亭。他終於進入精妙如神的入微境界，這一切並非僥倖得來，天下間，他寇仲是唯一與三大宗師全動過手的人，可以說是給逼出來的。

井中月在鞘內拔出一寸，發出龍吟虎嘯般的刀鳴清音，似若來自十八層地獄的魔咒，又若九天雲外傳來的天籟，刀體泛起的黃芒，則如今夜沒有露面的明月忽然從其內昇上虛空。弈劍泛起青湛湛的異芒，畫過超乎人間美態，具乎天地至理的動人線條，繞過香爐，又貼著爐側往他擊至，爐內升起的沉香煙像鐵遇磁石般被吸引，改成水流般竄往弈劍的鋒尖，剎那間聚凝而成一球煙霧，劍鋒化爲一點青光，似若雲霞繚繞裏的不滅星光，流星般往他雙目間的位置奔來。此點星光有著勾魂攝魄的魔力，只要他道心稍有空隙破綻，必爲其鎭壓魂魄，被其所乘，美至極點，可怕至極點。他終於面對著天下無雙的弈劍之術，劍法至此，確臻達登峰造極的化境。

傅采林的弈劍術是感性的，其精微處在於他把全心全靈的感覺與劍結合，外在的感覺是虛，心靈的感覺是實。如不明白傅采林的境界，寇仲根本沒有坐在這裏與他刀劍對弈的資格。「嗆！」井中月出鞘，刀鋒畫出一個完美的小圓圈，充滿著祕不可測卻合乎天地理數的味就，一股螺旋勁在圓圈內開天闢地的誕生。星點消去，沉香煙球仍似緩實快的往他飄來，但恰好被螺旋勁破散。寇仲虎軀劇震，上身搖晃。倏地桌子上方現出漫空星點，每一點都似乎在向他攻來，又每一點都像永恆不動，有如天上的星空，在變化周移中自具恆常不變的味道，寇仲立知自己落在下風。

他剛才橫刀前方，攻守兼備，天人合一，即使以傅采林之能，亦難尋其空隙破綻，更難發揮以人弈劍，以劍弈敵的仙法，故藉助沉香煙氣，來一招投石問路，寇仲雖化解得漂亮，但已從無跡變爲有跡，被傅采林以劍法牽制。寇仲再掌握不到傅采林的弈劍，忙收攝心神，達到井中月的至境，視眼前點點劍鋒凝起的精光如無物，心知止而神欲行，刀鞘橫掃。刀鞘到處，精光應而消去，香爐重新出現眼前，沉香煙仍從爐內輕逸的飄起。寇仲在氣機感應下，刀鞘回收，井中月往爐底挑去，如給他挑中，爐子夾著香燼煙火往傅采林灑去，以傅采林之能，也說不定會名副其實的給鬧個灰頭土臉。傅采林唇角逸出一絲笑意，弈劍一擺，似攻似守，可是隔桌的寇仲卻清楚感到在他挑中香爐的一刻，對方的劍必可後發先至的命中他的手腕，那種感覺怎樣也沒法以常理去解釋。寇仲心叫不妙，始知對方先前的一招實爲弈劍術式的不攻，旨在誘使他主動攻擊，而現在已爲傅采林的寶劍所弈，不但從主動變成被動，連感覺也爲其所制，若不能扳回劣勢，數招內即要落敗身亡。

侯希白頹然道：「這是沒有可能的。」

包括出城祕道在內，四條祕道全被降下的巨石封閉，整座寶庫被密封起來，沒有任何出路。石桌的機括失去效用，連本來用作裝載邪帝舍利的地穴也不能復原關閉。跋鋒寒試著可否再掀起桌子，又試圖把桌子往下按，可惜都沒有出現奇跡。

徐子陵安坐不動，忽然微笑道：「我和寇仲曾身陷庫內陷阱，寇仲說魯大師在機關書內寫下爲不損天德，須在絕處予人一線生機，所以必有破解之法，只是我們仍未找到而已！」

麻常生出希望，卻苦惱道：「若解法不在此桌，該在哪裏？」

跋鋒寒點頭道：「除非楊素欲把此庫變成他密封的墳墓，否則全部封閉實不合情理。楊素請魯妙子設計此庫的原因，是要謀楊堅的天下，而非自掘墳墓。」

麻常道：「讓我作個假設，如楊素從寶庫發動兵變，接戰失利，被迫逃回寶庫，由於有追兵在後，不得不封閉寶庫，那會是怎樣一番情況？」

侯希白嘆道：「當然像我們現在般，只要能出去，肯付出任何代價。」

跋鋒寒拍腿道：「此正爲封閉寶庫的用意，如楊堅要殺楊素，楊素有兩個選擇，一是悄悄從祕道離開長安，以後隱姓埋名：一是發兵叛變，戰若失利，咦！有些不妥當，傷兵殘將能逃命已是不幸中的萬幸，哪有還擊的力量？」

徐子陵道：「西寄園的井底祕道是寶庫未開啓前的唯一入口，入庫後可開啓城內和城外的三條祕道，讓楊素的人可經由三條祕道從城內或城外進入，集中於寶庫內，然後楊素關閉通道出口，待將士裝配休整完成，再開啓最後一條祕道，此爲破釜沉舟的策略，令手下將士爲他拚死效命。」

跋鋒寒精神大振道：「此條祕道必直指太極宮的心臟，是擒賊先擒王的道理。」

侯希白苦笑道：「開啓的機關在哪裏呢？」

徐子陵目光落到本藏邪帝舍利的地洞處，其他三人不由自主循他目光瞧去。

侯希白首先彈起，撲到地洞旁，嚷道：「子陵快來主持大局。」

徐子陵移到地洞旁，單膝下跪，探手按往洞底，好半晌後大喜道：「果如所料！」運功按下去，扎扎聲中機括發動，水流沖擊的聲音立時應手響起。跋鋒寒等無不緊張至透不過氣來，生死成敗，將由此決定。

徐子陵剛站直身體，隆隆聲由放置箭矢的庫內傳出。四人不約而同搶入該庫內，一道石門出現於東壁壁間，露出一條黑沉沉的地道。

侯希白大喜狂呼道：「這叫天無絕人之路，我們有救哩！」

在決戰的過程中，必須沒有勝敗之心，否則落於下乘。寇仲終深切體會到宋缺這番金石良言的含意。他正因希望能把傅采林逼離坐處，故生出勝敗之心，被傅采林看破下著，猶如在對弈的過程中，對手瞧穿瞧透自己的棋路，就此後發制人，步步搶先，勢將迫得他寇仲陷入死局，直至輸掉整盤棋，輸掉他的小命。更令他駭然的是傅采林弈劍發出的劍氣，把他的井中月鎖緊，如他保持原式不變，當刀鋒挑中香爐時，弈劍剛好會刺中他手腕。他唯一應變之法，是準確捉摸依循現時情況傅采林弈劍的攻擊點，設法逼傅采林跟他作劍刀相對的硬拚一招，藉以挽回頹勢。如他撤刀回收，由攻變守，傅采林將劍勢暴漲，在氣機牽引下逢隙必入的攻來，除非寇仲肯離椅遠遁，否則在桌面這窄小的範圍內，寇仲絕挨不了多久。而老天爺可憐，除徐子陵外，清楚弈劍術是怎麼一回事的寇仲比任何人更心知肚明以此唯一解法去逼傅采林硬拚，恰好陷入被傅采林寶劍所弈的死胡同，完全落在傅采林算計中，不需豐富的想像力，也知傅采林不會錯失此一良機，以弈劍之術主導桌上的決戰，直至他落敗。傅采林曉得寇仲的後著，寇仲卻完全沒法掌握對方的劍招變化。勝敗之數不容有失，傅采林可非一般高手，而是寧道奇般的宗師級高手，他須寸土必爭，否則必飲恨告終。

寇仲心念電轉，哈哈一笑，井中月離手螺旋激射，刺往香爐。失去井中月，他還有井中月的劍鞘，而傅采林必須挑飛井中月，如讓一點香灰濺到他身上，以他的身分地位，將難有面目繼續比拚下去。

寇仲差點生出勝券在握的勝敗之心，因爲他自問已可預計到傅采林的下一步棋。幸好受過教訓，心神反比任何時刻更澄明清徹，天地人三者渾然無彼我之分。左手刀鞘往前點出，右手收到胸前。

跋鋒寒高舉燃亮的火熠子，映照著廣闊達十丈的地下室，徐子陵、侯希白、麻常三人立在他身後，在四人前方是一道達二十級往上延伸的長階，右方是另一條祕道的深黑入口。

麻常道：「照距離約略計算，石階上方的出口肯定在皇宮的範圍內。」

侯希白皺眉道：「照石階的寬度，出口至少一丈見方，若出口確在太極宮內，這麼把蓋子打開，不驚動宮內的禁衛才奇怪。」

徐子陵道：「這方面我並不擔心，魯大師的設計必然非常巧妙，不易被人看破。看！近頂處不是有個啓門的把手嗎？」

跋鋒寒同意道：「子陵的看法不會差到哪裏去，但左方那條祕道通往何處呢？」

侯希白擦亮火熠，笑道：「我也好奇得要命，待我去尋幽探勝吧！」

麻常欣然道：「我陪公子去探路如何？」

跋鋒寒道：「小心點，不要觸動任何機關，我們弄清楚這可能關係到明天成敗的出口後，再來會你們。」侯希白和厤常興高采烈的去了。

徐子陵和跋鋒寒拾級而上，直至盡處，後者輕敲出口的石板，咋舌道：「至少有一尺厚，楊公寶庫確是名不虛傳，不但鬼斧神工，更是玄機處處。」

徐子陵握上機括的銅製把手，深吸一口氣道：「事實上我們正冒著極大的風險，魯大師設計寶庫是針對三十多年前的情況，太極宮又曾經多番改建，希白的擔心不是全無根據的。」

跋鋒寒嘆道：「事情發展得太快，今夜至明天充滿不測的變數，很多地方我們均無暇細想，如非寇仲發現林士宏現身城內，我們仍沒想過尹府會是個能致命的陷阱險地。所以這個險不能不冒，只有藉助這新發現的祕道，我們才有奇襲李淵的機會。」

徐子陵道：「我們確是粗心大意，唉！我忽然又想到另一個致敗的破綻，唉！怎辦好呢？」

跋鋒寒感到整條背脊涼颼颼的，倒抽一口寒氣，道：「我在聽著！」

徐子陵苦笑道：「就是黃河幫與我們的關係。」

跋鋒寒搖頭道：「我仍未明白。」

徐子陵道：「當日洩漏風聲，我匆匆趕往洛陽見李世民，豈知黃河幫的老大陶光祖剛與香貴約好豪賭一場，倉卒下寇仲只好說動雷大哥代我應戰，把上林苑贏回來。香玉山是曉得我們和雷大哥關係的人，這幾天黃河幫在長安活動頻繁，以香玉山的狡猾多智，不起疑才怪。只要他們抓著一個黃河幫的頭目，憑尹祖文的七針制神，定可把我們三千精銳祕密潛入長安的事拷問出來。」

跋鋒寒色變道：「難怪李淵忽然變卦，一心幹掉我們。」

徐子陵道：「幸好我們的三千勁旅入長安是這兩天的事，對方尚未準備就緒，更怕打草驚蛇，給我們溜掉，所以仍沒動手，若我們不能扭轉這局面，明天之戰絕不樂觀。」

跋鋒寒的目光落到徐子陵握著的手把上，沉聲道：「所以這個險更是非冒不可，拉動機括吧！」

徐子陵暗運一口氣，提聚功力，緩緩拉動銅把。「扎扎」機括發動的聲音立時響起，接著石蓋往一邊移開，露出美麗的星夜，石與石間更發出「吱吱」摩擦的吵耳聲，把地道的寧靜破壞無遺。兩人給嚇得腦袋一片空白，出口既在空曠沒遮沒掩之處，聲音遠傳，不驚動附近的禁衛才怪。他們尚未有機會說話，只是頭皮發麻之際，叱喝和兵刀風聲從出口外四面八方傳來，徐子陵和跋鋒寒能想到的是「完蛋大吉」四個字。

傅采林唇角逸出另一絲笑意，就在脫手而出的井中月射上香爐的一刻，他手上青芒閃動，弈劍同時點中香爐，沒有半分誤差。井中月碰觸香爐，卻沒有發出應有的勁響，香爐更文風不動。寇仲哪想得到傅采林有此應變奇招，竟憑其絕世功力，以隔山打牛的方法，化去井中月的螺旋勁，心叫不妙時，井中月以同樣速度，向寇仲倒撞過來。

弈劍破掉寇仲的怪招後，畫出一道美麗的弧線，先往寇仲左側彎出，再彎回來，但進擊的位置乃寇仲左方的空處，照道理不能對寇仲造成任何威脅，寇仲卻是有苦自己知，只有他身在局內，始感受到弈劍的玄虛。由於他坐在石凳上，要避過反撞回來的井中月，惟有側身躲閃，可是弈劍生出強大的吸攝力，且隨著劍勢彎來不住增強，加重壓力，帶得他左手前挑的刀鞘不但失去準頭，且是如鐵遇磁地被弈劍牽引得往左扯去，使他不得不全力應付，那就再無餘力閃躲自己的寶貝井中月。如此劍法，確是駭人聽聞。

在這決定成敗，生死懸於一線的危機關頭，寇仲左手生變爲死，右手死變爲生，突然左手緊握本是貫滿眞勁的刀鞘竟似鳥脫囚籠般驟感一鬆，再不受弈劍牽引，證明寇仲猜想得沒錯，傅采林是以力引力，以劍氣牽引他的鞘勁。「波」的一聲，井中月被他握回手中，扭身掃劈，刀鞘同時回收。傅采林露出訝異神色，弈劍像在空中狂草疾書般畫出無數深具某種難言美態的線條，瞧得寇仲眼花撩亂，無從入手，不知該選劈何處，倏忽間對方又把制動權操諸手上。寇仲的刀再劈不下去，左手刀鞘挑出，護身眞氣化爲氣牆，隔桌逼去，只要掀翻香爐，也算小有所成，最理想當然是香爐應勁往傅采林撞去。井中月反手擱到肩膊，動作行雲流水，生出連綿不斷的持續感覺。兩人交戰直至此刻，井中月和弈劍仍未有半記碰擊，但其中的凶險變化，卻非任何筆墨可以形容。

傅采林一陣長笑，弈劍在桌面爐子上方畫出一個圓圈，其中心恰是寇仲挑擊之處，寇仲的氣牆如水遇乾棉地被吸啜得一滴不剩，不能形成任何威脅，這一招更使不下去。以人弈劍，以劍弈敵，傅采林仍是著著領先，牽著寇仲的鼻子，若如此發展下去，到寇仲技窮之時，肯定命絕於此。寇仲卻是夷然不懼，哈哈一笑，灑脫地把刀鞘往後拋掉，右手井中月使出絕招方圓，先劈後刺，筆直射向傅采林無形卻有實的劍圈。

一個人頭出現地道上方，在下面陷入絕望淵底的徐子陵、跋鋒寒與俯首探視者兩方打個照面，六目交投，同感愕然。

那人目瞪口呆，艱難的道：「老天爺！你們怎會忽然變個地洞鑽出來？」

徐子陵和跋鋒寒你眼望我眼，倏地笑得彎下腰去，先後坐倒石階處，嗆出失而復得的喜淚。

探頭者正是程咬金，只聽他大喝一聲道：「兒郎們退回自己的崗位，這裏沒有你們的事。」又向兩人道：「是否要我把你們兩個小子揪出來才肯說話，有甚麼好笑的？哈！」就那麼在洞口處坐下去。

跋鋒寒勉強止笑，喘著氣道：「我明白哩！當年楊素是與楊廣同流合污，意圖謀反，因太子是楊勇而非楊廣，所以楊廣住的是掖庭宮，在楊廣的地頭弄個出口當然不是難事。」

徐子陵按著笑至疼痛的肚皮，仰首問程咬金道：「待秦王來小弟再作解釋，包你老哥滿意，我們還要去查看另一出口，記著勿要讓任何閒雜人等看到這個洞口。」

跋鋒寒道：「這是掖庭宮哪一個角落？」

程咬金一頭霧水的答道：「角落？老天啊！這是天策宮主殿前的大廣場哩！」

沒有過去，沒有將來；沒有開始，沒有終結！寇仲的精神完全集中到眼前此刻，甚至忘掉自己為何坐在那裏，人、刀、天、地結合為一個同時無限小和無限大的整體，勝敗再不存於其中。刀再不是刀，而是天、地、人不可分解的部分，他感到從一個超離人刀的角度，一絲不漏地掌握著傅采林弈劍的變化。劍圈正難以覺察的逐漸擴大，劍氣微妙地一圈一圈增加，當他的井中月刺中劍圈核心的一刻，他清楚曉得劍圈會由大化小，聚積至巔峰的劍氣將以電光石火的高速聚攏，井中月仍無法觸及弈劍之鋒，擊中的只是非己力可以抗拒的驚人劍氣。自動手以來，他還是首次掌握到傅采林的招數。寇仲哈哈一笑，生變為死，本一往無回的刀勢臨陣變化，往後回收。

倏地劍光大盛，傅采林在氣機牽引下，手上青芒暴漲，越過香爐橫空而來，弈劍將一個一個由小至大的氣環串套劍身，隨著弈劍前推，如龍吐珠的把從小至大的氣環往他送來，只要被任何一個氣環擊中，肯定他寇仲立即一命嗚呼，甚麼不死印法也派不上用場，即使石之軒坐在他的位置，也不會出現另一種情況。此著又是出乎寇仲意料，令他知道自己仍未能完全看破傅采林驚天動地的弈劍法，不過他已從被動轉爲主動，因爲傅采林千眞萬確地被他以此出人意表的一招，引得化守爲攻，且是不得不攻。死化爲生，在彈指的高速中，井中月又貫滿眞氣，寇仲同時施展逆轉眞氣的壓箱底本領，井中月像有生命的靈物般彈往上空，再全力下劈。刀鋒到處，氣環紛紛破碎，變成向兩旁翻滾開去的狂飆，井中月刀鋒疾取弈劍尖鋒。

眼看命中劍鋒，弈劍忽然消失在香爐後，然後香爐在眼前擴大，直向寇仲手上的井中月撞來，竟是傅采林把劍回收，挑起重量超過五十斤的香爐，逼寇仲離座。寇仲保持下劈之勢，但已改變角度，直劈成斜劈，劈在左方桌沿空處，在觸桌前的寸許距離，井中月貼桌橫掃，生出無形刀氣，從爐底反擊傅采林，如對方置之不理，延伸的刀氣會劃過對方的胸口，那跟被井中月掃中沒有任何分別，即使傅采林的護體眞氣，也要抵擋不住。寇仲雖看不破傅采林的劍招變化，但傅采林也開始掌握不到他的刀法，原因在他寇仲成功進入宋缺所言的忘刀境界。

香爐改前撞爲向上騰升，去掉這既是緩衝，又是勝敗關鍵的障礙物，兩人間豁然敞開，一切變得清楚明白。弈劍爆起千萬光點，滿布桌面，寇仲攻去的刀氣立即消失無蹤。可是寇仲再沒有刀招被逼得無奈地半途而廢的頹喪感覺，因爲他已二度逼得傅采林變招。寇仲閉上雙目，精確地計算出香爐升上的位置盡點，在觸及亭頂前回落至桌上的時間，刀從意、意從刀，心意交融，無意無刀，井中月在桌上虛空畫出一個完美的刀圓，積蓄至極限的螺旋勁氣透刀送出，直擊傅采林劍氣最盛處，大海撈針的尋上虛虛實實中眞正能致他於死的劍氣。「蓬！」寇仲全身劇震，往後一晃，差點掉到凳後，心中不驚反喜，曉得傅采林這戰場上的先知先覺者，亦被自己此著由宋缺親自指點下磨練出來的身意奇招，逼得無法不與自己硬拚，刀劍雖仍未有實質的接觸，但與刀劍眞正交擊卻沒有絲毫分別，井中月的刀氣已把弈劍鎖緊。因他寇仲而甦醒，變成有靈性異物的井中月，終於感覺到弈劍的變化。

傅采林雄軀輕顫，低喝道：「好刀法！」漫天光點消去，弈劍似若無中生有的現於眼前，依循著盡得天地至理的完美路線，從桌上由右側彎擊而來，劍氣把寇仲完全籠罩。此時香爐剛升至力盡處，往桌面回落，可推知兩人交鋒的迅疾速度。

傅采林此招根本是擋無可擋，唯一化解之法，不是揮刀格擋，而是井中月筆直射出，來個同歸於盡，迫傅采林還劍自保。寇仲完全不曉得爲何忽然變成如此局面，只知弈劍術確爲曠世絕技，其實裏還虛，虛而化實，已超乎凡世的劍法。若他硬要擋格，或可保得一時，但千辛萬苦奪回來的主動權將重回對方手上，而傅采林更不會再度把主動權交出來，不出三招，自己肯定敗亡。想到這裏，寇仲離座滾後，翻下亭階，直至草坪再彈身起來。

香爐無聲無息的落在桌心，沉香煙裊裊騰起。弈劍回復先前橫擱桌上的狀態。傅采林一瞬不瞬的凝望著他。

寇仲隨手拋掉井中月，垂手恭立道：「只要師公一句話，我寇仲立即自盡。」

傅采林平淡的道：「你爲何放棄唯一的機會，憑你的長生氣，兼又年輕力壯，或可傷而不死。」

寇仲頹然道：「我怎能傷害娘最尊敬和愛慕的恩師呢？罷了！請師公發落。」

傅采林長身而起，手負後背，踱下亭子，往寇仲走來，經過他身側，移到寇仲右後側立定，仰望星空，長嘆道：「君婥果然沒有看錯人，寇仲你更沒有令傅某人失望，只有大仁大勇之輩，始能有你這種不顧自身的行爲。希望中土眞能如你所言，與我高麗永成和睦相處的友好之邦，你可以走啦！」

寇仲旋風般轉身，大喜道：「謝過師公！」

傅采林轉過身來，滿臉淚漬，雙目卻閃動著神聖的光輝，柔聲道：「師公畢生都在追尋美好的事物，但只是以一個旁觀者的心態去欣賞品味，此正是弈劍的精義，現在代君婥盡傳於你。去吧！好好辦你的事，生命是美好還是醜惡，全由你的本心去決定。」

寇仲想起傅君婥，百感交集，一言不發的下跪，重叩三個響頭，找回井中月和刀鞘，默然去了。

李世民大喜道：「另一祕道竟會連接貫通尹府和皇宮的祕道，只以一道活門分隔，眞教人意想不到。」

徐子陵、跋鋒寒、侯希白、厤常四人分坐在較下的石階處，程咬金則負責加強此地範圍內的防衛。麻常道：「難怪傳言說得寶庫等於得天下，就那時的楊素和楊廣來說，寶庫確可大增他們兵變成功的機會。後來他們不用此著，是因楊廣另有方法害死楊勇和楊堅，登上寶座。」

他們說話的聲音，在寬廣的石階及地室中回響震盪，分外使人感到時空的聯繫，遙想當年隋宮內你死我活的劇烈鬥爭。

侯希白皺眉道：「這麼說，楊廣理該曉得楊公寶庫的祕密，以他的作風，怎會不起出寶庫內的金銀財帛以供他揮霍。」

李世民舒服地挨著上一級的石階，微笑道：「楊素深謀遠慮，怎會不防反覆難靠的楊廣一手，那昏君知道的只是連接掖庭宮和入宮祕道的地下通道，茫不知竟另有祕徑通向龐大的地下寶庫。」

跋鋒寒道：「這叫天無絕人之路，又可視為天助我也，我們該如何利用？」

徐子陵笑道：「這方面世民兄比我們在行。」

李世民當仁不讓，欣然道：「直至此刻，我首次感到一切盡在我掌握之內，我有個初步的構想，待寇仲回來後，再由他參詳。」

徐子陵道：「由於世民兄對長安的認識，會比寇仲更有資格擬定新的計畫，現在時間無多，世民兄請立即依照計畫調兵遣將。」

李世民道：「因對方實力遠在我們之上，我們唯一致勝的方法，是以集中對付分散，我專而敵分，攻其不備。原本的構想是由你們方面先攻尹府，控制入宮祕道，經由祕道對御書房發動奇襲，取得聖旨兵符，置宮城於掌握下，然後再在玄武門與長林軍硬撼而決勝敗。現在此計已成多餘，更不須如此冒險。」稍頓後接下去道：「首先，我們要弄清楚入宮地道的情況。」

徐子陵沉吟道：「祕道是入宮的唯一捷徑，也是魔門諸系聯盟奪權的憑藉，所以非到必要時，誰也不會進入祕道，以免打草驚蛇，變生不測。因為連尹祖文也不曉得令尊會不會在這樣危機四伏的情況下，著人監視或巡邏地道。」

跋鋒寒道：「建成和元吉是否曉得祕道的存在？」

李世民道：「我傾向相信他們會像我般懵然不知，尹祖文也犯不著告訴他們。」

徐子陵思索道：「對令尊來說，尹府的出口只能由內開啓，所以他應該放心和不著意，魔門方面除石之軒外，恐怕只餘婠婠有能力隔蓋啓動開關。」

麻常喜道：「若我們弄點手腳把開關鎖死，敵人將無法進入地道，他們還以爲是皇宮在這非常時期的特別措施。當我們要攻擊尹府，除去那個障礙便成。」

李世民打量麻常，讚道：「好計！」跟著正容道：「我們計畫分作三部分，第一步是控制宮城，第二步是奇襲尹府，第三步才是玄武門的決戰。每一個行動我們均得集中全力，我和寇仲親身參與，以最精銳的實力，把對方逐個擊破。」

麻常道：「我的部下怎麼辦？照我看天明時敵人將對我們發動攻勢。」

李世民道：「林士宏的人該被置於城外，使我們少去一個顧慮。而元吉也絕不會讓父皇曉得他與林士宏祕密勾結，所以林士宏的手下沒可能在城門開啓前混進長安。」

侯希白道：「對付我們那支三千人部隊的事，會不會交由劉弘基和殷開山負責？」

李世民搖頭道：「黃河幫是源遠流長的本地幫會，長安城駐軍與它有千絲萬縷的關係，有甚麼異常調集，必引起黃河幫的警覺，所以父皇會調動宮內的禁衛軍，故這方面不難應付，我們只須突然化整爲零，分散於城內各處，待接得指令後再公然攻打尹府，內外配合下先擊潰魔門的餘孽，餘下便是玄武門的戰事。」

麻常點頭道：「領命！」

李世民雙目閃閃生輝，沉聲道：「若果第一步的行動成功，取得軍令龍符和虎符，我有信心可號令禁衛軍，把派出皇宮對付我們的軍隊召回來。劉弘基得兵符後，殷開山只有俯首聽命的份兒，我們可發動大軍突襲城外林士宏的伏兵。」

跋鋒寒讚嘆道：「難怪我們在洛陽要吃上秦王你的大虧，秦王確是思考縝密，算無遺策。」

李世民尷尬道：「以前多有得罪，鋒寒兄大人有大量，勿要見怪。」

跋鋒寒笑道：「我現在哪有時間怪你，還恨不得明天提早來臨。」

李世民道：「何用待到明天，寇仲回來後，我們立即入宮，先一步藏起來，所以人手是貴精不貴多，我方除世民外，再加上敬德和無忌便足夠。你們方面是少帥、子陵、鋒寒、希白，其他人仍藏在地道內，經召喚才出來鎮壓大局。」

跋鋒寒伸個懶腰道：「只要寇仲能活著回來，明天的勝利將屬於我們的。」

兩名小婢提燈立在杏木橋頭，尙秀芳穿上純白色的高麗女服，倚欄立在橋上，在星夜的輝映下，像一朵盛開的鮮花。寇仲的心神全被她所吸引，卻也有點意外，向對他欠身作福的俏婢還禮後，三步變爲兩步的來到尙秀芳嬌軀旁，心底泛起難言的情緒，低喚道：「秀芳！」

尙秀芳別轉嬌軀，嫣然一笑道：「秀芳早猜到少帥和傅大師有一個圓滿的結局，沒有事情是少帥辦不到的。」

寇仲苦笑道：「剛好相反，全賴師公見憐，小弟勉強過關。」

尙秀芳喜孜孜道：「總之能過關便成，傅大師是有無上智慧的人，該明白你寇仲是個好人哩！」

寇仲正要說話，尙秀芳湊近他耳旁輕輕道：「明夜子時人家在這裏等你，希望星辰仍像今晚般美麗。」一陣嬌笑，挾帶著香風從他身旁逸去。

寇仲別頭瞧著她無限優雅動人的背影，在兩婢手持燈籠光映照下，嬝嬝婷婷的消失在廊道彎角處，不禁悵然若失。唉！明天晚上會是怎樣一番情景，他仍有命來見她嗎？

好一會他收拾心情，繼續行程，尚未踏出凌煙閣的外大門，一名武將迎上來恭敬道：「副統蕭讓參見少帥。」說話時藉身體的遮掩，從懷內掏出一方摺疊好的紙函，送到他手上。寇仲二話不說的接過，以迅快的手法納入懷中藏好。

蕭讓低聲道：「是常何統領著我交給少帥。」又提高聲音道：「末將奉皇上的聖命，恭送少帥回掖庭宮。」

寇仲感覺著懷內的密函，心中大定，曉得常何作出站在他那方面的決定，更驚異常何在宮內的神通廣大，笑道：「皇上眞客氣，副統請！」

蕭讓躬身道：「少帥請移大駕。」

寇仲再不謙讓，昂首闊步的邁出院門，四名隨來的玄甲精兵立即提燈前後照明引路。寇仲環目一掃，見不到李孝恭，把門的禁衛齊聲致敬。豪情壯志湧上心頭，寇仲暗下決心，明晚定要活著回來赴佳人之約，絕不可令她傷心失望。

子時五刻，掖庭宮，密議室。寇仲、徐子陵、李世民、跋鋒寒、侯希白、尉遲敬德、長孫無忌、杜如晦、房玄齡、秦叔寶、段志玄、王玄恕等圍桌而坐，商研大計。

寇仲放下已逐字逐句向衆人讀出來的常何密函後，總結道：「常何送來的消息，證明我們所料無誤，建成、元吉定下於玄武門伏襲我們的全盤計畫，不過卻沒有提及突厥人，可見建成於此事上仍瞞著常何。」

李世民道：「從常何那裏我們大致上掌握了敵人的作戰計畫，使我們以得從容布置，我們明天不但要打三場漂亮的勝仗，更要盡量不擾及平民百姓，以免引起慌亂，所以事後的安頓，同樣重要。」

杜如晦乾咳一聲道：「防人之心不可無，雖說常何與少帥交情深厚，本身是明白事理的人，可是常何一直是太子的人，更忠於皇上，人心難測，若他明則投誠我方，暗裏仍爲太子効忠，那麼這封密函，便是個陷阱。」

房玄齡接著道：「如晦的話不無道理，因把密函交到少帥手上的人是蕭讓，更教人起疑。蕭讓一向屬李孝恭的系統，雖與常何有交情，但這等背叛太子、背叛皇上的大事，常何理該不敢向他洩漏。」

李世民微笑道：「兩位卿家不用擔心蕭讓，他之所以有今天，全賴淮安王叔保薦於父皇，王叔更向我保證過他可以信任，不過我們確應有防人之心。」

段志玄道：「常何雖是今夜玄武門當值的指揮官，不過他之下尚有敬君弘和呂世衡兩位副統領，全是對皇上忠心耿耿的人，事發時未必肯站在我們的一方。」

寇仲哈哈一笑道：「首先我敢保證常何不會有問題，當年我扮醜神醫爲張婕妤治病，與他一起領教過建成的卸責與無義，故今天他於此形勢下仍忠於建成，就是大蠢蛋。何況即使他仍搖擺不定，只要兵符敕書駕到，也會知所選擇。至於他手下將士更不足慮，兵符在握，誰敢不乖乖的聽命行事。」

跋鋒寒笑道：「終於到題哩！成敗關鍵，就看我們能否控制皇上，控制皇宮皇城，那時玄武門常何的禁軍，劉弘基的城守軍，全落入我們的手上，其他再不足慮。」

寇仲一拍身旁徐子陵肩頭，嘆道：「得楊公寶庫者，可得天下！想不到我們兜兜轉轉，最後仍是回到楊公寶庫這條老路上。」又向李世民欣然道：「現在我們把寶庫送給你，所以天下就是你的。哈！」

衆人一陣哄笑，氣氛登時輕鬆起來，不若先前的緊張，回復寇仲等一向談笑用兵、臨危從容的作風。」

寇仲微笑道：「明天的事，對我來說，只是牽涉到生死的一場棋弈遊戲，憑著楊公寶庫，我們展開以人弈劍，以劍弈敵之術，先發制人，掌握時機，敵人將被我們牽著鼻子走。而尚有一件重要的事我仍未告訴諸位大哥，在我見師公前李孝恭曾私下與我說話，勸我立即離城，我堅持反對並痛陳利害，看來他已被我打動。小弟當然不敢向他洩漏祕密，可是在形勢發展至某一情況，我包保他會投向我們的一方。」

衆人一陣哄動，精神大振。李孝恭乃李淵近身御衛之首，有他投誠，等於已成功控制皇宮。

李世民大喜道：「少帥能說服劉弘基，當然能打動河間王。」

侯希白嘆道：「此爲我們少帥寇仲不戰而屈人之兵的魅力。」

寇仲笑罵道：「不用希白你這小子來拍我的馬屁。」

李世民道：「明天我們能否成功，在於我可否營造出一種形勢，令人別無選擇，只好投向我方，所以我想把攻擊尹府之舉排到最後，當對付少帥和宋家聯軍的禁衛軍受到控制後，即改以城衛軍把尹府重重包圍，而麻常所率的三千精銳則於掖庭宮聚集，讓我們可以優勢兵力，一舉擊垮長林軍和突厥人。」

寇仲點頭道：「秦王之言甚是，所謂別無選擇，是要令所有人曉得只有一個選擇，那就是靠向秦王你老人家。要做到此點，必須對建成、元吉格殺勿論，令皇上也只餘一個選擇。」

徐子陵道：「打擊面愈小，戰場的範圍愈受局限；傷亡愈少，引起動亂的可能性愈低；我們也愈能保持元氣，以應付南下的塞外聯軍。」

房玄齡道：「微臣和如晦可先起草諸式御旨檄文，屆時只要皇上蓋璽簽押，大事可成。」

此時龐玉和李靖聯袂而至，報告最新的情況。

龐玉道：「臣與劉弘基取得聯繫，他答應不論宮內發生任何情況，均按兵不動。他另外派出偵騎，祕密監視林士宏部隊的動向，等待秦王進一步的命令。」

跋鋒寒欣然道：「此爲天大喜訊。」

李靖道：「厖常的部隊分散到城內十二處據點，靜候攻打尹府的最佳時機。」

李世民向龐玉道：「敵人方面有甚麼異動？」

龐玉道：「情況正常，只是在入黑後程莫於皇城西北衛所結集一支約六千人的禁衛軍，該是用來對付厖常部隊的禁軍。至於東宮太子方面，長林軍仍如前集結於長林門，太子的將領先後悄悄進入東宮，爲明天作準備。」

跋鋒寒道：「有沒有畢玄的消息？」

龐玉搖頭道：「突厥人仍是行蹤未明，他們最有可能藏身之處，應是元吉西內苑的齊王府。」

李世民道：「現在是甚麼時候？」

長孫無忌道：「子時七刻。」

李世民道：「我們尚有半個時辰作準備，大家好好休息，我們從祕道入宮後，這裏交由李大將軍主持大局，事成之後，我李世民必論功行賞。」

衆人轟然應喏，叫得最大聲的是寇仲。李世民打出手勢，衆將起立離開，只餘下寇仲、跋鋒寒、徐子陵、侯希白、王玄恕、尉遲敬德、長孫無忌和李世民。

跋鋒寒仍在瞧著寇仲，啞然笑道：「秦王的論功行賞令你那麼興奮嗎？是否要秦王賜個官兒讓你嘗嘗當官的滋味？」

寇仲笑道：「正是如此，秦王若肯賜我告老歸田，小弟於願足矣。」

李世民欣然道：「你給我打退塞外聯軍，其他一切好商量。」

衆人大笑，氣氛輕鬆，若有旁人在，作夢都想不到他們待會要去出生入死，好完成一統天下的大計。

侯希白道：「我們現在是否回房打坐休息，好養精蓄銳？」

李世民微笑道：「要休息，待到御書房再休息吧！父皇集結禁衛以應付龐常的人馬，對我們有百利而無一害，因維持宮城與皇城的外圍防禦，不能少於二千人，所以現在皇宮的守衛將大幅削減，有利我們的行動。尹府的出口已被封閉，現在我們立即潛入皇宮，在御書房好好布置後，希白可安寢無憂的直至父皇駕臨。」

寇仲哈哈笑道：「到時我會弄醒他的。」

瞧著分隔兩條祕道的活壁，寇仲嘆爲觀止的道：「我一直沒法想通如何可利用楊公寶庫謀反，因爲即使能從城外運進大批兵員，又在兵力上佔有絕對優勢，但要攻破皇宮仍是難比登天，何況楊素沒可能在兵力上勝過楊堅。現在當然清楚明白，皆因寶庫可直入皇宮，最妙的是，楊堅像世民尊翁般以爲這娛樂祕道只能由內開啓，所以每晚均可安寢無憂。」

李世民道：「文帝生性多疑，不肯信人，出入皇宮的這條祕道就是在此心態下築建的，楊廣當是知情者，故與楊素合謀將此道與寶庫接通，若對付楊勇之計不成，便起兵造反。唉！現在頗有點歷史重演的味道，只不過當年楊廣沒付諸實行而已！」

在火光映照下，李世民臉上露出沉痛的神情，顯是因想到自己取代楊廣的位置，牽動要對付父兄的矛盾心情，暗自欷歔！

侯希白搖頭道：「這並非歷史重演，而是楊廣種惡因得善果。秦王爲的並非本身榮辱，而是救萬民於水深火熱中。」

寇仲爲沖淡李世民的愁懷，笑道：「成大事者豈拘小節？爲保命而奮鬥更是天公地道。哈！讓我這機關聖手負責開門啓壁。」

尉遲敬德和長孫無忌聞言搶前，分別拉開左右把活壁鎖死的重鋼門閂。

寇仲雙掌按上活壁，緩緩把活壁推開，露出尺許空隙時，徐子陵忽然虎軀輕顫，低呼道：「不好！有人來！」

寇仲亦聽到從皇宮那邊傳來微僅可聞的異響，心中想到尹府被封閉的出口，心叫不好時，徐子陵閃身而出，迅如鬼魅般往尹府出口掠去。

寇仲接著搶出，低呼道：「火熠！」侯希白亮起火熠緊跟兩人之後，追了出去。

跋鋒寒沉聲道：「有人開啓另一端的出入口。」

李世民、長孫無忌、尉遲敬德、王玄恕和隨行的三十名飛雲衛，人人緊張至一顆心提至咽喉處，亦暗呼幸運，因爲只要稍早或略遲，均要錯恨難返，偏是這麼湊巧，可見冥冥中自有主宰。由於入口離尹府的出口只十多丈的距離，以寇仲和徐子陵的身手，應有充裕時間弄掉頂死開關的木方。果然幾下呼吸的時間，徐子陵和寇仲各捧著一條木方，與侯希白退回活壁後，跋鋒寒立即抓上設於活壁的門把，把活壁回復原狀。

寇仲把木方交給尉遲敬德，把耳朵貼上活壁，道：「子陵助我！」

長孫無忌接過徐子陵提著的木方後，徐子陵雙手按上寇仲背心。

寇仲道：「加上鋒寒更好。」跋鋒寒依言照辦。

寇仲夢囈般道：「他娘的！不是巡兵，只有一個人，此人的功力不錯，他奶奶的竟是踏地無聲，卻瞞不過我這功夫比他更好的人。」

李世民等雖是心情緊張，仍忍不住心中好笑，寇仲正是這樣一個人，無論情況如何惡劣吃緊，他仍是玩世不恭，愛開玩笑，不忘娛人娛己。

寇仲片刻後又道：「他在打開出口的門關，出口開哩！」

徐子陵和跋鋒寒的眞氣源源送進他體內，三人在眞氣傳送上合作慣了，令寇仲的耳力以倍數提升，換過另三個人，即使內功與他們相等，由於路子不同，絕無法達致同一靈效。

寇仲透過厚達兩尺的活壁，一絲不漏把地道內的聲響盡收耳內，驟聽到尹祖文熟悉的聲音響起道：「情況如何？」

另一陰陽怪氣的聲音答道：「一切依計畫進行，你們方面是否一切順利？」

寇仲猛震一下，失聲道：「我的老天爺，差點撞破我們好事者竟是韋公公。」

李世民等無不聽得面面相覷，對李淵一向忠心耿耿，深得李淵信任的韋公公，竟是與魔門勾結的叛徒。

跋鋒寒提醒道：「不要說話，留心聽。」

尹祖文的聲音傳入寇仲耳內道：「士宏的人即將由地下庫道入城，一切順利妥當，唯一問題是寇仲小賊的人忽然分散各處，不過不用擔心，我們會嚴陣以待。」

韋公公道：「李淵剛把最寵愛的三位妃子召往延嘉殿陪他過夜，宇文傷父子、尤楚紅婆孫、褚君明夫婦奉命到延嘉殿保護他們。李淵待會將不會如常到御書房，而是留在延嘉殿，這一切全在祕密中進行，只有河間王李孝恭和一眾李淵的親信近衛才曉得李淵今晚不在原來的寢宮過夜。」

尹祖文冷笑道：「李淵眞的聽教聽話。」

韋公公冷靜的道：「因要應付寇仲那支人馬，已抽空了禁衛軍，李淵又沒有膽子，宮內的禁衛大部分均調去保衛他，所以其他地方防守薄弱，只要行動迅速，配合我們一手營造的形勢，加上我和婠兒作內應，我們定可成功。」

尹祖文道：「我們該於何時發動攻擊？從哪一門突入延嘉殿？」

韋公公道：「你們要在準寅時三刻由東門進襲，到處放火，製造混亂。李孝恭於延嘉殿的近衛部隊兵力薄弱，雖說沒有庸手，但你們該吃得住他們。」

尹祖文道：「一切依公公吩咐。」

韋公公道：「不是依我吩咐，而是依婠小姐的吩咐，她才是陰癸派之主。好哩！把蓋子關上吧！我還要去伺候李淵。今晚的口令是天下統一，萬世流芳。」

蓋子闔上，足音遠去，出口由密關變爲可以隨時從外面開啓。

寇仲轉過身來，面對衆人，挨在活壁上倒抽一口涼氣道：「好險！」衆人呆看著他。

寇仲道：「原來婠婠的眼線竟是韋公公，難怪能對宮內的事瞭如指掌，他奶奶的，皇上明天不會到御書房去，而是龜縮在延嘉殿。」眾人齊齊色變。

寇仲微笑道：「還有一個好消息，是婠婠亦在殿內，只不知她是扮作宮女還是小太監。」

徐子陵倒抽一口涼氣道：「若有婠婠在，加上韋公公，我們恐無法一舉控制全局。」

寇仲道：「不但有婠婠和韋公公，宇文傷、尤婆子、神仙眷屬夫婦全體在場，那顏歷亦該在那裏胡混，場面眞夠非常熱鬧。」

跋鋒寒皺眉道：「不要猛賣關子，時間無多，還不從實招來。」

寇仲把韋公公和尹祖文的對答重述一遍，道：「這叫天命在我，聽幾句話足可扭轉我們的命運。」

侯希白沉吟道：「這麼看，韋公公應是陰癸派的人。」

寇仲道：「這是當然的。韋公公說不定是祝后的師兄之類，否則不會叫婠兒那麼親切。」

李世民沉聲道：「我們要改變計畫。」

寇仲笑道：「我們不但要改變計畫，還要扮作林士宏，只有這樣，才可以享受到婠美人和韋公公的裏應外合。」

跋鋒寒啞然失笑道：「好計！」

尉遲敬德不解道：「我們爲何扮作林士宏的人？」

李世民欣然道：「這方法叫魚目混珠，全體蒙頭蒙臉，少帥對嗎？」

寇仲開懷大笑道：「果然是我寇仲的頭號對手，守衛延嘉殿的近衛兵力薄弱，我們有五百人便足夠，一半人扮林士宏的賊軍，一般人扮護駕的禁衛，大事可期。」

輪到李世民不解道：「我們爲何扮禁衛？」

徐子陵微笑道：「外面的祕道不但可通往皇宮，還可通往皇城西南禁衛所的甲冑庫和兵器庫，把玄甲精兵裝扮爲禁衛，只是舉手之勞。」

侯希白道：「皇城的禁衛和宮內的禁衛服飾沒有分別嗎？」

長孫無忌道：「只是肩飾有別，我們制著宮內的禁衛，可輕易改裝。」

李世民道：「時間緊迫，我們須立即行動。」

寇仲應喏道：「遵旨！到長安後，直至剛才一刻，我們才眞正轉運。哈！」

徐子陵和寇仲來到獨坐於天策殿正大門外，白石台階最上一級處的跋鋒寒左右兩旁坐下，三人均一式夜行黑衣，只差沒戴上蒙頭黑布罩。

寇仲笑道：「是否在想念芭黛兒？」

跋鋒寒不答反問道：「一切順利？」

寇仲道：「順利得令人難以相信，我原本還擔心衛所大批禁衛軍服失竊，會引起警覺，豈知衛所的人空巢而出，齊集往皇城西北的駐所。如今再有一刻的時間，我們將可準備就緒。侯小子呢？」

徐子陵瞧著廣場上玄甲精兵頻繁的調動，不斷進出地道，人人士氣昂揚，隊形整齊有序，充滿動力的美感，但又是如此悄然無聲，形成奇異的節奏和對比。

跋鋒寒回答寇仲先前的問題道：「我甚麼都沒有想，連能否與畢玄決戰亦忽然變得再無關重要，心中平靜寧和，頗有點無憂無慮的逍遙感覺。」

此時換上禁衛軍服的大批玄甲精兵，齊集列隊於地道入口旁，由段志玄向他們作出訓示，使他們清楚曉得入宮後的行動。

寇仲道：「這叫化境。照我看你老哥以前一意擊敗畢玄，是因此爲唯一折辱突厥人的途徑，因爲憑你個人的力量，實無法挑戰整個突厥族。可是現今形勢驟轉，不可能的事變成可能，擊敗畢玄與否再非頭等大事。咦！陵少又在想甚麼呢？」

徐子陵道：「我忽然想到石之軒，希望他仍留在玉鶴庵，否則今夜我們的行動不敢樂觀。」

換上夜行衣的李世民和侯希白出現在三人視線內，直抵石階。

李世民欣然道：「志玄曾在皇宮當過禁衛統領，熟悉宮內軍系運作，由他指揮我們的假禁衛，可以天衣無縫。」

寇仲笑道：「趁有機會快坐下歇息，段將軍之後是否被人攆走的？」

李世民在寇仲旁坐下，點頭道：「他因開罪尹德妃丟官，改而投向我？」

寇仲道：「問題不在他是否開罪尹德妃，而在他出身於關中劍派，被逐是早晚的事。哈！小侯你到哪裏去胡混？」

侯希白坐到徐子陵旁，神祕兮兮的道：「你猜得對！我是名副其實的胡混去了，過過畫聖押的癮兒。」

三人聽得大惑不解，李世民解釋道：「希白著我給他看父皇的押記，說他可冒父皇簽押，以假亂眞。」

跋鋒寒欣然道：「他有沒有吹牛皮？」

李世民道：「練習百來次後，連君集也分不出眞假。」

寇仲道：「侯君集？」

李世民點頭道：「正是侯君集，初入長安時，父皇一切詔旨均由他起草。」

寇仲大喜道：「既是如此，待會我們到御書房取得璽印箋紙，可代發聖旨。」

李世民道：「若牽涉到軍隊調動作戰，還須軍符才行，今晚父皇定會把令符隨身攜帶，以備隨時下令。」

李靖來到台階下，稟告道：「一切準備妥當，請秦王頒令。」

李世民唇角逸出笑意，點頭道：「立即行動。」

太極宮內共有十六座大殿，主建築位於承天門至玄武門的中軸線上，依次為太極殿、兩儀殿、甘露殿和延嘉殿四大殿。太極殿號為「中朝」，兩儀殿為「內朝」，是大唐之主李淵處理政務辦公之用。其他兩座大殿，甘露殿慣為宴會之所，延嘉殿最接近玄武門，類似凌煙閣和凝陰殿，設置寢宮、書齋、廳堂，乃李淵與群妃歡樂之地。不要以為李淵避到延嘉殿，是有親自督師之意，事實上延嘉殿後靠玄武門此軍事重地，禁衛總指揮所在處，比太極宮內任何地方更安全。如非有常何照應，若有任何風吹草動，玄武門禁衛軍來援，力足可迅速粉碎任何突襲侵擊。

將尹府出口重新封閉後，寇仲、徐子陵、李世民、跋鋒寒、侯希白、尉遲敬德、長孫無忌、王玄恕和三十名飛雲衛領先抵達太極宮的出口，開啓後進入太極殿。接著扮作禁衛將士的段志玄、秦叔寶、程咬金等逾五百人，陸續經祕道踏足廣闊的太極殿，衆人均既緊張又興奮，能神不知鬼不覺地潛入太極宮，已收事半功倍的效益。

寇仲、李世民等聚在另一道入口處商議，寇仲道：「現時守衛太極宮者不足五百人，假如我們手腳乾淨點，又能知會常何，說不定可兵不血刃的控制整座太極宮，那就算我們硬闖延嘉殿或大打出手，亦可不驚動其他人。」

李世民道：「知會常何方面該沒有問題，倘若太極宮落入我們手上，我們可直接派人去見他，旁人還以爲是例行的事。」

段志玄道：「玄武門的禁衛所與太極宮有重門分隔，延嘉殿又是在林木隱蔽之內，聲音不易遠傳，只要我們能突破外殿門，以雷霆萬鈞之勢一舉擊垮對方的防禦力量，憑強弩利刃遠攻近搏，可望一戰功成，然後從容知會常何。另一方面我們更可將整座延嘉殿包圍封鎖，不容任何人去召援示警。」

由於他曾在宮內任要職，清楚其中情況，所以他的提議，分外令人重視。因怕被尹祖文搶先從祕道入宮，所以他們到太極殿後始研究作戰的策略和細節。尉遲敬德把太極宮詳圖攤開在龍椅旁的龍几上，讓眾人一目了然。飛雲衛和玄甲兵全體坐地稍息，數百人沒有半絲聲響，益增大戰前密雲將雨的緊壓氣氛。

徐子陵搖頭道：「這樣做會有重大傷亡，應可避則避。」

李世民如釋重負道：「理該如此。」

跋鋒寒不以爲然的道：「然則計將安出？」

寇仲搭著他肩頭笑道：「誰夠聰明，誰便能活下去。看！延嘉殿由三重殿宇相連，東南西北各有一門，這麼大的地方，李孝恭的數百人必須分散各處，變成任何一處均是兵力薄弱至不堪一擊的地步，我們可由外而內佔據殿內要塞。通常作指揮的，該待在哪裏？李孝恭總不能四處巡邏，否則他巡至北門時，南門有變，他豈非遠水不能救近火？」

段志玄恭敬答道：「若皇上入住延嘉殿，天黑後，正殿和後殿即封閉，只餘中殿開啓，照慣例，李孝恭會與一批手下留駐中殿，一方面可照應全局，另一方面方便應召，貼身保護皇上。」

寇仲喜道：「這麼說，皇上應是把甚麼愛妃愛嬪、護駕高手和親兵，全一古腦兒關在後殿裏。」

段志玄答道：「對！後殿又名賞槐閣，是獨立的園林樓閣建築，另有院牆圍護，牆高三丈，設南北大門，有烽火台。」

長孫無忌補充道：「貼身保護皇上的親兵逾百人之衆，是御衛軍中最精鋭的隊伍，人人肯爲皇上効死。」

寇仲哂道：「肯爲皇上効死起不了甚麼作用，因爲他們根本沒有這個機會。老子我現在滿腦大計，說出來給你們參詳如何？哈！眞有趣。」

徐子陵忽然色變道：「聽！」

接著無人不大吃一驚。大批軍隊步操的聲音從太極宮後玄武門的方向隱隱傳來，完全出乎他們意料之外。

段志玄不自覺地抹掉額角的冷汗，顫聲道：「不好！是換防。」

寇仲一頭霧水道：「換防？」

跋鋒寒苦笑道：「我們高估了李閥主的膽量，竟調玄武門的禁軍入宮來保護他。」

李世民沉著的道：「調入的應是屬西內苑唐儉的部隊，若全部出動可達一萬五千人，以倍數提升太極宮的防禦力，我們的計畫不再可行。」

寇仲是唯一仍保持笑容的人，從容道：「換防究竟是他娘的怎麼一回事？請告訴我。唉！他奶奶的，韋公公與尹祖文所說的營造某一種形勢，難道是這麼一回事？對他們的計畫有甚麼好處？」

段志玄迅速答道：「唐儉的人將代替禁衛軍把守宮內各處，而被換下的禁衛軍會到延嘉殿增防。」

寇仲道：「整個換防須時多久？」

段志玄答：「至少半個時辰。」

寇仲大喜道：「那就有救哩！我們也要扮成御衛軍。」

李世民搖頭道：「我們會被認出來的，絕無僥倖。」

寇仲微笑道：「若認出來的是剛從赴吐谷渾路上中途折返的蔡元勇和匡文通又如何？他們可是貨眞價實的禁衛小將。」

徐子陵道：「即使能瞞過唐儉的人，仍無法闖入延嘉宮，因爲我們總不能大隊人馬五百多人操入延嘉殿，且任何打鬥聲，均會惹得唐儉的人潮水般擁來護駕。」

寇仲淡淡道：「蔡元勇和匡文通忽然出現，要見皇上，肯定沒有人明白這是怎麼一回事？只好由李孝恭親自詢問我們，我有把握說服他投向我們一方，而此爲今夜我們致勝的唯一機會，再沒有另一個選擇。不論風險如何高，此險亦不能不冒。來！著他們脫下軍服讓我們這支先頭部隊換上，頭盔拉低少許，明白嗎？」

當這支冒牌的禁衛軍從假石山出口所在的御園，隊形整齊的操往延嘉宮，包括寇仲在內，沒人再有勝券在握的信心。其他人在秦叔寶和程咬金率領下退返掖庭宮，只餘下他們這支由飛雲衛和玄甲精兵組成總數五十許人的隊伍爲爭取勝利作孤軍奮鬥。李世民、跋鋒寒、侯希白、尉遲敬德等一衆容易被認出的人藏在隊伍中，只要不是逐一辨認，當可過關。他們「出場」的時間拿捏準確，是最後幾支開往延嘉宮的隊伍之一，否則必被熟悉宮內情況的御衛發覺有異，還要費盡唇舌解釋爲何守皇城的禁衛闖入太極宮來。

扮成蔡元勇的寇仲向並肩而行由徐子陵扮的匡文通道：「你在想甚麼？」

徐子陵苦笑道：「我在想種種最壞的情況，都沒有任何方法應付，生出智窮力盡的無奈感覺。」

寇仲也以苦笑回報，道：「你道我在想甚麼？竟是穿上的鞋子賣相如何？唉！人眞奇怪，在此等時刻仍可想及這般無聊的事。」

徐子陵道：「有人來哩！」

一隊唐儉的外戍軍迎面操至，人數在百許人間，由一將弁帶領，雙方前排的提燈者同時舉起燈籠，往另一方照射。位於寇仲後方、眞正指揮進退行動的段志玄先發制人，喝道：「天下統一！」對方以「萬世流芳」回應時，兩隊人馬擦身而過，對方果然沒有生疑，甚至沒有留意他們與宮內禁衛有別的肩飾。如是者連遇兩隊入宮換防的外戍軍，仍能無驚無險的過關。

當抵達延嘉宮的外圍區域，麻煩終於來臨，外戍軍重重布防，把守進入延嘉殿通道的各處門關。後面的段志玄向兩人道：「我們必須先停下來，喊軍令！然後報上軍階身分，經驗證無訛，始可過關。」

話還未完，對方一名將弁打出停止的手號，嚷道：「天下統一！」

寇仲應道：「萬世流芳。馬球長蔡元勇、匡文通。」全隊人倏然止步立定，並敬軍禮。

將弁回禮後，排衆而出，欣然道：「果然是蔡大人和匡大人，校尉伍明，參見兩位大人。下屬有幸得睹兩位大人在球場上的威風，至今仍歷歷在目。」

寇仲心中叫好，看來他們隨伏騫往吐谷渾的事，知情者只限一小撮人，而這伍明肯定不是其中之一。踏前一步，先發制人的低聲道：「我們奉有韋公公密令，離宮爲皇上辦事，現在回來向皇上彙報。」

伍明對宮內禁軍系統並不認識，沒有因他們肩飾有異而生出警覺，只曉得蔡元勇和匡文通是李淵身邊紅人，欣然道：「兩位大人請！」

衆人暗鬆一口氣，通過關卡，左轉進入通往延嘉殿東門的御道。不過生死未卜的感覺仍纏繞著每一個人，在這樣的形勢下，一旦出事，絕無倖免。東門處燈火通明，人影幢幢，把守的不再是外戍軍，而是李孝恭的近衛系統御衛羽林軍，休想如先前般蒙混過關。

段志玄低聲迅快的道：「皇上法駕在處，我們的皇城禁軍依例須留在門外十丈處。」

寇仲推前兩丈後，高呼道：「止步！」全隊站定。

寇仲向徐子陵微笑道：「成功失敗，就看今宵！兄弟！我們出馬啦！」

徐子陵收攝心神，與寇仲邁開步伐，朝東門走去。守門的御衛無不認識兩人，見他們忽然領著一批禁衛大搖大擺的來臨，均感愕然。

寇仲一副當上大官的模樣，喝道：「誰是拿得主意的人，我和匡大人要立即入宮見皇上！」

御衛羽林軍本是長安城內最霸道的軍人，從來不用給其他系統的兵將賣面子，不過他們更清楚兩人乃皇上身邊紅人，遂不敢怠慢，有人立即往報。不片刻一員武將匆匆而來，兩人隔遠看到均大失所望，也心中叫苦，來者並非他們期待的李孝恭，而是程莫的副手，他們在宮內的舊相識，口甜舌滑的廖南。

廖南一身御衛將領裝束，見到兩人大感意外，目光更掃向段志玄的隊伍，滿臉疑惑的道：「兩位大人不是出使到吐谷渾去嗎？」

此正爲兩人大感頭痛的原因，終碰上知情者，令他們再難蒙混。

寇仲人急智生，踏前兩步，來到廖南身側，壓低聲音道：「千萬別說出去，我們這次藉出使爲名，事實上是奉皇上密旨，調查吐谷渾與西突厥勾結的事，現在有重要情報，須刻不容緩的稟報皇上。」

廖南分不清眞假，爲難的道：「皇上現於延嘉閣休息，可否待至天明，上報韋公公，由他安排？」

寇仲焦急的道：「西突厥和吐谷渾的聯軍隨時可至，我們必須立即上稟皇上，此事關係重大，御騎長程莫大人最清楚這件事，請他來可知我說的句句屬實。」

明知程莫不在這裏，當然要見風使舵。

廖南給嚇了一跳，駭然道：「西突厥和吐谷渾的聯軍？唉！程大人有事在身，不在這裏。」接著斷然道：「這裏的指揮是河間王，進入延嘉閣須得他點頭，這樣吧！我帶你們去見他，由他定奪。」

寇仲心忖這才乖嘛，向徐子陵打個眼色，隨在廖南身後踏入東門。

寇仲和徐子陵給安置往中殿東門以屏風分隔的玄關坐下，等候李孝恭對他們「妄求」的回應，他們並非希冀李孝恭肯破格通容，而是只求見到李孝恭。何況即使他們能進入延嘉閣，也肯定難有作爲。整座延嘉殿十步一崗、二十步一哨，主道和出入門戶更是重重布防，殿牆外各個關口通路更由唐儉派來的重兵把守，在如此強大的防衛陣容下，即使玄甲精兵和少帥軍傾全力攻打，仍難免招來全軍覆沒的後果。兩人並排坐在設於一旁的椅上，門階固是守衛森嚴，屏風兩旁的入路亦分由十多名御衛把守，使他們不敢說話。他們既擔心能否說服李孝恭，也擔心是否有機會與李孝恭對話。而更擔心的是仍在殿外等候的李世民、跋鋒寒等人，怕有人對他們起疑，盤問下露出馬腳。半刻鐘時間像經年的漫長難耐。

密集的足音從屏風後傳來，兩人心中大懍，以李孝恭屬皇室人員、河間王的身分，該只有他們往見的份兒，哪會變成李孝恭紆尊降貴的來會他們。心叫不妙時，如狼似虎的御衛軍從屏風兩旁湧出，二十多人手持上弦的弩弓勁箭，以半圓形的陣勢近距離瞄準兩人，齊聲高喝道：「不要動！」寇仲和徐子陵哪想得到有此變化，在未弄清楚是怎麼一回事前，不敢有任何妄動，只好扮作一臉無辜及冤屈的舉高四手，以示不會反抗。如此變化，始料不及。

李孝恭在廖南和另十多名一看便知是精銳裏的精銳的御衛高手簇擁下，從屏風轉出來，橫排在弩箭手後方。廖南向兩人頻打無奈的眼色，表示自己無能爲力，一切由李孝恭作主，著他們小心應對。他的神情令兩人生出希望，曉得非是沒有轉機。

李孝恭冷然悶哼道：「你兩人好膽，竟敢一派胡言來誆我，你們可知皇上有令，今晚任何人闖宮，一律格殺勿論。不論領你們進來者又或放行者，均治以叛國之罪，還不給本王從實招來？」

寇仲再放下一件心事，殿外的冒牌軍仍未被揭破身分，心中一動，七情上臉的道：「河間王明鑑，小人所言字字屬實，若有一字虛言，教我……嘿！教我……唉！我是親眼目睹，穿針引線者是叛賊楊文幹。唉！大義當前，河間王該知取捨。」

包括徐子陵和廖南在內，場上無人不聽得一頭霧水，且肯定他言詞閃爍，立誓不全。只有李孝恭大感錯愕，因爲此正爲寇仲之前與他說過的話，記憶猶新。李孝恭呆看著他，其他人鴉雀無聲，氣氛像一條繃緊的弓弦。

寇仲怕他仍未醒悟，續道：「我兩兄弟冒死犯禁入宮，爲的是長年受苦的無辜子民，只有及時稟上皇上，才有可能擊垮敵人，希望河間王能在此緊要關頭，爲天下著想，作出最明智的選擇，如此則是萬民之幸。」

這番話不但夾雜著先前向李孝恭說過的舊話，還以同樣語調口氣說出來，李孝恭登時臉色數變，陣白陣青，顯是心內兩個矛盾的念頭，正展開最激烈的鬥爭。

廖南正要爲兩人說好話，李孝恭喝止道：「閉嘴！」

廖南立即噤若寒蟬，不敢把提到咽喉的話說出來。

寇仲苦笑道：「若河間王肯容我們私下奏稟，定必體諒我們急於驚動皇上聖駕的苦心。」李孝恭似經惡戰連場失去一切精力般現出心力交瘁的神態，嘆道：「好吧！給本王押解他們兩人到軍堂去，你兩人只要循規蹈矩，本王會以禮相待。」

軍堂等於延嘉殿的小型御衛軍指揮部，是設於中殿西門的獨立建築物，旁建烽煙台，能以燈號與玄武門或其他烽煙台的禁衛軍所直接通消息，又可以烽煙召集更遠的城衛軍，對太極宮的防禦舉足輕重，故李淵今夜移居此殿，非是無因，進攻退守，主動權全操於他手上。寇仲和徐子陵雖像被押送重犯的解往軍堂的議事密室，心中卻對李孝恭非常感激。他一句以禮相待，既不用五花大綁，更令寇仲避過遭搜出井中月和刺日弓之厄，否則眞不知如何解釋爲何屬於少帥寇仲的東西會出現在他蔡文勇身上。尤其是刺日弓，誰都曉得爲天下兩大摺疊弓之一，因他和跋鋒寒名傳塞內外。

兩人被指示在長桌一邊坐下，各由四名提刀御衛侍候，室門和四角均有人把守。稍待片刻，李孝恭駕到，喝走衆御衛，又親手把門關上，坐到另一邊，頹然道：「少帥怎可如此莽撞，你教我現在該怎麼辦？」

寇仲和徐子陵揭開面具，前者肅容道：「情況的凶險，遠超乎我們想像之外，直到剛才，我們才曉得韋公公是陰癸派的人，在宮內作魔門的內應，而陰癸派新一代的主子婠婠，肯定已混入延嘉閣內，皇上的性命危如累卵。」

李孝恭一震道：「竟有此事？」接著稍作沉吟，搖頭道：「即使韋公公如你所說確是魔門的奸細，可是延嘉閣內高手如雲，他和婠妖女兩個人能起得多大作用？據我所知，皇上是由宇文閥主、尤老夫人和褚君明夫婦貼身保護的。」又問道：「現在在殿外等候的那隊人，是否有秦王在？」寇仲點頭應是。

李孝恭痛苦得以兩手支托額角，沉聲道：「你們是否試圖行弒皇上？」

寇仲斬釘截鐵的道：「我寇仲絕無此心，今晚僥倖行險，只希望李家能讓最有才能的人成爲繼承人，用點手段在所難免，我們要的是皇上隨身攜帶的兵符軍令。若不能成功，我和子陵只好殺出長安，再看看誰是主宰天下的人。但擊退外侮、一統天下的機會就在眼前，河間王一言可決。」

李孝恭放開雙手，神色回復平靜，顯然終於作出決定，目光凝注寇仲，緩緩搖頭道：「恕孝恭難以從命，你們若要動手殺我，現在是唯一機會。」

寇仲和徐子陵兩顆心直往下沉，沉入失望無奈的深淵，沒有李孝恭全面的合作，不要說完成目標，根本是寸步難行。

徐子陵苦笑道：「我們若是這種心狠手辣、不擇手段的人，今天就該擁兵梁都，坐看塞外聯軍入侵關中，樂享漁人之利。」

寇仲嘆道：「你打算如何處置我們？我們當然不會束手待斃的。」

李孝恭平靜的道：「你們和秦王走吧！」

徐子陵不解道：「那事後追究起來，河間王肯定犯上殺身之罪。」

李孝恭臉上現出正氣凜然的輝澤，道：「若寇仲、徐子陵和秦王命喪長安，天下將再無可對抗塞外聯軍之人，李孝恭死不足惜，卻不願擔上千古罪人的責任。你們走吧！關中再沒有你們容身之所，我可以全力掩護你們撤退。」

寇仲嘆道：「難道沒有更好的解決辦法嗎？聯軍殺至，關中將片瓦難全。」

李孝恭仰望屋樑，緩緩道：「尚有一個辦法。」兩人生出希望。

李孝恭目光移下，掃過兩人，沉聲道：「我們一起入宮求見皇上，請他念在天下蒼生的分上，懸崖勒馬，避過自相殘殺的淒慘結局。」

兩人聽得你眼望我眼，倒抽涼氣。如此豈非送羊入虎口、自投羅網？正面對撼，他們絕沒有僥倖可言。

「砰！」寇仲一掌拍在桌上，雙目神光大盛，從容道：「就我們兩人隨你去見皇上如何？秦王最好不要牽涉其中，可是若皇上聽不進逆耳忠言，我們將全力突圍逃走。」

李孝恭道：「只要你們能證實韋公公是陰癸派的人，已混入宮內，齊王確與林士宏、楊文幹祕密勾結，而太子則與突厥人合謀對付秦王，皇上說不定會回心轉意。」

徐子陵點頭道：「我們姑且一試，請河間王派人知會秦王，著他們千萬要耐心靜候。」

李孝恭同意道：「這方面沒有問題，我們立即求見皇上。」

李孝恭領寇、徐兩人直抵延嘉閣外院正門，把門的御衛見頭兒來到，舉兵器致敬，兩人雖已回復本來面目，沒人敢有半句說話，可見軍紀的森嚴。

李孝恭喝道：「少帥、徐先生求見皇上，立即啓門。」

一個聲音隔門響起道：「皇上正於閣內安寢，不宜驚動，請河間王明察。」

李孝恭不悅道：「李漠你恁多廢話，皇上方面一切有我擔當，還不給我立即開門？」

李漠惶恐的道：「可是韋公公吩咐……」

李孝恭大怒道：「誰是領軍的人，若不立即啓門，軍法伺候。」

大門緩緩開啓。延嘉閣在燈光映照下，明如白晝，美景展現眼前，不要說刺客，飛進一頭蒼蠅恐也難瞞過林立的崗哨。門內的將士全體以軍禮致敬。延嘉閣後靠玄武門的禁衛指揮所，是多功能的群體建築，設有款客、歌舞、球戲、百戲等各種活動場所，分布於園林之內，在外朝內朝之外，李淵也會在這裏召見親信大臣，被稱之爲「入閣」，規模之大，可以想見。

寇仲和徐子陵隨在李孝恭身後，昂然入閣，可是表面的風光卻掩不住頹喪無奈的惡劣心情，在這等情況下要說服李淵，是下策中的下策。可是李孝恭堅持如此，他們有甚麼辦法？最糟糕的是有韋公公在挑撥中傷，攪風攪雨，他們將陷進任人魚肉的局面。婠婠的智慧手段更不可低估，而若非婠婠，他們現在也不致處於如此下風劣勢。戀棧權位美人的李淵，應是絕不肯錯過這討好突厥人，一舉除去寇仲和李世民，在宋缺再不能構成威脅下一統中原的千載良機。三人邁步前進，衆御衛雖感寇仲和徐子陵於此時刻入宮不合常規，但有頭子領路，誰敢異議。

李孝恭低聲道：「皇上今晚的寢宮設於太液池旁的太液官，位於殿內正北，由帶刀親衛把守，他們只向皇上負責，我只能請他們通傳，再由皇上決定是否接見。」

寇仲低聲問道：「韋公公該在何處？」

李孝恭道：「他該在太液宮內打點一切，不過他並沒有阻止我直接見皇上的權力。」

徐子陵問道：「護駕高手是否也在宮內？」

李孝恭苦笑道：「我如此向兩位透露宮內的情況，已犯上叛國死罪。唉！太液宮分前後三進九組建築，若我沒有料錯，一衆護駕應留在前進。到哩！」

三人繞過一座建築，只見林木婆娑，一條直路穿林而過，路兩旁設有宮燈照明、亭園小橋，在漫天星斗覆蓋下，白石鋪築的林道延伸至另一組園林建築，處於較爲高曠的地勢下，燈火在林木間掩映，春風拂來，頗有微風徐動、孤涼淒清之意。再往前行，一道溪流不知從何渠何川引注，在前方潺潺流過，木橋跨於其上，至此又有御衛把守。

李孝恭迅快道：「一切由我來應付！」

兩人曉得進入帶刀親衛護駕範圍，不由也有點緊張。想到先前滿腹大計，要一舉控制皇宮，卻淪落至如此田地，禁不住心中苦嘆。衆衛人人目光灼灼往他們瞧來，見到隨李孝恭來者竟是寇仲和徐子陵，臉上均現出無法隱藏意外和驚愕的神色。其中官階較高者踏橋迎來，攔著去路，先向寇仲和徐子陵施禮，請安問好，然後向李孝恭詢問來意。

李孝恭肅容道：「少帥和徐先生有天大重要的事情，須立即與皇上商討。」

那頭領面露為難神色，低聲向李孝恭說了一番話，李孝恭表現豁將出去的膽色，道：「親衛長不用多慮，由本王一人承擔，皇上若要怪罪下來，可推到本王身上。此事十萬火急，親衛長最好直接向皇上稟告陳情，勿要經由他人傳達。」

那親衛長再向寇、徐二人施禮，傳報去也，消沒在林道盡處。

李孝恭偕兩人回到橋子另一端等候，道：「現只好靜候皇上的旨意。」

時間一點一滴的過去，寇仲和徐子陵耐心靜候，而時間對他們再不重要，即使曙光降臨，對他們也無分別。眼前擺明的形勢，一是李淵回心轉意，讓結盟進行落實，一是他們全力殺出長安，與李淵關係破裂。甚麼大計也派不上用場，以後只能在戰場上見眞章，所以他們的心反安定下來。

親衛長終於出現在三人視野內，神色平靜地來到三人前方，恭敬的道：「皇上有請少帥和徐先生，河間王請留在此處。」

李孝恭色變道：「少帥和徐先生由本王領來，本王必須面稟皇上其中情由。」

那親衛長垂首道：「這是皇上的指示。」

寇仲微笑道：「是皇上親口說的嗎？」

親衛長昂然答道：「是由韋公公轉達皇上的口諭。」

李孝恭與兩人交換個眼色，冷然道：「哪輪得到韋公公來對本王指指點點，立即給本王引路。」

親衛長露出惶恐神色，韋公公或李孝恭，兩方面都是他開罪不起的人。

李孝恭加重壓力，怒道：「一天本王是宮內御衛統領，皇上的安全一天由本王全權負責，有甚麼事當然由本王承擔。」

親衛長無奈下屈服，掉頭領路。三人跟在他身後，穿過林路，前方豁然敞開，三棟庭院並排坐列林木間，樓台高聳，下瞰園林，格局寬長，庭廊穿插，紫藤繞廊、紅藥夾道，又是另一番情景。可惜寇仲和徐子陵卻是無心欣賞，位於中間的主堂正門外長階兩旁，左右各列十名親衛，刁斗森嚴。三人步上長階，持戈親衛同時舉戈致敬，那親衛長退往門旁，恭請他們進入。

三人步入大堂，登時愕然止步。他們看見的不是移駕來會他們的李淵，而是散坐於布置得像權貴之家的會客堂內的宇文傷、宇文仕及、尤楚紅、獨孤峰、獨孤鳳、褚君明夫婦、顏歷等八大高手。宇文傷攔著內進之路，雙目射出鋒利的異芒，後門在他身後「蓬」的一聲關上，尤添他一閥之主的霸道氣勢。又再「蓬」的一聲，三人身後的正門闔攏，除非破頂而出，否則進退無路。而不用親眼目睹，也知李淵的親衛兵，已把此堂重重包圍，潑水不出。「篤！篤！篤！」尤楚紅神態悠然的坐在左旁太師椅處，身後站著一臉得意笑容的獨孤鳳，尤楚紅邊以青竹杖敲地，邊冷笑道：「這叫禍福無門，惟人自召，你們兩人今夜休想生離此地。」

第六章

龍符虎符

黃易 作品集

第六章　龍符虎符

李孝恭大怒道：「你們這算是甚麼意思？少帥和徐先生是我大唐國的貴賓，皇上的盟友，誰敢冒犯？」

顏歷雙手交叉搭在胸前，在宇文傷身後斜倚門旁，好整以暇的道：「結盟大典尚有兩個多時辰才舉行，一天未結盟，我大唐和少帥國仍處於交戰狀態，是敵而非友。」

李孝恭雙目生輝，凝望顏歷，沉聲道：「好膽！你是甚麼身分，竟以這種口氣和本王說話，以下犯上？」

獨孤鳳發出銀鈴般的嬌笑聲，道：「河間王的膽子才眞大哩！竟勾結外敵，意圖行刺皇上。」

李孝恭色變道：「你說話小心點，休要含血噴人。本王是否忠心，皇上比任何人更清楚。」

寇仲和徐子陵只看顏歷、獨孤鳳的神態語氣，知對方成竹在胸，佔盡主動和上風，立知不妙。

在宇文傷另一側的宇文仕及從容微笑道：「河間王既聲聲忠於皇上，就以行動證明給我們看。」接著右手高舉，喝道：「皇上龍符在此，見符如見皇上，李孝恭你給我跪下接令！」

三人目光不由落在他高舉的手處，金光閃閃、造型奇特的龍符在燈火映照下閃閃生輝，代表著能調動差遣皇宮皇城內所有禁軍御衛系統的最高權力。李孝恭胸口如受雷擊，臉色一變再變，再無半點血色，往後跌退，如非寇仲和徐子陵左右把他扶著，保證他會坐倒地上。

寇仲厲聲道：「我敢以我項上頭顱和宇文仕及你豪賭一場，此令符是由韋公公轉交給你，而非皇上親授。」

徐子陵心中暗嘆，在場者不論敵友，只他明白寇仲為何有這番話。今晚他們本是勝券在握，現在已完全失去把握勝算。棋差一著，滿盤皆落索，他們下錯的一子，是不能先一步看穿韋公公是陰癸派在宮內的奇著伏兵，且未能完全掌握韋公公於祕道內與尹祖文的對話。李淵隨身攜帶的至為關鍵的兩大兵符，龍符可指揮宮內禁軍，虎符則指揮外戍軍系統，龍虎兩符，等於控制著李淵在長安宮內宮外兩大軍系。魔門的計畫比他們急就章的應變更為完美，而事實擺在眼前，韋公公似不費吹灰之力便達到挾天子以令諸侯的絕對優勢。龍符既可交給宇文仕及來對付他們三人，虎符自應亦落入韋公公手上。唐儉的一萬五千大軍，說不定正是由韋公公召入宮來，乃韋公公和婠婠所擬計畫的一部分。他徐子陵雖仍摸不清楚林士宏從祕道潛入宮中的作用，但肯定可鞏固韋公公的優勢。現在長安的兵權落入魔門手上，其他各系，包括建成和元吉在內，全部只有挨打的份兒，他和寇仲等更不言可知。而他們的大禍正在眼前發生，一旦被宇文傷、尤婆子等纏上，再湧入李淵的親衛高手，即使以他和寇仲之能，仍是險惡非常。動起手來，敵眾我寡下，他們不會佔得任何便宜。

照情理，持龍符指揮護駕高手和親衛軍對付他們的應該是韋公公而非宇文仕及，但後者因宇文傷與李淵的深厚交情，投唐後成為得李淵寵愛的大將，當然比韋公公這太監頭子更有授命的資格和較合規矩。可是這絕對不是韋公公把龍符付託他的原因。照徐子陵估計，首先是韋公公認定徐子陵仍是內傷嚴重，只會拖累寇仲而不能造成任何威脅。其次是韋公公有更重要的事須他親力親為，不能假他人之手，而最有可能的是韋公公要直接控制唐儉手上的一萬五千大軍。寇仲正因此諸般原因，先以話穩住宇文仕及，而目標卻是他手上的龍符，只要龍符落入李孝恭之手，除李淵外李孝恭比任何人更能輕而易舉的把禁衛軍掌牢手上。他們並非全無機會，因爲敵人的注意力全集中在寇仲身上，予被誤以爲身負重傷的徐子陵有可乘之機。兩人心意相通，寇仲幾句說話，令徐子陵明白眼前唯一反敗爲勝的機會。當然！取得龍符後，要殺出延嘉閣仍是難比登天，不過這已成唯一選擇。

顏歷顯因對寇仲昨晚予他的羞辱沒齒難忘，此時還不有風使盡帆，反手取過藏在身後的長矛，大喝道：「誰有興趣跟你說廢話磨蹭！」腳步邁出，長矛一個迴旋，待矛勢使足，始往寇仲似掃似劈，實則直搠的猛攻而至，威勢十足。

諸人中，宇文家和獨孤家兩方五人，均對顏歷的領先出手視而不見，不但沒有半分配合的行動，獨孤鳳還露出不屑笑意，表現出世家大族高傲身分，根本看不起出身草莽的顏歷，一心看他出醜。只有褚君明、花英這對被美譽「神仙眷屬」的夫妻，從左側逼近寇仲，爲顏歷押陣。徐子陵心中一動，扯著情緒仍未回復過來的李孝恭往後撤，並以微妙的動作，向對手顯示自己確內傷未癒。

「鏘！」寇仲掣出井中月，看也不看隨手一刀劈在顏歷聲勢十足攻來的長矛，仍有餘暇道：「不但不是廢話，還關係到你們的生死榮辱……」

「噹！」出乎所有人意料，寇仲漫不經意的一刀，竟命中顏歷多次變化的長矛尖處，變成雙方硬拚一記。

螺旋勁發下，顏歷雄軀劇顫，硬生生被他劈得連人帶矛倒跌回原處，「砰」的一聲撞在門旁，足足挫退十多步，雖沒有吐血，可是臉色立轉蒼白，可見寇仲隨意一刀令他負上不輕的內傷。連宇文傷和尤婆子兩大宗師級的前輩高手，亦爲之動容。他們的本意是先讓顏歷摸摸寇仲底子，看通看透寇仲後始一舉而上，擊殺寇仲，孰知不但事與願違，且更感寇仲寓巧於拙，深不可測，刀法已臻圓熟無瑕的至境。看似一刀，卻是兩刀，第一刀以精巧絕倫的手法化去對手的矛勁，接著不發出任何聲響的一刀才是挫辱顏歷的眞凶。褚君明夫婦大感意外，一時不敢冒進，顏歷更是說不出話來。

獨孤鳳對寇仲哂笑道：「你這人眞是死性不改，自身難保，還要胡說八道。」

寇仲知道對方動手在即，更惟恐別人不曉得徐子陵負傷似的橫刀護在徐子陵和李孝恭前方，搖頭笑道：「若你們曉得韋公公的眞正身分是婠婠的師伯，尹祖文是『天君』席應的師弟，而婠婠此刻正在皇上的寢宮內，當不敢指我胡言亂語。」

宇文傷冷哼道：「這些話你留待到陰間對閻王說吧！」寒氣侵逼而至。

寇仲知他已臻化境的冰玄功蓄勢待發，忙道：「且慢！可否先讓我交代一件與你老人家有關的後事。」

獨孤峰快意道：「寇仲啊！你終於有今天哩！」

宇文仕及則在皺眉思索寇仲的話，聞言道：「快說！」

寇仲嘆道：「我們不但沒有殺死宇文化及，還讓他爲貞嫂殉情自殺，雙雙合葬於惟我知道的祕處，陪葬品有侯希白爲貞嫂畫的肖像畫。」

宇文傷愕然道：「你在胡說甚麼？」

宇文仕及大訝道：「貞嫂！你們說的是否貞妃？」

寇仲苦嘆道：「貞嫂以前在揚州賣菜肉包子，是我和小陵的恩人，我們的第一位娘。唉！想到她，甚麼仇恨恩怨都消解了，若非爲她，我們怎會觸怒小師姨傅君嬙，惹怒師公？鳳小姐與嬙姨相熟，該知我所言屬實。」

獨孤鳳冷笑道：「原來英雄一世的寇仲竟會搖尾乞憐，死到臨頭便隨處套交情，現在牽涉到的是我大唐國的興亡，任你舌粲蓮花，仍是難逃一死。」

李孝恭待要說話，卻被徐子陵阻止。寇仲聲調忽變，變成醜神醫莫一心的神態語氣，道：「老夫人的哮喘病，正由於十二正經和奇經八脈間協作失調，禍及肺經，經年累月下，羅此疾患。」這番話是他當日為尤楚紅診病時說的，難得他一字不漏，重說出來。

獨孤鳳一聲尖叫，花容慘白，瞪著寇仲，露出不能置信的神色，又不住搖頭，似乎要令自己相信這不是真的。獨孤峰和尤婆子驚愕得說不出話來。

顏歷勉強站定，戟指寇仲，喝道：「不要聽他妖言惑眾，咳！」

寇仲大笑道：「心虛哩！你這小子既與楊虛彥和烈瑕勾結，不會是好人。你明白我剛才說甚麼嗎？哪輪得到你插嘴。」

褚君明露出凝重神色，沉聲道：「少帥可否交代得清楚點，宇文將軍手上的龍符，確由韋公公轉授。」

寇仲向宇文仕及道：「我贏哩！頭顱得保。我敢以項上人頭擔保，因為沒有人比我更清楚魔門伎倆。倘仍不信，可派個人去求見皇上，我敢以人頭再賭另一鋪，包保見不著龍顏。」

宇文傷道：「少帥勿要危言聳聽。」

他的語調變得客氣，顯是因曉得寇徐兩人不是殺死宇文化及的人，又有安葬之德，仇恨之心為之大減。寇仲是情詞懇切地說出與貞嫂的關係，兼之宇文傷和宇文仕及清楚貞嫂的出身來歷，更知道寇仲非是藉這種事求情者，故大增寇仲的可信性。

徐子陵於此時插口道：「唐儉的人入宮換防，是否由韋公公代傳皇命詔書？」

李孝恭道：「確是如此。」

寇仲道：「現在事情變得非常簡單，我們制住顏歷這小子，再由你們派出一人去見皇上，事情自會水落石出。我不是危言聳聽，如讓魔門奸計成功，你們不但在長安再無立足之所，後果還不堪設想。以魔門一貫心狠手辣的作風，必會挾持皇上，然後把所有反對勢力連根拔起，獨孤家和宇文家正是他們的眼中釘。」

獨孤峰皺眉道：「這樣做對你寇仲有甚麼好處？」

寇仲從容笑道：「好處非常大，首先我不用當甚麼勞什子皇帝，一切由世民小子代勞。其次是我有機會率領天下最強大的正義之師，與頡利那傢伙一決雌雄。不瞞諸位，你們不要以爲可吃定我們，事實上陵少沒半點兒傷，若他攻你們不備，再由小弟配合，大有機會奪取仕及兒手上的龍符，不信讓陵少表演一下。」

話猶未已，徐子陵從他旁閃出，展開徐子陵式的「幻魔身法」，倏忽間現身宇文仕及左側，手往宇文仕及抓去。宇文仕及哪想得到徐子陵身法迅疾至此，駭然下往旁移開，無力反擊。宇文傷終是一閥之主，臨危不亂，雙掌推出，冰玄勁發，眼看擊中徐子陵，豈知徐子陵逆轉眞氣，改變勢子，一個旋身，來到顏歷前方，顏歷大吃一驚，勉強舉矛，徐子陵與他乍合倏分，當他退返寇仲身旁，顏歷頹然坐倒，被他點中穴道。衆人無不動容，包括寇仲在內。宇文傷更是難以相信，他明明擊中徐子陵，竟被他一個旋身完全化掉，如此武功，確是駭人聽聞。

寇仲意氣飛揚的道：「看到吧！我們是本著以和為貴的立場，才和各位說這麼多話，若秦王登位，不但立即天下一統，和平降臨，出現長治久安的局面。你們獨孤和宇文兩家因立下大功，繼續昌盛。告訴我，當今之世，誰比秦王更有資格當皇帝？」

李孝恭正容道：「少帥此來求見皇上，是要勸皇上懸崖勒馬，避免明天宮廷慘變。」

寇仲暗叫慚愧，直至此刻，他仍是一心要蕩平建成、元吉，李孝恭想的實是一場誤會。

尤婆子乾咳一聲，道：「老身不是懷疑少帥的話，即使韋公公有媗媗協助，要像現在般不動聲息的制住皇上，仍是沒有可能。今夜情況特別，皇上和我們均提高警覺，帶刀親衛半步不離，他們是韋公公無法收買的。只要有打鬥聲，守在四周的親衛會蜂擁馳援，韋公公絕無機會。」

寇仲問道：「皇上有上床就寢嗎？」

宇文傷道：「我親自把皇上送到寢宮門外，然後由親衛重重把守，如非皇上召見，韋公公亦不得其門而入。親衛之首是李凡，為人精明謹慎，不會輕易受騙。」

寇仲抓頭道：「這確教人難以明白。」

他的態度大得褚君明夫婦好感，花英代他想道：「今晚陪侍皇上的又非尹德妃，他們該沒法取得軍符。」

只聽她這兩句話，曉得她的心靠向寇仲一方。今晚寇仲可說出盡渾身解數，動之以情、陳之以利害、懾之以威。徐子陵的配合當然重要，更關鍵處是種善因得善果，以往的善行在此時此地得到回報。

徐子陵心中一動，問道：「今晚是哪位貴妃伺候皇上？」

獨孤鳳仍呆瞧著寇仲，夢囈般道：「是皇上新納的寵妃清貴人，我曾徹底搜查過她，一切沒有問題。唉！如今你說甚麼奴家也相信你啦！」

寇仲和徐子陵同時失聲道：「白清兒！」

宇文傷、尤婆子、獨孤峰等全體動容。

寇仲拍額嘆道：「千算萬算，卻算漏她。」接著把她的長相扼要形容出來，解釋清楚她的出身來歷。

尤婆子霍地起立，叱道：「我立即去看個究竟。」

宇文傷道：「且慢！」

眾人愕然朝宇文傷瞧去。

宇文傷沉聲道：「仕及，把龍符交給少帥。」

宇文仕及猶豫道：「這個……」

尤婆子向宇文傷豎起拇指，讚道：「做得好！少帥肯以德報怨，我們還有甚麼信不過他。河間王更是對皇上忠心耿耿，絕無可以懷疑之處。」轉向宇文仕及喝道：「還不照你爹的意思辦。」宇文仕及猛下決心，大步踏前，雙手把龍符遞予寇仲。

寇仲哈哈一笑，接過龍符，看也不看的遞給河間王，道：「我代秦王深切感謝各位，我們爲的是天下蒼生，中土榮辱。首先我們要弄清楚現在的迫切處境，然後採取最適當的策略，到寢宮救駕。河間王請主持一切。」

河間王肅容道：「接令！」

宇文傷道：「救人如救火，憑我們的實力，哪輪得到魔門的魍魎妄逞威風。」

寇仲哈哈笑道：「給閥主提醒，我的計畫立即擬成，先讓我們不動聲息將寢宮重重圍困，再與李凡聯繫，就那麼硬攻進去如何？」

「砰砰嘭嘭！」門窗粉碎，徐子陵、寇仲、宇文傷、尤婆子、跋鋒寒、侯希白相偕破窗碎門而入，以如此強大的陣容，即使挾制李淵的是石之軒和婠婠，恐也要措手不及。一切在不動聲息下進行，李凡先被親衛召出，說明一切，更從李凡處獲悉韋公公把龍符授予宇文仕及後，匆匆離去。眾人商議後，肯定寢宮內只有李淵和白清兒，一致同意以雷霆萬鈞之勢，入室救駕。沒有白清兒的尖叫聲，寢宮內靜得不合乎常理，只李淵一人擁被仰臥龍床上。六人撲至床邊，只見李淵面如金紙，氣若遊絲，正處於彌留狀態，半隻腳跨入鬼門關。李世民、李孝恭、李凡從破門處撲入，一見下魂飛魄散，跪倒痛哭。

寇仲喝道：「不要哭！」右掌按上李淵胸口，又叫道：「子陵助我！」

徐子陵掀起下截龍被，探手抓著李淵雙足，掌心緊貼湧泉穴，提議道：「寇仲你試從天靈穴輸入長生氣，我在丹田穴與你會合。」

尉遲敬德、段志玄和長孫無忌攔著室門，阻止其他人進入，以免騷擾兩人。眾人屏息靜氣，壓下激動的情緒，把希望寄託在兩人名震天下的長生眞氣上。小半炷香的工夫後，李淵的臉色開始變化，漸轉紅潤，胸口輕起輕伏，呼吸漸暢。

寇仲首先收手，欣然道：「白妖女那甚麼娘的奼女大法眞厲害，幸好皇上底子深厚，有驚無險，度過難關。」眾人齊聲歡呼。

徐子陵亦鬆開兩手，道：「千萬不要移動皇上，只要讓他睡上幾個時辰，自然醒來，將是健康如常。」

李世民和李孝恭從地上站起來，李凡仍面如死灰的跪在地上，顫聲道：「李凡護駕不力，罪該萬死，請秦王賜罰。」

李世民探手被內，爲李淵把脈，證實徐子陵所言屬實後，放下心頭大石，哪還會與李凡計較他是否失職，道：「過不在你，起來！」

李凡如獲皇恩大赦，誠惶誠恐地垂手恭立。

李孝恭皺眉道：「白妖女沒可能在不驚覺任何人下溜掉的。」

寇仲問李凡道：「韋公公有否隨人同行？」

李凡答道：「是一向跟隨他的小公公……」

李世民不待他說完，喝道：「給我搜！」接著向宇文傷等人道：「時間緊迫，父皇這裏一切如舊，由各位護駕高手和親衛負責保安，外面由我們應付。延嘉宮內一衆侍臣婢僕，不准離屋半步，違令者格殺勿論。」

說罷大步踏出寢宮，寇仲等則以截然不同的振奮心情，追在他身後，這一刻，他們充分感覺到李世民再非以前受盡壓迫的秦王，而是大唐王國的繼承者，成爲天下之主勢是早晚間的事。而他們亦到了與魔門和一切長安反對勢力正面對撼的時刻。

寇仲、徐子陵、李世民、跋鋒寒、侯希白、李孝恭、尉遲敬德、段志玄、侯君集、長孫無忌、王玄恕、蕭讓在寢宮外的御花園共商大計，擬訂下一步的行動。

李世民道：「現在離天亮不到一炷香的時間，我們若不能儘早奪回虎符，唐儉的人和城衛一旦落入韋公公手上，我們將只餘死守延嘉宮一途。」

侯希白不解道：「一道令符能起這麼大的作用嗎？」

李孝恭解釋道：「龍符虎符，乃皇上信物，配合蓋有國璽的敕書和皇上簽押，可任命有資格的王公大臣，調動禁軍和戍兵，應付城內外種種緊急情況。韋公公本身沒有領兵的權力，但卻是最使人信任的傳令人，如果他把虎符令書授予太子或齊王，操控戍兵的大權將落入他們手上，除非皇上親自把兵權收回來，否則沒有人可有異議，只能遵其敕命奉行。」

跋鋒寒道：「但他們總不能指揮戍兵攻打皇城吧！」

長孫無忌嘆道：「現在形勢微妙複雜，對方倘若詭稱河間王與我們聯成一氣，起兵謀反，挾持皇上，便有大條道理攻打皇城。最教人頭痛的是韋公公先一步調動唐儉大軍入宮換防，再加戍兵軍權被控，等於太極宮落入對方手上，而我們僅餘延嘉宮這一隅之地，除死守外別無他法。」

寇仲倒抽一口涼氣道：「此人肯定是李元吉，甘被魔門利用以遂他弒父殺兄、登上皇座的狼子野心。」

跋鋒寒沉吟道：「幸好龍符沒有落入他手上，否則我們更沒有立足之地，此是否韋公公的失著呢？」

李孝恭搖頭道：「這是韋公公迫不得已下行的險著，因爲只有龍符才可從我手上把御衛的控制權奪去，再支使護駕高手配合親衛殺害我們幾人，而他根本沒想過事情會像現在般發生變化。」

寇仲一對眼立時亮起來，道：「只要韋公公和婠美人不曉得延嘉閣內的發展，我們可用守株待兔這蠢招中的奇招。」

眾人精神大振。因韋公公播種而去，當然要回來收割成果。當他控制了唐儉的大軍，必須立即趕回來，追回龍符，再假傳聖旨，如此長安兵權，在理論上便全落入李元吉手上。此時李凡來報，於與寢宮相連的小寢室搜到小公公的屍首，對韋公公及白清兒李代桃僵的懷疑終被證實。

李世民問李凡道：「父皇指示應於何時起床？」

李凡恭敬答道：「韋公公最後離開前吩咐，天亮前勿要驚動皇上。」

跋鋒寒欣然道：「這就成哩！韋公公將於天明前回來受死。」

李世民下令道：「立即行動，所有人均要好好配合。」李孝恭、尉遲敬德、長孫無忌、段志玄、李凡、蕭讓領命而去。

他又向侯君集道：「君集你去弄清楚今夜所發生與父皇有關的所有事情，立即來報。」侯君集又領命去了。

眾人暗讚李世民小心謹慎時，李世民續道：「現在還有四件事，弄清楚後我才敢言擁有勝算。」

徐子陵等生出奇異的感覺，自把李淵從鬼門關扯回來後，李世民就像回復洛陽之戰時的英發雄姿，不但信心十足，舉手投足、一言一語，均是胸有成竹，思慮無遺，可見他終因解開背叛家族的心結，回復重返戰場上指揮若定、算無遺策的巔峰狀態。他不但不是反叛家族，更是拯救家族，寇仲的預言成為現實。

徐子陵仰望天色，道：「願聞其詳！」

李世民沉聲道：「父皇若因白妖女不幸駕崩，韋公公這麼折返豈非把所有嫌疑全攬上身。兼之白妖女又不知所蹤，韋公公則是昨夜屢次覲見父皇的人，更難卸責。即使元吉大權在握，仍難包庇韋公公。」

跋鋒寒微笑道：「想通哩！」

侯希白訝道：「想通甚麼？」

跋鋒寒欣然道：「我想通的是魔門的人爲何要從祕道潛入皇宮，目的是既暗算秦王的尊翁，更進而殺人放火，嫁禍我們。形勢愈亂，對掌握兵權的元吉愈是有利。當發現李閥主駕崩床上，元吉更有大條道理指揮全城各系軍隊，一舉收拾所有反對他的人，然後由韋公公宣讀僞冒的遺詔，讓他名正言順的登上皇座。那時可肯定秦王和建成均不在人世，下面的人縱有懷疑，然元吉大權在握，隻手遮天，又得魔門和突厥人支持，誰敢反抗？」

寇仲倒抽一口涼氣道：「好險！唐儉的換防正好予林士宏的人潛入皇宮的機會，幸好我們搶先一步，加上封閉地道，使他們連我們的後塵都吃不到。可見冥冥之中，確有主宰。」

侯希白笑道：「林士宏的奇兵是被擱在城外，即使地道敞開，仍是心有餘力不足。」

跋鋒寒道：「沒有林士宏的奇兵仍有魔門的高手，配合臥底的婠婠，仍可達致目的。」

寇仲嘆道：「這一招眞絕，還有其他的問題嗎？」

李世民道：「第二件事是祕道現在的情況，尹府的出口是開還是閉？」

徐子陵道：「應仍是封閉的。當韋公公和婠婠發覺己方的人沒依約定潛過來配合行動，而換防已告完成，沒有人再可從地道出入，他自然不敢再開啓地道的出口。」

李世民道：「第三個疑問是婠婠會不會仍在延嘉宮內？」

要知唐儉以一萬五千人，在太極宮內代禁衛布防，其兵力是在原本禁衛軍十倍之上，可把延嘉宮和外界徹底隔絕，任何人要離開延嘉宮，只有硬闖一途。假如婠婠沒有隨韋公公離去，則可肯定她仍混在宮內。

跋鋒寒微笑道：「眞有趣！誰有興趣和我賭一鋪，我賭她仍滯留宮中，進退兩難。」

李世民從容笑道：「恐怕沒有人會曉得明輸也要和你老哥賭此一鋪。最後是元吉是否已控制了玄武門？」

寇仲正審視周遭的場地情況，向王玄恕道：「親衛方面不要有任何調動，以免引起姓韋的那老傢伙生疑。玄恕你率領兄弟在寢宮尋找有利地點埋伏，以弩弓勁箭爲主，我們這次只求盡殲敵人，不留半個活口，不用講他奶奶的甚麼江湖規矩。」

王玄恕領命去後，寇仲才答李世民先前的疑問道：「我敢保證玄武門仍牢牢控制在常何手上，何況龍符仍在我們手中。」

李世民欣然道：「現在對整個形勢有一個大概的認識，只要我們能與掖庭宮、劉弘基的城守軍、常何玄武門的禁衛軍取得聯繫，裏應外合，唐儉的大軍再不足慮，甚至可兵不血刃的把危機化解。」

侯希白道：「我們只要能重入祕道，一切當可迎刃而解。」

寇仲大力一拍徐子陵肩頭，哈哈笑道：「天下間，只一個人有此能耐。」

各人目光全集中到徐子陵身上。徐子陵就那麼脫掉軍服，露出底下的夜行衣，微笑道：「這叫當仁不讓。我會盡力一試，希望宮內不會見到刀光劍影。」

李世民顯然心情極佳，長笑道：「子陵出馬，必可馬到成功。」

徐子陵一身夜行黑衣，蒙上黑頭罩，隱伏在延嘉殿鄰近南門的外院牆後，靜待御衛軍為他製造離殿的良機。由於延嘉殿為李淵所在處，唐儉的外戍軍把軍力和注意力集中在殿外四周，任何異動休想瞞過對方，等於把延嘉殿徹底封鎖起來。沒有李孝恭的幫忙，確是寸步難離。整齊的足音響起，一隊二百人的禁衛由廖南率領下操往南門，立即引起預期中的反應，守在南門內外的戍軍將領立即喝止。徐子陵曉得除非是李淵親臨，否則縱使李孝恭以河間王的身分試圖離開，亦會被趕回來，何況是軍階低幾級的廖南。

他沒暇聽雙方的爭吵，心靈提昇至似那一次到玉鶴庵向石青璇求婚的境界，心靈澄澈空明，以他徐子陵式的「幻魔身法」，剎那間伏身牆頭，見牆外守軍人人別頭朝廖南那方瞧去，即從牆頭斜掠而起，沒入道旁一顆大樹枝濃葉茂的深處，廖南部隊的足音，為他的破風聲、枝搖葉動的異響，提供最有效的掩飾。天地變得圓滿起來。一切全了然於心，超乎聽覺、觸角、視覺的靈應，讓他一絲不漏地捕捉到周遭所有的人事變化。神動意到，體隨心行。下一刻他遠離延嘉宮，像一隻翱翔的鳥兒，朝目的地起伏而去。

「皇上決定移駕延嘉殿一事決定得頗為倉卒，黃昏時分，尹祖文、裴寂聯袂來見皇上之後才作決定，下令河間王準備護駕事宜，當時韋公公亦在場。到戌時一刻，諸妃先起行，皇上於亥時中移駕。太子和齊王於子時二刻齊到延嘉閣見皇上，丑時初與尹祖文、裴寂同時離開。然後皇上親自下令換防，聖旨由韋公公送達唐儉，後者於準備妥當後，於寅時經玄武門入駐太極宮，展開換防行動。此前韋公公從寢宮領旨出來，吩咐李凡召清貴妃往寢宮伺候皇上，其後韋公公於傳召後回去，入寢宮向皇上稟報情況。約半炷香的時間，親衛長來報，河間王親領少帥和徐先生求見皇上，李凡知事態嚴重，忙隔門奉稟，片刻後公公持龍符出來，召來護駕高手，把龍符交予宇文將軍，以褫奪河間王兵權。而韋公公吩咐不准任何人驚擾皇上後，領著那隨行的小公公匆匆離開，整個過程便如上述。」

聽罷侯君集的彙報，李世民目光掠過寇仲、跋鋒寒和侯希白，道：「憑令符接管一支部隊，有一定的程序和規限，代替者的軍階必須是被代替者的同級或其上，假設此人是元吉，受命後雖偕同傳令人往見被代替者，然後召集營主級以上的將官，當眾宣讀詔令，展示令符。經此程序，元吉成爲該軍的行軍統帥，可任命唐儉爲副統帥，亦可換入同級將領。諸事底定後，衆營主各返本營，把消息逐級傳達下去。所以若元吉於寅時得令，應在數刻前才能成功接管唐儉的大軍。由於韋公公必須在天明前返此取回龍符，我敢肯定元吉尚未有接觸城衛軍的機會。」

寇仲大喜道：「希望元吉與韋公公一起回來，我們便可兵不血刃，重新控制唐儉的部隊。」

李世民搖頭道：「照我看韋公公應是孤身回來，弄清楚情況後取回龍符。而元吉必遣人代替唐儉作副統領，最有可能是薛萬徹，即使擒著元吉，薛萬徹仍可揮軍攻打延嘉殿，故事情進展不會如此簡單。」

跋鋒寒淡淡道：「提著元吉的首級予薛萬徹過目又如何？我們可以燈號指揮玄武門的軍隊，封鎖對方返回西宮之路。說到底薛萬徹的地位遠比不上李元吉，未必指揮得動唐儉的軍隊，何況攻打目標是令父皇所在的宮殿。」

侯希白嘆道：「我現在開始明白，誰夠狠誰就能活下去的道理。」

李世民苦笑道：「對自己的兄弟，我始終是心軟一點。」

寇仲斷然道：「就這麼決定，我不想在皇上醒過來後，除李世民外尚有別的選擇。」

李孝恭，尉遲敬德、長孫無忌、段志玄四將從前殿方向飛掠而至。

寇仲一拍懷內的刺日弓，嘴角逸出微笑，神態從容的道：「貴賓到了！」

徐子陵眞的感謝石之軒，如非得他傳授心法，以「生爲死、死爲生」的內氣變化，配合逆轉眞氣，他至少有三次暴露行藏的可能，現在卻都僥倖過關，潛近御花園中假石山所在的入口處。一隊巡兵操過。由於此非是宮內重地，並沒有人站崗把守，只是出入通道有人把關。唯一要留神的，是能由此眺望位於兩座哨樓上的守軍，這當然難不倒他徐子陵。他從深藏的樹叢內竄出，倏忽間沒入假石山內哨兵目光難及之處，開啓入口的蓋子後，徐子陵整個人輕鬆起來，閃入地道，關上蓋子，再從地道往太極宮的方向掠去。他身上懷有李孝恭簽押的令書，並有龍符拓印，只須交到李靖手上，可調動皇城的禁軍，特別是程莫的部隊。他並不怕程莫生疑，因爲程莫可登上西北城衛所的烽煙台，以燈號向李孝恭印證令書，結果當然是惟有依令行事。

徐子陵從龍座的出口鑽出來，再把龍座移返原處，接著往空廣無人的太極殿正中處入口掠去，毫不停留地開啓進口。心中忽然想到尹府的出口，如若出口已被解封，會是怎樣的一番情況？旋又暗怪自己幻想力過於豐富，照先前的分析，出口仍該是封閉的。就在此時，異響從後方傳至。以徐子陵的冷靜功夫，仍禁不住大吃一驚，立即從入口處彈將起來，面對台階上龍座的方向。龍椅緩緩移開，像來自地獄的魔神般的「邪王」石之軒，輕飄飄的從地道口昇上來，坐入龍椅內。徐子陵感到整條背脊涼颼颼的，不由自主的把注意力延伸進身後的地道內，若有大批魔門高手從地道殺上來，他肯定小命不保，更無法完成身負的重任。

石之軒搖頭苦笑，柔聲道：「子陵不用擔心，地道仍是密封的。唉！你們怎能辦得到的？此著勝過萬馬千軍，把我們計畫中最重要的一環破解。」

徐子陵深吸一口氣，回復冷靜，沉聲道：「邪王既知地道被封，何不拆掉障礙？」

石之軒嘆道：「太遲哩！當我發覺事情有變，太極宮寸步難行，這又叫作繭自縛。當我看到子陵要從祕道離開，終曉大勢已去，懶得去做任何事。」接著微笑道：「子陵冒著天大風險仍要離宮，是否有重要的事情急須待辦？」

徐子陵心叫「來哩」，暗中凝聚功力，點頭道：「若邪王沒有別的表示，子陵必須立即離開。」

石之軒眉頭大皺，旋又釋然，拍額笑道：「我明白哩！原來三個出口外尚有第四個出口，子陵可否告訴我是通往何處？」

徐子陵毫不隱瞞地答道：「是通往秦王府的地道，與楊公寶庫同時建成。」

石之軒雙目神光劇盛，凝注徐子陵。徐子陵心中暗嘆，他和石之軒的生死決戰始終避不了。而石之軒偏偏是他未婚妻的父親大人，造化如斯，教人感嘆。

李世民、寇仲、跋鋒寒、侯希白一眾人等，分別埋伏在寢宮廣場等各戰略據點，恭候敵人大駕。或者因天明在即，來者除韋公公外，赫然還有李元吉，在秦武通、丘天覺和近五十名親兵簇擁下，打正李淵召見的旗號，趾高氣揚地昂然朝寢宮走來，茫不知正一步一步的往陷阱深進，投進天羅地網去。寇仲目光投往躲在寢宮門後另一邊的李世民，心中一陣感觸。從認識李世民的第一天開始，到今夜此刻在長安宮禁內並肩作戰，爲一統天下奮鬥，中間經歷多少波折和人事的變遷。若非有徐子陵從中斡旋，雙方肯定是誓不兩立的死敵，而自己則將失去幸福美好的未來，腦袋仍是充塞著仇恨和鬥爭，不知何日方休。想想也教他脊生寒意，湧起不寒而慄的感覺。探手懷內，緩緩取出刺日弓，當日在洛陽城外射失的一箭，今夜將絕不會歷史重演。竇建德的血仇，將於今夜討回來。在背後首肯的李淵，也會得到應有的懲罰。當他的勁箭貫穿李元吉胸膛的一刻，李建成將注定要命喪玄武門外。

身後的跋鋒寒沉聲道：「是否賞給李元吉的？」

寇仲微一點頭，心中忽然湧起對刀頭舔血生涯的厭倦，只希望一切能儘快過去，以後就讓井中月永遠塵封。

跋鋒寒道：「照我看韋公公有本事捱過勁箭，突圍逃走，就讓我親自侍候他吧！」

寇仲淡淡道：「小弟爲你押陣如何？」

驀地「齊王駕到」的吆喝聲從入口處傳來，足音自遠而近。李世民的目光往寇仲投來，射出傷感無奈的神色，又似向他求情，懇請他放李元吉一馬。寇仲露出一絲苦澀的表情，然後神色堅決的微微搖頭。

在戰場上，敵我雙方均是追求成功，不擇手段，成者爲王，敗者爲寇，沒有憐憫和心軟的容身之所，就如高手相爭，絕不容有絲毫弱點破綻。捨刀之外，再無他物。自他們進入長安開始，他們早踏上不是你死就是我亡的不歸路，而決戰正由李元吉的來臨全面展開，直至一方大獲全勝，長安才會回復往日的和平繁盛。

石之軒不眨眼地凝視徐子陵，神采大盛，像變成另一個人似的，再非陷身於悔疚、痛苦和矛盾深淵中不能自拔的石之軒，淡淡道：「我在慶幸傳子陵不死印法的決定，否則說不定我仍存有僥倖之心，試圖把你毀掉，但也毀掉青璇，更毀掉自己。當我曉得自己仍是敗在魯妙子的楊公寶庫上，忽然想到天網恢恢，疏而不漏，天地間因果循環，報應絲毫不爽的道理。子陵該知魯妙子乃秀心的忘年之交。」

接著輕拍龍椅扶手，溫柔撫摸，雙目射出思索和緬懷的神色，似是心滿意足的道：「自我隨師尊習藝，我一直夢想坐上這張龍椅的滋味，並朝這方向努力奮鬥。可是就在勝利似是唾手可得之際，敝門的人卻沒有依約定從祕道入宮。剛才瞧著子陵進入祕道，我忽然湧起萬念俱灰、一切皆空的感覺，我石之軒的所有妄念、追求，到頭來得到的是甚麼？爲的是甚麼？唉！這是何苦來哉？縱使我眞的登上寶座，不外如是。」目光上下掃視空洞廣闊的宏偉巨殿。

徐子陵找不到可安慰他的話，默默聽著。石之軒往他瞧來，唇角飄出一絲充滿苦澀和蒼涼的笑意，像說著與自己沒半點關係的事，平靜的續道：「江山代有才人出，由今夜開始，天下再非宋缺、寧道奇、李淵又或我石之軒的天下，而是子陵、寇仲和李世民的天下。罷了！子陵去吧！告訴青璇，後天石之軒必到她娘靈前上香致祭，人世間的所有鬥爭仇殺，與我石之軒再沒有半點關係。」

宇文傷、尤楚紅並立在寢宮外的白玉台階下，木無表情地瞧著李元吉領著韋公公、秦武通、丘天覺和五十二名親兵，昂首闊步的來到身前，立於廣場上。

李元吉不可一世的哈哈笑道：「只看宇文老和尤老安然在此，元吉便曉得兩位不負父皇所託，令奸邪伏誅授首。」

宇文傷淡淡道：「宇文某有一事不明，今夜情況特殊，皇上有令，非得他欽准，任何人不得擅闖太極宮，然而齊王殿下卻直闖至此，不知有何解釋？韋公公又如何向皇上交代？」

韋公公移前半步，來到李元吉左側，神態仍是那麼謙卑恭敬，作揖道：「正因今晚情況特殊，所以皇上命小人授齊王虎符，全權主理宮城一切防衛事宜，現在齊王是奉召來見聖駕，小人一如過往般是皇上的傳令人。」

尤楚紅知是時候，李孝恭該完成包圍行動，嘿嘿怪笑道：「這確是奇怪，皇上剛召見老身和宇文閥主兩人，說他失去虎符，還著我們立即擒拿竊賊，格殺不赦，原來小偷竟是齊王和韋公公。」

李元吉和韋公公立時色變。三十名飛雲衛和二十名玄甲精兵，手持弩弓，潮水般從敞開的大門迅速湧出，且形成跪地、半蹲、昂立的橫列三排，箭鋒瞄準李元吉一衆人等。同一時間，左右兩方牆頭紛有親衛現身，無不手持上箭強弩，封鎖逃遁之路。後方入口則是李孝恭與過百御衛，在旁助陣者尙有尉遲敬德、長孫無忌、段志玄、侯希白、褚君明夫婦、獨孤峰父子和宇文仕及。形勢剎那間改變，李元吉等陷進重重包圍內，四周火把燃亮。熊熊火光驅走黎明前的黑暗，更令被圍者無所遁形。李元吉等駭然大驚之際，寇仲和跋鋒寒左右傍著李世民，昂然步出大門，越過箭手，來到台階邊沿處，俯首瞧著雙目射出驚怒神色的李元吉。韋公公俯頭垂目，神態回復冷靜沉著。秦武通、丘天覺和李元吉的一衆親兵早給嚇得臉無半絲血色。

李世民迎上李元吉怨毒的目光，搖頭嘆道：「元吉你爲奪皇位，不惜引狼入室，以卑鄙手段弒害父皇，畜牲不如，你可知罪？」

李元吉反手從親兵處取過長矛，急怒道：「呸！哪輪得到你來管我？只要我能闖離此處，包保你們沒有一人能屍留全骸。說到勾結外人，你能比我好到哪裏去？我和你拚了！」

韋公公探手攔著李元吉，道：「讓我們先來談一宗交易，皇上所中之術，天下間只我韋憐香一人可解，否則曙光一現，皇上將返魂乏術。秦王若不想負上不孝惡名，放我們一條生路，我們可一併命薛萬徹交出虎符，免去太極宮內血流成河的慘況。」

李世民等暗呼厲害，韋公公在此等劣勢下，仍能侃侃的與他們談條件。旋亦明白過來，韋公公和白清兒是故意留下李淵一命，只要如計畫般成功控制御衛，李淵還不是在他們手中任其魚肉，而即使失敗，李淵駕崩，也會造成長安無主的大亂殘局。

寇仲目光落在李元吉身後手下群中一名親兵臉上，笑道：「清兒姑娘眞認爲你那甚麼奶奶的姹女大法，可難得倒我寇仲嗎？別忘記我另一個醜神醫的身分，是專治各種奇難雜症的。」

與宇文傷退上台階的尤楚紅笑道：「這點老身可以身作證。」

扮成李元吉親兵的白清兒氣得俏臉煞白，狠狠道：「你們當然恨不得皇上死掉。」

李世民大喝道：「棄械投降者生。」

跋鋒寒接下去道：「齊王李元吉除外。」

李元吉一振手上長矛，道：「我們拚啦！」

韋公公二度阻著李元吉，沉聲道：「秦王三思！」

李世民從容道：「韋公公你可知根本沒有與本王討價還價的籌碼？首先，我並不相信元吉不把虎符隨身攜帶，其次是父皇已被少帥和子陵聯手救回來。」

韋公公冷然道：「儘管如此並沒有分別，延嘉宮外的戍軍已落入我們掌握內，只要韋某人發出煙花火箭，薛萬徹將揮軍攻打延嘉宮，秦王當不願見到那樣的情景吧！」

「鏘！」「鏘！」兩張摺疊弓同時在寇仲和跋鋒寒手上張開，以快至肉眼看不見的速度上箭瞄準韋公公。

寇仲微笑道：「韋憐香，哈！韋憐香，原來韋公公愛憐香惜玉，只可惜韋公公今夜不斷錯失良機，現今再錯失另一個機會。鋒寒兄負責射下煙花火箭，小弟負責射人，看誰的手腳硬淨和迅快些兒。」韋公公眼神轉銳，盯著寇仲持弓的手。

跋鋒寒笑道：「或者由我射人，你老哥射煙花火箭如何？」

以韋公公的深藏不露，仍禁不住臉色微變，要應付寇仲和跋鋒寒任何一張弓射出的箭已不容易，何況成爲兩矢之的。台階上、廣場下鴉雀無聲，只呼吸起落和火把燃燒的聲響，混成一片，氣氛沉重緊張至極點。

一陣寇仲熟悉且親切的嬌笑聲在寢宮殿頂邊沿處傳下來，接著一把甜美動人的聲音無限溫柔的道：「我的少帥郎君啊！若由婠兒發放煙花火箭又如何？外戍軍把延嘉殿重重包圍，只要看見火箭信號，曉得皇上有難，必人人奮不顧身強攻進來，你們這區區二千多人，能捱得多久呢？婠兒眞想知道。」

婠婠！寇仲暗嘆一口氣，道：「至少該可捱到我們宰掉想宰的人，對嗎？我的婠美人兒。」明知婠婠仍藏在延嘉殿內，因無法有充足時間先一步收拾她，致成眼下的僵局。

婠婠像一朵白雲般赤足從上方冉冉而降，落在李元吉和韋公公前方，一臉甜蜜笑容的瞧著寇仲。敵我雙方均大惑不解，只有寇仲、跋鋒寒和侯希白曉得她天魔大法已成，有十足信心可擋格寇仲和跋鋒寒的神箭；但仍未能完全摸透她的心意，因爲在殿頂進可攻、退可守，當然比面對箭陣划算。

婠婠甜甜笑道：「寇仲啊！奴家這次向你認輸低頭好嗎？就當是看在子陵份上，若你肯高抬貴手，放我們三人一馬，我們可任由你派人押我們回尹府，待在那裏直至你們放人離城。不放心的可把尹府重重包圍，人家要的只是你一句承諾，少帥向來一言九鼎，絕不食言，對嗎？」

寇仲自問無法對她狠心發箭，苦笑道：「這裏主事的人是秦王而非我。」

李世民道：「少帥的話就是我李世民的話。」

婠婠撒嬌的道：「別你推我讓！此事沒得推三推四的！」

李元吉終按捺不住，勃然大怒道：「這裏主事的人是我而不是你。」

婠婠別頭往李元吉瞧去，淡淡道：「現在不是啦！」

纖手閃電後拍，李元吉哪想得到她會忽施毒手，來不及施展長矛，待要舉掌護胸，一縷指風戳正脅下要害，李元吉驚覺是韋公公驟施暗襲時，婠婠拍中他胸口，一陣骨折的聲音響起，李元吉七孔噴血，當場斃命，屍身卻沒有應掌倒跌，就像婠婠的玉掌充滿吸攝的磁力。全場敵我雙方，人人呼吸頓止，呆呆地瞧著正發生的事，沒有人稍動半個指頭，有如上演著一場無聲的啞子戲。

婠婠若無其事的收回殺人的纖手，淡淡道：「誰敢不棄械投降，向秦王求免死罪？」

「蓬！」李元吉往後倒跌，仰屍地上，長矛橫跌，發出「噹」的一聲。不知誰先開始，丘天覺等紛紛棄械投降，全體跪伏地上，只餘婠婠、韋公公和白清兒三人立在場內。李世民呆望親弟的屍身，雙目射出悲痛複雜的神色。

婠婠平靜的道：「韋師伯是唯一可以阻止宮內流血的人，薛萬徹是聰明人，只要秦王准他帶罪立功，李建成再不足慮。」

寇仲往李世民瞧去，後者仍呆瞧著李元吉屍身，木然道：「一切由少帥拿主意。」

寇仲向娟娟嘆道：「我好像永遠鬥不過你似的。唉！大姊怎麼說就怎麼辦吧！小弟再不持異議。」轉向韋公公道：「有幾句話想私下向韋公公請教。」

李靖接過李孝恭寫給程莫的手令，道：「既有皇上的龍符拓印，又有河間王簽押加暗記，哪怕程莫不遵命行事。」

龐玉移前接過手令，道：「我立即去辦。」說罷登上手下牽來的戰馬，朝掖庭宮南門急馳去了。

李靖道：「至於劉弘基方面，我會親自去見他，讓他清楚目前的情況，眞想不到事情會如此發展。」

徐子陵仰望天策殿大廣場上的夜空，東邊天際現出第一道曙光，殘星欲落，道：「我要立即趕回延嘉殿去。」

李靖勸道：「太極宮仍然平靜，可推知秦王和小仲已控制大局，子陵不如留在這裏靜候消息。」秦叔寶、程咬金點頭同意。

徐子陵心中忽然湧起要見石青璇的強烈衝動，道：「好吧！我偷點時間到玉鶴庵去，把青璇接到掖庭宮來。」

寇仲與韋公公移到一旁，沉聲道：「畢玄等人究竟藏身何處？」

韋公公淡淡道：「這似乎並不包括在剛才談妥的條件內，對嗎？」
寇仲微笑道：「在剛才的交易裏，林士宏在城外那支部隊似乎也沒被包括在內。」
韋公公冷笑道：「少帥的確名不虛傳，畢玄的使節團已離開長安。」
寇仲一呆道：「甚麼？」
韋公公聳肩道：「騙你於我有甚麼好處？我也不想瞧著林士宏的人全軍覆沒。」
寇仲感到糊塗起來，皺眉道：「可達志有否隨團離去？」
韋公公淡淡道：「少帥似乎並未保證放人？」
寇仲不悅道：「若換作是婠美人，當不會說這種廢話，我讓林士宏的人全體安全撤退又如何？你認為他仍有作為嗎？你最好教林士宏識相點，早日歸降，那說不定未來的大唐天子尚可賞他一官半職，下半輩子風風光光。」
韋公公寒聲道：「不勞少帥為士宏費神，可達志與他本族的三百名突厥戰士，仍是長林軍中的主力部隊。」
寇仲大感頭痛，只好暫時把煩惱擱在一旁，道：「公公準備如何對付薛萬徹？」
韋公公道：「少帥放心，我會去向他痛陳利害，他是聰明人，當知所選擇。」
寇仲搖頭道：「這並不妥當。公公只須代皇上傳令，召他立即入延嘉殿，讓他以為元吉成功控制一切，老薛將不疑有他，乖乖的進來投降。」
韋公公拗不過他，苦笑道：「一切依少帥吩咐。」

徐子陵來到玉鶴庵石青璇寄居的小屋時，天色發白，薄薄的雲朵預告著美好的一天。他直覺感到石青璇不在屋內，鳥語花香的園林內亦不見她的倩影，仍忍不住推門入屋，透過把小屋分隔為前廳後寢的垂簾，床上被鋪整齊，佳人卻蹤影杳杳。

正要往找常善尼問個究竟，心中忽現警兆，徐子陵閃往敞開的門旁，一個男子的聲音在屋外響起道：「烈瑕求見青璇大家。」

徐子陵大感錯愕，這小子怎會來找青璇？

烈瑕笑吟吟的在屋外道：「愚蒙曉得青璇的愛郎沒空相陪，所以自動請纓，好填補青璇大家的空虛寂寞，若再不肯賜見，愚蒙只好入屋相就。」

徐子陵醒悟過來，暗叫卑鄙，一顆小彈穿門而入，在小廳空中爆成一團紅煙霧，迅速擴散，瀰漫全屋。卑鄙的人，卑鄙的手段。徐子陵暗叫僥倖，不知是否宋金剛在天之靈暗中庇佑，教自己鬼使神差的碰上此事，否則青璇在沒有防備下，說不定會著他的道兒。烈瑕仇恨的人，首推石之軒，其次是他徐子陵，若能傷害青璇，是一舉兩得，同時令他和石之軒痛不欲生！而烈瑕更覷準時機，以為石之軒和他徐子陵正忙於唐宮之戰，沒法分身，故選擇這時刻下手。

外面的烈瑕「咦」的一聲道：「青璇大家不是以為閉上呼吸便可阻止毒霧入侵吧？這種我們大明教祕傳的寶貝毒霧，可從大家你嬌嫩柔滑的肌膚入侵，令貞女變成淫婦，讓你我都能享受到前所未有的歡樂，就當是愚蒙送給大家的見面禮吧，哈！」

蓄勢以待的徐子陵兩掌齊出，喝出眞言，向掠入門內的烈瑕全力出手，毫不留情。「蓬！蓬！蓬！」勁氣交擊之聲不絕如縷，烈瑕在眞言的影響下早魂飛魄散，勉強擋著徐子陵的內縛印和外縛印一輪排山倒海的反覆密襲，應接不暇、左支右絀時，徐子陵下面飛起一腳，正中他小腹。烈瑕應腳拋飛，滾出門外，再彈起來時披頭散髮，七孔溢血，形如魔鬼，再沒有半分以前的瀟灑從容。

徐子陵緩緩步下門階，負手從容道：「多行不義必自斃，烈瑕你今天惡貫滿盈，宋兄在天之靈該可安息。」

烈瑕眼珠亂轉，厲聲道：「徐子陵！」

徐子陵微笑道：「奇怪我沒有受傷嗎？我這次可以算是與邪王聯手收拾你，適才我閃躍騰挪用的是邪王的『幻魔身法』，其他才是我的眞功夫。眞可惜，若你痛改前非，於大明尊教雲散煙消後如你所言的脫離大明教，何須弄至今天的田地？去吧！希望烈兄求明得明，死後能悟破明暗之別、善惡之分。」

烈瑕雙目神采漸淡，忽然仰身倒跌，一命嗚呼。

第七章

玄武門之變

第七章　玄武門之變

薛萬徹在韋公公的陪同下，甫入寢宮廣場，已陷身飛雲衛重圍之內，宇文傷、尤婆子、褚君明、花英、獨孤鳳現身四周，封死他所有逃遁之路。

薛萬徹容色劇變，向韋公公厲聲道：「你竟敢出賣我？」

韋公公若無其事的道：「我是爲你好而已！」

鼓掌聲響起，寇仲拍著掌與李世民並肩由寢宮從容步出，笑道：「韋公公說得精采，薛兄確是錯怪好人。元吉已逝，薛兄若想保有榮華富貴，一家大小平安，眼前只有一個選擇。薛兄是聰明人，不用小弟畫人像畫出腸臟來吧？」

薛萬徹臉色陣紅陣白，旋即像鬥敗公雞般頹然跪倒，向李世民俯首伏地道：「秦王在上，薛萬徹從今天開始効忠秦王，若有二心，教我身首異處，死無葬身之所。」

李世民搶前把他扶起，欣然道：「只要薛卿肯爲我大唐盡心盡力，忠貞不二，我李世民絕不會薄待薛卿，有天爲證。」

薛萬徹現出感動神色，說不出話來。對他來說，在這樣的形勢下，能保命已出乎意料，何況尚可保有眼前的權力富貴。

韋公公木無表情的道：「我們可以離開了嗎？」

寇仲微笑道：「韋公公能在深宮禁苑藏身這麼多年，該比任何人更有耐性，何不再耐心稍候片刻，待小弟親自恭送。」又道：「給我送韋公公去稍事歇息，記著勿要缺茶缺水。」

王玄恕一聲領命，與衆飛雲衛押著韋公公去了。宇文傷和尤婆子仍不放心，自發地跟在後面。對此魔門元老高手，沒有人敢掉以輕心。

薛萬徹垂首道：「有何差遣，請秦王指示。」

寇仲道：「楊虛彥那小子現在何處？」

薛萬徹毫不猶豫的答道：「他在我們臨時的指揮部承慶殿內等候指示。」

承慶殿位於兩儀殿和甘露殿之西，鄰靠掖庭宮。此時天色大明，陽光從東方灑至，充盈著春晨慵懶的況味。李孝恭、尉遲敬德、長孫無忌、段志玄四將來到一旁，靜候吩咐，薛萬徹見李孝恭亦投向李世民，曉得大勢已去，忽然像想起甚麼，卻是欲言又止，始終沒說出來。

寇仲明白他的心事，道：「先讓小弟和薛兄說兩句知己話，轉頭回來再商量大計。」伸手摟著薛萬徹肩頭，往一角走開去，低聲道：「皇上仍然健在。」薛萬徹容色再變。

寇仲知自己料得不差，薛萬徹因李元吉勾結魔門，謀害李淵，他薛萬徹自難卸責。縱使帶罪立功，只要李淵一天坐在皇座上，他休想有好日子過。

寇仲微笑道：「所以你不但要支持秦王，更要支持我。只我才有決心與能力要皇上退位讓賢，此事且會在今天發生。李世民是怎樣的一個人，我寇仲是怎樣的一個人，薛兄該心知肚明。」

薛萬徹感動得雙目通紅，去卻心事，斷然點頭道：「爲秦王和少帥，我薛萬徹若仍不知恩圖報，就是畜牲。」

寇仲又摟著他轉回去，放開手笑道：「下一著棋該如何走，請秦王賜示。」

李世民與寇仲交換個有會於心的眼神，冷靜的道：「有萬徹站在我們一方，加上虎符，問題可迎刃而解。我們先與常何和程莫取得聯繫，再調動人馬，把承慶殿不動聲息的重重圍困，來個甕中捉鱉。」又問道：「唐儉是否在承慶殿內？」

薛萬徹恭敬答道：「唐總管給調往把守承天門。」

李世民道：「這更好辦！我們取得唐儉的合作，處理戍軍的調動可如臂使指。」

寇仲沒有聽下去的興趣，笑道：「一切由秦王安排，我去找我的兩位兄弟，好護送我們的美人到尹府休息，了卻心事。」說罷返寢宮去也。

「篤！篤！篤！」徐子陵不知該先尋石青璇，還是處理好烈瑕遺下的皮囊，木魚聲自遠而近，令他生出木魚聲在超度烈瑕的蒼涼感覺。

常善尼緩步而至，合什垂眉一句「阿彌陀佛」，道：「這位施主可交給貧尼安頓，青璇的安全子陵不用擔心，她此刻正在東大寺，參與由荒山師兄、智慧師兄、嘉祥師兄和帝心師兄主持的法事，普度天下苦衆。子陵辦妥一切事後，可到東大寺見她。」

徐子陵心中一震，竟是天下四大聖僧齊集長安，難怪石之軒不用守在青璇之旁。合十回禮，徐子陵匆匆離開。

寇仲踏入寢宮的外大堂，負責保護李淵的李凡迎上來請安後道：「皇上仍熟睡不醒。」

寇仲目光落在一旁安坐閉目養神的跋鋒寒和侯希白處，道：「小心點！」

李凡壓低聲音道：「皇上醒來時該怎麼辦好？」

寇仲苦笑道：「這是個令人頭痛的問題，嘿！待我想想，有哩！你去通知秦王，著人把秀寧公主請來，由她穩住皇上，希望他沒這麼快甦醒吧！」

李凡領命而去。寇仲來到跋鋒寒另一邊坐下，淡淡道：「楊虛彥這次完啦！除非他眞能化爲幻影，不過天光日白，甚麼幻影也逃不出我的手指縫。」跋鋒寒和侯希白同時張開眼睛。

寇仲把情況說出，跋鋒寒搖頭道：「我們並非十拿九穩，以楊虛彥的狡猾多智、身法劍術，又熟悉宮內環境，大有可能在我們纏上他前突圍逃走，一旦讓他及早通知李建成，事情會橫生枝節，不利我們。」

侯希白皺眉道：「那怎麼辦好呢？」

跋鋒寒微笑道：「那就要看他的人快，還是我們的箭快。」

寇仲拍手喝道：「老楊的生死這麼決定，待我好好安排。陵少該回來哩！我們先送婠美人一程，如何？」

徐子陵從祕道回到宮中，一切準備就緒。在表面不覺任何異樣下，除承慶殿外皇宮皇城盡入李世民手上，唐儉和一衆禁衛、戍軍將領全體向李世民宣誓効忠。不但因他有龍符虎符在手，更因他一向深得軍民之心。常何和劉弘基兩方更沒有問題，在這種佔盡優勢的情況下，李世民由諸將前呼後擁，直抵承慶殿大門。秦叔寶、程咬金兩人扯大喉嚨嘴齊喊道：「秦王駕到，跪者生！立者死！」

把門的全屬李元吉系統的親兵，見殿外廣場全是聲勢洶洶的戰士，駭然大驚，不知所措。李元吉手下的十多名心腹將領，匆匆從殿門湧出來，包括宇文寶、金大椿、刁昂、谷駒、衛家青等在內，人人面如土色，獨不見楊虛彥。

薛萬徹喝道：「齊王勾結外敵，意圖謀反，被皇上下令處死，爾等若執迷不悟，不隨我向秦王請罪投降，將誅家滅族。」宇文寶等聽得元吉伏法，又見薛萬徹投降李世民，誰敢堅持，紛紛棄械下跪。

就在此時，人影一閃，楊虛彥趁此混亂時刻，從大門掠出，似要襲擊李世民，眾兵不敢發箭，怕誤傷降軍，諸將紛舉兵器護駕之際，楊虛彥騰翻而起，落在殿頂邊沿，引得勁箭齊發，卻紛紛射空，楊虛彥早一步閃到殿頂箭矢不及之處。寇仲、跋鋒寒、侯希白和徐子陵卓立皇宮最高聳的太極宮殿頂西北角，一絲不漏地掌握承慶殿那邊情況的發展。寇、跋兩人背負箭袋，刺日、射月兩大名弓在手，把守太極宮的軍隊則全被調離。

侯希白讚嘆道：「少帥果然料事如神，楊小子力圖逃往東宮去，那是他唯一生路，至不濟可先遁入西內苑，再由西內苑入東宮。」

寇仲凝望遠方，道：「兩位老前輩出手攔截，楊小子不敢戀戰，以手上影子劍撥掉一排勁箭，改朝我方遁來。嘻，我是否像個說書先生？」

徐子陵朝他瞧去，寇仲雖以說笑的語調道來，可是雙目冰寒，知他心懷舊恨，動了殺機。

跋鋒寒沉聲道：「希望不會驚動東宮方面的人。」

寇仲道：「所以我們重重布防，不讓楊小子越過太極宮的中軸線，眾兄弟更不准喧嘩，只看旗號進退攔截。」

徐子陵道：「我去啦！」一個翻騰，躍離瓦面，斜掠而下，奔往太極宮的後大門去。

侯希白道：「我爲子陵押陣。」語畢亦隨之去了。

寇仲彎弓搭箭，冷然道：「當楊小子進入箭程範圍之時，將是他命喪的一刻。」

跋鋒寒亦搭箭上弦，微笑道：「不要小覷老楊，他『影子劍客』四字是憑實力賺回來的。你的第一箭只是爲他敲響喪鐘，至於哪一箭決定他生死，就要看他的能耐。」

話猶未已，楊虛彥從太極宮西牆外的御園竄出，後方徐子陵和侯希白啣尾窮追，逼得他躍上院牆。

寇仲心神進入井中月的至境，一箭射去，恰是楊虛彥點牆躍起的一刻。楊虛彥厲叱一聲，影子劍閃電疾劈，命中寇仲螺旋而至的一箭。勁箭硬被磕飛，楊虛彥全身劇顫，升勢難保，滾落牆頭。「颼！」跋鋒寒張滿的弓倏地收縮，送出勁箭，疾取其咽喉，既準又辣，且是楊虛彥觸地前的刹那。楊虛彥確是了得，左手轉黑，撮指掃擊，勁箭應手橫飛。

徐子陵此時從天而降，雙手化作漫天掌影，鋪天蓋地的往他罩擊而下。楊虛彥點地後劍往上沖，化作點點劍雨，迎擊徐子陵全力以赴的凌厲殺著。勁氣交擊聲爆竹般響起，徐子陵在空中不住拋高降下，然後一個倒翻回歸牆頭。

楊虛彥曉得爲保性命，必須避過寇仲、跋鋒寒嚴重威脅他性命的勁箭，唯一方法是重返牆外，人急智生，不待降到地面，就那麼反掌下拍，藉反撞之力，凌空騰昇，影子劍全面展開，護著上方，便那麼往陣腳未穩的徐子陵直攻上去，招招均爲同歸於盡的手法。倏地侯希白貼住牆頭滑翔而下，趁楊虛彥窮於應付傲守牆頭的徐子陵的當兒，美人扇合攏的戳點他胸口。楊虛彥怒叱一聲，影子劍脫手射出，直取徐子陵，然後兩手轉成邪惡的黑色，下按美人扇。侯希白一聲長笑，美人扇由合攏變成張開，橫掃楊虛彥雙掌，道：「讓希白送楊師兄一程如何？」

「蓬！」楊虛彥闖牆避箭之舉宣告完蛋，與侯希白分向相反方向錯開。徐子陵笑道：「楊兄忘掉你的影子劍哩！」一掌下切，正中劍鋒，影子劍立即陀螺般旋轉，發出風車般的破風聲，往凌空疾退的楊虛彥追去。

弓弦聲響，震盪著楊虛彥耳鼓，勁箭抵左頸側。楊虛彥使出壓箱底本領，憑腰力往後挺仰，以毫釐之差避過勁箭，同時雙腳一縮後再疾撐，先後踏中徐子陵回贈他的大禮。楊虛彥通體劇顫，因不能全力應付徐子陵，立時受創，噴出漫空血霧，一個觔斗，往地面落下。若讓他踏足實地，確有可能憑其絕世輕功，從太極宮南牆逃遁，進入橫斷廣場。忽然勁箭再至，就在他觸地前的一刻，透背而入，穿胸而出，帶出一蓬血雨。

瞧著楊虛彥頹然倒地，殿頂上的跋鋒寒撫弓笑道：「兄弟！論箭術還是我比你行。」

寇仲收起刺日弓，卸下箭袋，從殿頂連續三個觔斗翻騰而下，落在楊虛彥身前，徐子陵等均留在原處。楊虛彥胸口血如泉湧，面如死灰的撫胸坐地，出氣多入氣少。跋鋒寒的一箭乃他全身功力所聚，破掉楊虛彥的護體真氣，震碎他五臟六腑、全身經脈，楊虛彥能撐至此刻，沒有當場氣絕，非常難得。

楊虛彥勉力朝他瞧來，神色出奇地平靜，咯血道：「你贏啦！」

寇仲但感對他的仇恨消失得無影無蹤，苦笑道：「楊兄有否感到不公平？」

楊虛彥搖首道：「勝者爲王，有甚麼好說的！」接著雙目亮起來，嘴角逸出一絲苦澀悽愴的笑容，道：「天下本應是我的天下，我看著它溜掉，又力圖把它奪回來；可是直到此刻，才明白自己是多麼愚不可及。這次我敗得莫名其妙，也心服口服，換成另一種時勢，我們或許是兄弟而不是敵人。」

寇仲曉得他回光返照，隨時斷氣，忙蹲下問道：「楊兄有甚麼遺願？小弟定必盡力爲你完成。」

楊虛彥眼神轉淡，辛苦的道：「告訴淑妮，她是我心中唯一的女人，我對她不起。」

寇仲不嫌血污的把他摟著，道：「放心吧！我不但會如實轉告，還會助她離開李淵。」

楊虛彥雙目閉上，道：「謝謝！」就此氣絕。

寇仲心中湧起莫以名之的悲傷，這一切是何苦來哉？人與人間的仇恨鬥爭何時方休？看著這瞑目而逝、曾名懾一時的年輕高手，心中百感交集！跋鋒寒、侯希白、徐子陵來到他旁，瞧著楊虛彥死後安詳的面容，一時都說不出話來。

寇仲將楊虛彥緩緩放倒，嘆道：「他正因拋不開以前的包袱，落得如此收場，否則以他的人才武功，天下還不是任他快意逍遙。」

跋鋒寒提醒道：「時間無多，還有玄武門之戰，收拾李建成後，我們可到福聚樓吃午膳。」

李世民此時率衆趕至，寇仲領先往他迎去，道：「好好安葬他，老楊始終是個了不起的敵人，只是運氣沒我們那麼好吧！」

李世民吩咐左右，自有人妥善處理楊虛彥的遺體。

寇仲一把搭著李世民肩頭，頹然道：「我有點吃不消。眞奇怪，反而在戰場上我沒有現在這般感覺。」

李世民點頭道：「我明白！」

寇仲訝道：「你明白甚麼？」

李世民道：「遲些告訴你，現在我們必須立即趕返掖庭宮，準備玄武門的事。」

寇仲道：「我有個要求。」

李世民道：「是否要我放過可達志？」

寇仲道：「我不但要求你放過可達志，還希望把傷亡減至最低，若你皇兄肯認輸投降，我們把他流放邊塞了事，我老啦！心兒都軟了。」

李世民鬆一口氣道：「難得你老兄有此心意，我當然要全力做到。此事交由我安排，希望你復原後，能硬起心腸應付塞外聯軍。」

後面的跋鋒寒笑道：「照我認識的寇仲，秦王實不必爲他擔心。」

寇仲哈哈一笑，放開李世民，昂首闊步而行，後隨者均生出奇異感覺，就是天下間再沒有能難倒寇仲的事。

寇仲、李世民並肩步出掖庭宮北門，朝玄武門方向走去，隨行者有王玄恕、長孫無忌、尉遲敬德、三十名飛雲衛、三十名玄甲精兵。玄武門北門敞開，禁衛軍如常站崗把守，沒有絲毫異樣。

寇仲仍在思索楊虛彥死前的肺腑之言，事實上每個人心中都存在著欲望的妖魔，一個不好被它控制，成其奴隸，像楊虛彥般至死方休。他寇仲何嘗不是有過爭霸天下的心魔，幸好終從這欲望的泥淖脫身，不致令中土陷進無休止的戰火內。當他想到在大草原縱情馳騁，凝視廣闊無垠的地平線及其以外一無所知的境界，他更感覺到接近自己，接近生命的本心。自決定助李世民統一天下後，他心靈的地平無限地開闊，而決定性的時刻就在眼前。

玄武門守衛肅立致敬，深長的門道，代表通往未來的捷徑。把門的將領是常何副手之一的敬君弘，趨前沉聲道：「稟告秦王、少帥，盾牌置於門道內，臣將死守入口。」

從寇仲和李世民的角度瞧進去，三重門道靜悄無人，兩邊城牆如常有禁軍站崗，東西兩堡和六座哨樓矗立兩旁，氣象肅穆。

李世民點頭道：「敬卿小心，不求殺敵，只求自保。」

敬君弘恭敬道：「末將明白，願爲秦王、少帥効死命。」

寇仲清楚感受到「秦王、少帥」的效應，他和李淵的結盟之所以受全城軍民歡迎，皆因他已成大唐國最可怕可畏的敵人，其威脅尤在塞外聯軍之上。現在他捨棄一切，把帝座拱手讓予李世民，而李世民又一向被唐室上下視爲英主，加上知李淵阻力盡去，自是上下一心，擁戴他和李世民。即使沒有龍符，敬君弘仍會欣然隨常何投誠他們的一方。

衆門衛齊齊致敬。敬君弘發出命令，排列在門道內兩旁的持盾禁軍近百人全體移前，現出後面挨牆的數十面大型鋼盾。李世民打出行動的手勢，與寇仲並肩步入門道，飛雲衛、玄甲精兵流水般從兩旁急步奔入，取得鋼盾後朝前衝去。

王玄恕大喝道：「列陣！」

戰士們搶出深長達五丈的門道，在外面闊逾十二丈的通道布防，分作三排，前排坐地、第二排蹲立、後排站起，各舉盾牌，形成可抵禦箭矢強攻的盾牌陣，最後一排盾牌斜舉，狀如鐵桶，密不透風。同一時間數以百計的長林軍從第二重門道殺出，箭矢如飛蝗般射來，「叮叮咚咚」，盡被鋼盾擋飛。馬蹄聲轟天而起，從東宮北門傳來，顯示李建成正如常何先前密函所透露的，領長林軍從東宮殺至，斷他們後路。

掖庭宮方面足音雷動，由徐子陵、跋鋒寒、侯希白助陣，麻常、宋法亮、宋爽、宋邦率領指揮的三千精銳，從掖庭宮趕來迎擊李建成的部隊。寇仲和李世民更曉得李孝恭會於此時率領程莫的五千禁衛軍，從橫斷廣場進入東宮，斷去建成後路，令建成不能於失利時退守東宮。而以李靖爲主、秦叔寶和程咬金爲副的二千玄甲精兵，則從延嘉宮開出，令可達志在玄武門的五百長林軍前後受敵，進退無路。

不待李世民吩咐，敬君弘的人全體退入門道內，結陣把守，讓寇仲和李世民沒有後顧之憂。

寇仲向尉遲敬德和長孫無忌道：「有勞兩位留在大門爲敬副統領押陣。」

尉遲敬德和長孫無忌你眼望我眼，皆因他們的職責是不離李世民左右，拚死維護李世民的安全。

李世民微笑道：「有少帥在此，你們還須擔心本王安全嗎？何況本王有自保之力，還不遵從少帥之令，否則大門有失，我們休想有一人能活命。」

話猶未已，玄武門外殺聲震天，長林軍開始以快騎矛箭，硬攻第一重門道。衆人可以想像李建成此時的狼狽，如非常何投向他們，敬君弘的人當是配合而非阻截，任長林軍長驅直入，與可達志的人前後夾攻，將他們殺個片甲不留。尉遲敬德和長孫無忌忙領命而行。

李世民與寇仲對視一笑，道：「可達志該識相吧？」

寇仲從容瞧去，王玄恕指揮的盾牌陣沒有還過一箭，而敵人的箭根本不能損傷己方分毫，此時箭勢衰竭，無復先前的凌厲，可達志只餘近身強攻一途。牆頭、哨樓和東西堡壘禁軍湧出，人人手持弩弓，卻按弓不動，李世民所謂「可達志該識相」便是指此，因他們居高臨下，可輕易射殺任何對手。

寇仲不理後方激烈的攻防戰，大喝過去道：「達志還不收手？」

可達志的聲音響起道：「住手！」

「叮咚」不絕的箭觸鐵盾聲倏地停止，這邊靜下來，尤顯得玄武門外的吵鬧。寇仲輕拍李世民肩頭，接著往前一個翻騰，越過鐵盾陣，面對神色慌惶的敵人。

可達志排眾而出，刀子仍留在鞘內，啞然苦笑道：「我可達志從未陷身如此四面受敵的窘局，少帥確有出神入化的謀略，達志服啦！」

李世民騰身而起，落在城頭處，常何現身他旁，高呼道：「秦王萬歲！」

牆堡和哨樓眾軍齊聲吶喊，重呼一遍，接著是斷去可達志後路的玄甲精兵的呼應，聲音直衝雲霄，雖仍稱李世民為秦王，但此時不啻已視之為大唐天子，否則何來「萬歲」。「秦王萬歲！」第三輪吶喊是從外牆傳至，顯示李世民和寇仲控制全局。

寇仲微笑瞧著可達志，道：「不是你達志作戰不力之罪，只是建成無能，不得人心。哈！我和你一場兄弟，由始到終仍是兄弟。今天不用你投降，只要你一句話，我們可並肩到福聚樓喝酒聊天。你的人當然大搖大擺的離開。太子的人只要願意改向秦王効忠，秦王既往不咎。」

可達志報以苦笑，接著別轉雄軀，先掃視己方將士，見人人臉色如土，喝道：「你們聽到嗎？」

李建成方面的將領以馮立本軍階最高，聞言應道：「我們願向秦王投降，任憑秦王發落。」然後喝令道：「棄械投降！」率先拋掉兵器，領頭下跪，不片刻建成方全體兵將棄械下跪，只餘三百突厥戰士，靜候可達志的命令。

可達志以突厥話從容道：「我們可保留兵器弓矢，卻必須退出這場戰爭。」轉向寇仲道：「我們該到哪裏去休息，請少帥賜示？」

寇仲欣然道：「李靖將軍會為達志妥善安排。我和秦王先處理好建成，再回來找你去喝酒，哈！上天眞的待我們兩兄弟不薄。」

寇仲、李世民、常何並肩立在外牆頭，整個形勢呈現眼前。麻常的三千精銳，隊形整齊的移師至玄武門外，布成陣勢，迫得李建成那近三千人的長林軍不得不撤到玄武門右側，列陣以迎。玄武門外伏屍處處，可見攻打玄武門，令建成方面損失慘重，徒勞無功。李孝恭接收東宮的軍隊仍未見蹤影，不過該可在任何時刻出現。

寇仲大喝過去道：「奉秦王之命，肯投降者免死。」

李建成策馬而出，雙目噴著急怒交集的火燄，狂喝道：「常何你竟敢出賣我，枉我一手提拔你，你還算是人嗎？」

常何昂然應道：「太子心存不軌，卻來怪我不是。常何只知大義所在，其他一切無暇顧及。太子若肯投降，秦王可念在兄弟情分上，免你死罪。」

千軍萬馬對峙於玄武門外，卻是鴉雀無聲，只餘兩人的對答，震響門外。

李建成厲聲道：「要我投降？你們已經中毒，是外強中乾，將士們！上！勝利必屬我們。」

寇仲和李世民聽得你眼望我眼時，李建成一聲發喊，狀如瘋漢般領頭往麻常指揮的兵陣衝去。長林軍方面卻沒有一個人肯隨他送死。人人勒馬原地，只剩李建成單人孤騎衝擊少帥、宋家聯軍的兵陣。而教人可憐的是李建成竟似茫不知沒有人跟隨般，還不住高喊著「上！上！上！」

寇仲和李世民心叫不妙，麻常狂喝道：「發箭！」

寇仲偕李世民抵達御書房外，李神通和封德彝迎上來，前者道：「皇上甦醒後，堅持要到御書房，我們不敢阻攔。」

寇仲皺眉道：「他清楚發生過甚麼事嗎？」

封德彝答道：「秀寧公主向皇上解釋清楚，皇上只聽不語。」

李世民道：「秀寧呢？」

李神通道：「仍在御書房內陪伴皇上。」

寇仲攔著要進御書房的李世民，堅決道：「最好讓我一個人進去見他。」

李世民發呆片刻，終於點頭同意。

李神通向寇仲道：「少帥隨我來。」

兩人進入守衛重重的御書房，直抵書齋房門外，李神通隔著緊閉的門道：「稟告皇上，少帥求見。」

一會後，房門張開，露出李秀寧疲倦的玉容，迎上寇仲的目光，秀眸射出令寇仲心顫的複雜神色，柔聲道：「少帥請進。」

寇仲與李秀寧擦肩而過，李秀寧在外輕輕的為他關上房門，只剩下寇仲和坐於龍桌後的大唐皇帝李淵。李淵的神識仍未完全回復過來，臉色蒼白，在書房廣闊的空間映照下，不單更顯其孤獨淒涼，更令他像忽然衰老許多年。

他默默瞧著寇仲接近，沉聲問道：「建成？」

寇仲頹然道：「我們本意留他一命，可是他執迷不悟，於玄武門外被亂箭射殺。」

李淵龍軀一顫，仰首望向屋樑，雙目淚花滾動，倏地長身而起，負手移到後窗，背著寇仲道：「李淵還未謝過少帥救命之恩。」

寇仲行抵龍桌前止步，嘆道：「皇上不用放在心上。」

李淵沉默片刻後，緩緩道：「你們如何整頓殘局？」

寇仲恭敬的道：「現在文武百官齊集太極殿外，等待舉行結盟大典，若皇上願藉此機會，向群臣公布繼承人選，寇仲可代表少帥軍、宋家軍和江淮軍宣誓向大唐効忠，如此大唐統一天下之大業，十成八九，請皇上定奪。」

李淵旋風般轉過身來，雙目精光大盛，冷然道：「少帥功業得來不易，竟肯輕易放棄？」

寇仲夷然道：「若我寇仲有一字謊言，教我永不超生。皇上該比任何人更明白當皇帝的苦與樂，我寇仲棄皇座而不惜，是要棄苦得樂，一切由世民兄去擔承，而我則是樂觀其成。現時大唐仍處於成敗未定的關鍵時刻，必須立即穩定軍心，振奮士氣，萬衆一心的迎擊塞外聯軍，皇上明察。」

李淵容色緩和下來，嘆道：「少帥確是很好的說客。」

寇仲苦笑道：「過去的已成過去，我們必須面對將來。長安全在世民兄的控制下，只待皇上向群臣宣示聖意。」

李淵頹然道：「罷了！這次我大唐險爲奸邪顛覆，朕且自身難保，凡此都要由我李淵負上最大責任，我再無顏坐在這個位置。少帥請著世民來見我，我會立即將皇位讓出，在太極殿外宣示後，即退居宏義宮，至於建成和元吉方面，就向衆文武百官交代，他們勾結外人，意圖破壞結盟，行刺少帥，伏誅於玄武門。」

寇仲爲給足他面子，連忙下跪道：「謝主隆恩，微臣寇仲尚有一個請求，萬望皇上俯允。」

李淵繞桌而前，把他扶起，苦笑道：「坦白說，我自曉得少帥亦是神醫莫一心之後，對少帥不但非常佩服，且是眞心喜歡少帥，難得你勝而不驕，建成和元吉實是望塵莫及。有甚麼請說！」

寇仲尷尬的道：「董妃想獨自往洛陽定居。」

李淵微一錯愕，幸好仍立即準確捕捉到寇仲說話背後的含意，嘴角逸出一絲蒼涼的笑意，點頭道：「如少帥所請，淑妮的性子，確不適合長居深宮之內，尹妃亦須與乃父一起離城，我以後再不願見到她們。」

寇仲踏出御書房，在外面等候的李世民、封德彝、李神通、李秀寧忙圍攏過來。

寇仲卻道：「畢玄等人的忽然離開，令我生出不祥的預感。」

四人摸不著頭腦，不明白他爲何忽然說的是跟與李淵見面風馬牛毫不相關的事。

李世民點頭道：「確令人生疑。」

寇仲道：「我們不得不作最壞的打算。假設是塞外聯軍已潛近關中，所以畢玄接報後立即離開，因爲成敗再非決定於城內而是在城外。對敵人來說，我們是愈亂愈對他們有利。以畢玄的身分地位，也不宜直接介入城內的鬥爭中。更何況畢玄以爲我們必敗無疑，根本不用勞他大駕出手。」

李神通點頭道：「少帥之言甚是，突厥人一向來去如風，攻人之不備，怎肯錯過趁亂一舉攻破長安千載一時的良機？」

封德彝額手稱慶道：「幸好我們現在雨過天青，長安沒有絲毫動搖，皇上究竟有甚麼指示？」他最後一句說出衆人的心聲。

李秀寧微嗔道：「寇仲！」

笑意從寇仲嘴角擴展，忽然一把執起李世民雙手，哈哈笑道：「趁世民兄這對手尚未變成龍手，先握個夠本。」

李神通和封德彝喜出望外，要知若讓李淵仍居帝位，雖說權勢大幅轉入李世民之手，可是他終是名義上的大唐天子，背叛他的人不會有好日子過。李世民當上皇帝則完全是另一碼子的事。

李世民一呆道：「勿要誇大。」

寇仲笑道：「世民兄清楚我的性格，不過這回眞是冤枉我了。你父皇要立即見你，當知我沒半字虛言。結盟大典將變成傳位大典，也是我寇仲宣誓効忠李世民兄的大典，哈！」

李世民反平靜下來，道：「我們該如何應付頡利的大軍？」

這個反應盡顯李世民的優點，不但沒有被喜訊沖昏腦袋，且掌握到寇仲提及塞外聯軍的背後深意。因爲決定權已來到他李世民手上，須他把握時機，作出決定。

寇仲道：「既蒙新皇信任和恩准，此事立即由微臣去辦，以飛鴿傳書送出信息，保證九天之內，大唐國來自各方的精銳勤王部隊，將於關中平原、長安之北、大江之南集結，向入侵的外族顯示我中土軍民的勇氣、精神和團結。」說罷放開李世民雙手。

李世民笑道：「我仍是那兩句話，寇仲說的，就是我李世民的話。」說畢覲見李淵去也。

徐子陵、跋鋒寒、侯希白、劉弘基四人跨馬並排，瞧著從尹府開出長達半里的篷車隊，在城衛軍押解下，經由指定路線開往西門，沿途均有城衛站崗看守。眼前的放逐，代表著魔門諸系的嚴重挫敗，在以後一段悠長的歲月裏，魔門勢難東山再起，回復先前力能爭奪天下的形勢。縱有林士宏在南方應個景兒，徒屬強弩之末，不足為患。除非新大唐國的主力大軍慘被塞外聯軍擊垮，否則僅餘蕭銑和林士宏的兩支反動勢力，根本沒有興風作浪的本錢。

最後一輛馬車駛離尹府，低垂的簾幕忽然掀起，現出婠婠的如花玉容，櫻唇輕吐道：「子陵！」

徐子陵策騎與馬車並行，跋鋒寒、侯希白、劉弘基和一隊城衛策馬跟隨車隊，另有一隊軍人馳入尹府，進行搜查接收的行動。

徐子陵俯身淡淡道：「婠大姊有何吩咐？」

婠婠雙目蒙上淒迷神色，輕輕道：「子陵仍在惱恨奴家嗎？」

徐子陵沒好氣道：「難道你認為我該感激你？」

婠婠輕嘆道：「對不起！行嗎？現在一切成為過去，婠兒衷心希望你們旗開得勝，擊敗頡利的大軍。」

徐子陵微笑道：「坦白說，我從沒有生你的氣。你我雙方只因立場有異，成為敵人。過去的一切我不想再計較，只希望你能從此退隱，並勸林士宏、蕭銑放棄無謂的抗爭。」

婠婠柔聲道：「有很多事是不用我理會的，你們若能擊退頡利，一切自然迎刃而解。我相信李世民是個好皇帝。楊文幹和池生春均不在車隊內，我絕不介意你們去找他香家算賬。事實上香家已是七零八落，更因你們抽空他們僅餘的財富，現在連長安這最後的據點也要拱手讓出來，再難有任何作為。」

徐子陵道：「倘若他們仍在長安，我們的人終究會把他們找出來。搜捕在玄武門之戰結束後開始，由世民兄親自下令，諸葛德威和王伯當是其中兩個目標。」

婠婠道：「一朝天子一朝臣，改朝換代便是如此。」

徐子陵搖頭道：「這番形容對世民兄該不盡合理，世民兄的一貫作風是既往不咎，酌才而用，是和解而非翦除異己。不過因這些人牽涉到其他事，才會成為追捕的目標。」

西門在望。婠婠嘆道：「此地一別，我們恐怕再無相見之期。」

徐子陵淡淡道：「我們衆兄弟間有十年之約，屆時重返長安，瞧瞧世民兄是否如我們猜想般是能治國愛民的好皇帝。你若有空，可來一聚。」

婠婠喜孜孜道：「原來子陵心中真的沒有討厭人家。」

徐子陵笑道：「仇恨只是負擔和痛苦，婠大姊珍重。」

婠婠的馬車緩緩駛出西門，長蛇般的車隊揚起漫天塵土，在正午的春陽下，令人生出夢幻般不真實的奇異感覺。

「砰砰嘭嘭！」爆竹聲響徹長安每一個角落，李世民登上皇位和寇仲向大唐効忠的消息雙喜臨門下，全城士民欣喜若狂，爭相奔告，家家戶戶紛紛張燈結綵，迎接一個全新時代的來臨。

侯希白從福聚樓的三樓透窗俯視街上充滿節日歡樂的情景，嘆道：「當你看到眼前的情景，會感到以往的一切努力和所流的血汗，是值得的。」

三樓擠滿客人，鬧烘烘一片，談論的當然不離寇仲和李世民，若非受到囑咐，恐怕所有人均會圍攏到他們這張桌子來，現在只是發自眞心的恭敬問好，累得跋鋒寒、徐子陵和侯希白不停頻頻回應，到此刻才稍能歇息下來。福聚樓的大老闆親自領導夥計們伺候三人，添酒上菜，自以爲榮，令三人頗爲吃不消，比對起以前的待遇，有著天淵之別。

跋鋒寒舒服的挨著椅背，道：「宋二哥那方面不知情況如何？」

徐子陵道：「寇仲安排一隊人馬乘快船趕去，最遲黃昏時該有捷報。」

侯希白道：「怎麼尙未見雷大哥來呢？」

徐子陵道：「寇仲早派人去請駕，隨時抵達。」

跋鋒寒道：「今晚若皇宮舉行國宴，請恕我缺席，我跟這類場合，總是格格不入。」

侯希白笑道：「你是否怕見到傅君瑜呢？不用擔心，傅大師於今早離城北返高麗，由皇上與寇仲親自送行。」跋鋒寒苦笑無語。

徐子陵皺眉道：「芭黛兒是否眞的已離長安？」

侯希白笑道：「肯定沒有離開，否則我們的老跋何用到尹府前失蹤達整個時辰，我的娘，一個時辰可以做很多事哩！包括結婚生子。」

跋鋒寒啞然笑道：「去你的！小白你何時學得像寇仲般誇大，兼滿嘴粗言穢語？」

徐子陵幫腔道：「不要顧左右而言他，小侯是否猜對？」

跋鋒寒坦然道：「猜對一半。我先去見君瑜，與她道別。接著去見芭黛兒，讓她曉得我依然健在，因爲根本沒有與畢玄動手的機會，並答應她一件事，解開我們間的死結。」

徐子陵和侯希白大感好奇，連忙追問。

跋鋒寒望著窗外，長長吁一口氣道：「我答應她只要畢玄不來找我，我也不去惹他。」

侯希白失聲道：「甚麼？」

徐子陵大喜道：「恭喜鋒寒終迷途知返，不再耽溺於甚麼爭雄鬥勝。」

跋鋒寒微笑道：「恰恰相反。而是我的眼界因寇仲而擴闊，把目標提高至擊垮整個塞外聯軍。」

侯希白不解道：「這豈非是你和芭黛兒間另一死結，她豈容你令她的族人傷亡慘重？」

跋鋒寒解釋道：「我針對的是頡利的金狼軍，與芭黛兒所屬以突利為首的族系不同。她的族系多年來還不斷受頡利的凌迫欺壓，否則突利不用和頡利一度開戰。而她不想我挑戰畢玄，是因為怕我丟命。從我答應她的一刻開始，她變得像依人小鳥般快樂，因為曉得我終將她置於心內最重要的位置，明白嗎？」

侯希白鍥而不捨的問道：「你和傅君瑜有甚麼話兒說？」

跋鋒寒苦笑道：「這是我最後一次答你有關女人的問題，我與她像返回初識時的情況。此段情根本沒有開始的機會，不過我會珍惜往日與她共處的時光。」

此時回復本來面目的雷九指大搖大擺而至，後面跟著的是黃河幫大龍頭陶光祖，前者固是春風滿面，後者更是笑得合不攏嘴。三人欣然起立迎接，惹得滿座賓客還以為寇仲駕到，紛紛引領爭睹。雷九指和陶光祖抱拳向四方致意，登時喝采聲和掌聲雷動，益添歡樂的氣氛。

陶光祖趾高氣揚的坐下，看著徐子陵為他注酒，大笑道：「我陶光祖不知多久沒這般風光。當日投誠秦王時，還以為最少要犧牲一半兄弟，而如今竟沒人損半條毛髮，連以為他怯戰失蹤，事實卻是被奸人擄去的三思也安然回來，這一切全賴雷老兄的關照。」

三思是指「生諸葛」吳三思，是黃河幫的副幫主。

雷九指怪笑道：「我雷九指何時點過黑路你去走。待你把大道社的生意全搶過來，你才明白甚麼是風光。」

陶光祖舉杯道：「我們喝一杯，祝賀秦王榮登帝座，一統天下。」

雷九指接下去道：「更賀少帥可以榮休。」

大笑聲中，美酒一飲而盡。陶光祖以袖抹掉酒漬，心花怒放的道：「終到我黃河幫吐氣揚眉的日子，以後在江湖行走，少帥和徐爺的名號比皇上更管用，天下誰不曉得我陶光祖的兄弟是誰。」

雷九指舉杯道：「這杯是賀黃河幫重振聲威，上上下下打通所有關節。」

陶光祖正容道：「大家曉得皇上是怎樣一個人，我以後正正當當的做生意，光顧雷老哥的貞觀錢莊，哈！喝一杯。」又盡一杯。

侯希白訝道：「錢莊不是用來作個幌子嗎？」

陶光祖笑道：「老雷是做出癮來呢，何況長安很多人眞金白銀的拿銀兩來投資，豈是說不幹便不幹，不怕給人拆掉鋪子嗎？」

徐子陵笑道：「雷大哥可找小俊拍檔，宋二哥肯定不會跟你胡混。」

雷九指狠狠道：「小俊乳臭未乾，摟著彤彤暈其大浪，不知人間何世，哪來像老子我的做遍天下生意的雄心壯志。他奶奶的，整天嚷著回去幫大小姐幹買賣，不明白男兒須創立自己的事業。」

徐子陵、跋鋒寒和侯希白轟然大笑。

陶光祖向雷九指擠眉弄眼道：「幸好老雷你有青青夫人在大力支持，說不定小傑也會因喜兒姑娘被強徵入夥，不用你那麼孤零零、淒淒涼涼的一個老傢伙去艱辛創業。」

雷九指雙眼一瞪道：「我很老嗎？」這次徐子陵三人笑得嗆出淚水來。

忽然全堂轟動，紛紛起立，原來是寇仲偕可達志雙雙登樓。福聚樓大老闆早有準備，率全體夥計列隊歡迎，少帥之聲震堂響起。

寇仲以笑容不斷向各方拱手回報，直抵桌子，與可達志坐入夥計為他們拉開的椅內。老闆欣然道：「這頓飯請容福聚樓致敬，少帥與各位萬勿推辭，那是我們的榮幸。」

寇仲爽快答應，酒樓倏地靜下，人人豎起耳朵，聽他們有甚麼話說。

寇仲長身而起笑道：「各位鄉親父老、達官貴人，請繼續用膳，喝酒猜拳，以掩護我們談論軍事機密，避免敵人探子乘隙滿載而歸。」一陣哄笑後，酒樓氣氛終回復正常。

寇仲坐下。雷九指道：「我遲到是因為去找老陶來湊熱鬧，你遲到卻欠理由，罰你一杯。」

寇仲苦笑道：「我的理由比你多千百倍，你可知在街上寸步難行，全賴前五百刀斧手，後五百刀斧手，左一千禁衛，右一千御衛，我才能成功到此與你們相會。」

眾人大笑，跋鋒寒忍俊不禁的搖頭哂道：「都說這小子誇大。」

侯希白嚷道：「就為他的誇大罰一杯。」

眾人轟然對飲，充滿大事底定的歡慰情懷。

可達志嘆道：「真沒想過仍可和你們共醉一堂。」

徐子陵道：「可兄有甚麼打算？」

可達志苦笑道：「有甚麼好打算的？小弟有一個請求，希望少帥能為我傳達。」

寇仲拍胸口道：「只要是可達志提出來的，我怎也會為你辦得妥妥當當，是否要我向李世民說話？」

可達志道：「我當然曉得你寇仲是這種人，否則怎敢開口。我手下的三百戰士，盡屬我本族的人，五年前奉大汗之命來中土，助李淵攻打長安，歷經多次戰役，從五百人減至三百餘人，大部分均在本地娶妻生子，若把他們驅逐，會是人間慘事。他們早習慣長安的生活方式，只有少部分人願意隨我離開。希望少帥請李世民格外開恩，讓他們願留的能留下來。只要對抗的不是突厥人，他們會全心全意為大唐効力。」

眾人明白過來，難怪可達志難以啟齒。值此以突厥人為主的塞外聯軍南下的非常時期，從軍事角度考慮，李世民定會把所有突厥人逐離長安，以免軍情外洩。

跋鋒寒沉聲道：「你有沒想過這等同背叛頡利？」

可達志冷笑道：「打開始趙德言便一直排擠我。龍泉之役，趙德言和暾欲谷更拿我和你們的關係大造文章，惡意中傷我可達志。這次趙德言故意要我們留下來助李建成，不論事情成敗，我們均陷於非常不利的處境。我可達志一向恩怨分明，別人如何待我，我必有同樣的回報。」

眾人掌握到他的意思，建成敗亡，可達志和他本族戰士當然難逃一死，即使建成勝利，聯軍南來，建成亦會先向可達志和手下開刀洩憤。趙德言此著是明害可達志。而在這種形勢下，可達志不但進退兩難，且是別無選擇。

侯希白擔心道：「達志不怕頡利向你的族人報復嗎？」

可達志道：「我會派人通知族酋，著他們往北遷徙避禍，只要頡利和突利仍有矛盾，我的族人不會有危險。」

寇仲道：「達志放心，李世民方面不會有任何問題。你的族人可在長安安居樂業，或增編入大唐軍系內，此正爲李世民華夷一家的政策。向北遷不如往南移，只要成爲新大唐的藩屬，可受到大唐的保護。」

徐子陵道：「達志本身有甚麼打算？」

可達志現出解決所有難題後的輕鬆，挨往椅背，油然道：「杜大哥曾多次遊說我到山海關助他發展生意，繼承他的事業，我也想轉換個環境，諸事妥當後，我立即動身。」

寇仲欣然舉杯道：「爲達志光明的未來喝一杯。」

衆人舉杯痛飲，菜餚不斷送上，擺得桌面插針難入。

雷九指放下酒杯，扯著陶光祖起身道：「我們有要事去辦。今晚何不再到青青那裏喝個痛快，不醉不歸。」

寇仲想起尙秀芳之約，道：「打完頡利那場仗，喝起來才眞的痛快。」

雷九指哈哈一笑，偕陶光祖興高采烈的去了。

寇仲問徐子陵道：「向我們的石美人報平安了嗎？」

侯希白代答道：「子陵連上茅廁的時間都沒有，哪有空到東大寺去？」

寇仲喜道：「子陵你乖乖的去興慶宮等我。我和達志辦妥他的事後，立即到來會你，一起去見青璇。」

此時一名城衛十萬火急的來到桌前，立正敬禮，報告道：「稟上少帥，宋家二小姐由南門入城，現該抵達興慶宮。」

寇仲整個人彈起來，失聲道：「玉致到哩！」

徐子陵笑道：「達志的事，由我代辦吧，還不快滾去迎接，記著我說過的話。」

寇仲望向可達志，可達志欣然道：「我對子陵比對你更有信心。」

寇仲一聲失陪，剛踏出第一步，全堂過百人立即全體起立，鼓掌歡送。

侯希白舉箸道：「他由他去，我們勿要辜負老闆的一番盛意。」

徐子陵從內心深處湧起溫暖，這就是和平統一的滋味。

寇仲一陣風般衝入興慶宮，花萼樓前隨來的二十多名宋家好手，在飛雲衛協助下，正從馬車卸下行裝，見到寇仲駕臨，拋下手上的工作，肅立致敬。寇仲匆匆打個招呼，衝上台階，直入花萼樓底層大堂，宋玉致在四名女婢伺候下，身穿湖水綠色的衣裙，肩披輕紗，垂著燕尾形的髮髻，令她優美的嬌軀，彷若蒙上一層薄霧，正風姿綽約，輕盈地移步走向靠近龍池的一扇窗門，似要欣賞窗外迷人的春光湖色。

四名女婢首先發現寇仲，忙欠身施禮，整齊有致的嬌聲嚷道：「參見少帥！」

宋玉致秀軀輕顫，「啊」的一聲轉過身來，讓寇仲得睹使他夢縈魂牽的如花嬌顏。如非四名女婢在旁，寇仲肯定自己會不顧一切把她擁入懷裏，先親個嘴兒，輕憐蜜愛更不在話下。此刻只能衝至她身前，執起她一對柔荑，嗅著她陣陣迷人的體香，激動的道：「玉致！」

宋玉致任他握著玉手，俏臉飛上兩朵紅暈，喜上眉梢的道：「寇仲！」

寇仲忙向她打個眼色，宋玉致連耳朵都紅透，輕輕道：「你們退下！」四婢應聲而去。

不待四婢離堂，迫不及待的寇仲早一把摟個軟玉溫香抱滿懷，正要尋找她的香唇，宋玉致熱情如火的舉起香臂，水蛇般纏上他的頸背，主動獻上初吻。外面的世界忽然消失，只剩下火熱的激情，過往所有恩恩怨怨，對他們再無關重要。他們的關係，似在這刻開始，直抵天終地極的極盡。假如天地在此一刻崩塌，他們會一無所懼、兩心合一的共度宇宙的盡頭。唇分，宋玉致嬌軀抖顫，不住喘息，秀臉火紅，星眸半閉。

寇仲差點要抱她進房，只恨忽然浮現尚秀芳的玉容，心中湧起神傷魂斷的罪疚感覺，嘆道：「唉！玉致！我……」

宋玉致勉力張開美目，高挺筆直令她性格盡顯的鼻子正嗅吸著他呼出的氣息，秀眉輕蹙，審視他道：「為何你欲言又止？在玉致心中，仲郎的功業是曠古爍今，沒有人可以比擬的。適才玉致入城，看到舉城歡騰的情景，感動得哭起來。人家這次來是要好好獎賞你，全心全意的愛你。」一陣爆竹聲適於此時從宮外城中某處傳來，為她的說話作最佳的說明和陪襯。

寇仲發覺她確眼皮微腫，忍不住輕親她眼睛，親她令自己愈看愈愛的鼻子，道：「我又犯錯哩！」

宋玉致螓首稍仰，離開他少許，喜孜孜的道：「你是指楚楚姊嗎？傻瓜，人家只會高興仲郎是個有情有義的人，怎會怪你？玉致會派人到梁都把楚姊姊接來長安，我們會相處得很好的。」

左一句仲郎、右一句仲郎，寇仲給她喚得心酥骨軟，也更添歉疚，慘然道：「不是楚楚，是尚秀芳。」

宋玉致的反應完全出乎他意料之外，只橫他一眼，仍是滿臉歡容，輕柔的道：「還有別的美人兒嗎？快一併給玉致從實招來。」

寇仲搖頭道：「沒有哩！眞的沒有。唉！是我不對，我不該……」

宋玉致封上他嘴唇，在他想進一步索吻前離開，以這甜蜜的動作阻止他說下去，柔情似水的道：「就當功過相抵吧！尙才女肯作玉致的姊妹，是玉致的榮幸。」

寇仲大喜道：「眞的嗎？」

宋玉致佯作不悅道：「人家何時騙過你呢？仲郎啊！你爲天下百姓做的美事，令玉致只希望能在下半輩子好好獎賞你，使你快樂。」

「秀寧公主到！」宋玉致一把推開聞得李秀寧到即心懷鬼胎的寇仲，道：「玉致和秀寧公主有很多私話兒要說，快去辦你的事。爹著我警告你，頡利的大軍會在你最意想不到的時刻出現。」

李世民倉卒登基後，立即在御書房逐一接見和安撫各重臣大將，由辰時忙至此刻，仍有大批臣僚在恭候李世民召喚。負責安排見駕的杜如晦和房玄齡見徐子陵、可達志聯袂而來，不敢怠慢，一邊派人飛報李世民，一邊領兩人逕入書齋。

李世民親自迎出房來，欣然道：「我正和魏卿談得高興。大家是自己人，不用任何避忌，噢！免去一切宮廷禮節。」

徐子陵笑道：「皇上該自稱爲朕才合君臣禮規。」

李世民神采飛揚，啞然笑道：「子陵竟來耍我？哈！好！恭敬不如從命，子陵以後勿要怨我竟敢向你和寇仲稱孤道寡。」

一手挽著徐子陵，另一手挽著頗為受寵若驚的可達志，跨步入御書房。魏徵起立迎迓，滿臉喜容，顯是與李世民相處融洽，如魚得水。

李世民沒有坐往龍案，先著可達志和魏徵坐在一邊，自己則扯著徐子陵並排坐對席，笑道：「魏卿教朕選拔人物而不黨於私，負志業者則咸盡其才。字字金石良言，朕省悟良多。魏卿所言甚是，在現今的情勢下，只有不問親疏，不念仇怨，唯才是用，信任無疑，我大唐始有望振興，不致辜負宋閥主對我們的期望。」

徐子陵有會於心，事實上李世民早有這番心意，卻仍耐心聆聽魏徵同樣的忠告，且出言誇讚，正顯露他的寬容大度，樂於聽臣下發表意見，鼓勵他們表示意見。

魏徵心悅誠服的道：「皇上適才對微臣指出，人臣之對帝王，多順從而不稍逆，甘言以取容，而此正為皇上深惡痛絕者。所以囑微臣等以後發言，不得有隱，定要直言皇上過失。」

李世民欣然點首道：「凡能直諫無忌，可以施於政教者，朕必以師友之禮待之。」別頭向徐子陵道：「我不知多麼希望能到福聚樓找你們把酒言歡，只恨無暇分身。」又向可達志道：「可將軍是子陵兄弟，有甚麼話直說無礙，朕必盡力完成可將軍心願。」

李世民的精明曠達，使可達志為之動容，遂把事情說出來。

李世民哈哈一笑道：「此等小事，若朕竟然拒絕，還有顏面見子陵嗎？」接著向內侍吩咐，立即傳召溫彥博。

可達志想不到如此順利，連忙起立，正要跪倒謝恩，被李世民一把扶起，情詞懇切的道：「子陵和少帥之所以看得起我李世民，是因他們認為我李世民能為天下帶來統一與和平，而非災難和戰爭。於朕眼中，華夷一家，且有楊廣前車之鑑，朕絕不容自己犯上同樣錯誤。不同的民族是可以和平共存，對各方都是有利無害的。」

可達志露出感動神色，道：「皇上打算如何應付塞外聯軍？」

李世民微笑道：「這方面朕交由少帥全權負責，少帥的心現在變得很軟，聯軍中不乏他的戰友兄弟，達志應可放心。」

魏徵起立躬身道：「臣下之見，眼前實不宜與塞外聯軍正面交鋒硬撼。雖然微臣對少帥有十足信心，且肯定在少帥領導下，我們贏面較大。」

李世民著可達志和魏徵兩人坐下，負手步至桌前，目光落在案頭李淵親傳予他的國璽處，眉頭輕蹙道：「魏卿這提議教朕好生為難，少帥不顧生死、視權位如草芥來助朕，講的是一個義字，現在若我甫登皇位，立即推翻前諾，龜縮於長安而不出，坐看塞外聯軍到處破壞搶掠，怎對得起少帥，更無法原諒自己。」

可達志露出讚許神色，徐子陵卻有另一套想法。對李世民如何駕御群臣，人盡其才，他早有體會。現在其話鋒犀利逼人，不是要魏徵啞口無言，而是要激勵魏徵再動腦筋，想出方法解決難題，冒死極諫，更以此秤量魏徵真正的斤兩。魏徵如因此退縮，肯定以後不會被李世民重用。

魏徵待要起立陳詞，李世民又移到徐子陵旁坐下，微笑道：「我們就當是閒聊，卿家不用拘禮。」這次輪到可達志露出驚異神色，瞧出李世民是故意營造出輕鬆和諧的氣氛，令魏徵知無不言，言無不盡。

魏徵顯然被李世民虛心納諫的誠意感動，沉吟片刻，恭敬道：「有兩個原因，可以支持微臣的看法，首先皇上今天即位，而太子和齊王餘勢未消，國內百廢待舉，統一大業尚有餘波，不宜因征戰致有重大傷亡，影響國情民情的安定發展。其次是即使戰勝，徒加深中土與塞外諸族的仇怨，早晚必將再爲患於我。微臣愚見，請皇上參詳。」

李世民欣然道：「魏卿字字珠璣，高瞻遠矚，然則對朕的難題，有何解決良方？」

魏徵道：「少帥大智大勇，只要我們如實告訴少帥，他必有兩全其美之法。」

可達志拍腿道：「這是最佳辦法。達志亦有八字眞言，讓皇上參詳，就是『虛則實之，實則虛之』。」

李世民、徐子陵、魏徵三人同時動容。

徐子陵道：「達志是否在提醒我們？」

可達志微笑道：「可以這麼說。其中的一個原因是大汗並沒有向我透露絲毫他的作戰計畫，顯示他對我的猜疑，令我再不願追隨他，效忠於他。更重要是我認爲以寇仲之能，必可達到魏先生的要求，把兵禍化解於無形。而我這般進言，說到底仍是爲突厥族著想，不想我族樹立像新大唐如此強大的勁敵，且深信皇上華夷如一的誠意，相信寇仲中外和平相處的承諾。最後仍是一點私心，希望皇上善待我留居長安的本系族人。」

李世民冷靜的道：「達志純是揣測猜想，還是把握到蛛絲馬跡？」

可達志沉聲道：「聯軍集結於太原北疆的時間長得不合情理，更不符大汗愛用奇兵的一貫戰術。從北疆至此千里之遙，必難避過你們耳目，即使能抵關中，途中必飽受狙擊摧殘。我敢肯定聖者之所以匆忙離開，正因聯軍已成功偷入關中，可於數天內抵達長安城外。」

李世民猛地立起，斷然道：「朕立即要見寇仲。」

御書房內，寇仲聽罷可達志的見解，笑道：「哈！好小子！我不是說你達志，指的是頡利那老小子，我岳父更是目光如炬，囑致致提點我，聯軍可在任何一刻突然出現。」

徐子陵淡淡道：「少帥的心情很好哩！」

寇仲輕鬆的道：「好得差點要高歌一曲，只怕你們受不了我的腔子。哈！咦！你們的神情為何如此凝重？有甚麼大不了的，兵來將擋，水來土掩，老子根本不怕甚麼聯軍。」

李世民嘆一口氣，向魏徵道：「魏卿可把心中想法，如實稟告少帥。」

寇仲向坐在他旁的魏徵訝道：「有甚麼話要和我說的？」

魏徵遂再把己見說出。

寇仲聽得眉頭大皺，先往徐子陵瞧去，後者笑道：「有甚麼好看的？你不認為魏先生的話有道理嗎？」

李世民懇切道：「一切由少帥定奪。」

可達志默然不語。

寇仲向徐子陵陪笑道：「陵少認為對的，我這個小少帥怎敢反對，我只是在心中比較敵我形勢。魏先生說得對，我們是名副其實的陣腳未穩，民情如此，軍事上如此。即使少帥軍、宋家軍、江淮軍三軍及時趕至，我們仍有指揮和配合上的問題，新來甫到立即投入作戰，對方卻是蓄勢而來，演練充足，我們將更難以樂觀。他奶奶的熊！他頡利小子若來個甚麼實則虛之，我就還他一個虛則實之，一切包在我身上。」

李世民大喜道：「少帥想到應付之法？」

寇仲笑道：「我的腦袋今天特別靈活。頡利潛行千里，終要現形。不過待他來至近處，我們才恍然驚覺，那就非常糟糕。所以眼前頭等大事，是要弄清楚對方經由哪條路線攻來長安？」

李世民道：「頡利要避開我們探子耳目，會……」

可達志起立施禮道：「達志想去見族人，告訴他們皇上的恩賜，請皇上俯允。」

李世民尚未說話，寇仲笑道：「大家兄弟，有甚麼避忌的，快給我坐下。」

可達志搖頭道：「我待會立即起程赴山海關，他日有緣，再和各位兄弟把酒談心。」

李世民點頭道：「達志放心，你的族人會在長安安居樂業，這是朕對達志的承諾。」

徐子陵起立道：「我送達志一程。」

兩人去後，李世民續下去道：「他們會採取較偏西的路線，涇州的山川地勢，最適合隱蔽兵馬行藏，倘他晝伏夜行，兼之在今日之前我方無暇分神，確能避開我們耳目。」

寇仲問道：「涇州有甚麼重要城池？」

李世民道：「涇州最重要和具戰略性的城池是武功，位於渭水之北，有官道直抵咸陽，離長安不到百里，距咸陽更近。倘若攻陷咸陽，即可控制渭水便橋，切斷渭水南北兩岸通道，進可攻長安，退可守咸陽。」

寇仲雙目亮起來，道：「我們如能守穩武功和咸陽，頡利豈非進退兩難？」

李世民欣然道：「世民正有此意。頡利若要神不知鬼不覺的進入涇州，必須大幅削減兵員，輕騎簡裝，更不能攜帶大量糧草，故若不能迅速攻陷城池，補給方面立即出現困難。」

魏徵道：「咸陽和其北面的涇陽城唇齒相依，我們必須同時固守三城。塞外聯軍雖可從武功至咸陽途中的高陵縣取得糧草補給，不過數量有限，只夠他多支持十天至十五天，還得看人數而定。」

寇仲訝道：「先生對關中形勢，竟嫻熟至此，教人驚異。」

魏徵嘆道：「昔年追隨密公時，曾多番替密公釐定進攻關中的計畫，如今一切已成過去！」

李世民道：「長安形勢的變化，肯定大大出乎敵人意料之外，不但長安軍民一心，不傷絲毫元氣，且消息不會外洩，對我們非常有利。世民先派出軍隊，大幅加強武功、咸陽和涇陽城防，其他一切全權交給少帥負責，即使少帥決定與頡利正面對撼，世民全無異議。」

寇仲笑道：「魏先生的提議發人深省，我寇仲更非好勇鬥狠之人，何況聯軍中有我許多兄弟在其中。哈！忽然間我又感到勝券在握，皇上請下令犒賞三軍，昨晚辛苦的兄弟全體好好休息，一切事全交給我的屬下去做。只要三城穩如鐵桶，此戰必成。」

李世民道：「少帥用的當是精兵戰術，要世民撥多少人馬給你？」

寇仲微笑道：「不用勞煩皇上一兵一卒，我的三千精銳便成。」

李世民道：「少帥須我如何配合？」

寇仲沉吟道：「問題在我的部隊徹夜未眠，至少要好好休息四個時辰，才可出發，事實上你的手下也有同樣情況。」

李世民思量道：「那我作兩手準備，一邊下令須出戰的部隊休息，另一方面集結船隊，把裝備糧食運上戰船，三支先頭部隊於戌時前出發，分赴三城，定可在天明前鞏固城防。然後我親率主力大軍，與你會合。」

寇仲伸個懶腰道：「趁現在尚有點時間，我要逼陵少帶我去見他的美人兒，看能使陵少傾心的女子，究竟如何令人心動。」

第八章

外族聯軍

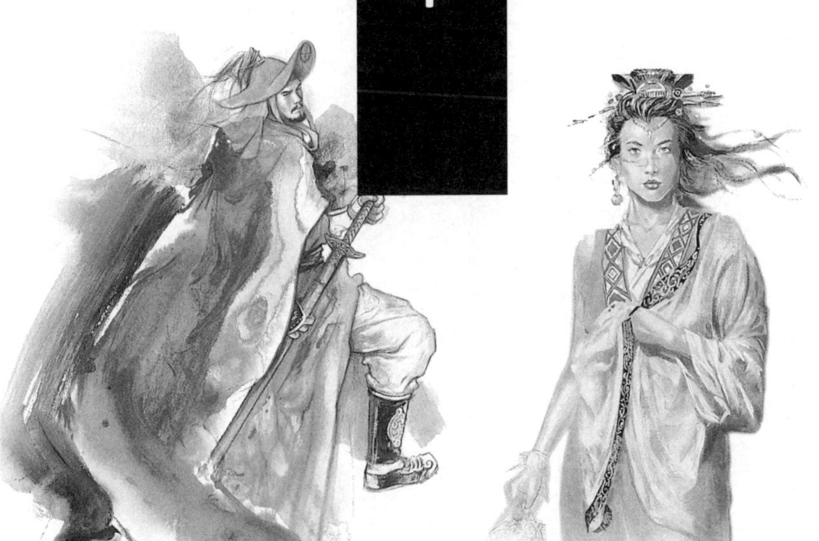

黃易作品集

第八章 外族聯軍

寇仲在御書房外與徐子陵商談，道：「達志那小子呢？一場兄弟，我們好該為他餞行。」

徐子陵道：「讓他悄悄離開吧！鋒寒和希白去接芭黛兒到興慶宮。剛才李大哥告訴我，裴寂、王伯當和諸葛德威三人已被拘押，等候發落，楊文幹和池生春等則仍沒有影蹤。」

寇仲皺眉道：「婠婠不會騙我們吧？」

徐子陵搖頭道：「她沒有騙我們的必要，玉致方面有甚麼話說？」

寇仲得意道：「我從未想過她可以這般好說話的。我還未有機會說甚麼一夜恩情，或是慷慨陳情，她竟主動鼓勵我納尚秀芳，當然下不為例。」

徐子陵道：「那眞要恭喜你！此正是船到橋頭自然直的最好例證。」接著現出凝重神色，道：「達志離宮前特別提醒我，畢玄和趙德言等人是在清楚建成發動政變的時間後立即離開的。照達志猜估，畢玄等如此急著趕往與頡利會合，是為催促頡利把握長安大亂、軍心不穩的時機揮兵來犯。所以頡利的先頭部隊，大有可能於今明兩天任何時刻抵達，不予長安有喘一口氣的機會。」

寇仲色變道：「那我如何赴秀芳今晚的子時之約？」

徐子陵沒好氣道：「今晚不成還有明晚，擊退頡利後更將有無數個晚上等著你這色鬼。」

寇仲斷然道：「教訓得好。你立即去找老跋和小侯，我和李小子交代一聲後，我們四大高手立即出發。嘻！你對著青璇時不也變成好色之徒嗎？」

徐子陵駭然道：「你不是說笑吧！憑我們四個人去應付頡利，這與送死有甚麼分別？何況我們不曉得敵人來犯的眞確路線。」

寇仲微笑道：「這正是虛則實之的戰略，只要拖到明天，我軍完成進駐各戰略重鎭的行動，頡利將注定無功而返的命運。」

寇仲再大步跨入李世民的御書房，向正覲見李世民的六名元老大臣歉然笑道：「請勿怪寇仲不敬，因爲小子有刻不容緩的事，必須立即與皇上密議。」

六名元老大臣大吃一驚，想到的都是有關塞外聯軍的事，哪還有心情怪他，忙識相的急步離開。李凡爲他們關上房門。

寇仲得意笑道：「總算過了當宰相和大將軍的官威癮兒，且是權傾一朝，不用皇帝老子同意，各大臣立即自動離開。」

李世民啞然笑道：「幸好有你常在我煩於應對時來給我解悶，唉！你的想法是對的，當皇帝確是非常辛苦。」

寇仲嘆道：「我也想常爲皇上解悶兒，只恨刻不容緩，我們要立即出發，希望能把頡利嚇停，予我們一晚的時間，完成三城的布防。我提議改用麻常的人守武功，麻常是我最出色的頭號大將，必能不負所託。」接著把改變計畫的因由道出。

李世民道：「好！我隨你們去。」

寇仲大吃一驚道：「你是說笑吧？你走了，誰坐鎭長安？」

李世民油然道：「你的李靖大哥如何？不論才幹威信，他均可以代替我，人品方面更是絕無問題。」

寇仲苦笑道：「坦白說，這並非我不想你去冒險的眞正理由。眞正的理由是怕你武功低微，反拖累我們。明白嗎？皇上。」

李世民捧腹笑道：「直到此刻，我才感到你眞的當我有如子陵般的好兄弟。我武功低微？你可是說笑？有哪場戰爭我不是身先士卒？有時只領著幾個人由陣前殺到陣尾，每一次都有千百對眼睛看著的。」

寇仲頹然道：「你是皇帝老子，最後的決定權當然是操於你手上。一人之下原來可以這麼不好受的。哈……」

李世民欣然道：「我終於偷得浮生半日閒，暫時不用當皇帝。」

單桅風帆轉入渭水，望武功的方向駛去。高速船上載著的不但有名震天下的少帥寇仲、徐子陵、跋鋒寒、侯希白，尚有大唐新主李世民。

李世民坐在操帆的徐子陵旁，檢查帶來的箭矢，聲明道：「千萬不要喚我作皇上，今晚我是以兄弟身分與你們並肩作戰的。」

挨在船身，神態優閒，正抹拭偷天劍的跋鋒寒斜眼兜著李世民，淡淡道：「既然你暫時不當皇帝，我不用對你客氣。請問你爲何有皇帝福不享，卻要陪我們來蹚這渾水？」

在船尾與寇仲餵五匹戰馬吃糧草的侯希白笑道：「據寇仲說，當皇帝比上戰場更辛苦呢，哈哈！」

李世民油然道：「首先，我們要用虛實難測的惑敵之計，有世民參與，至少增加一半的說服力。敵人見到少帥，會想起少帥軍埋伏在後方某處；見到世民，自亦該想到長安已在我們牢牢掌握中，正傾全力來迎擊他們。」

徐子陵同意道：「確是如此。」

李世民微笑道：「其次是沒有人比我更清楚那邊的地理形勢，只有我可以準確把握敵人行軍的路線。」

寇仲苦笑道：「我正因爲想到此點，故無法拒絕你的參與，在洛陽時我們早領教過世民這方面的本事。」

跋鋒寒沉聲道：「如世民兄猜錯，我們不但白走一趟，可能還要痛失長安附近某一座重要的城池！」

寇仲望向往西山下降的太陽，道：「世民在這方面是絕不會出錯的。不過我們若要行動成功，那天上有多少頭獵鷹，我們就要射多少頭下來。可惜世民兄的靈鷲留在洛陽，否則此問題可舉手解決。」

侯希白咋舌道：「若頡利帶得百來頭獵鷹，我們豈非疲於奔命？」

跋鋒寒哂道：「能被訓練作偵察敵人的獵鷹千中無一，全軍能有三頭已相當不錯，而對付這類聰明的畜牲我們是經驗豐富，先誘之以餌，一旦進入我射月弓的箭程，包保沒有一頭可返回他主人身邊去。」

李世民仰觀天色，道：「太陽下山前，我們該可越過武功，抵達最佳的登岸點。」

五騎衝出密林區的小道，登上一座小丘之頂，渭水在左方流過，前方是武功西面二十里的廣闊疏林平野區，右方遠處層層山巒丘野。明月逐漸攀往天空，清輝的亮光，把人馬的影子拉得長長的投在前方丘坡。

寇仲道：「現在是甚麼時候？」

侯希白答道：「約是酉戍之交，如敵人此時抵達，全速趕往功武，可在我軍進駐武功前控制和封鎖武功。」

李世民以馬鞭遙指前方道：「敵人若來攻打武功，此為必取之途。且因有渭水在旁，不虞缺水，草原區可為戰馬提供嫩草。頡利既有香玉山帶路指引，不會捨易取難，浪費寶貴的光陰。」稍頓又道：「頡利的目標既是咸陽便橋，須同時攻陷武功和涇陽，那咸陽將成他囊中物。我們第一支從長安出發的部隊，由敬德率領，此時該抵涇陽，應有從容布置的充裕時間。觀乎現在頡利的先頭部隊仍未抵達此地，頡利分撥出來越過山區攻擊涇陽的奇兵，最快要在丑時後始能對涇陽發動突襲。」

他的分析，使四人充分體會到他運籌帷幄，料敵如神的本領。正因他對地理形勢瞭如指掌，精通兵法，故能處處佔盡機先，從容布局，不負善守的美名。跋鋒寒躍下馬背，奔下丘坡，於平野處伏地貼耳，施展他「地聽」之術。

侯希白道：「頡利狡猾如狐，故意在劉武周舊地盤北面詐作集結大軍，令我們以為他會偷襲太原郡，渡黃河闖關中，原來卻是暗渡陳倉，在梁師都掩護下，潛至渭水，由西而東的來犯長安。若被他攻我不備的佔據武功、涇陽、咸陽三城，長安大軍將動彈不得，其他城池勢危矣。」

徐子陵微笑道：「幸好長安的危機在一夜間解決，否則頡利確有很大機會得逞。」

跋鋒寒往回掠至，欣然道：「世民所料無誤，一隊超過千人的輕騎隊，正從四里許外全速趕來。」

寇仲大喜道：「事成一半哩！」

侯希白仰天張望，訝道：「爲何仍不見獵鷹的蹤影？」

寇仲神態輕鬆的道：「因爲頡利小兒還以爲長安烽煙處處、血流成河、屍如山疊，根本沒想到我們會在此關要處枕軍迎候。而在他的憧憬中，武功能捱過他一個時辰的攻打，已非常了得，所以不必派獵鷹探察前路，鷹兒肯定仍躲在鷹籠內。」

李世民不解道：「如此說假若頡利放出獵鷹，我們的『空林計』豈非立被揭破？」

寇仲胸有成竹的道：「說到對付獵鷹，還是我比較在行。獵鷹見到下方有敵人，會在敵人上方盤旋繞飛，鷹主可憑鷹兒繞圈的大小，測知敵人的分布範圍，所以只要老跋、小侯和陵小子三人，於林內不同方向隔遠馳去，鷹兒會大繞圈子，令敵人誤以爲在密林通道兩旁有大批伏兵。我們不但不用那麼殘忍射殺鷹兒，還可反過來利用牠令敵人中計。哈！多麼完美的計畫。」

跋鋒寒躍上馬背，笑道：「若你的計畫行不通，希望你另有一個完美的逃亡計畫。哈！子陵！希白！讓我等幾個小卒執行少帥的命令！」三人策馬掉頭，奔往密林。

寇仲細心聆聽，欣然道：「敵人到哩！眞希望現在是白天，那我們可欣賞到敵人驟見我們時的驚異表情。」

李世民取出火炬，嘆道：「我從沒想過會與少帥並肩面對堪稱宇內無敵的金狼大軍，想想也覺世事的離奇曲折，出人意表。」

蹄聲漸起，忽然前方半里許處，全是黑壓壓的突厥騎兵，揚起塵土，星月黯然失色。兩枝火炬熊熊燃燒，分別插在寇李兩人馬旁地上，尤顯得立馬丘崗之上的兩人狀如天神，而事實上兩人亦代表著當今之世，中土新一代最傑出的軍事天才，看到他們，當會令人想到中原兩股最強大的軍事力量，二合爲一。號角聲起，敵騎紛紛勒馬。

寇仲向李世民道：「確是頡利的金狼軍，可見聯軍各族間的信任並不足夠，否則頡利大可讓契丹軍、室韋軍或回紇軍任何一軍打頭陣。」

李世民道：「若攻打涇陽的敵軍亦是金狼軍，少帥這個想法始可作準。」

寇仲點頭道：「對！」接著以突厥話大喝過去道：「寇仲、李世民在此，恭迎頡利大汗。」

對方一將拍馬而出，狂喝道：「休想我會中你們詭計，上！」

過千突厥戰士全體吶喊，號角聲再起，戰馬嘶叫，千餘騎先排成前後三列，第一列三百餘人首先策馬衝刺，朝小丘殺來。接著其他兩列相繼衝出，登時蹄聲雷動，喊殺震天。

寇仲還好整以暇道：「剛才那出來呼呼喝喝的，不就是康鞘利嗎？」

李世民也毫無驚駭之容，油然點頭道：「可見頡利來得匆忙，且是片刻必爭，故以大將率領先頭部隊，抵達後立即攻打武功。」

第一排的敵人衝至一千五百步的距離，忽然號角再起，敵人全體勒馬，止於一千三百餘步外。

康鞘利二度排眾而出，大喝道：「任你們有千軍萬馬，只足供我突厥鐵蹄踐踏之用。」

寇仲笑道：「康鞘利膽怯哩！你聽得懂他的突厥話嗎？」

李世民欣然道：「自八歲開始，小弟便學說突厥語，少帥不用翻譯。」

寇仲以突厥語喝過去道：「康鞘利你竟敢在我寇仲面前亂吹牛皮，當年是誰大破你們金狼軍於奔狼原？你們在自己地頭仍要吃我寇仲大虧，何況勞師遠征，深入我境。哈！坦白說：我們現在擺的是空城計，這裏只有我們兩個人，夠膽就放馬過來，看我們是否接得住，不夠膽衝過來是龜孫子，哈……」

康鞘利一聲令下，卻非指揮手下殺來，以證明他們非是欠缺膽量的龜孫子，只是吩咐手下燃亮數十個火把，登時火光熊熊，驟顯得寇仲這邊的兩把火炬孤零單薄，難與爭輝。數騎突厥將領，聚攏到康鞘利旁邊說話，在火光照耀下，爭論該否進擊。

寇仲微笑道：「若我們眞的想誘敵深進，眼前該採哪一個步驟。」

李世民苦笑道：「當然是遣派兵員主動出擊，惹起敵人怒火。唉！你的對付獵鷹之計根本沒有用武之地，因爲敵人的先頭部隊沒有獵鷹隨行。」

寇仲淡淡道：「世民兄請待在這裏看熱鬧，小弟去也！」

一夾馬腹，刺日弓已來到手上，張開，戰馬衝下丘坡時，從箭筒以獨門手法拔出四支勁箭，望敵陣衝去。康鞘利等諸將大吃一驚，無暇再作商議，紛歸本隊，衆突厥戰士不待吩咐，人人彎弓搭箭，準備迎擊名震中外的少帥寇仲。呼吸間寇仲策馬衝下丘坡，四枝勁箭於敵人箭程外連珠勁發，螺旋而進。四馬中箭倒地時，他另四枝箭又從刺日弓勁射，以螺旋勁勢疾飛而去。敵人前陣戰馬紛紛倒地，亂成一團，十多名突厥戰士給激起凶性，不理指揮，策馬衝出，反令後面的人不敢發箭，怕誤傷己族戰士。康鞘利大聲喝止。

寇仲第三輪箭射出，朝他衝來的十七名戰士中又見四騎倒下，馬背上的戰士均被拋到地上去。

「鏘！」寇仲拔出井中月，右刀左弓，把向他射來的箭矢隨手輕鬆撥飛，轉瞬間與敵相遇於兩軍之間的原野中。康鞘利大喜，發出進攻命令，三排騎兵，立即全速向他衝刺。痛呼慘哼聲中，與寇仲相遇者不是被刀背擊中，便是給刺日弓掃下馬來，然後寇仲掉頭便走，展開人馬如一之術，倏地拉遠至與來騎箭矢不及的距離，奔至小丘坡下。號角聲起，突厥戰士救起己方墜馬者，竟往後回撤，直退至二千步外，始列陣嚴守，回復先前對峙的局面。

寇仲馳回李世民旁，咧嘴笑道：「這一手如何？」

李世民笑道：「少帥此著專門針對聰明的敵人，而康鞘利更沒有令我們失望。」

寇仲勒定戰馬，凝望遠方，沉聲道：「頡利駕到。」

李世民亦聽到遠方戰馬疾奔的聲音，仰首望天，道：「少帥的完美計畫，可望成功。」

一點黑影，出現於星空高處，正向他們飛來。

寇仲忽然色變道：「糟糕！我們想漏一點。」

康鞘利的先頭部隊改變陣勢，一分為二，從中鋒變為兩翼。大隊金狼軍以靈動如神的高速從疏林區潮水般湧出來，人人殺氣騰騰，驟看似是散亂無章，事實上已把團隊精神和默契發揮至無法勝有法的化境，當他們在兩邊翼軍押陣下，於其稍後處布開陣勢，更顯出其無敵雄師的本色。忽然一隊五十多名戰士直衝而來，左盾右矛，搦戰叫囂，旋又退回。接著第二隊衝出，作出種種挑釁動作，卻非真的進攻，但足可把敵人神經扯緊，不敢鬆懈。

李世民道：「我們想漏甚麼？」

寇仲苦笑道：「我們想漏了頡利在如此情況下，根本沒有另一個選擇，只能縱兵強攻，不理我們有多少埋伏。因爲他們若被阻於此處，不能與攻打涇陽的軍隊會合，那麼攻打涇陽的部隊將因後援不繼和缺糧而大敗。」

李世民呆了一呆，點頭道：「說得對！何況頡利對自己信心十足，不會相信金狼軍會在平野戰吃敗仗。唉！我不是沒想過這問題，只不過一閃即逝，還認爲憑少帥的威望，可鎮嚇頡利於一時，而事實上我們還是別無選擇。」

寇仲翹首後望，獵鷹繞了幾個大圈後，飛返敵陣。

李世民微笑道：「我們到現在爲止成績總算不俗，至少拖延近一個時辰。」

第二隊金狼軍退回去後，另兩隊同時出陣示威叫罵，衆突厥兵齊聲和應，確可使人未交戰即心膽俱喪，不知何時似這般輪番罵陣會忽然變爲攻擊的行動。

蹄聲響起，跋鋒寒策馬而至，奔往寇仲另一方，道：「不妥！看情況頡利準備不理埋伏，發兵強攻。」徐子陵和侯希白先後奔上丘頂，均是神色凝重。

此時那兩隊人馬退回去，忽然爆起震天采聲，大旗飄揚下，頡利在趙德言、暾欲谷、香玉山和一衆酋頭、數百名親兵簇擁下，從前陣戰士讓出以人築成的通道昂然策騎直抵陣前。從寇仲他們的角度瞧去，前方盡是突厥精騎，延展往疏林的無限深處，井然有序，分隊列陣，組織嚴謹。

李世民皺眉道：「足有三萬人，夠力量攻下三座武功城。」

寇仲沉聲道：「見到畢玄嗎？」

跋鋒寒答道：「他不可能不在其中，只是尚未找到他的蹤影。」

侯希白道：「只剩一招可行，我們立即退入密林，看他們是否眞的敢攻來。」

跋鋒寒道：「若眞的攻來又如何？」

徐子陵嘆道：「只好立即逃往武功城，設法死守，待援軍來解圍。」

李世民苦笑道：「此爲下計。對方援軍將會陸續抵達，切斷武功水陸兩路的交通，然後不費吹灰之力地擊垮麻常的三千人，再一邊攻打武功，一邊分兵進犯咸陽和涇陽，而我們則被困死武功城內，不過我也想不到更好的其他計策。」

寇仲微笑道：「我尚有一計。」

侯希白大喜道：「快說，遲恐不及。」

寇仲目注頡利方面的動靜，從容道：「就是由老跋出馬向畢玄挑戰。」

李世民搖頭道：「頡利不會讓畢玄冒這個無謂的險，更犯不著橫生枝節，因爲他有信心攻破我們根本不存在的伏兵。」

徐子陵道：「寇仲的話不無道理，因爲畢玄曾在龍泉當衆答應鋒寒與他的決戰，畢玄若龜縮不出，會影響突厥方面的威信。問題在我認爲不該讓鋒寒去冒這個險。」

寇仲淡淡道：「讓我來冒此險又如何？頡利肯定不會讓老畢出戰鋒寒，但若能當場擊殺我，等於贏掉此仗，甚至完成整個入侵行動。」

跋鋒寒皺眉道：「挑戰的人是你而不是我，不怕對方起疑心嗎？」

寇仲道：「我無暇多作解釋，老跋快出言挑戰老畢。」

跋鋒寒以突厥語大喝過去道：「畢玄！可敢與我跋鋒寒決一死戰，繼續龍泉城外未竟之緣？」

突厥戰士倏地靜下來，靜待頡利說話。正向手下諸將發令的頡利往他們瞧來，仰天大笑，高聲喝回來道：「跋鋒寒你若要自尋死路，沒有人會攔阻你。你若能捱得過我們金狼大軍的踐踏，聖者自然會出手送你上路。」

寇仲哈哈笑道：「說得眞漂亮。原來頡利小兒怕聖者會被我的兄弟宰掉，故不敢讓聖者出戰，哈！眞可笑！」

頡利勃然大怒，衆突厥戰士更是群情洶湧，同聲喝罵，突厥人最重武士榮譽，哪堪被人如此當衆羞辱他們最尊敬的人。

畢玄的聲音從對陣內傳出，字字震人耳鼓，語氣卻保持平和，道：「畢玄願與少帥先決一生死，請大汗俯允。」

衆突厥戰士爆起如雷般的喝采聲，因畢玄轉而挑戰寇仲，大感振奮。要知寇仲曾在奔狼原大破金狼軍，乃金狼全軍的奇恥大辱。畢玄若能擊敗寇仲，當然大快人心。

頡利開懷大笑，一副寇仲自取其咎，與人無尤的得意神態，喝道：「寇仲你聽到嗎？就讓我們看看你是否有那膽子，不要告訴我你不敢迎戰。」

李世民等至此才明白寇仲的激將妙計，但又非常擔心。

侯希白道：「你有信心嗎？」

寇仲以信心十足的微笑回報，大喝道：「呸！我又不是第一次和聖者交手，須甚麼膽量。」說罷拍馬馳下丘坡大聲喝道：「畢玄何在？」

李世民、跋鋒寒、侯希白和徐子陵四人目不轉睛的瞧著頡利和手下大將酋頭所在處，等候畢玄的現身。位於陣前的突厥戰士手上不斷增添新燃點的火把，天上星月被血紅的火光奪去光輝，忽然由頡利而下，人人發出「嗚嗚」的彷如狼嘷的嘶叫，從陣前蔓延往大後方，一時整個林原塞天塡地的盡是狼嘷，嚇得戰馬跳蹄，聞者心寒。就在這詭異莫名的氣氛中，身披黑袍的畢玄持矛策馬，從裂開的人陣緩緩馳出，迎向正傲立陣外的寇仲。

跋鋒寒雙目瞇起，凝注畢玄，沉聲道：「畢玄手上的矛重九十九斤，矛名『阿古施華亞』，是突厥古語，意即月夜之狼，年輕時仗之衝鋒陷陣，縱橫草原從無敵手，初出道之際已被譽爲『沒有人能把他從馬背擊下來的矛手』，六十歲後棄矛不用，想不到今天不但披甲上陣，且重用此根狼矛。」

寇仲勒馬立定，瞧著朝他不斷接近的畢玄哈哈笑道：「原來聖者的壓箱底本領竟是一枝重鋼矛，失敬失敬。」

畢玄不爲所動，神態從容冷靜，甚至沒有任何人類應有的喜怒哀樂、貪嗔癡懼的情緒。雙目冷酷如惡狼凝望獵物，忽然戰馬人立而起，月狼矛斜指夜空，狼吼立即化爲雷動喝采吶喊，倍添其不可一世的大宗師氣概。「鏘！」井中月出鞘。當畢玄戰馬前蹄觸地，畢玄一夾馬腹，戰馬箭矢般射出，月狼矛在天空畫空盤旋，敵我雙方均感到每一盤旋，月狼矛的勁道便添加一重，到與寇仲正面馬上交鋒的一刻，矛勁將達致巓峰的狀態。突厥方面人人喊得聲嘶力竭，期待畢玄一矛克敵，把寇仲掃下馬背。

寇仲握刀在手的一刻，一切疑慮、憂心、勝敗、生死全給拋在九霄雲外。不論此戰如何重要，如何關乎到中土的安危，不理畢玄的名氣有多大，實力有多強橫，他的心仍不滯於任何事物，突厥戰士爲對手的吶喊助威，對他沒有絲毫影響。他的觸感從手上井中月的鋒尖，延伸至胯下坐騎，再擴展往延綿無盡的大地、覆蓋大地的星月之夜。無勝無敗、忘人忘刀。

寇仲哈哈一笑，夾馬朝畢玄迎去，兩騎不住接近，速度漸增。突厥方面人人如痴如醉，喊聲搖撼大地。李世民等則是提心吊膽，只看畢玄出手便用盡全力，可知畢玄務求在數擊之內與寇仲分出勝負，且不會讓寇仲有喘息機會，要以超過一甲子的功力，以硬撼硬，壓倒寇仲精妙如神的井中八法。只有徐子陵清楚掌握到寇仲掣刀在手的一刻，成功進入巔峰狀態，最微妙驚人處，是馬速雖不住提升，井中月的去勢卻是愈去愈慢，快慢成為強烈的對比，似乎寇仲已捕捉到天地間某種密藏的玄理，而徐子陵偏曉得寇仲的慢，恰可克制畢玄的快。而他更曉得寇仲亦應如他般，明白畢玄犯上嚴重的錯誤。在畢玄上方旋舞的長矛，由緩而快的變成一股旋風，發出「霍霍霍」鎮懾全場的破空呼嘯。若照兩騎接近的速度，眼力高明者可看出畢玄精捏時間，可把勁道提昇至最高峰的一矛送贈寇仲。

李世民失聲道：「不好！」

跋鋒寒神色亦變得無比凝重，沉聲道：「寇仲還有一著。」

話猶未已，離畢玄只餘三丈距離的寇仲出乎雙方並包括畢玄在內所有人意料之外地連人帶馬騰空而起，躍上丈許高處，凌空直撲畢玄。人馬如一。對陣驀地靜至啞然無聲，人人目瞪口呆，不能相信眼前正發生的事。寇仲不但盡展人馬如一術的玄奇，更進一步把逆轉真氣的獨家祕法用於馬兒身上，造出神奇的變化。

畢玄的戰馬首先受驚，本能地往一側閃開，而畢玄尚差少許才蓄滿勁道的一矛，卻不得不功虧一簣的迎擊寇仲照頭劈至的一刀。寇仲的刀仍保持自起始以來的緩慢勢子，可是因戰馬凌空撲下的高速，極慢的一刀，反因加上馬速而像變得有如閃電般急遽。畢玄的戰馬繼續往側錯開的當兒，月狼矛由看不清楚的旋風化回矛形，斜挑往前，迎擊寇仲玄異神奇至極點的一刀。在兩方屏息靜氣注視下，矛刀交擊，火花迸濺，發出震人耳鼓的激響。畢玄的戰馬在原地連打兩個轉，接著四蹄發軟，先是前蹄跪地，接著悲嘶一聲，往側傾頹，顯是畢玄未能盡化寇仲的螺旋刀勁，禍及坐騎。寇仲則如天神下凡，控騎落在畢玄人馬後方，在千萬對眼睛睜睜注視下，衝前十餘步後，戰馬一聲不響的往前軟跌，頭先著地，接著馬體摩擦草地，前衝近丈始止。畢玄躍離傾頹的馬背，人隨矛走，矛鋒直取寇仲背心。突厥方又爆起打氣聲，卻遠不如先前的激烈和信心十足，因為表面看去，寇仲至少能和畢玄平分秋色。

徐子陵曉得兩人同時負傷，反心中大定，因為長生氣將令寇仲有比畢玄更大的抗傷本錢，何況寇仲至少比畢玄年輕上一甲子的歲月。

跋鋒寒看出畢玄此矛勢道稍不如前，道：「若畢玄落敗身亡，會有甚麼後果？」

他比任何人更清楚答案，說出來意在提醒李世民。李世民未及答話，仍未著地的寇仲反手一刀，重劈畢玄矛頭，然後藉勢連續幾個翻騰，落在靠近丘坡的一方。

乍看起來，雙方均似隨意出招，遠不及剛才馬上交鋒的凌厲緊湊和出人意表，事實上卻是千錘百鍊下武技修行的成果，達致有意無意間之化境。畢玄的矛擊連消帶打，流水行雲，藏巧於拙，似是老老實實的一矛，千變萬化盡寓其中，比之天刀亦遜色不了多少；可是寇仲還擊的反手一刀，更是出色，純憑天人合而為一後超乎常人的靈動感應，一舉破掉畢玄的矛勢變化，找到畢玄遁去之一。不過如非先前一著，畢玄因「馬技」不如，落在下風，他絕無可能取得如此成果。由此可見，高手爭鋒，是尋瑕抵隙、分寸必爭。

畢玄旋風般轉過身來，長袍揚起，竟就那麼拋掉月狼矛，欣然笑道：「過去的確是不必要的負擔。想不到長安小別後，少帥刀法又有長進，予本人意外驚喜。」

山丘上的徐子陵嘆道：「畢玄終明白自己的錯失，可是寇仲優勢已成，即使強如畢玄仍難有回天之力，否則勝敗難料。」

跋鋒寒點頭道：「因爲他仍放不下過去的榮耀和戰爭。」

李世民此時才答跋鋒寒先前的問題道：「若畢玄戰死，眼前的三萬金狼軍將失去理智，人人發狂般要洗掉畢玄被殺所帶來的屈辱，他們會殺盡能殺的漢人，以血屠洗武功。」

侯希白駭然道：「那怎辦好？我們擺的除空林計外更是空城計，武功現在守兵不足五百，根本不堪一擊。」

徐子陵微笑道：「希白不用憂心，寇仲比我們更清楚此點。」

寇仲抱刀而立，向三丈外的畢玄恭敬的道：「小子寇仲僥倖行險成功，利用戰馬天性，得保小命，還有是聖者手下留情。請聖者容我寇仲收回剛才對大汗說出的狂言。」

畢玄自己知自己事，他所負內傷，實比寇仲嚴重，而寇仲謙虛認敗之語，以突厥話公然宣告，正是要予自己公平下台階的機會。不論他對漢人的仇恨有多深，但以他在突厥族的超然地位，若再堅持下去而自招敗亡，其後果卻不得不三思考慮，亦不由對寇仲生出好感，微笑道：「少帥不用謙讓，高手相爭，根本就是但求取勝，不擇手段，你我雖勝敗未分，然而再鬥下去將變爲徒逞勇力。可惜此戰關乎我突厥族盛衰，非畢玄說的話可解決，一切交由大汗決定。」說罷哈哈一笑，返回陣內，隱沒陣後。

高踞馬上的頡利雙目厲芒大盛，狠狠盯著寇仲，沒有人透出半點聲息，時間像忽然止步不前。寇仲回敬頡利銳利的目光，隱隱感到頡利對自己仇怨大減，因爲他肯讓畢玄保存顏面下台。但這當然不表示頡利有退兵之意，正如畢玄所說，那關係到國家民族的盛衰，且這次是頡利牽頭策動整個入侵的軍事行動，如箭離弦，沒有收回的可能性。李世民等屏息靜氣，除等待頡利的反應外，再無別法。如非春霧混重，還可放火燒林，暫阻敵軍。

跋鋒寒遙觀敵陣，沉聲道：「我敢以人頭賭頡利立要下令進攻。」

侯希白忽然全身一震，三人愕然朝他瞧去，侯希白探手入懷，道：「我還有一個辦法。」

「砰！」煙花火箭從丘上直沖往高空，爆開一朵血紅的火燄，光照大地。頡利一方上下人等全翹首上望，寇仲也如他們般一頭霧水的瞧著紅光消斂，化作點點紅芒，往下灑落，再消失得不留半絲痕跡。丘上的侯希白朝他猛打手勢，寇仲立即醒悟過來，侯希白發出的是雷九指給他的煙火箭，本用來聯絡麻常的軍隊，昨夜沒有用上的機會，現在侯希白見形勢不妙，人急智生下用來召喚麻常開赴武功的三千精銳。

敵陣號角聲起。寇仲大吃一驚，心忖這豈非弄巧反拙，惹得頡利方面以為他們在發動攻擊，先發制人的攻來，等到再往敵陣瞧去，始放下心來。敵騎果然在調動，取弓搭箭，不過卻是往四下散開，布陣防守。不由笑自己心虛，事實上頡利勞師而來，被截於此，加上對自己的畏懼，已成驚弓之鳥，更害怕他寇仲埋伏在此的迎戰兵力在他數倍之上，哪曉得丘後密林空無一人，而自己的部隊能否及時趕至，仍是未知之數。

寇仲趨前數步，大喝道：「大汗勿要慌張，我們放出煙花火箭，只因兵力薄弱，怕未足攔截可汗大軍，故召來援兵。大家萬事好商量，大汗如肯息止干戈，我們必有回報，就送大汗黃金萬兩、牛馬各三千頭、貂皮十車、布帛絲綢各萬疋，另加五車香料、十車美酒如何？」

丘上的跋鋒寒聽得直搖頭，道：「這小子信口開河，但總說得頭頭是道，這方面跋某人眞個要自嘆望塵莫及。」

侯希白道：「他在慷他人之慨，硬要掏空皇上的家當。」

李世民笑道：「只要不用送人，我還可以負擔得起。」

頡利拍馬衝前近丈，大怒道：「你當我頡利是三歲孩兒，你寇仲竟這麼好相與？呸！我這次百萬大軍前來，你們的子女財帛還不是供我予取予攜？寇仲你不要再廢話連篇，儘管放馬過來，讓我看你有何能耐？」

寇仲心忖我正是要說廢話，好拖延時間，嘆一口氣道：「大汗有所不知，自龍泉之後，我的心早變軟哩！唉！實話實說，大汗若以爲攻打涇陽的軍隊可以得逞，是大錯特錯。這次我們之所以能準備充足的在此恭候大汗，談談和平相處的條件，實另有內情，卻要容後細稟。現先撇開這方面不說，就談大汗的百萬大軍，假若大汗肯集齊百萬人馬，讓我逐個人頭去點算，倘眞足百萬之數，我寇仲立即自絕於大汗眼前。」

李世民等固是聽得發噱，頡利卻是啞口無言，大怒道：「我帶來多少人馬，何須向你證明，你當我是傻瓜嗎？」

寇仲打蛇隨棍上，忙陪笑道：「大汗息怒！我們對大汗整個行軍大計瞭如指掌，大汗可有查究的興趣？」

徐子陵不得不暗讚寇仲聰明，因他命中頡利疑慮的要害，並達到拖延時間的目的。雖然他仍未猜到寇仲可以告訴頡利的是甚麼話，但從小以來，胡謅一直是寇仲的強項。

頡利見丘後密林沒有敵人殺出，正疑神疑鬼，聞言禁不住道：「說罷！又沒有人封著你的嘴巴。」

寇仲道：「此事該多謝玉山兄。」

趙德言旁的香玉山心知不妙，色變怒道：「大汗休要聽他胡言亂語，無中生有的中傷玉山。」

寇仲欣然道：「玉山兄的突厥話非常流利。哈！我是實話實說，全靠你把計畫如盤奉告令兄生春，而生春兄則向我們投誠，加上我和皇上詳細推敲，故不致待到大汗兵臨城下始如夢初醒。哈！玉山兄，你說我們該不該感激你？」

頡利立即雙目殺機大盛，別頭往香玉山瞧去。

香玉山大駭道：「大汗請相信玉山，我發誓沒有告訴任何人。師傅！」最後一句是向趙德言說的。

頡利怒喝道：「國師！你怎可推薦這樣一個廢物來給我用？」

趙德言俯首道：「德言知罪。」

香玉山更是面無人色，顫聲道：「他在陷害玉……呀！」

趙德言反手拍中他面門，香玉山慘叫一聲，倒飛落馬，立斃當場。徐子陵一陣感觸，香玉山是死有餘辜，不過他終是小陵仲的親父，落得如此下場，教人心酸；亦正因這關係，他和寇仲一直狠不下心腸。

跋鋒寒低喝道：「好小子！」

李世民喜道：「來哩！」

蹄聲從後方隱隱傳來，自遠而近。頡利聞得蹄聲，臉色微變，驅馬返回陣內。寇仲無暇為香玉山橫死陣上感嘆，此爲他非常厲害的一著棋，不但假手心情欠佳的頡利除去香玉山此心腹之患，更令突厥方面深信不疑密林內藏有伏兵，因爲他們既從池生春處得悉塞外聯軍的進攻計畫，自是分頭設伏，準備十足，而頡利則只餘正面硬撼之法。在這樣的情勢下，頡利當不會蠢得揮軍進攻蓄勢以待的大唐軍，而會等待聯軍齊集，養足精神後始與對方在戰場上決勝爭雄。

蹄聲漸近，以麻常、宋法亮、宋爽、宋邦和王玄恕爲首的少帥宋家軍三千精騎，林路現身，分作五隊，每隊六百人，旌旗飄揚的馳至，兩隊直上山丘，一隊留守山丘後方，另兩支騎兵分馳左右平野，只看其隊形，便知是精銳中的精銳，行動迅速而有效率，甫抵現場立結成可攻可守的陣形，兼且人人精神抖擻，沒有絲毫疲態。

寇仲知是時候，昂然步前，笑道：「大汗遠來辛苦，我們今晚不如休戰，各退二十里，待雙方集齊人馬，一戰定勝負，勝過在這裏你眼望我眼的捱至天明，還不知何時可倒頭好好睡一覺。」

暾欲谷和康鞘利分別湊近頡利身旁進言，而頡利則一言不發，狠狠盯著寇仲。

寇仲知他怕自己用詐，嘆道：「我寇仲何時有說過話不算數的？今晚是否和氣收場，大汗一言可決。」

頡利把馬鞭狠狠擲到地上，戟指罵道：「我看你寇仲能得意至何時？退！」

「咯！咯！咯！」寇仲從床上坐起來，大吃一驚道：「是否敵人殺至？這是甚麼地方？」

王玄恕推門入房，恭敬道：「敵人仍未見蹤影，這裏是武功城內的總管府。」

寇仲猶有餘悸道：「剛才我夢到頡利來攻城，他奶奶的，希望解決頡利小兒後以後不用作這種惡夢，我受夠哩！」

王玄恕伺候他穿上衣服，道：「現在是巳時三刻，皇上、徐爺、侯爺等正在大堂等候少帥吃午膳。」接著低聲道：「少帥可否讓玄恕處置楊文幹這奸賊？」

寇仲訝道：「楊文幹？找到他了嗎？」

王玄恕雙目一紅，點頭道：「昨夜進行全城檢查，在東門把池生春、楊文幹和五十七名京兆聯的惡徒當場逮著。」

正在梳洗的寇仲大喜道：「難怪昨晚頡利和趙德言對我的話信而不疑，原來池生春躲在武功作內應，確曉得頡利的計畫。哈！我當然可以把楊文幹交你處置，不過你要答應我，幹掉楊文幹後，拋開所有仇怨，好好善待我的好妹子小鶴兒，更不要仇視淑妮，好嗎？」

王玄恕忙不迭點頭，熱淚泉湧，泣不成聲道：「玄恕領命，多謝少帥。」

寇仲拿著饅頭大嚼，嘆道：「想不到打仗竟有這麼好吃的東西，唔！你們爲甚麼不吃？」

跋鋒寒搖頭道：「早在一個時辰前就飽得吃不下任何東西。你這小子，睡到日上四竿才懂起床，還要派人三催四請，哪有當主帥這麼懶的。」

李世民笑道：「睡得是福嘛！」

在武功城總管府的主堂，衆人圍桌共進午膳，除李世民、寇仲、跋鋒寒、徐子陵、侯希白和麻常外，尚有剛趕抵此地向他們彙報情況的龐玉。

寇仲想起楊公卿說過主將必須能安寢的話，而楊公卿卻不能親睹天下統一的盛況，心中一痛，轉而言他道：「龐兄請重說一遍。」

龐玉忙道：「敬德往守涇陽，果然突厥人一個萬人隊來襲，被敬德伏兵殺個措手不及，斬首千餘級，俘虜五百多人，包括其首領俟斤阿史德烏沒啜。」

寇仲喜道：「這是個好消息，這麼長的名字，虧你能一口道出。哈！那是否表示我們可保住這三座作爲長安北面屏障的城池呢？」

李世民道：「情況並不樂觀，關鍵在時不我予。我們因把重兵分駐太原和洛陽，致長安兵力薄弱，即使加上禁衛軍，只是區區四萬之數，若再分兵固守三城，長安兵力將劇減一半。假如頡利在三天內發動攻擊，可輕易切斷三城聯繫，那時假如他集中力量攻打其中一城，肯定此城難保，我們處境堪虞。」

寇仲道：「我們可經由水路往援，前後夾擊，還怕頡利不退兵？」

跋鋒寒道：「我們剛研究過這問題，那須看聯軍的實力，如頡利可動用的兵員在二十萬人以上，只要分出五萬人馬，枕兵於渭水便橋之北，長安將無法分兵赴援，因自身難保，而頡利亦力足以截斷渭河水陸兩路的交通。」

侯希白道：「頡利若要攻陷長安，必須先取三城，奪得糧草和立足的據點。據探子回報，昨夜頡利退兵十餘里後，立即派人到渭水打漁和在附近山野狩獵，可知突厥方面缺糧情況嚴重，此會逼使頡利不顧一切發動攻擊。」

寇仲抓起第二個饅頭，大嚼一口，神態輕鬆的問道：「頡利小兒方面還有甚麼消息？」

麻常答道：「還有一支過萬人的部隊抵達，仍未弄清楚是哪一個部族的戰士。」

寇仲往李世民瞧去，道：「皇上不會怪我喧賓奪主吧？」

李世民笑道：「去你奶奶的！快給我想辦法。」

衆人哪想到李世民會說粗話，登時笑聲震堂。

寇仲笑道：「原來皇上的粗話比老子更流暢。哈！我的少帥、宋家、老爹三支大軍又如何？」

麻常答道：「剛於昨晚從梁都乘船西來，途中會與李世勣行軍大總管會合，總兵力達十七萬之衆，並帶來八弓弩箭機三十挺，大礮飛石十五台，飛輪船隊約於後天早上抵達。」

徐子陵道：「倘若我們能多爭取三天時間，會有足夠的力量迎擊頡利。」

侯希白嘆道：「情況並不樂觀，只要頡利今天發動攻擊，我們只餘下棄守三城，固守長安一個選擇，總好過顧此失彼，長安不保。」

寇仲像沒聽到他說話似的，拍拍肚皮，露出飮飽食醉的滿足神態，目光掃過正目不轉睛瞧著他、豎起耳朵聽他說話的衆人，最後目光落在徐子陵處，笑道：「陵少有沒有撒手鐧？」

徐子陵淡淡道：「我知你是胸有成竹，且因得意忘形，故大賣關子，說吧！不要等到頡利兵臨城下，才曉得自己在浪費分寸必爭的光陰。」

跋鋒寒接口道：「你的傷勢如何？」

寇仲道：「此正爲我睡至日上四竿的原因。哈！我可令頡利不敢鋌而行險，未待大軍集齊而發動攻擊。」

跋鋒寒搖頭道：「我比你更清楚頡利的性格，不要被他暴躁凶惡的外表所惑，事實上他是個膽大心細的人，善於出奇制勝，一旦被他摸清楚我們的虛實，肯定立即發動猛攻。照我估計，他會在白天好好養息，晚上展開行動，金狼軍一向長於夜襲。」

寇仲道：「他永遠摸不清楚我們的底細，因為失去香家作他的奸細眼線。而我們的實力則隱藏在長安和北面三城之內，以他目前的四萬兵力，要攻陷長安外任何一座城池，絕非一時三刻可以辦到。針對此點，我們可在長安城北渭水處集結戰船，虛張聲勢，擺出隨時可支援三城的姿態，如非另無選擇，頡利焉敢犯險？他的先頭部隊若被摧毀，其他一切休提矣。」

侯希白皺眉道：「可是頡利會因為缺糧而別無選擇，只要他發兵攻打長安以外任何一城，我們勢將原形畢露。」

寇仲笑吟吟的道：「我的計最巧妙處，是讓他可以選擇。」

李世民雙目亮起來，道：「計將安出？」

寇仲灑然聳肩道：「很簡單，他欠糧，我們就送他兩三天的糧，滿足他的需求，令他不用因缺糧鋌而走險。」眾人瞠目以對。

徐子陵皺眉道：「這豈非擺明我們是害怕他？」

寇仲愈想愈好笑的道：「非也。只是虛則實之的延續，且是恩威並施。由那俟甚麼沒得啜偕五百多俘虜把糧車押送過去，肯定可使頡利和趙國師等疑雲陣陣，又可表示我們對他的殷勤周到。我敢包保他們摸不著頭腦，兼且由於有本錢作選擇，只好待至有十足把握時，再謀與我們決戰於渭水北岸平原上。」

李世民點頭道：「此不失為疑兵之計，但必須於黃昏前把糧草送抵敵營。」

龐玉起立道：「臣立即去辦。」匆匆去了。

跋鋒寒道：「假設頡利仍選擇來攻，我們如何應付？」

寇仲好整以暇的道：「武功是實，涇陽、咸陽爲虛；長安是虛，船隊是實。任他頡利三頭六臂，仍逃不過我寇仲的五指關。」

李世民拍案道：「我完全同意，我將親自把守武功城，與少帥配合，採取穩守突擊的靈活戰略，頡利若敢來犯，我們會給他好看。」

寇仲道：「我們的優勢，不但有城可守，更關鍵處是控制著渭水，只要把船隊一分爲二，一隊駐守渭河便橋，另一隊駐近敵營，只是這般布置，足可令頡利不敢妄動。」

跋鋒寒終於同意道：「換成我是頡利，便不敢冒此奇險，倘若後路被截，一旦失利，將難逃全軍覆沒的命運。」

寇仲向麻常笑道：「爲何楊文幹和池生春如此好相處，竟肯束手就擒？」

麻常答道：「他們是運道欠佳，當時他們知得情勢不妙，欲硬闖城門，撞著末將和法亮巡城回來，逮個正著。」

寇仲向李世民道：「這兩個人交我處置如何？」

李世民想也沒想的答道：「他們是你的哩！」

寇仲伸個懶腰，道：「光陰苦短，我們研究研究如何調兵遣將，然後付諸實行，希望今晚可以好好再睡一覺。」

侯希白欣然道：「少帥該可心想事成。」

跋鋒寒道：「但我以爲今晚我們絕沒有睡覺的機會，頡利會千方百計試探我們的應變能力，要睡覺應現在上床。」

徐子陵點頭道：「我同意鋒寒的看法，今晚不會是個平靜的夜晚。」接著目光投往侯希白，露出罕有帶著頑皮意味的笑意，緩緩道：「且是一個煙花盛放的燦爛之夜。」

眾人明白過來，同聲叫絕。

獵鷹飛返營地時，穿上夜行衣的寇仲和徐子陵伏身在遙對渭水、可俯瞰遠近敵營的小山頂處。敵營廣布在渭河北岸、武功之西五十里許處的丘陵區，依地勢築營，燈火黯淡，不時傳來馬嘶人聲，表面看來異常平靜。

寇仲瞧著獵鷹投下的營地，笑道：「頡利恐怕從未想過，我們可由獵鷹不費吹灰之力找到他汗帳所在處。」

徐子陵道：「你有甚麼主意？」

寇仲聳肩道：「我沒有任何打算，更不願見塞外聯軍變成以前我們曾遇上的人性泯滅的敗軍亂兵，沿途殺人放火、強姦虜掠的敗返北塞，那會對民眾造成可怕的傷害。」

「砰！」靠近渭河一方的疏林裏，煙花火箭沖天而起，在高空散開成一朵橙黃色的光芒，離他們有十里之遙。

寇仲道：「來哩！」

施放煙火的是跋鋒寒和侯希白，他們四人分作兩組，分頭監視敵營動靜。

徐子陵微笑道：「頡利對我們以煙花召來援兵一事當是記憶猶新，現在再見煙火，不用提醒他也該曉得發生甚麼事。」

兩隊人馬此時分從位於中間和北面的營地馳出，在黑夜裏悄無聲息，彷似幽靈般組成的騎隊，當然瞞不過兩人銳目。寇仲揚手連續發放兩枝火箭，徐子陵負責燃點，在小山上爆出兩朵燦爛不同色光的火花，爲星空添加顏色，短促卻美麗悅目。三朵煙花，比千言萬語更具說服力，令頡利方面明白金狼軍的動靜，全在他們的監視下，奇兵再非奇兵。兩人目光落在渭河東端，一隊由二十多艘戰船組成的大唐水師，昂然朝西駛來。

寇仲欣然道：「麻常出動哩！」

「咚！咚！咚！」武功方向的一處山頭響起戰鼓，與先前的煙花火箭，推進的船隊，合而營造出一股龐大的壓力，換成任何人是頡利，仍不得不對自己的行動再三思量。果然號角聲起，出營偷襲的敵軍被召返營地。

寇仲再發火箭，知會己方後笑道：「燒燒煙花，即可嚇退縱橫天下的金狼軍，說出去包保沒有人會相信，事實偏是如此。」

徐子陵道：「昨晚頡利大軍因畢玄無功而退，且被迫後撤二十里，士氣和信心受到嚴重挫折，先取長安三城的如意算盤更打不響，現在頡利只餘平原決戰一著，先決條件是須待各族部隊齊集，你的延敵之計可望成功。」

寇仲搖頭道：「今晚的手段，明晚將不靈光，因爲頡利會想出應付辦法。最佳的方法，是從內部分化聯軍，現在該是找突利等眾兄弟談心的時候。」

徐子陵皺眉道：「人心難測，特別是牽涉到本族存亡的利益，你不嫌太冒險嗎？」

寇仲斷然道：「這個險不得不冒。眼前形勢擺明聯軍處於下風，我最怕他們放棄進軍長安，改往攻打西面城池，那將輪到我們進退兩難。」

徐子陵沉吟片刻，點頭道：「好吧！小心點！」

寇仲拍拍他肩頭，道：「憑我的井中月，決心逃走，千軍萬馬仍攔不住我，明天武功城見。」

寇仲攀山越嶺的橫過近四十里的山巒，登上能俯視通往渭水的原野丘地一座山峰之巔，月兒斜掛天上。一支近五萬人的騎隊出現在北方地平的林木間，迅速向渭水的方向推進，只從其行軍的陣式，寇仲曉得是突利的黑狼軍。在此之前他遇上另一支達六萬之衆的金狼軍，加上頡利在渭河北岸的部隊，只金狼軍的總兵力便達十萬人，其力量足令任何一座城池化爲廢墟，使他更感覺到背負著的神聖使命，只有說服突利、菩薩、古納台兄弟等人，中土始可保持完好無缺，迎接新時代大一統的降臨。

寇仲心中湧起豪情壯氣，一聲長嘯，全速下山，一無所懼的朝黑狼軍奔去，以突厥話喝道：「寇仲在此，求見突利可汗。」

戰馬狂嘶，人立而起，領頭的黑狼軍將領勒住馬頭，著左右燃起火炬，愕然道：「眞的是少帥，停止前進。」手下立即吹響號角。

那將領拍馬趨前，一個翻騰，靈活如貍貓的從馬背落下，張開雙臂大笑道：「少帥認得我洛古勒司都嗎？」

寇仲依稀認得他是突利麾下其中一個酋頭，而他的熱情，大大出乎他意料之外，忙以同樣熱情回報，與他來個突厥式的擁抱禮，笑道：「當然認得，誰不知洛古勒司都是突厥的好漢。」

千穿萬穿，馬屁不穿，洛古勒司都大喜道：「我立即帶少帥去見可汗，可汗正爲如何與少帥接觸而煩惱。還不讓出戰馬？」最後一句是向後面的手下嚷的。

登上馬背，兩人從隊與隊間的空間一前一後急馳往大軍後方。前方一隊人馬迎至，帶頭者赫然是久違了的突利，他身後是親弟結社率和十多名寇仲認識的酋頭。

突利大笑道：「兄弟！我們又見面哩！」

雙方收韁勒馬，寇仲與突利緩緩接近，道：「我們仍是兄弟嗎？」

突利從馬背探手過來，與他緊緊相握，肅容道：「我和少帥一生一世都是兄弟。」

衆酋頭齊聲喝好，情緒激烈。

突利欣然道：「你看吧！他們全體支持你，只要你一句話，我們替你把長安奪過來。」

寇仲頭痛道：「你老哥好像不曉得我來找你所爲何事？」

突利露出燦爛的笑容，道：「我們到一邊說話。」

兩人並騎馳上東面一座山丘，五萬黑狼軍陣容鼎盛的廣布野原上，靜候他們談話的結果。突利甩蹬下馬，寇仲隨之，山風吹來，衣衫拂拂作響，仍帶著殘冬的寒意。

突利挽著他的手臂，道：「我當然曉得你來找我所爲何事，頡利方面的情況，早有人向我報告清楚，我們更遇上折返大草原的畢玄騎隊，你的刀法愈來愈厲害，竟連畢玄也奈何不了你。畢玄完蛋哩！頡利頓失倚仗。」

寇仲苦笑道：「那你是要我。」

突利道：「我不是要你，而是不明白你，統一中土不是你一貫的目標嗎？是宋缺對你的期望，殺了我也不相信你肯讓李世民成爲中土的新主。」

寇仲伸手搭上他肩頭，誠懇的道：「那是過去的事，現在的寇仲，只希望中土的事，一概由李世民承擔，自己功成身退的與陵少過些平淡逍遙的生活，享受沒有戰爭仇殺的生命眞趣。」

突利聽得眉頭大皺道：「你憧憬的那種情況，永遠不會出現，眼前是頡利這個好例子，他是絕不罷休的。」稍頓後往他瞧來，雙目在黑夜裏閃爍生輝，沉聲道：「世民也是我的朋友，你和子陵支持他，我全無異議。不過若你希望中土能有安樂日子，只有一個辦法，就是不讓頡利活著返回大草原去。」

寇仲明白過來，突利肯與頡利聯手南侵，是爲形勢所逼，現在畢玄既去，整個形勢扭轉過來，自己這位充滿野心的兄弟，遂生出取頡利而代之的意欲。道：「頡利有多少人馬？」

突利坦白道：「這次來中原的軍隊總數二十萬餘人，頡利的金狼軍佔十萬，我有五萬兒郎，古納台兄弟一萬、菩薩一萬五千、契丹的阿保甲二萬，其他諸部合起來萬餘人。若你我兄弟聯手，頡利將萬劫不復。」

寇仲嘆道：「若頡利落敗身亡，金狼軍四散逃亡流竄，你老哥該知會造成多大的破壞？」

突利淡然道：「當然會有點犧牲的。」

寇仲道：「這樣吧！待頡利回到大草原，我們再對付他，世民會全力支持你。」

突利不悅道：「事過境遷，你是知兵的人，怎可白白錯過此千載一時的良機？」

寇仲道：「事實上我是爲你著想，你老哥在草原上的根基仍未穩固，即使藉此機會收拾頡利，金狼軍餘勢仍在，必有其他酋頭崛起，與你爭雄鬥勝，東突厥將陷於戰火連綿、四分五裂之局。而古納台兄弟、菩薩、阿保甲等沒有一個是可善與的，必乘你們之亂擴張勢力，而你則因與金狼軍的交戰不斷損耗，無力他顧，拜紫亭的事件會繼續重演，西突厥更會乘機東侵霸地，到最後受益者大有可能不是你老哥。」

突利露出思索的神色，沉默片刻，搖頭道：「我與頡利的事終須解決，而眼前是最佳的機會，你是我的兄弟，怎可看我坐失良機？至於日後的事，只要你們仍肯支持我，我大有統一草原的機會，眞正的和平才會來臨。」

寇仲微笑道：「藉助我們的力量，在此等形勢下幹掉頡利，草原上的人不會心服。我確是爲你著想，看看吧！頡利無功而回，畢玄含辱而返，金狼軍的聲勢將如江河日下，統葉護肯定不會放過頡利，那就讓他們鬥個你死我活，你老哥則趁此時機，擴張勢力，世民在力所能及下在各方面支持你，光明的前途將在未來的日子恭候你的大駕。」

突利終露出意動的神色，默然良久後，點頭道：「你比我看得更遠，我希望能與世民碰頭說話。」

寇仲大喜道：「果然是我的好兄弟，在與世民密會前，你最好在這裏按兵不動，待我去一一拜會諸位兄弟，然後偕你到武功去。」

突利苦笑道：「我總拗不過你的。你的兄弟分別在後方不遠處，我陪你一道去見他們吧！他們肯加入聯軍，一方面是形勢所逼，一方面是有助你之心，現在你寇仲要換成另一種助你的形式，他們當無異議。」

寇仲笑道：「大家兄弟，來此一趟我不會教你們空手而回，必有可觀的回報。」

突利反摟他寬肩，責道：「大家兄弟肝膽相照，何須講甚麼報酬？頡利精心策畫攻打長安之計，全盤落空，進退不得，連阿保甲也生出怯意，你寇仲肯放他們走，他們已非常感激。在大草原上，你的名字可拿出來嚇止小兒夜哭呢。」

寇仲大笑道：「我不是那麼可怕吧？」

清晨，武功城總管府大堂，跋鋒寒、徐子陵和侯希白共進早膳，李世民巡城回來，坐下道：「仍未見寇仲蹤影。」

跋鋒寒笑道：「皇上安心，大草原上最講究兄弟情義，何況誰敢對寇仲不敬？那勢將後患無窮。且他豈是好惹的？現在形勢擺明不利聯軍，至少表面如此，所以昨晚風平浪靜。」

侯希白笑道：「我有沒聽錯？鋒寒竟喚你作皇上。」

李世民微笑道：「對鋒寒來說，皇上只是我最新的外號，像小侯的『多情公子』。」

徐子陵問道：「其他地方情況如何？」

李世民道：「我剛接到報告，突厥敗軍退出涇陽北面山區，往與頡利會合，涇陽和咸陽的威脅解除。我們的人於日出後從水陸兩路出發，到前晚我們攔截金狼軍的小丘設寨立營，壓制頡利，並向他顯示我們不懼與他正面交鋒的實力。而頡利直至此刻尚沒有動靜，另一支超過五萬人的金狼軍抵達頡利營地，使他的兵力增至十萬人，聯軍其他部隊則仍沒有影跡。」

跋鋒寒點頭道：「皇上確精於把握時機，昨夜金狼軍沒覺好睡，新抵之軍則勞累不堪，只好看著我們築壘立寨。到頡利有力發動攻勢，進軍武功之路早被截斷，使他不敢輕舉妄動。」

侯希白笑道：「皇上善守，少帥善攻，此爲天衣無縫的絕配，希白領教哩！」

此時親兵來報，寇仲率突利、古納台和菩薩四人來見。四人聽得你眼望我眼，差點不敢相信自己的耳朵。寇仲可安然回來固是天大的好消息，如今竟取得如此驕人的佳績，怎不教他們喜出望外。

「叮叮叮！」九隻酒杯在圓桌中央相碰，接著是如雷歡笑聲，各人一飲而盡。

李世民正容道：「塞內塞外，風俗環境文化雖殊，人情卻一，只要互相敬重，不加猜忌，自可相愛相親；猜忌仇視，則骨肉不免為仇敵，朕早為此有切身之痛。當年楊廣無道，失人心已久，遠征塞外諸役，人皆斷手足以避征役，生靈塗炭，我李世民有生之年，絕不會重蹈楊廣覆轍，這是李世民對諸位的承諾。」

寇仲點頭道：「皇上答應過的，從沒有不算數。我們大唐、黑狼突厥、回紇、室韋將永為兄弟之邦，相親相愛，互敬互助。曾並肩共赴生死的兄弟豈可自相殘殺？幸好現在誤解盡消，萬事好商量。」

突利欣然道：「我們三支部隊七萬五千人，決心退出聯軍，明天早上即動身返回草原，並分別通知頡利、阿保甲、鐵弗由等人。以我猜估，除頡利外，其他大酋早有退兵之意，見此形勢只好隨我們共進退，否則回家之路寸步難行。」

菩薩道：「請唐主賜我們所需食糧，遣人領路，那我們不但大增行軍速度，且避免不必要的誤會。」

李世民微笑道：「這方面諸位可以完全放心，朕會作妥善安排。各位遠來是客，朕不會教諸位空手而回，沒法向族人交代的。」

突利等大喜，連忙謝恩，清楚擺出肯向李世民稱臣的姿態，由唐主改稱皇上。

寇仲為突利等向李世民解釋道：「原來他們一直不曉得我們兩方結盟的事，直至頡利被阻於渭水之濱，終於紙包不住火，令我的兄弟因受瞞騙極為憤慨。」

突利沉聲道：「我們的本意是効忠皇上，助皇上圍剿頡利，殺他個片甲不留，後經少帥分析利害，決意交由皇上處理，阿保甲等人包在我們身上，若他們不識相，將永遠到不了渭水，也休想返回北塞。」

李世民暗吃一驚，怕突利等隨便找個藉口，收拾阿保甲等人，忙道：「在現今的形勢下，朕認為不宜向阿保甲和鐵弗由等動干戈，若他們不肯遵從，朕另有處理的方法。」

跋鋒寒冷然道：「哪怕他們說不。」

別勒古納台微笑道：「我們明白皇上的心意。」

寇仲暗嘆一口氣，雖然兩人都是他的兄弟，可是別勒古納台的野心不在突利之下，只是這句話，已爭得李世民對他的好感，另眼相看。聯軍退返北塞後，部落間形勢更趨複雜，其盛衰將繫於與李世民的關係上。

菩薩道：「皇上打算如何應付金狼軍？」

李世民朝寇仲瞧去，道：「少帥將全權負責金狼軍的事。」

寇仲伸個懶腰道：「我會把頡利拖在這裏捱個十天半月，待我的兄弟安然返抵大草原，從容布置，迎接頡利小兒回家。」

第九章

貞觀之治

黃易作品集

第九章　貞觀之治

寇仲、徐子陵策騎出城，朝渭水緩馳而去，太陽高掛中天，暖煦煦的令人舒適酣暢，尤其在解決了突利等衆兄弟的難題後。

寇仲道：「全賴達志一句話，把整個形勢改變過來，而若非你阻止我和老跋與達志正面衝突，早反目成仇，達志哪會提醒我們，我看這是佛家所謂的因果報應。」

徐子陵點頭道：「突利等確有入中土爭利霸地之野心，只因頡利受挫，形勢急轉直下，否則眼前將是截然有異另一番的局面。世民兄是個高瞻遠矚的治國長才，曉得須令塞外保持微妙的平衡，中土才有休養生息、恢復元氣的機會，你萬勿逞一時之快，壞他大事。」

寇仲點頭道：「子陵的話，小弟當然言聽計從，你放心回去陪伴青璇，順道爲我向致致和秀芳傳達我對她們思念之情，待你回來，我們一起去找頡利談心。」

徐子陵搖頭道：「在如今的情況下，我們不用找頡利，他也會逼於無奈來找我們。你愈令他食糧無缺，愈添他的疑惑和恐懼。頡利會目睹我們的力量每一刻都在增長中，而他則不斷被削弱，變成士氣低落的一支孤軍。返回大草原後的頡利風光不再，黃金日子一去不返。」

一艘風帆泊在渭水北岸的碼頭，恭候徐子陵大駕，駐守碼頭的唐軍肅立致敬。

他們甩蹬下馬，寇仲拉起徐子陵的手，微笑道：「我心中再無半點仇恨，所以希望石之軒的事可以好好解決。他始終是青璇的親爹，你的岳丈大人。」

徐子陵緊握他的手一下，放開，登船去了。

寇仲返回武功，本欲找回房休息的跋鋒寒和侯希白聊天，卻因親兵傳訊，世民想見他，遂往見李世民。

李世民獨坐總管府的書房內，正處理由長安送來堆積如山的案牘文件，見寇仲到，笑語道：「朕和你不用客氣拘禮，坐！」

寇仲把椅子拉到他面前坐下，微笑道：「我從來是不懂守禮的人，幸好皇上不用容忍我多久，此間事了，我與子陵立即離京享受快樂逍遙生命去也。」

李世民嘆道：「我愈來愈發覺你比朕聰明，看見這些奏章便學你以前所說般大感頭痛。處理妥你幾位兄弟的撤兵事宜後，朕須返長安辦幾件急不容緩的事，頡利全交由你老哥處理。」

寇仲笑道：「有個交換條件，請皇上垂允。」

李世民欣然道：「朕先答應你又如何？滿意嗎？少帥請賜示。」

寇仲道：「我希望率軍平定蕭銑者是李靖，這是我和子陵的心願。」

李世民笑罵道：「何用拿子陵來壓朕？還有比你們李大哥適合的人選嗎？賜准！哈！他將在巴蜀集結大軍，乘船隊順流東下，討伐蕭銑，進圍江陵。」

寇仲笑吟吟道：「謝主隆恩！」

李世民沒好氣道：「勿要耍我！我還有幾件頭痛的事跟你商量。」

寇仲道：「皇上又忘記稱孤道寡，有違禮規。嘻！做皇帝眞不易為。」

李世民不和他瞎纏，轉入正題道：「我準備為建成和元吉舉行葬禮。但在太上皇立我為皇的詔書中封建成為息王，諡曰『隱』；元吉為海陵王，諡曰『剌』。按照《諡法》，『隱拂不成曰隱；暴戾無親曰剌。』，稱我則為『孝惟德本，周於百行，仁為重任，以安萬物』，以強調傳位於我的合法性。『隱』和『剌』不是甚麼好的諡詞。現在當然沒有人敢說話，但我卻覺得不大妥當。」

寇仲明白過來，隱太子和剌王均非好的諡號，但因是李淵詔書內為兩人的定位，而傾向以和為貴、以親愛代替仇恨的李世民，很難隨意修改，故為此煩惱，且難給兩人舉行風光大葬，好彌補骨肉相殘遺留的深刻傷痕。沉吟片刻，道：「讓魏徵出手如何？」

李世民拍案叫絕道：「魏徵是建成方面的人，果然好計。我就先賞他作尙書右丞兼諫議大夫，讓他師出有名。」接著皺眉思索，思如泉湧的道：「可著魏卿找幾個有高位的大臣聯名上表，先申明建成結宗社，勾結外敵，禍國殃民的罪狀，然後闡明我們為保中土和平不得不採取的措施。表內奏請為他們舉行大葬，並許舊屬送至墓所。如此將可安定人心，消除前朝留下的矛盾。」

寇仲讚道：「這方面皇上確比我了得，若皇上可另追封他們為甚麼甚麼王，或可得到更佳效果。」

李世民搖頭道：「太上或會不高興，此事遲一步再說。另一個問題有關山東豪傑，建德和黑闥之死，引起該區域極大民憤。且他們並不清楚關中情況，聞玄武門之事後蠢蠢欲動者將大有人在，我已派屈突通為陝東道行台左僕射，往山東宣慰當地民衆，希望平息民憤。若你老哥幫忙說幾句話，憑你和建德與黑闥的關係，可收事半功倍之效。山東若穩，河北將不會出亂子。」

寇仲沉吟片刻，道：「只要你公開處決諸葛德威，向天下宣示其出賣兄弟的罪狀，山東民怨自平。

若果再加些立竿見影的德政，效果會更好。」

李世民道：「此正是我煩惱的事情之一。撇開你與劉黑闥兄弟情義，諸葛德威於我大唐有功無過，殺他當然招人議論。幸好他來長安日淺，影響不大，可是其罪狀必須仔細斟酌，不能以功爲過。」

寇仲暗嘆一口氣，道：「皇上是否想我放過王伯當？落雁會非常不高興的。」

李世民凝望他半刻，放輕聲音道：「我是爲大局著想，不得不拋開個人私怨，落雁方面由我去安撫，我會把王伯當流放外地當個閒官，不過若你反對，我會順你的意思去處理。」

寇仲搖頭道：「坦白說，自從瞧著楊虛彥慘死箭下，我心中忽然一片空明，恨意全消。皇上如何處置王伯當，我絕無異議。當時皇上不是說過明白其中的原因嗎？」

李世民默然一會後，道：「我當時想到的是你的目標改變了。以前你是一意爭霸天下，故而一切手段，均朝這方向進行，凡擋在你爭霸路上者，你可以毫不留情的除掉，貫徹『誰夠狠誰就能活下去』這句話。我現在的情況也是如此，目標則是國家的長治久安，所以須保留王伯當之性命，以抵銷處決諸葛德威的不良影響。所有人都明白我是因你殺諸葛德威，放過王伯當則顯示報復止於此，希望你能諒解我的苦衷。同時我會詔免關東地區賦稅一年，可惠及大河兩岸的人民，包括你的少帥國在內，讓人民享受到天下統一的成果。」

寇仲終露出笑容，點頭道：「明白哩！小弟爲此也有回報，從楊公寶庫、四大寇藏寶窟得來的財物，我只花掉一半，餘寶盡獻皇上，以彌補皇上稅收上的損失。」

李世民大喜道：「得你諒解，我整個人輕鬆起來。你的大破慳囊，更令我少去財政緊絀的煩惱。另一件事是貞觀錢莊如滿張的弓弦，該如何收拾？」

寇仲聳肩道：「福榮爺當然是退位讓賢，由更懂做生意且具備俠義心腸的雷九指打理，好促進新朝的經濟。」

李世民微笑道：「你提起『新朝』兩字，令我想起一事，我決定把年號改爲『貞觀』，以此頌揚你和子陵名垂千古的美德。」

寇仲大感愕然，然後開懷笑道：「皇上此著使我生出身在雲端的飄飄感覺，且連消帶打，就像我的井中八法，不但可令小弟的兒郎們深信皇上對我們的寬恩誠意，又可安撫太上皇的心，曉得皇上心存孝道，謹記他的訓誨。」

李世民正容道：「由武德進入貞觀，形勢異常複雜，難題堆積如山，爲奠定新朝的基礎，我必須步步爲營。前朝大臣，我一概酌才取用，不過有一個人是例外，就是裴寂，雖無法證實他是魔門的人，他當然矢口不認，但我們卻是心中有數。」

寇仲知他對裴寂害死劉文靜一事仍耿耿於懷。至於他蠱惑李淵、公開袒護李建成的事反不放在心上。皺眉道：「一刀幹掉他不就成嗎？」

李世民苦笑道：「你的提議當然最乾淨俐落，可是會使元老大臣人人自危，且令太上不快。所以我決定放他一馬，食邑一千五百戶，這俸祿將高於所有功臣，再給他一個沒有實權的虛銜，待一切安穩下來慢慢收拾他。」

寇仲搖頭嘆道：「皇上治國安民的策略，確比我沉著高明百倍。」

李世民道：「坐在這位置，如我剛才所說，不得不處處爲大局著想，個人的恩怨只好置諸腦後。若裴寂肯安安分分，應可安度餘生。不過他若是魔門中人，本性難移，終有一天闖禍，我們不妨放長眼光去看他的下場。」

寇仲道：「看來皇上正為新朝用人的問題傷腦筋，這方面我可幫不上忙。」

李世民欣然道：「你肯聽朕吐苦水便成，子陵會更沒有聆聽的興趣。新朝必須有新朝的氣象，舊人不是不好，不過卻慣於依從皇父以前那套作風，缺乏進取精神。我已有初步構想，玄齡、如晦、宇文仕及、無忌、你的李大哥、魏徵、知節、敬德、叔寶、世勣等均會被重用，卻不是立即把他們擺上最高的位置，而是在兩三年的時間內，看他們實際的表現，逐步擢升，取代以往太上的班子，使新舊朝交替不致出現權力的傾軋，且可與太上保持最好的關係，此為眼前的頭等大事。」

寇仲咋舌道：「皇上深謀遠慮，令我佩服得五體投地。換成是我，肯定前兩天已把整個天策府原裝不動的搬入太極宮。」

李世民笑道：「不要整蠱作怪，我知你已聽得不耐煩！最後一個煩惱是有關頡利的，我今天案上的表章裏，有份奏章由長安城三十多名將領聯名上奏，說甚麼『夷狄無信，盟後將兵，忽踐疆境，可乘其便，數以背約，因而討之，勿失良機』云云，你說該怎麼辦？」

寇仲戲言道：「茲事體大，臣不敢亂言。」

李世民正容道：「說到軍事形勢上的決策，朕只服膺你寇仲一人，此事交由你全權處理，其他人說的話，朕當作耳邊風。」

寇仲失笑道：「皇上真厲害，我就逼頡利立誓以後不再支持梁師都，作為交換他安全撤退的先決條件如何？那皇上可以此安撫主戰的大臣們。」

李世民伸手與他相握，兩人對視會心微笑，一切盡在不言中。實力是一切政治、軍事和外交的根本，現在李世民正逐漸掌握能威懾四夷，統一天下的實力。當寇仲離開李世民的臨時辦公書房，心中百感交集，李世民那一套治國的手腕，是他永遠學不來的，師妃暄確沒看漏眼。頡利這次無功而回，將注定其敗亡的命運。李世民只因根基未固，故把與頡利的決戰推後。終有一天，李世民會傾全力討伐頡利，一勞永逸地除掉此大患，以保大唐的長治久安，並收殺雞儆猴、馴服四夷之效。

徐子陵日落前抵達長安，李靖夫婦親來迎接，長安仍是處處歡樂熱鬧的氣氛情景。為免引起騷動，三人登上馬車，侍衛前後護行，朝東大寺的方向馳去。

紅拂歡喜地透窗張望，欣慰道：「從沒有一場戰事這麼臨近長安，可是卻一反慣例不用宵禁，沒有任何傷亡消息傳來，這對皇上初登九五之位非常有利，是天大的吉兆。」接著別過俏臉，正容道：「子陵和小仲為天下所做的事，沒有人會忘記的。」

徐子陵連忙謙讓，心忖愈快忘記愈好，萬眾矚目的日子，最不好過。

坐在後排的李靖道：「前線方面情況如何？關內外來的先行隊伍，於午後經過長安，開往前線。據我估計，十七萬大軍將在三四天內齊集武功。聽說突利和其中幾個酋頭見過皇上，答應立即退返北塞，是否有這回事？」

徐子陵點頭道：「確有其事，頡利只餘下他十萬人的金狼部隊，不過金狼軍平野戰名震塞內外，正面交鋒，即使我方兵力佔優，仍難言必勝。幸好頡利的勝算比我們更低，僵持下去，頡利始終要屈服，寇仲會讓他體面地退走。」稍頓道：「宋二哥方面有甚麼消息？」

李靖道：「宋二公子一行人等，昨早全體安然歸來，香家十多個首腦人物落網，香貴自殺身亡。皇上到武功前曾吩咐，香家的人交由你們處置。」

徐子陵道：「國有國法，不應有太多例外。香家的事，交由刑部處理，只追究罪魁元凶，勿要牽連無辜。盲從者予他們改過自新的機會。」

紅拂喜道：「子陵真明白事理，宋公子等現在在興慶宮，宋公子被雷大哥纏得很慘，不住要爲即將擇日開張的貞觀錢莊籌謀定計，小俊則在煩惱如何光榮引退。」

徐子陵心中湧起溫暖，抵長安後他們曾有過極艱苦失意的時刻，不過一切已成過去。與青璇相宿相棲的幸福日子正在前路迎接他，自離開揚州後，他還是首次感到美好的未來如此有血有肉地掌握在手心內。妃暄應爲這理想的結果而欣悅。在李世民的統治下，中土將出現前所未有的盛世，民衆的苦難成爲過去。

第一批先頭部隊乘飛輪船抵達，由跋野剛領軍，隨行的尚有陰顯鶴和小鶴兒，並爲寇仲帶來愛鷹無名。李世民和寇仲攜手在武功城舉行歡迎儀式，代表著少帥軍被正式納入大唐軍，効忠唐室。最忙碌的人是王玄恕，既要應付久別重見的小鶴兒，又要指揮飛雲衛招呼西來的戰友，不過看他一直掩不住的笑容，當知他樂不可支。

寇仲摟著陰顯鶴笑道：「嫂子生下的兒子像你還是像她呢？」

陰顯鶴老臉通紅的苦笑道：「哪有這麼快？」

寇仲還要幫他計算日子，陰顯鶴求饒道：「放過我吧！」

寇仲大笑道：「嫂子眞了得，竟能把陰兄如此硬漢化作繞指柔。」

另一邊的跋鋒寒笑道：「幸好陰兄受教聽話的沒有隨我們一道來，否則怕要白走一趟，我和小侯連指頭都沒機會動過半根，事情便告了結。」

侯希白苦笑道：「勿要拉我和你相提並論，你至少拉過弓射過箭，我則只是跳高躍低，左奔右馳，哈！」

哄笑聲中，李世民派人來請寇仲往見。寇仲吩咐王玄恕犒賞慰勞在城外立營的軍隊，肩托無名，入城見駕。

總管府大堂內，李世民接見長安來的房玄齡、杜如晦和魏徵，見寇仲到，先對無名讚不絕口，然後把一份表章交給寇仲，欣然道：「少帥過目！」然後與房杜三人繼續說話。

寇仲大馬關刀的到一旁坐下，捧表細閱，詞曰：『臣等昔受命太上，委質東宮，出入龍樓，垂將一紀。前宮結宗社，得罪人神，臣等不能死亡，甘從夷戮，負其罪戾，實錄周行，徒竭生涯，將何上報？陛下德光四海，道冠前王，陟岡有感，追懷棠棣，明社稷之大義，申骨肉之深恩，卜葬二王，遠期有日。臣等永惟疇昔，忝日舊臣，喪君有君，雖展事君之禮；宿草將列，未申送往之哀。瞻望九原，義深凡百，望於葬日，送至墓所。」

寇仲苦笑道：「我頂多只明白其中一半的意思，不過仍肯定是高手筆下的好文章。」把表章遞回給李世民，杜如晦慌忙為李世民接過，恭敬放回桌上。

李世民忍俊不禁的道：「朕須立即返長安處理此事，並向太上面陳現今形勢，這裏須勞少帥費神。」接著道：「杜卿會留在武功，與少帥商量如何把少帥手下兵將編納入軍隊諸事細節，例如官司何職，該治何地，全照少帥意思處理。」

寇仲欣然道：「謝主隆恩！這方面可否稍延一天，待我方人馬陸續齊集，安頓後我會派出適當人選，與杜公從詳計議。」

李世民微笑道：「那人選是否虛行之虛先生呢？」

寇仲愕然道：「皇上對我的情況確瞭如指掌，沒有虛行之我肯定沒有今天。」

李世民目光投往堂外漸黑的天色，淡然自若道：「少帥能有今天震古爍今的成就，全在能知人善用，用人不疑。朕當引以爲鑑。用人之道，似易實難，己之所謂賢，未必盡善；衆之所謂毀，未必全惡。知能不舉，則爲失材；捨短取長，然後爲美。知人難，用人更難。」

寇仲待要回答，親兵來報，尙秀芳船抵武功城。

東大寺的法事仍然日夜不停的繼續進行，由四大聖僧不眠不休的親自主持，格外令人生出不尋常的感覺。徐子陵雖不曉得無邊的佛法是否能拂照沉溺人世苦海的衆生，卻隱隱感到這場法事標識著一個祥和世代的開始。石青璇在他抵達前離開東大寺，徐子陵謹記石青璇的叮囑，懇辭李靖夫婦陪行，獨自進入隔鄰的玉鶴庵。忽然寒風陣陣，綿綿春雨從天灑下，把靜穆的庵堂籠罩在如眞如幻的雨霧中，徐子陵並沒有被天氣的變異惹起愁思哀緒，心中充滿小別重逢的美妙感覺。玉鶴庵靜悄無聲，只佛堂處射出黯淡的燈火，在雨霧裏形成一團充盈水分的光濛。穿過蜿蜒竹林間的小徑，他的心在想，會不會碰上石之軒呢？可是直至步入石青璇寄居的小院子，石之軒仍是蹤影杳杳。

石青璇站在門口，一身素白，頭戴白花，像溶在雨夜裏的幽靈。想起今夜何夜，再聯想到她淒涼的身世，一陣比以前任何時刻更強烈的感覺潮水般掠過、緊攫他心靈，令他更毫無保留、願用盡所有氣力去愛護她。但他卻發覺自己一雙腿有若生根般釘立登門的石階前，艱澀地吐出一句「青璇」的呼喚。石青璇玉容蒼白，凝望他好半晌，然後似乎認出他是徐子陵，低呼道：「徐子陵！你終於來哩！」接著緩緩扭轉嬌軀，進入屋內。

油燈剔亮，火光勾描出石青璇優美的體態，小廳一端安奉著碧秀心的神位，自有一股莊嚴神聖的氣氛。油燈那點火燄，就像連接幽冥和人間的媒介。石青璇別首朝他瞧來，那雙他每在孤寂的深夜禁不住思憶，可以是沉鬱哀愁，又可以變得天眞俏皮的明眸，露出嗔怪神色，秀額輕蹙，現出幾條微細而可愛的波紋，輕柔地道：「呆子！待在那裏幹啥？還不進來給娘磕頭請安？」

令徐子陵不敢妄動突如其來的陌生感與冰冷的距離立即冰雪遇上烈火般融解，忙急步登階入室，來至她旁，隨石青璇下跪。

徐子陵恭恭敬敬的叩三個響頭，耳邊響起石青璇甜美的聲音道：「娘！徐子陵來見你哩！」

徐子陵的目光從供奉在靈位前的玉簫轉往跪在他旁肩並肩的石青璇處，她美麗的側臉輪廓顯現一種不可名狀的哀傷，似半點不覺察到徐子陵在看她，續向碧秀心的靈牌道：「你不是說過，當愛情破門而來，是無路可逃嗎？女兒終於明白你的意思，因爲那道門是設在心內的。所以女兒決定嫁與徐子陵爲妻，今晚在你靈前結爲夫婦，縱使將來被他無情拋棄，永不言悔。」

徐子陵劇顫道：「青璇！」

石青璇仍沒朝他瞧來，柔聲道：「有甚麼話，直接對娘說，娘在聽著哩！」

徐子陵深吸一口氣，壓下巨浪滔天的激烈情緒，誠心誠意的道：「娘！我徐子陵在有生之年全心全意愛護青璇，我和青璇將是這世上最幸福的一對。能得青璇垂青，委身下嫁，是上天賜我徐子陵最大的恩寵。」

石青璇道：「娘聽到嗎？娘以後該安息哩！」

一陣清風從門口捲進來，帶來一蓬春雨，灑落他們身上。

石青璇喜孜孜的朝他望來，道：「娘同意哩！」

夜雨連綿中，寇仲飛馬出城，截著尚秀芳的車隊，登上她的香車，無名則任牠翱翔夜空。尚秀芳坐直嬌軀目不轉睛的瞧著他關上車門，挨到她身旁。馬車繼續行程。

寇仲無法移開目光的瞧著尚秀芳酥胸起伏，她忽然像感覺到甚麼似的，顧左右而言他道：「城外密密麻麻盡是軍營，岸旁泊滿戰船，他們是否開往前線的軍隊，很多人哩！」

四目相對，寇仲愛憐地細審她那對會說話的眼睛，微笑道：「這次保證不會出現血流成河的駭人情況，只是互相嚇唬，虛張聲勢，看誰撐不下去，卻肯定非我寇仲。」

尚秀芳美眸射出喜悅中帶點慌亂和疑惑的神色，有些想避開寇仲灼灼目光的嬌羞神態，偏又無法辦到。寇仲可聽到她芳心在忐忑亂跳，心中一熱，雙手把她整個摟抱膝上，這動人的美女輕呼一聲，玉手纏上他強壯的脖子，摸著他的黑髮和面頰，嘆息道：「寇仲啊！別忘記這是大街大巷，噢！」

寇仲的嘴巴雨點般落在她的臉蛋、鼻子、香唇，心底再無半分內疚，熾熱激烈的情緒推動他的心魂，滿足地嘆道：「我們可以永遠在一起哩！致致答應了我們的事。」

尚秀芳愕然仰後，皺眉道：「少帥有些誤會哩！誰要嫁給你呢？」

寇仲像給一盤冷水照頭淋下，呆瞪著她道：「你不願嫁給我嗎？」

尚秀芳溫馴地伏入他懷內，貼上他臉頰，輕輕道：「你忘記刮鬍鬚。」

寇仲焦急地捧起她臉蛋，逼她四目交投，重複道：「說！你是否肯嫁給我？」

尚秀芳抓著他雙手，又緩緩放下，微嘆道：「人家不是早說清楚，想嫁你是過去的事。」

寇仲的心直沉下去，頹然垂手，道：「這個誤會眞大，原來尚秀芳再不愛我寇仲。」

尚秀芳緩緩搖頭，道：「人家若不愛你，哪肯任你放肆？因秀芳另有想法，求取的只是少帥一夜恩情。」

寇仲搖頭生氣的道：「不！你根本不愛我。」

尚秀芳哄孩子般柔聲道：「還記得秀芳說過嗎？世上並沒有恆久不變的愛情，永恆只能從樂藝中尋覓，那才是秀芳託負終身之所。秀芳從小對相夫教子、生兒育女沒有興趣……」

寇仲繃緊著臉截斷她道：「我從沒聽過！」

尚秀芳不解地審視他，忽然發覺他嘴角逐漸擴張的笑意，粉拳驟雨般落在他寬敞的胸膛，大發嬌嗔道：「你詭詐！」

寇仲不理她的拳擊，忽然掀簾探頭往車窗外，大喝道：「誰告訴我？武功城最好景觀的房子在哪裏？我今晚要在那裏借宿一宵。」

尚秀芳「嚶嚀」嬌呼，霞生玉頰、紅透耳根，狠狠用盡全力在他臂膀扭了一記。前後衆侍衛給他問個措手不及，啞口以對。

李世民的聲音從城門方向傳過來道：「肯定是朕出生的武功別館，在武功城南十八里渭水之濱，碼頭東的山林內，少帥肯借宿一宵，當令別館蓬蓽生輝。」

寇仲大笑道：「謝主隆恩！兒郎們給我改道。」頭縮回來，向羞得無地自容的尙秀芳道：「春宵一刻値千金，吸收一下眞龍生地的活龍氣應是不錯吧！」又吁一口氣喃喃道：「幸好適逢天子出巡，問路問對人。」

漫天雨粉，層層飄舞，降往大地，玉鶴庵融化成幻境般的天地，水霧把殿舍和林木罩沒，模糊了物與物間的分野，愈顯得供奉在靈位孤燈滴燄的淒清冷美。石青璇與徐子陵十指緊扣，另一手拿起玉簫，倚著徐子陵跨步出門。「噹！噹！噹！噹！」禪鐘聲響，從隔鄰的東大寺傳過來，於此時此刻，尤使徐子陵感受到悠揚鐘音的禪機深意。

忽然庵內某處傳來歌聲，有人唱道：「大風捲兮，林木爲摧，意苦若死，招憩不來。百歲如流，富貴冷灰，大道日往，苦爲雄才。壯士拂劍，浩然彌哀，蕭蕭落葉，漏雨蒼苔。」歌聲疲憊嘶啞、情深悲慨，彷似畢生飄蕩，孤獨賣藝於街頭的歌者，又若浪跡天涯無有著落的浪子，歷經千山萬水，心疲力累的回到最後歸宿之地，唱出懺情的悲歌，而歲月已滌盡他曾一度擁有的光輝。石青璇抓著他的手更緊，卻沒有說半句話，美目一瞬不瞬地盯著雨霧迷茫的院門，花容轉白。石之軒終於來了。

「空潭瀉春，古鏡照神，體素儲潔，乘月返眞。載瞻星辰，載歌幽人，流水今日，明月前身。」歌聲漸近，徐子陵心中暗嘆，不論才情武功，石之軒肯定是魔門第一人，沒有人能超越他。若非與碧秀心苦戀，他大有機會振興魔門，主宰中土。歌音一轉，變得荒涼悲壯，彷似旅者在荒漠不毛之地，失去一切希望後，如蠶吐絲的獻上命運終結的悲曲。「三十年來尋刀劍，幾回落葉又抽枝。自從一見桃花後，直至如今更不疑。」徐子陵心神劇顫，此曲正是石之軒自身的眞實寫照，而他終闖不過青璇這唯一的破綻，向碧秀心俯首稱臣，表白衷情。

石青璇輕輕把手抽出，舉簫湊唇，令徐子陵心弦顫抖的簫音像時光般在她指起指落間流轉，破入漫夜綿雨中，一切就像個濃得化不開的夢，彷似蒼天正爲簫曲愴然淚下。石青璇奏起的簫曲與夜空和春雨交錯成哀美虛無的旋律，醞釀著充滿沉鬱壓抑的感情風暴，使徐子陵感覺著生命的長河，正作著滄海桑田的轉移，一時峭拔挺峻、一時溫柔如枕，疊砌出石青璇的獨白，備受宿命的包圍、纏繞的生命，又隱含令人心顫的靜滌之美。他終於現身，初時是院門外一個模糊的輪廓，逐漸清晰，最後竟是滿臉熱淚，曾縱橫天下從沒有人能奈何他的「邪王」石之軒。簫音消去，天地回復先前的寧靜。徐子陵溫柔地握上石青璇下垂、抖顫、冰冷的玉手。

石之軒於丈許外直勾勾的瞧著石青璇，雙目射出心若粉碎的悲傷神色，兩唇輕顫，說不出半句話來。「噹！噹！噹！」禪鐘聲響三度從東大寺傳來。石之軒軀體劇顫，忽然舉步朝他們走過來。徐子陵直覺感到他是要到碧秀心靈前致祭，拉著石青璇移向一旁，出奇地石青璇柔順的遵從。

石之軒在兩人身旁止步，不敢望向石青璇，目光投往供奉在屋內小廳的靈牌，嘆息道：「采采流水，蓬蓬遠春，窈窕深谷，時見美人。青璇此曲《纖穠》，深得秀心太華夜碧、月出東斗之旨，且青出於藍，我石之軒尚有何話可說？何憾可言？」說罷負手登階，步履輕鬆。

徐子陵仰望夜空，涼浸浸的夜雨灑到他臉上去，心中百感交集，幾可想見當年碧秀心遇上石之軒這知音人時才子佳人邂逅的景況，只可惜卻是悲劇收場！而糾纏多年的事已抵終結的一刻！因爲石青璇終向石之軒吹奏出碧秀心遺曲，而他更掌握到石之軒立下死志，將自絕於碧秀心靈前，而他卻沒法阻止，也找不到阻止石之軒這唯一解脫方法的理由。石青璇的手抖顫得更厲害，神色仍然平靜得教人心碎。

石之軒在靈前止步，搖頭吟道：「冰雪佳人貌最奇，常將玉笛向人吹。曲中無限花心動，獨許東君第一枝。秀心啊！還記得當年我問你『天下無心外之物，如此花樹在深山中自開自落，於我心亦何相關？』你答我道：『你未看此花時，此花與汝心同歸於寂；你來看此花時，則此花顏色一時明白起來，便知此花不在你的心外。』你一直明白，我一直不明白。現在你已抵無憂患的淨土，我石之軒仍在人間世的苦海浮沉，這是否我必須爲自己的愚蠢付出的代價？」

徐子陵再忍不住，叫道：「前輩！」

石之軒聞喚一震，背著他們慘然道：「我多麼希望子陵叫的是岳丈大人。」

石青璇死命抓緊徐子陵的手，不斷搖頭，一對美眸神色茫然，雖是示意徐子陵勿要依從，自己卻是六神無主。

石之軒緩緩轉身，臉上老淚滂沱，苦澀的道：「我的小青璇，爹去陪你的娘啦！小青璇沒有片語送爹一程嗎？」

石青璇軟弱地靠著徐子陵，全憑他的手輕托粉背，垂首咬著下唇，好一會櫻唇輕吐道：「娘到死前一刻仍沒有半句怪責你的話，她……」接著淚水淌流，再說不出話來。

石之軒全身抖顫，本是不可一世的魔道霸主卻似無法依賴自己的力量立穩，前後搖晃，雙目射出悔疚交集的神色。徐子陵知道不妙，就在此時，梵唄聲起，佛誦之聲從東大寺遙傳而至，唸道：「圓覺妙心幻空花，空花滅已金剛性；依幻說覺亦名幻，幻覺無覺未離幻；知幻即離離方便，離幻即覺未漸次；一切衆生本來佛，無修無證現金剛；輪迴空花本無生，空花滅時無所滅。」竟是四大聖僧齊聲誦唱，於此關鍵時刻清晰傳來，充滿佛法無邊、普度衆生的禪機意境。石之軒這苦海夢裏迷人露出驚慌錯愕神色，彷似如夢初醒。

「非性性有圓覺性，循諸性起無取證；實相無無無無，幻化現滅無證者；如來寂滅隨順得，實無寂滅寂滅者；一切障礙究竟覺，得念失念皆解脫。」禪音消去，石之軒回復往昔神采，但又異於平常，跨步出門，往梵唱來處的茫茫雨夜仰首瞧去，雙目閃閃生輝。徐子陵生出似曾見過他這神態的感覺，倏地心中一動，記起此正爲他化身爲大德聖僧，於無量寺主持法事時寶相莊嚴的神態。石之軒忽然立定，雙手合什，目光投往石青璇，忽又哈哈一笑，垂下雙手，步下台階，筆直朝院門走去。

「爹！」石之軒安然立定，頂上頭髮在細雨飄灑中紛紛連根落下，隨著風雨四散飄飛，轉眼成禿，雙手合什道：「成法破法名涅槃，智慧愚痴通般若；菩薩外道同菩提，無明眞如無差異。他日石之軒能得證正果，全賴小青璇喚這句爹。」仰天一陣長笑，灑然而去，消失在院門外雨霧深迷處。

石青璇的玉手不再顫抖，神色回復平靜。徐子陵暗呼一口氣，對石青璇，對石之軒，對他，這該是最好的了結。

石青璇柔聲道：「子陵啊！我們找個地方埋葬娘的玉簫好嗎？青璇爲娘守孝七天，以後將再無牽掛，可以好好作子陵的好妻子。」

春雨仍下個不休，卻再沒有先前淒風苦雨的況味。耳鼓裏似又響起石之軒得法前的悲歌：「自從一見桃花後，直至如今更不疑。」

連續五天，水師船載著中土的聯合軍隊，開赴武功城西渭水北岸的前線戰場，到李世勣把八弓弩箭機和大皺飛石送至，大局已定，孤軍作戰的頡利，已乏扭轉乾坤之力。徐子陵回抵前線，寇仲正和李世勣、厤常、宣永、白文原、卜天志、尉遲敬德、長孫無忌等一衆大將於主帳內商議軍情，見徐子陵到，寇仲結束會議，與他並騎馳出壘寨外，來到可遠眺敵營的一座山丘上，互道離情。無名在高空緩緩盤旋，翱翔於日沒前的霞雲底下。

寇仲道：「老跋和小侯剛返長安，你碰到他們嗎？」

徐子陵搖頭道：「渭河戰船往來頻繁，應是失之交臂。頡利方面情況如何？聽說他仍按兵不動，怎會變得這麼乖的，小心他另有計畫。」

寇仲微笑道：「頡利失去平反敗局的機會，在他後方的三座城池，正大幅增強兵力，且由薛萬徹和馮立本率領一支三萬人的精銳部隊，駐紮於岐山城外，假若頡利敢分兵西襲，保證他吃不完兜著走。」

徐子陵皺眉道：「薛萬徹和馮立本？」

寇仲道：「這招夠絕吧？沒有任何話和行動比委他們以重任更可顯示我們對以往敵對派系的信任；不但可以安投誠者的心，兼可穩定一衆軍心民心。現在突利一衆兄弟安然撤走，即使老薛和老馮蠢得向頡利投誠，下面的將士肯跟隨他們嗎？頡利更會不敢接受，因怕招來我們的攻擊。現在頡利陣腳大亂，士氣低落，進退維谷，要求的是一個體面下台的機會。」接著道：「石之軒有沒有出現？」

徐子陵把事情說出來，嘆道：「他老人家只此一個破綻，而恰好是這個破綻，令他最後得悟正道，離苦得樂，青璇也因此原諒他。」

寇仲陪他欷歔不已。仰望晴空，心中浮現尚秀芳的玉容嬌姿，徐徐道：「還記得當年在洛陽，我們偷進皇宮，旁聽秀芳爲王世充和世民兄獻曲，其時我生出奇異的感受，秀芳人雖在那裏以她的曲藝顚倒衆生，我卻像瞧到她整理好行裝，準備開始另一段飄泊江湖的旅程。唉！她不屬於任何地方，不屬於某一個人！她是屬於曲藝和歌道、藝術的追求，使她不住尋覓內心深處的某一目標。」

徐子陵一呆道：「她不肯嫁你嗎？」

寇仲道：「可以這麼說。那晚在武功別館，我一邊聽著一隊又一隊水師戰船駛經渭水的破浪聲，一邊享受著她全心全意的奉獻和溫柔，切身體會最難消受的美人恩寵，心中既哀傷又快樂！肯定畢生難忘。她清晨離我而去時，我故意裝睡，卻沒漏過她下床穿衣梳妝的每一點每一滴的聲音。唉！我的娘，當時眞怕忍不住像個孩子般痛哭流涕求她不要離開我。」

徐子陵爲他心中一陣惆悵，湧起難言的感慨，想起遠在慈航靜齋的師妃暄，道：「終有一天，她倦了，自然會回到你的身旁來。」

寇仲遙察敵寨，道：「致致有甚麼話說？」

徐子陵道：「我來前，楚楚、小陵仲和魯叔剛抵長安，皇上親到碼頭迎接魯叔。玉致囑我告訴你，會靜心等待她的大英雄凱旋榮歸。雷大哥的錢莊在朱雀大街找到理想鋪位，正大興土木，趕在幾天內開張，著你滾回去參加由皇上主持的開張大典。」

寇仲啞然笑道：「他老哥終於找到在賭桌外的樂趣。照你看，青青姊是否眞的對他有意思呢？」

徐子陵道：「毫無疑問，你可以放心。若你看到雷大哥見到青青姊那耗子見到貓，被管得貼貼伏伏卻又甘之如飴的表情，包保你笑破肚皮。」

寇仲伸個懶腰道：「苦盡甘來，我們終捱到好日子。李世民的確是我們的好兄弟，全盤接受行之的提議，我方諸人各得其所。行之要在鍾離開學堂的事亦有著落，他定比白老夫子出色百倍，肯定不會被官家煩擾，因爲管城的是志叔，哈！」

徐子陵心中一暖，道：「我對戰爭非常厭倦，要不要主動找頡利說話，徹底把僵持不下的局面解決。否則讓頡利無所著落的流竄回北塞，會造成嚴重的破壞。」

寇仲哈哈一笑道：「擇日不如撞日，就今天把事情解決，明天我們返回長安，免得雷老哥怪我們缺席盛典。」

兩人齊聲叱喝，拍馬朝敵寨馳去。

「寇仲、徐子陵求見大汗！」寇仲遙喝過去，敵寨內立即一陣騷動，傳出蹄音得得，顯是有人立即飛報頡利。

寇仲笑道：「頡利對我們曉得汗帳設於這座山丘背後，肯定大惑不解，還以爲我們純從營陣寨壘布置，瞧破玄微。不知我們是憑獵鷹飛返的位置，找出他老人家藏身之所，只此一著，盡收先聲奪人之效。」

徐子陵仰望星空，營地熊熊火把亮光，映得剛入黑的天幕火紅一片，在火光不及的高處，無名盤旋不休，耀武揚威。

寇仲嘆道：「沒有任何一刻，比此時令我更感智珠在握，幾可預見頡利屈服的情況，甚至他會如何反應，說甚麼話，也可猜個十不離八、九。哈！這傢伙將會扮作凶兮兮的惡模樣，擺出一副寧爲玉碎不作瓦全之心，心底卻知正重蹈劉武周柏壁之敗的覆轍。既恐懼李世民那套乘敵糧絕追擊的一貫作風，更害怕追殺他的人是我寇仲。所以只要我們給他一個下台階的機會，他會立即稱兄道弟，扮出識英雄重英雄的模樣，接受退兵的條件。」

徐子陵微笑道：「最怕是你的估計落空，我們則要費盡力氣殺出敵營。」

寇仲道：「這情況不會出現，整個局勢全在我們控制下，頡利不得不爲兒郎著想，爲將來著想，爲金狼突厥族著想，爲能捲土重來著想，這麼多理由，他除屈服外還有何選擇？即使他的敗軍殘將可重返大草原，亦無力與突利爭雄。唉！眞希望可逼他把老趙交出來。」

徐子陵道：「何須欺人太甚，經此一役，頡利再也不會信任趙德言，現在放他一馬又如何？」

寇仲雙目眯起，精芒電閃，道：「來了！」

急驟的蹄音於敵營響起，一行數十騎從敞開的寨門衝出，領頭者是康鞘利，直抵兩人丈許前勒馬。

戰馬人立而起，康鞘利喝道：「大汗著我問兩位，夜訪敵營，所爲何由？」

寇仲朗朗道：「我們是專誠來找大汗暢談心曲，絕無絲毫惡意。」

康鞘利容色稍緩，點頭道：「少帥勇氣過人，康鞘利佩服，請兩位起駕。」

掉頭領路。寇仲和徐子陵交換個眼色，拍馬緊隨其後，寇仲的猜估，至少應驗一半，頡利確有握手言和之意。

在汗帳外的空地上，生火烤羊，四名赤著精壯上身的突厥勇士，把被鐵枝串起的羔羊塗汁轉動烤燒，香氣四溢中割下羊肉送予主客兩方品嘗。寇仲和徐子陵分坐頡利左右兩旁，與暾欲谷、康鞘利和八名大酋頭團團圍火，席地而坐，獨不見趙德言，只頡利和寇、徐三人下有羊皮墊。盛載羊奶的皮囊在各人間傳遞，喝兩口後立即轉手給右方的人。戰士們則把守四方，氣氛在緊張中透出融洽的意味。頡利並沒有如寇仲猜估的擺出想擇人而噬的凶霸模樣，審慎客氣。

頡利喝兩口羊奶後，遞給正大讚手執的羊腿肉嫩香濃的寇仲，轉入正題道：「撇開我們敵對的立場不說，少帥確是中土寥寥可數幾個有資格與我對壘沙場的人物之一，另一個是宋缺，聽說宋缺有種過人的魅力，能令每一個手下甘心爲他效死命。我還以爲傳言誇大，但當遇上少帥後，始確定世上果眞有像宋缺和少帥這般充滿個人魅力的統帥。我不是要討好你，而是要你明白，今晚我們能並肩坐在這裏共用羊奶，是我發覺自己根本沒法拒絕見你而非是要向你求和，在我頡利的軍事生涯裏，我有信心最後的勝利，必屬於我。」

寇仲心中泛起創造歷史的動人感覺，頡利果如他所料是色厲內荏，生出退縮之心。雖然談判的過程絕不容易，因頡利在這方面是經驗豐富的老手。可是一切已控制在自己的手心內，要和要戰，全在他一念之間。

寇中目光投往星空，腦海裏浮現那夜雨連綿清寒的一夜，尙秀芳透窗下望，天眞的道：「少帥啊！又一隊戰船經過哩！這麼多人開往前線，眞的不會發生衝突嗎？」

寇仲的手繞過她的小蠻腰，按在她沒有半分多餘脂肪，多一分嫌肥、少一分嫌瘦的灼熱小腹處，俯頭貼上她香嫩的臉蛋。她對戰事的一竅不通，反令他生出戰火遠離的感覺，遂對她道：「愈多人到前線去，戰爭的機會愈爲減低。現在我如你般對流血感到徹底的厭倦，再不會令戰爭因我而發生。」

尙秀芳嬌體發軟，倚入他懷裏去，星眸半閉、喘息著道：「明早人家離開時，少帥須閉目裝睡，因爲秀芳怕受不住離別之苦，讓離別悄悄的成爲過去，明白嗎？大壞蛋。」

頡利的聲音於此時傳入他耳內道：「少帥在想甚麼？」

寇仲正深情地追憶尙秀芳那一句「大壞蛋」所引發的激情風暴，聞言道：「我在想著塞外的大草原，千姿萬態的地表，被草甸草原、森林草原和乾草原覆蓋的寬廣大地、乾旱和令人生畏的大沙漠，延綿起伏、雜草叢生的丘原，以及草原上的湖泊，湖岸營帳樹立、牛羊成群，無垠的原野直伸展往天地的盡極，是上天賜給塞外兄弟任他們馳騁縱橫的天然牧場，不論滿天白雲、或是漫空星斗，大草原永遠是那樣迷人。」

他們一直以突厥語交談，在座的每一人均聽得清楚明白，不知是否想起尚秀芳，他的聲音充滿豐富的感情，把水源豐沛、土壤肥沃，牧草茂美的大草原的馳想和憧憬娓娓道出，聽得連同候他們的突厥壯士的動作也慢下來，生出思鄉的情緒，暾欲谷、康鞘利和一眾酋頭，默然無語。

頡利點頭道：「原來少帥對大草原有這麼深刻的感受。」

第一趟歡好後，尚秀芳在他懷裏哭起來，當他不住爲她揩淚安撫，仍無濟於事時，尚秀芳咬著他耳朵道：「秀芳不是因明天的離別而哭泣，而是感到能在自己心愛男子擁抱下流淚是一種幸福，愛我吧！秀芳要得盡少帥所有恩寵，至少在這個動人的夜晚。」

寇仲再次返回現實，仍柔腸百結，輕輕道：「我寇仲心中的大汗，是大草原上永遠沒有人能擊倒的霸主，大草原是屬於大汗的，正如中土是屬於我們的。只有相互和平共處，我們才可盡情享受上天的恩賜。只要大汗點頭，我們將依先前承諾，讓大汗滿載而歸。做兄弟怎都好過做敵人，否則最後將是兩敗俱傷的局面，既影響大汗在草原上沒有人敢挑戰的威望，也把我們中土的統一大業推遲。」

這番話既婉轉又痛陳利害，給足頡利面子，充分顯出寇仲獨具風格的外交手腕，徐子陵聽得暗裏讚許。頡利沉吟片響，人人屏息靜氣，只有篝火在燒得劈啪作響，偶有醬汁從羊肉淌進火裏，火堆發出吱吱的尖叫。

好一會後，頡利點頭道：「少帥算得相當夠朋友，若我頡利仍然拒絕，是不識抬舉，只要大唐國肯與大草原畫清界線，以後不插手大草原的任何事，我們這次可以和氣收場。」

寇仲苦笑道：「大汗明鑑，換著你是我寇仲，當突利、古納台兄弟和菩薩等剛看在我情面退出這場干戈，我轉過頭來又向你保證不管大草原發生任何事，絕不插手，即使他們面對存亡之厄，我仍坐視不理，則兄弟情義還算是甚麼？」

頡利雙目立即凶光大盛，沉聲道：「少帥若以為我頡利不得不接受你任何條件，少帥是大錯特錯。」

氣氛倏地緊張起來，談判似瀕臨破裂的危險邊緣，沒有人吭半口氣，只他們兩人的對答在營地內迴盪。徐子陵亦為寇仲頭痛，兩人的分歧如南轅北轍，根本沒有妥協的餘地。

寇仲微笑道：「若我們談不攏，全面的激戰立即展開，我們固不好受，可是大汗即使能返回北塞，將立即要面對分別來自中土和大草原的敵人挑戰、實乃智者不取。這樣吧，一人退一步，我寇仲立誓以後不論情況如何發展，我和子陵絕不插手塞內外任何事，從此退隱江湖。以後大汗再不用擔心我兩人四處搗亂，我已表明立場，現在只需大汗一句說話。」

頡利朝他瞧來，雙目閃閃生輝，道：「此話當眞？」

徐子陵暗鬆一口氣，頡利終找到下台階的機會。要知塞內外之爭，始終是個誰強誰弱的問題，頡利南侵失利，不代表他永遠失利，只是忍一時之氣。而頡利先後在奔狼原和渭水濱吃過寇仲大虧，對寇仲的忌憚尤在突利或李世民之上。若和談條件包括自己和寇仲金盆洗手，退隱山林，長遠來看，對頡利有利無害。當年頡利肯和突利和解，是形勢所逼，現在的情況是歷史重演，以頡利現在的兵力，即使在渭濱勝出，仍無力擴大戰果，還要擔心大草原隨時出現的突變情況，怕突利乘勢擴張，而自己則陷入在中土的苦戰裏。

寇仲斷言道：「我以寇仲和徐子陵的名字立誓，若大汗肯和氣收場，返回家鄉，我倆立即退隱江湖，永不參與塞內外任何紛爭，否則天誅地滅。不過大汗亦須與梁師都畫清界線，以後勿要過問我們與他之間的鬥爭。」

頡利凝望著他，接著仰天大笑，道：「這算哪門子的道理？你們可以管大草原的事，我們卻要捨棄在中土的兄弟？」

寇仲道：「讓我來個實話實說，大唐統一中土，尙須一段時間，而統一後，還要一段更長的日子休養生息，恢復元氣，理順民情，根本無力又無心去管大草原的事。大汗這回滿載而歸，對族人是有所交代。更重要是爭取得最寶貴的時間，處理你所面對的許多事情。否則以後形勢如何發展，恐怕大汗和我均無法預測。」

頡利目光投往篝火，沉聲道：「你們對少帥的提議，有甚麼話說？」

其中一個年紀較大的酋頭道：「對我們雙方來說，戰則無利，和則有利，這是我俟利安達的見解，由大汗作最後決定。」

暾欲谷道：「少帥肯退隱山林，顯示出他渴望和平的誠意，請大汗考慮。」

頡利目光掃過衆酋，道：「還有沒有別的意見？好！」

頡利向寇仲伸手，斷然道：「一切依約定辦事。明天早上我和唐主在渭水之濱以白馬之血爲證，共結和盟，三年內各不得干涉對方的事務。」

寇仲暗叫厲害，頡利確是談判高手，於此時刻提出三年內互不侵犯之約，偏是合情合理，因是順著寇仲的話來說，教他難以拒絕。哈哈一笑，伸手與頡利緊握。衆酋頭立即爆出震營喝采聲。一場風暴，終成過去。

寇仲舉起另一手的羊腿狠咬一口，道：「大汗厲害！」

頡利笑道：「彼此彼此。」

李世民當夜聞得喜訊立即乘船趕來，翌日清晨，李世民與頡利在兩軍營地間、渭水之濱舉行「白馬之盟」，和約正式生效。大唐將士欣喜如狂，氣氛熾熱。李世民爲表誠意，下令前線大軍撤回武功，行動由以宣永、麻常爲首的原少帥軍將領指揮進行。隨來的溫彥博則逕往金狼軍營地與頡利指定的人接觸，安排金狼軍北返事宜，接受大唐餽贈。

諸事定當，李世民道：「少帥和子陵總教朕有意外驚喜，忽然間便與頡利談妥。志玄，你來告訴少帥和子陵今早長安的情況。」

衆人立馬武功城外一處山頭，瞧著不斷由前線撤返一隊又一隊旗幟飄揚、興高采烈的軍隊，深感喜慰。尉遲敬德、長孫無忌、段志玄、李神通、封德彝、跋野剛、宋法亮、虛行之、杜如晦、房玄齡、李世勣等一衆文武大臣二十餘人，簇擁著李世民、寇仲、徐子陵三人，人人笑逐顏開，爲逼退縱橫天下的金狼軍歡欣鼓舞。更清楚和平統一，已是唾手可得。玄甲精兵盔甲鮮明的守護四方，軍旗高舉，隨風拂舞，益顯大唐軍如日中天的如虹氣勢，天下再無能與之頡頏的一方霸主。

剛抵武功的段志玄，此時向寇仲道：「今早不知何人漏出消息，迅速傳播，長安立即全城起鬨，家家戶戶張燈結綵，換新衣、燒鞭炮，民情興奮至極點。」

李世民笑道：「少帥、子陵和朕先一同往宏義宮向太上報喜，然後我們由南門入城，經朱雀大街巡行回宮，好接受民衆的歡呼，順應民情。」

徐子陵向寇仲打個眼色，寇仲一手輕撫肩上無名，笑道：「皇上似乎忘記在白馬之盟舉行的那一刻，我和子陵同時宣布解甲歸田，榮休退隱，哈！」

李世民苦惱道：「這個朕明白，不過你們定要參加入城禮……」

徐子陵笑著截斷他道：「這是不是聖旨？」

後面諸將忍俊不住，深切感受到三人間深厚的情義，並不因李世民成爲九五之尊，有絲毫減退。

李世民苦笑道：「當然不是聖旨，而是世民發自眞心的誠意邀請，希望兩位兄弟能與世民一起感受長安城的歡笑聲。」

寇仲哈哈笑道：「既不是聖旨，那就成哩！嘿！子陵！放長假的快樂時光到哩！」

兩人心意相通，齊聲告退。大笑聲中，拍馬馳下山坡，在李世民等拿他們沒法的眼神注視下，飛騎朝渭水方向迅速遠去，目睹的戰士同聲吶喊，喝采聲在武功城和草原間迴盪。無名從寇仲肩上振翼高飛，先往渭水方向投去。

兩人沿渭水北岸縱情馳騁，朝渭水便橋奔去，十多里後始放緩下來，均感痛快寫意，頗有「無官一身輕」之樂。

寇仲與徐子陵並騎而行，目光投往朝東滾流的渭水，嘆道：「子陵啊！還記得當年在揚州胡混的日子，我們一時要去投靠義軍，一時又要報考科舉，事實上大家都心知肚明是在作白日夢，公侯將相哪輪得到我們兩個無拳無勇的窮光蛋。哈！哪知這些白日夢竟一一實現，一切就如在昨天發生。更想不到我們今天又會只希望回家養老，過些收心養性的安樂日子。」

徐子陵心中想的卻是師妃暄，隨口問道：「你快樂嗎？」

寇仲道：「我們失去很多，得回的也不少。幸好想到天下和平統一，人民安居樂業，父母不用痛失子女，夫妻父子不用生離死別，一切得失再不放在心頭。過去的讓它如長河般往東流逝，想起即可和致致、楚楚和小陵仲聚首，永不分離，我心中湧起前所未有的欣喜，明白甚麼是無憂無慮。」

徐子陵點頭道：「我們曾經歷過的事，其中的曲折離奇，如人飲水，冷暖自知，幸好我們的兄弟情義經得起考驗，否則絕不會有今天的好時光。」

寇仲沉吟道：「老寧『成功而不自居，創造卻不佔有』兩句金石良言，恰是我們現在處境最佳寫照。入城後，你先到玉鶴庵把青璇接回來，我在興慶宮等待你。」

徐子陵笑道：「少帥有令，豈敢不從，不過我們要戴上面具方可入城。」

寇仲哈哈笑道：「還來耍我，這個甚麼勞什子少帥，老子早不幹哩！哈！我們何時去探索長江和大河的源頭？」

徐子陵微笑道：「你雖辭去那勞什子少帥不幹，可是宋家快婿的就職典禮卻沒法推辭，看來我們暫時得各行各路。」

寇仲怪叫道：「陵少你在說笑嗎？大家一場兄弟，竟深謀遠慮地蓄意無故缺席我的婚禮，你的心是石頭做的麼？他奶奶的，還滿口甚麼娘經得起考驗的兄弟情義，你不用成親嗎？就讓我們兄弟有福同享，同時在宋家山城洞房花燭。哈！頂多我捱義氣多忍他奶奶的一段日子。」

徐子陵苦笑道：「我不是不念兄弟情義，只是青璇愛靜……」

寇仲打斷他道：「青璇由我出馬應付，來個痛陳厲害，曉以大義，助你一振夫綱。我們的旅遊大計就這麼訂下來，先參加雷老怪的新鋪開張，然後到江淮向老爹請安問好，到娘的墳前上香，再回宋家山城洞房花燭，攜美遨遊天下，人生至此，夫復何求！」

寇仲大笑，徐子陵苦笑，笑聲中，兩人催馬加速，天倒地退下，沿渭水風馳電掣的朝長安飛奔。

寇仲抵達興慶宮，揭掉醜神醫莫一心的面具，策馬入宮，喜氣洋洋的衛兵忘情的高呼少帥。

他甩蹬下馬，侍衛爭先恐後的搶來伺候他，唯恐不周。寇仲摟著馬頸，輕拍著笑道：「好好服侍牠，你們該知長安現在的街道是怎樣難走。」

衆侍衛知他性格隨便，從不計較尊卑之分，放心地發出哄笑。

寇仲往天空瞧去，無名在花萼樓上空盤旋，大訝道：「這寶貝眞了得，竟曉得我要到這裏來。」

衛士答道：「稟告少帥，應是因爲鶴兒小姐在樓前昇起少帥的大旗。」

寇仲拍額道：「我忘了她和陰兄弟與老跋小侯等一道返回長安，哈！我的寶貝定是看到她。」

另一衛士道：「鶴兒小姐他們齊往朱雀大街貞觀錢莊二樓平台瞧大軍的入城禮，還以爲少帥會隨皇上一起入城。」

寇仲愕然苦笑，道：「朱雀大街寸步難行，插針不下，我恐怕得由屋頂走去才成。」

衛士恭敬的道：「因遇上李勣大將軍夫人來訪，宋三小姐仍留在樓內與李夫人說話。」

寇仲奇道：「不是李世勣嗎？」

衛士壓低聲音道：「因為『世』字犯諱，故現在易名為李勣，少帥明察。」

車輪聲響，在近三十名禁衛軍前後護行下，一輛馬車朝宮門駛來。

寇仲趨前道：「小民寇仲，拜見李夫人。」

車簾掀起，露出沈落雁和宋玉致像鮮花競艷的兩張玉容。

宋玉致驚喜道：「你怎會在這裏等候我們的？」

坐在她旁的沈落雁笑著推她一把，嬌笑道：「你的大英雄在這裏，不用到朱雀大街去看。」又向寇仲笑道：「今晚皇宮見。」

寇仲早拉開車門，殷勤的伺候宋玉致步下馬車，再與知情識趣的沈落雁揮手道別。瞧著馬車消失於宮門外，寇仲拉起宋玉致的手，一陣幸福的暖流襲遍全身，柔聲道：「楚楚和小陵仲呢？是否湊熱鬧去哩？」

宋玉致俏臉泛起紅暈，微一點頭，輕輕道：「陪人家走兩步好嗎？」

徐子陵輕輕掀開分隔寢室和小廳的垂簾，小心翼翼的來至床旁，石青璇海棠春睡的嬌姿美態盡現眼底，猶帶淚痕的俏臉美得令人心醉，雙手仍緊摟著親娘的靈牌，忽然嘴角逸出一絲笑容，囈語道：「徐子陵！徐子陵！」輕動一下，卻沒有醒轉過來。

徐子陵心神俱醉，注視著她面容每一個細微的變化，想起在小谷傾吐心聲的激情，那種有若觸電的動人感覺。何謂愛情？他並沒有肯定的答案，只知愛情可以像雪崩般發生，突如其來，非任何人力所能抗拒。忽然間，他發覺自己把她擁入懷內，石青璇驚醒過來，旋即熱烈地反摟他。

徐子陵湊到她耳朵旁，滿足地嘆息道：「一切過去哩！我們可以回家！」

寇仲和宋玉致手牽手沿龍池漫步，宮外不時傳來鞭炮聲，似提醒他們幸福的日子變成眼前的現實。

寇仲微笑道：「我有說不盡的話兒想向致致傾訴。」

宋玉致白他一眼，道：「若是關於尙秀芳的，可免則免，你身邊的人有很多是我的眼線。」

寇仲暗吃一驚，尷尬的道：「她的事已成過去。」

宋玉致滿臉歡容的道：「不用慌張，人家沒怪你哩！崇拜是盲目的，只看到你的優點。」

寇仲一呆道：「崇拜？」

宋玉致秀臉泛起緬懷的神色，徐徐道：「從一開始人家已佩服你，那時你的武功並不怎樣高，可是卻能從容機巧的與敵周旋，談笑間使敵人盡皆俯首稱臣。不過也更痛恨你，一副利慾薰心的可恨模樣。我又沒犯著你，你卻偏要闖進我的生活裏來，那時恨不得一劍幹掉你——」

寇仲接下去道：「又捨不得，對嗎？哈！」

宋玉致大嗔道：「仍是那副德性，勿要以爲玉致非嫁你不可，我是有條件的。」

寇仲立即屈服，嘻皮笑臉道：「不論是甚麼條件，我一律接受，甘心遵從。」

宋玉致歡喜地道：「我以後不要聽你說眞話，只愛聽你哄我的話。」

寇仲大喜道：「致致眞明白我，哄人肯定是我的拿手好戲，說眞話則非是我的本行。」

宋玉致橫他一眼道：「還說甚麼拿手好戲，又在說眞話哩！」

寇仲大樂道：「該是親個嘴兒的時候吧！」

驀地朱雀大街那方傳來驚天動地的歡呼吶喊聲，凱旋而歸的大唐天子李世民終於率衆入城。

寇仲匆匆登樓，因剛才在門外遇上徐子陵，曉得石青璇芳駕已到，忙留下徐子陵代他陪伴致致，自己則三步變作兩步的搶上樓頭，來個一睹爲快。石青璇俏立北窗，默默地遙觀暮色中皇城上空煙花齊放的盛景，燦爛的煙火，把後方聳立的太極殿襯托得宏偉壯觀，威嚴而充滿歡樂和生氣。高豎於承天門外橫斷廣場八座鞭炮塔燃燒得砰嘭作響、隨著響聲煙火沖天而起，軍民吶喊歡呼聲迴盪起伏。

寇仲見到石青璇極盡嬌姿妍態的優美背影，驚爲天人，暗爲徐子陵高興，在她身後六尺許處一揖到地道：「徐子陵首席好兄弟寇仲拜見青璇嫂夫人。」

石青璇「噗哧」嬌笑，沒別轉嬌軀，柔聲道：「哪有這麼不倫不類的。告訴我，從揚州的小扒手成爲現在叱吒風雲的人物，你憑甚麼取得如此驕人的成就？」

寇仲暗忖原來石青璇是這麼親切易與的，笑嘻嘻道：「若小弟的答案令嫂夫人滿意，青璇嫂子可否爲我獨奏一曲？地方由我揀選，好讓你夫君愛郎那小子不能分享。」

石青璇淡然自若道：「我差不多可在心中勾畫出你傻呼呼的模樣，先說出來聽聽，其他待我考慮。」

寇仲沉吟道：「回想起今天之前那些日子，我的感覺像置身於一群凶猛的惡獸群中間，牠們會把任何靠近的生物撕碎，你不但要比牠們狠，還得掌握牠們的習性、手段，在不同距離應付牠們的方法，更重要的是清楚自己的位置，定下遠大的目標。唉！坦白說，有時確是辛苦艱難得要命，幸好現在一切成為過去，以後可陪嫂子到兩河的源頭欣賞你吹奏的仙曲。」

石青璇輕盈寫意的別轉嬌軀，嫣然笑道：「露出狐狸尾巴哩！原來你是這樣子的。」

寇仲雙目閃亮起來，劇震道：「難怪子陵連兄弟都不要！」

錦布拉下，上書「貞觀錢莊」四字的金漆招牌，在萬眾期待下得見天日，高空的艷陽照射下，牌匾閃爍生輝，教人難以逼視，益顯得高起二層的錢莊總店規格宏大，氣勢磅礡。分由小陵仲和小鶴兒負責燃點，位於廣闊外院左右端的鞭炮塔，立即「砰砰嘭嘭」的響個不休，隨著火光往上騰昇，燦爛火煙沖上半空，街外圍睹的群眾歡呼叫好，氣氛熾熱。長安城的文武大臣，富商巨賈，有頭有臉的人物全體到賀，加上原屬少帥軍、宋家軍和江淮軍的將領，貞觀錢莊的開張大典盛況空前，半條朱雀大道分數行排滿馬車，全賴禁衛軍主持秩序，一切始得順利進行。

鞭炮燃盡，漫天喝采聲中，主持儀式的李世民登上台階，向擠滿外院、部分不得不立於院門外的來賓發表演詞。寇仲、徐子陵、宋魯、跋鋒寒、侯希白、宣永、查傑、卜天志、李靖、陳老謀、虛行之一眾人等，集在外院東北角，女眷們怕人擠，避到後鋪喝茶閒聊，小鶴兒則拉小陵仲到後院玩耍。初時寇仲等聽李世民說的是例行對錢莊的賀辭，不大留意，還交頭接耳的低聲談私話。接著大唐天子李世民辭鋒一轉，道：「隋煬之敗，敗於擾民廢業之政，多營池觀，遠求異寶，勞師遠征，使民不得耕耘，女不得蠶織，田荒廢業，兆庶凋殘。致令黃河之北，千里無煙；江淮之間，鞠為茂草。伊洛之東，雞犬不聞，道路蕭條，進退艱阻，皆因為君者見民飢寒不為之克，睹民勞苦不為之感，此苦民之君，非治民之主也。」

這番話說得慷慨激昂，句句擲地有聲，寇仲、徐子陵等不由留心聆聽。

李世民續道：「大亂之後是否應有大治，人多異論。大亂之後，其難治乎？」

全場鴉雀無聲，落針可聞。街上群眾受到院內氣氛感染，更想聽到李世民的說話，倏地靜寂下去。

李世民露出一個充滿信心的燦爛笑容，微笑道：「你們肯靜心下來，聽朕之言，正是大亂後求治的明證，只有閑靜下來，上下同心，始能不疾而速，成功有望。」

徐子陵和寇仲瞧著階台上舉手投足，一言一談，均充滿統領天下的帝君魅力的李世民，心中湧起寬慰的激盪情緒。

李世民振臂道：「朕新即位，得太上授以天命，於此國家未安、百姓未富之時，當靜以撫民。君依於國，國依於民。刻民以奉君，猶割肉以充腹，腹滿而身斃，君富而國亡，愚不可及也。故治國先安民，朕今頒令，必須去奢省費，輕傜薄賦，選用廉吏，使民衣食有餘，天下大治。」

眾人不理演說完結與否，轟然喝采，「我皇萬歲」之聲，響徹院內外。寇仲探手過來，與徐子陵兩手緊握，心中均明白李世民藉此機會，發表登位後最重要治天下的國策演說，是說給他們聽的，以示心中對他們的感激之情。當李世民踏著勝利大道，通過玄武門登上帝座，成爲天下九五之尊，飛龍在天，前所未有的盛世即告開展，天下再沒有能逆改大亂後民心思治的洪流。而他們亦可退出人世間所有紛爭仇殺，享受生命對他們的恩寵和賜予。

寇仲和徐子陵離開長安後，李世民立即全面展開統一天下的軍事行動，第一個目標是消滅盤據江漢平原的蕭銑，依原定計畫在巴蜀集結船隊，由李靖督師順流東下，勢如破竹的大破梁軍，進圍巴陵。蕭銑向林士宏求援，奈何林士宏被宋家旗下大將王仲宣、陳智佛和歐陽倩牽制，無法施援，蕭銑困守孤城，被迫投降。梁亡。蕭銑既破，林士宏更是不堪一擊，被大唐軍以狂風掃落葉的威勢，迅速蕩平。南方既定，李世民轉向僅餘的統一障礙梁師都開刀，先以輕騎破壞朔方農田，令其糧食不足，軍民離心。貞觀二年，以柴紹爲主帥，分兵圍剿師都，頡利欲違諾來援，適逢大雪，頡利大軍被阻，羊馬凍死無數，有心無力下，坐看柴紹攻入朔方，師都敗死。統一大業大功告成。

貞觀三年十一月，三年之期屆滿，頡利先發制人，西進入侵，攻打河西各州，被唐軍反擊，纏戰不休。李世民曉得與頡利難以善罷，趁頡利注意力集中於河西之機，派出李靖、柴紹、李道宗、薛萬徹和李勣五名大將，率兵十餘萬，分五路遠程奔襲，直搗頡利老巢定襄城。貞觀四年正月，李靖率輕裝精騎三千人，從馬邑出發，繞過定襄，直達其北面的惡陽嶺，截斷敵人後路，然後從容部署，夜襲定襄，一舉攻破。頡利敗走白道，被李勣攔途截擊，傷亡慘重。頡利退至鐵山，詐作求和，被李靖將計就計，窮追猛打，頡利被俘，徹底解除困擾中土的多年大患。

此役威震塞外，一洗自漢亡以來中土軍威不振的頹風，四夷君長詣闕請上太宗尊號爲天可汗，李世民遂以璽書賜西北君長，皆稱天可汗。李世民在短短四年內，完成安內攘外的千秋大業，內則勵精圖治，依登位時答應寇仲和徐子陵的方針施政，四年而天下大治。「貞觀初，戶不及三百萬，絹一匹，易米一斗。至四年，斗米四五錢，外戶不閉者數月，馬牛被野，人行數十里不齎糧，民物蕃息，四夷降附者百二十萬人，是歲天下斷獄，死罪者二十九人，號稱太平。」對外則武功顯赫，德服四夷；內則吏治清明，民生富裕。遂出現振古而來，未之有也的太平盛世。

《大唐雙龍傳》（全套二十卷）全書完

後記

貞觀十年，正月。

長安大雪。

徐子陵坐在福聚樓三樓東南角靠窗的桌子，凝視下方漫天風雪中的躍馬橋，一輛車子剛駛上橋頭。可以想像每天有數以千計的人踏橋而過，卻肯定沒有人曉得此橋不但改變了他和寇仲的命運，也改變了天下的命運。他把壓至眉頭的帽子再拉下點，微笑道：「你來哩！」

翻起衣領掩著大部分臉頰的寇仲來到他旁坐下，背著其他客人，舒服的挨往椅背，撥掉身上的積雪，露出燦爛的笑容，仔細打量徐子陵，雙目生輝的搖頭嘆道：「多少年啦！我的好兄弟。」

徐子陵欣然道：「剛好九年。完成探索兩河源頭的壯舉後，你這小子返宋家山城定居，小弟則隱於幽林小谷，自此沒碰過頭，沒通過消息。」

寇仲目光投往鋪滿白雪的白馬橋，橋上不見行人，雙目射出緬懷的神色，嘆第二口氣道：「大道至簡至易，原來治好國家竟是這麼簡單？世民把他在錢莊說的話付諸實行，竟成就眼前局面。不過坦白說，我有在暗中出力，助他整頓南方的豪強惡棍、貪官污吏。」

徐子陵皺眉道：「你仍舞刀弄劍嗎？」

寇仲笑道：「你好像不曉得我寇仲今時今日在江湖上的地位，白馬之盟後，我從沒有和人交手，因爲根本不用出手，只要派人傳句話便成。誰敢觸怒我？否則世民的仁政，會無法這般快的施布於南方。」頓了頓嘆第三口氣道：「妃暄確是天下最有眼光的人，古來所謂的明君，誰及得上我們的大唐天子李世民？他以事實證明給所有人看，大亂後確是大治，且是前所未有盛極一時的黃金歲月。咦！長安首富爲何仍未滾至？」

徐子陵一頭霧水道：「長安首富？」

寇仲忍著笑辛苦的道：「還不是雷九指那人世間最快樂幸福的老傢伙，不過肯定他比很多人窮，因爲賺的眞金白銀全用在修治大河，弄得像以前好賭時般經常囊空如洗，世上竟又有這麼乖的大老闆。」

徐子陵道：「你對各人的狀況倒很清楚。」

寇仲道：「怎可能不清楚？過年過節總有人來探我，忙得老子不可開交，這叫退隱？他奶奶的。」

徐子陵啞然失笑道：「我不想聽你吐苦水，有沒有見過小侯？」

寇仲點頭道：「見過他一次，他來借閱顧愷之的眞跡，聽他口氣，似乎風流如昔。咦！首富來哩！」

時間是午市開始前半個時辰，兼之下大雪，三樓只幾張桌坐有客人，雷九指以衣帽掩蓋面目，匆匆抵達，甫坐下低聲道：「本應是我等你們，卻不可怪我遲到，因爲我給皇上抓去問話，被迫出賣你們。哈！你們仍是十年前的模樣，不像你們大哥我般變得更青春，更有活力，更有富貴相。」

徐子陵搖頭苦笑，寇仲佯怒道：「分明是你主動去拍世民馬屁，出賣我們以換取榮華富貴，讓老子向青姊告你一狀。」

雷九指聞青青之名大吃一驚，舉起酒杯，陪笑道：「勿要錯怪好人，問題出在侯小子身上，他向老陶訂下上林苑最豪華的廂堂，而拍皇上馬屁的卻是老陶，認為小侯此舉玄機暗藏，迫不及待的飛報龐玉，累我立即被刑部的大爺們押見皇上，皇上只向我說了句『不要浪費朕的時間』，換作你是我該怎麼辦？在得罪皇上或是出賣你兩個小子間，應如何取捨？當然是出賣你們。大家喝一杯，我們的兄弟之情不會因任何事情改變。」

寇仲和徐子陵拿他沒法，舉杯互敬，一飲而盡。

雷九指歡喜的道：「行之的鍾離書院辦得非常成功，長安有不少人把兒子送到鍾離讓行之教導，只憑他曾為少帥軍師的餘威，足令他一炮而紅，何況他確有兩三下板斧。」

徐子陵道：「不要顧左右而言他，世民是否來此途上？」

雷九指笑道：「皇上當然希望立即趕來，全賴我拚死力諫，皇上則從善如流，不過你們明早必須入宮見駕，否則我會被推出午門斬首，你們不想累青青守寡吧？明白嗎？」

寇仲和徐子陵對視苦笑，他們本不願驚動李世民，然而事已至此，有甚麼好說的。

徐子陵不解道：「小侯為何如此張揚，要喝酒有很多地方可選擇，偏要挑選上林苑？」

雷九指壓低聲音，神祕兮兮的道：「因為他要給少帥一個畢生難忘的驚喜。」

寇仲劇震道：「秀芳？」

雷九指欣然道：「哈！也不全關小侯的事，是我們剛遠遊回來的尙大家，指定要在上林苑見仲爺。」

徐子陵探手輕拍寇仲肩頭，安撫他激動的情緒，隨又問道：「老跋呢？」

雷九指答道：「尙未見他蹤影。」

寇仲壓下心中的激情，目光投向街上，道：「來哩！」

大雪紛飛中，跋鋒寒卓立行人稀疏的街上，往他們望上來，露出久別重聚的喜悅。

雷九指扯著兩人站起來，道：「勿要讓尙大家久候，我們立即到上林苑去，還有達志和顥鶴在那裏等我們去盡興呢。我結賬請客，你們到街上候我。」

兩人這麼站起來，俊拔的體形氣度，立即吸引其他客人的注視，他們怕被認出來，引起他們最不願見的哄動，忙匆匆下樓。

跋鋒寒從對街悠然行來，探臂將兩人擁個結實，長笑道：「這回我們要好好一聚，十年哩！歲月的流逝如白駒過隙，迅快得教人難以留神。」放開手，含笑打量兩人。

就在此時，三人同往街端瞧去，大雪中現出一個約八、九歲的可愛小女孩，蹦蹦跳跳提著一籃子鮮果往他們飛奔過來。

三人爲之愕然，小女孩噴著冷霧，氣喘喘的在他們身前立定，孩子氣的問道：「請問哪位是徐大叔？」

徐子陵心中一動，微笑道：「是我！」

小女孩把籃子遞給他，歡天喜地道：「是我娘著明空送給你的。」

徐子陵接過果籃，那叫明空的小女孩一聲歡呼，就那麼掉頭原路跑回去，雨雪深處，隱見一女子優美的倩影，白衣如雪，裙下赤足。

寇仲皺眉道：「娘娘！」

徐子陵瞧著小女孩投入娘娘懷內，娘娘輕揮玉手道別，牽著明空，逐漸沒入雪花迷濛的深處，徐子陵道：「不知是她收的徒弟？還是親生女兒？」

跋鋒寒目光投往徐子陵手上的禮物，微笑道：「日月當空，是個充滿意象的好名字。」

雷九指結賬下樓，談笑中，四人漫步於風雪漫天的長安街頭，朝上林苑出發。

新人間叢書 127

大唐雙龍傳修訂版〈卷二十〉

作　　者—黃易
主　　編—葉美瑤
編　　輯—邱淑鈴
校　　對—余淑宜．黃易．陳錦生
企　　畫—王嘉琳
董事長
總經理—趙政岷
總編輯—余宜芳

出版者—時報文化出版企業股份有限公司
10803台北市和平西路三段二四〇號三樓
發行專線—（〇二）二三〇六—六八四二
讀者服務專線—〇八〇〇—二三一—七〇五．（〇二）二三〇四—七一〇三
讀者服務傳真—（〇二）二三〇四—六八五八
郵撥—一九三四四七二四　時報文化出版公司
信箱—台北郵政七九～九九信箱
時報悅讀網—http://www.readingtimes.com.tw
電子郵件信箱—liter@readingtimes.com.tw
印　　刷—盈昌印刷有限公司
初版一刷—二〇〇二年十二月十六日
初版十刷—二〇一六年七月二十二日
定　　價—新台幣二五〇元
⊙行政院新聞局局版北市業字第八〇號

國家圖書館出版品預行編目資料

大唐雙龍傳修訂版／黃易著．--初版．-- 臺北市：時報文化，2002〔民91- 〕
冊；　公分．--（新人間；127）

ISBN 978-957-13-3813-3（卷20：平裝）

857.9　　　91013842

ISBN 978-957-13-3813-3
Printed in Taiwan